品味无限不循环的人生

巴蜀变

余威 著

重慶出版集團 重慶出版社

图书在版编目（CIP）数据

巴蜀变 / 余威著. — 重庆：重庆出版社，2023.3
ISBN 978-7-229-17335-7

Ⅰ.①巴… Ⅱ.①余… Ⅲ.①长篇小说—中国—当代
Ⅳ.①I247.5

中国版本图书馆CIP数据核字（2022）第236219号

巴蜀变
BASHU BIAN

余威 著

出　品：	华章同人
出版监制：	徐宪江　秦　琥
责任编辑：	肖　雪
特约编辑：	李　敏
营销编辑：	史青苗　刘晓艳
责任校对：	曾祥志
责任印制：	白　珂
封面设计：	乐　翁

重庆出版集团
重庆出版社　出版
（重庆市南岸区南滨路162号1幢）
北京盛通印刷股份有限公司　印刷
重庆出版集团图书发行有限公司　发行
邮购电话：010-85869375
全国新华书店经销

开本：880mm×1230mm　1/32　印张：15.25　字数：340千
2023年3月第1版　2023年3月第1次印刷
定价：52.00元

如有印装质量问题，请致电023-61520678

版权所有，侵权必究

目录

楔子 / 1

第一章　北伐不逞惊风起 / 12

第二章　身后是朝堂暗流，眼前是民闹风波 / 30

第三章　有人拆台，亦有人补台 / 49

第四章　凌乱破残的烂摊子 / 67

第五章　贼心昭昭 / 84

第六章　文天祥初来乍到 / 102

第七章　同门之情，手足之情 / 123

第八章　黑白探的帮手 / 141

第九章　暗袭明斗 / 161

第十章　秋叶瑟瑟秋风急 / 180

第十一章　道越艰险越往前 / 198

第十二章　福祸相依乱除夕 / 218

第十三章　冰释前嫌闯巫山 / 237

第十四章　元宵夜凶兆四起 / 258

第十五章　败走沔州 / 278

第十六章　河间地竟有蒙军纵横 / 296

第十七章　云顶城的真都统 / 316

第十八章　反目 / 334

第十九章　重逢与别离 / 353

第二十章　一箭之地 / 376

第二十一章　为之一战 / 394

第二十二章　嘉定会战 / 411

第二十三章　恶意 / 432

第二十四章　巴蜀生生不息 / 453

后记 / 480

楔子

南宋淳祐十一年（1251）六月十日，大散关内，兴元府城。

由四川宣抚使兼制置使余玠亲率的北伐大军已在城下屯兵月余。来自全蜀各路府州的精锐部队一匝又一匝地将兴元府围了个水泄不通、蚊蝇弗进。城内的蒙古驻军断炊数日、兵疲马乏，已无计可施。巨大的压力把每一位蒙古军人的眉头拧成了绝望的形状。

兴元城蒙古守将夹谷龙古带立于城墙望楼之上，顾盼绵延数里的宋军和遍地飘扬的旌纛，又看了一眼身旁因饥渴而站立不稳的士兵，心中不免恓惶。断粮以来，城下的宋军已经组织了不下十次的攻城战。夹谷龙古带知道若再遭遇一次攻城战，自己和仅剩的五千草原士兵都将葬身兴元。

"余玠！"夹谷龙古带咬着后槽牙恶狠狠地磨出了这两个字。他恨余玠，余玠也值得他恨，戎马一生的他还没有在宋人手上吃过败仗。

除了这一次。余玠北伐的大军不光集结了全蜀的精锐战力，而且原来已经被蒙军征掠的州府兵马也都主动投奔了北伐大军。最让夹谷龙古带惊讶的是，如此声势浩大的大军一路向北，竟可以庞大

1

且迅捷得如同一头可以像游蛇般前进的大象，突然就出现在了兴元城下，打得他措手不及。面对余玠和这样的军队，夹谷龙古带那与生俱来的战争自信被碾成了齑粉。

不过，即使再措手不及，夹谷龙古带原本还有一线生机。距离最近的蒙古屯田军就在凤翔府，与兴元城仅仅隔着一座大散关。夹谷龙古带没想到，余玠在围城之前，就悄悄派人先拿下了大散关，并烧毁了栈道。

夹谷龙古带回想自己的战争生涯，还没有像余玠这样把后面的事情放到前面来做的经历，如果余玠先围攻兴元城后攻打大散关会怎么样？那他一定会来一次突围，率部队从大散关撤退，如果突围失败，凤翔府的屯田军也会从大散关入蜀支援，自己无论如何也不会沦落到现在这步田地。在战术上，余玠想在了夹谷龙古带的前面。所以，就目前的形势而言，夹谷龙古带已然是余玠的手下败将。

"除非长生天佑我，让凤翔屯田军神兵天降。"夹谷龙古带低声嘀咕了一句，而后摇摇头，处境多么绝望，想法便有多么可笑。他气急败坏地夺过身边士兵的长枪，朝着宋营的方向狠狠地掷了过去。他在八岁的时候就能用这招猎杀兔子或者狼，十五岁的时候部落里已经没有人能在射程和准度上赢他。这一次，他用尽全力。长枪的速度很快，枪身不停地旋转抖动着，而后像一只捕猎的黑鸢直线下冲，"嚓"，整个枪头都没入了土壤。他泄愤似的一枪没有命中任何目标，射程也远远未及宋军大营。

夹谷龙古带受命于蒙古汉地事务总领忽必烈，常年纵横在秦陇一带的宋蒙边界，日夜延颈企踵于那号称人间天府的巴山蜀水。沉酣于战事的他常常梦见自己立马山城重庆，指挥日益强大的蒙古水军，从朝天门码头顺长江而下，直捣南宋都城临安，成为蒙哥大汗最倚仗的将军和草原女人们的英雄。

可是，过了今天也许他就再也没有机会做这样的梦了，因为此时兴元城下的宋军正在为最后一次攻城做着准备。

一支支装甲步兵从四面八方的军帐向正对着兴元门的集结场会合，铁甲铿锵，头盔上的红缨飒飒，如火苗般跳动。集结场上，新制的羽箭成捆成捆地堆积成一个小山丘，崭新的箭镞反射着阳光，闪亮得令人心惊。一架架攀墙云梯整齐地摆放在箭山的边上，维修加固后的冲车停在集结场的最前端，尖端包裹着铁皮的锥形撞木冷冷地指向紧闭的兴元门。

余玠和冉璞、王坚两位前锋将立于集结场的高台之上，来自全蜀的十位都统立于三人的对面，都统的身后是各自麾下的部队。此时，各路军队的纛都换成了统一的余字旗，所有人都注视着高台上的余玠。

余玠向前一步，抬手朝兴元城墙上的夹谷龙古带一指，用势在必得的口吻训道："将士们，我们围攻兴元城已逾一月，我知道这一个多月来你们无时无刻不在期待着今天，期待着拿下兴元城。"有几支激进的队伍已经准备操戈呐喊。余玠见状接着说道："从城里回来的探子报告，那些守城的蒙古兵已经多日没有进食，而我们每个人都饱餐了壮行的酒肉，蓄足了精神。我想，就在今日今时，我们必能一鼓作气，以一敌百拿下兴元城，从此拒鞑靼于蜀陇之外，保全大宋国土和百姓不再受草原铁蹄的蹂躏。将士们，你们有没有信心？"战争之中，消耗兵力最大的便是攻城战，若不能速战速决，军心便会快速消耗，所以在攻城之前，最重要的就是凝心聚力，激励士气。余玠深知给士兵们树立信心的重要性。

"有！有！有！"全军齐声表态，声动天地，余玠满意地点点头。

"还我河山！剑指汴京！"十支部队中，利戎司士兵在都统王夔的带领下率先喊出了口号，接着其余九支队伍也不甘示弱喊出了自己的口号。

"赶鞑靼！夺兴元！"

"不夺兴元，誓不回蜀！"

"精忠报国！重拾山河！"

"夺回兴元城！打到北山北！"

一时间口号蜂起，每支队伍都想把其他队伍的声音压下去，在余玠面前出风头，声音一拨高过一拨。王夔的嘴角露出一丝微笑，挥剑继续高声叫喊。余玠眉头微皱，若再互相较劲似的比下去，于统一军心不利，他示意王坚赶紧吹响进攻的号角。

随着号角的吹响，各支队伍便没有继续在声音上较劲，而是按照战术的安排纷纷开拔。

"终于来了！"夹谷龙古带闭上双眼，极力克制住颤抖的胸腔，缓缓吐出一口气。从城墙往下看，巨龙般的攻城队伍装备齐整，径直朝着主城门而来，兵器和盔甲反射的光芒让蒙古人心生寒意。

"将军，士兵们又饥又渴，如此状态根本无法应战。不如……不如弃城逃跑吧。"副将不知道什么时候走到夹谷龙古带身边。

"逃？往哪逃？你以为逃出了兴元城我们就安全了吗？我们现在是瓮中之鳖，整个秦陇以南都是瓮。"

"从大散关逃，逃出秦陇山脉。"

"你身为我的副将竟能说出这样的糊涂话，通往大散关北去的栈道已经被余玠烧毁了，难道边逃跑边修路吗？"

"我听一个宋兵俘虏说可以从一条叫陈仓道的暗路绕行出关。将军，我们还有机会保命。"

夹谷龙古带只是摇了摇头，没有理会。秦陇一带地形复杂、水系交错，马跑不起来，草原人真正的威力就难以完全发挥。夹谷龙古带和大多数蒙古军人一样，喜欢纵马在草原和平原上驰骋的感觉，不喜欢也不擅长在山地作战。他对陈仓道的理解等同于"逼仄小径"，认为发生在陈仓道的战争故事不过是汉人的夸夸其谈，况且连他这位在汉地征战多年的老将都不知道陈仓道所在何处。

"将军，带上那个俘虏，我们边撤退边找，一定能逃出去的！"原来副将也没有把陈仓道的位置搞清楚，如此仓皇出逃无异于盲人瞎马，断然会落得一个暴尸荒野的下场。

"与其像一只老鼠一样被余玠追着打，倒不如像个草原汉子战死在这城墙之上。站在这里，我至少还能眺望巴蜀。"此时，夹谷龙古带放弃用任何语言去激励自己这位副将，失望地看了他一眼，而后走下望楼开始亲自布置城防。

最后的攻城战一触即发。

最先发动进攻的是冉璞率领的弓箭部队，在他的指挥下，一阵阵箭雨掠过城楼，破盔穿甲，蒙古人倒下一茬又一茬。在箭雨的掩护下，冲车和云梯部队迅速靠近城墙，一架架云梯搭在城墙上，士兵手持盾牌开始攀爬。在箭雨的间隙，蒙古士兵从城垛口冒出来，抛下礌石和火油坛子，而后又缩回脑袋。胆大的蒙古兵伸出长长的竹叉子，顶开架在城墙上的云梯。在城楼的保护下，这些饥渴难耐的蒙古兵仍旧发挥出了夹谷龙古带期待的战力。

在数十架云梯牵制住蒙古大部分兵力之后，冲车开始发挥威力。冲车一共有三层，与城墙齐高，最下层是推车的士兵和撞城门的圆木锥，中间蛰伏着手持盾牌和短剑的突击兵，最上层的士兵手持长矛。"咚"的一声，圆木锥撞到了城门，此时冲车离城墙的距离最近，最上层的士兵刺出长矛给予掩护，而后突击兵迅速在冲车和城楼间搭起木梯，攻城作战。

"咚！"

"咚！"

"咚！"

在冲车有节奏的进攻下，终于有一小股部队成功登上城墙。在箭雨、云梯和冲车不断冲击下，蒙古军应接不暇，防线已经出现了裂口。

余玠通过战鼓传令，攻城部队不做任何调整，趁热打铁发起了更猛的攻势，一时间血洗城楼，杀声震天。

攻城战是硬仗，是消耗战，谁拼到最后谁就是胜者。今天的牺牲无论如何都是值得的，拿下兴元城等于重树巴蜀之藩篱，巴蜀安则大宋安。

"咻……啪！"一支穿云箭在不远处的山谷响起，余玠循声望去，一骑斥候正扬尘而来。

余玠眉头一皱，心中涌起不祥的预感。

斥候舔着干裂的双唇，不断地催促着已经快得不能再快的战马，快速抵近北伐军大营。斥候背着一个竹筒，竹筒里就是他要传递的信息，竹筒上插着的猩红三角信旗表示这则消息十万火急。

余玠赶忙召王坚在帐中一同等候消息，商量对策。一盏茶工夫，斥候跑进大帐，递上了消息。余玠迅速浏览了一遍，自语道："不可能，这绝对不可能。"

斥候壮着胆子，用还未平复的语气向安抚制置使汇报："大人，是真的，驻扎在凤翔府的蒙古军找到了陈仓道，突然出现在大散关口，打得守关部队措手不及。现在他们已经突破了大散关，正向兴元府而来，恐怕再过两个时辰就要到了。"

王坚捶了一拳座椅扶手，两条眉毛像刀一样立了起来。"陈仓道的位置是绝对的军事机密，蒙古人没有巴蜀舆图，不可能知道！"

斥候抬眼瞥了一眼王坚，这位前锋将的脾气他是知道的，但此时他只能硬着头皮解释道："回禀王都统，蒙古人突然兵临关下的时候，有三个穿着大宋军服的人在前面带路。"

"娘勒个脚，是谁的人？"王坚是南阳邓州人，虽在外征战多年乡音已不太明显，但骂起人来总还是不自觉地蹦出几句家乡话。

"没有人认识他们。"

"知道陈仓道的人没有几个，他们绝对不是一般的士兵。"王坚拔刀四望，好像要找谁算账似的。

余玠强行平复住心情，问道："蒙古何人领兵？"

"秃薛军领着三千急行军从陈仓道入关，还有郑鼎借着秃薛

7

军的掩护修复好了被烧毁的栈道，我出发之前陆陆续续也有一万入关了。"

听到这样的汇报，余玠终于忍不住了。"为什么不早点来报，金博忠到底怎么想的？"

金博忠是余玠派驻在大散关的都统。

"金都统他……他认为从陈仓道进入的小股蒙军不足为惧，无须向您粟米必报，扰乱军心，没想到凤翔府的蒙军不光从陈仓道进来，而且还修复了栈道，所以才……"

"金博忠这个贱种，现在人在哪里？"王坚用战刀指向斥候。

"金都统他……他已经战死了。大散关的驻守部队全军覆没……"

"你再说一遍！就这样放任蒙古人大摇大摆地朝着兴元过来？信不信我先劈了你！"

余玠伸手将王坚的刀按下。"既已战死说明金博忠并非奸细，大战正酣，王都统不要误了正事。眼下我们要马上制定下一步计划，是继续进攻，还是暂时撤退，这才是你我该考虑的。"

王坚顺势用战刀在帐中的沙盘上比画起来。"我建议留下主力部队继续攻城，再派出一队精干力量往大散关方向阻击蒙军。"

"不可！"冉璞见大散关斥候来营，便从前线撤下，此时刚好赶到余玠的大帐，"兴元城久攻未拔，虽守城蒙军断粮草数日，但我军也已兵老师钝、疲态尽显。即使拿下兴元城，恐怕立足未稳，蒙古援军就要赶到了。"

"冉璞！目下需要的是当机立断，我去大散关阻击蒙军！定能为大家争取出城防的时间。"

"可是兴元城不知道何时才能攻下啊,攻城战打的就是持久战,如果为了争取时间而武断冒进恐怕得不偿失啊!"

"兴元城就在眼前,将士们等了这么久,巴蜀的老百姓盼了这么久,我们辛辛苦苦北伐数月不就是为了今天嘛!"

"战场瞬息万变,想必制置使比你更想拿下兴元城,可这是打仗,不可意气用事。继续攻城太冒险了,稍有不慎会让全蜀的将士都丧命于此啊。"

"咻……啪!"

余玠看着两位爱将在面前争来争去,刚要解围,突闻帐外又传来一声穿云箭的声音。三人对视了一眼,赶忙出帐查看。

"报告三位将军,穿云箭预示又有一位斥候从西北方向赶来。"

"西北方向……沔州又出什么事了?"王坚狠狠地把战刀插进土里。

沔州在兴元城西,沔州斥候来报蒙将汪德臣率领两万精兵从巩昌昼夜星驰而来,现在已经攻破了沔州,半日即可到达兴元。冉璞闻讯不住地摇头叹气,说道:"看来此次蒙军反击是商量好的,如此一来,我们只有撤退一条路可以走。"

王坚不服气地来回踱步。"反击是商量好的?这么说来那三个带路陈仓道的自己人就是有人故意送给秃薛军的了!娘勒个脚,我们一个个在刀尖上拼命,竟然还有人在身后挖坑!制置使,这件事一定要查个水落石出,我王坚不将他千刀万剐就不算个大宋男儿!"

王坚的怀疑不无道理,余玠和冉璞都意识到了这件事情的严重性。可现在不是纠察内鬼的时候,应对眼前的危机才是重中之重。战争风云突变,兴元城已经是一只煮熟的鸭子,没想到说飞真的就飞了。好在余玠纵横疆场大半生,什么诡谲多变的场面没见过。现在只有他能稳定军心。

"传我军令,所有部队立即停止攻城,往利州方向撤退,违令者斩!"利州位于兴元府南,嘉陵江上游,到了利州便可顺流而下安全归蜀。

"制置使!如果今天撤退,不知道要到什么时候才能拿回兴元城和大散关,也许像今天这样的机会再也不会有了。"王坚抚膺大叫。

余玠重重地拍了拍王坚的肩膀:"继续攻城风险太大,就是攻下来恐怕也守不住。将士们刚打完攻城战还要接着打守城战,疲劳作战是兵家大忌,结局必败无疑。与其做无谓牺牲,不如及时退军,保全蜀军战力,静候他机。"

"王都统想想看,如果我们的兵力在兴元城被困,汪德臣和秃薛军的大军那就是一马平川,直捣重庆,到时候我们就是大宋和百姓的罪人啊!"余玠紧紧地抓住王坚的肩膀,指尖微微发白,那力道好似要把王坚的护肩盔甲捏裂。

王坚看着余玠,余玠看着王坚,二人眼里的对方渐渐模糊起来。身为军人谁都不喜欢失败,可无法直面失败的军人就不算合格的军人。王坚的身躯已经不再刚挺,身为此次北伐的前锋将,他当然知道撤退更为保险。

余玠神情稍稍平缓下来,感激地看着冉璞和王坚:"二位将军辛苦,此次北伐已是巴蜀从未有过之壮举了。我们不是战败,而是撤退。撤退不算输。"见二人点点头,余玠继续说道:"全军向利州撤退，立即开拔。待撤出兴元府后，断后部队带着营帐前往饶风岭安营扎寨，混淆蒙军追击路线，确保主力安全撤离。"饶风岭在兴元城东边，利州在兴元城南面。面对如此突然的变局，余玠在指挥撤退的时候依旧没有乱了阵脚。

冲车开始后撤，攻城的宋军像山谷中的洪水，来得快去得也快。夹谷龙古带手扶城垛，脸上露出了劫后余生的惊喜。沔州和大散关方向的穿云箭他也听到了，当时他猜测，如此紧要关头突然传信，对他来说不是极坏的消息就是极好的消息。

"再坚持一下，宋军马上撤退！"当夹谷龙古带听到穿云箭声音的时候，他非常自信地这样推断。他内心坚信，在余玠攻城如此顺利的情况下，只有坏消息才值得斥候百里传信。

现在，夹谷龙古带站在城楼上像个胜利者一样看着撤退的宋军，心里已经开始想着进攻。

"长生天佑我。余玠，我们马上还会见面的！"

第一章
北伐不逞惊风起

  清晨的钓鱼城好似一艘巨轮漂浮在嘉陵江的渺渺雾气之中，任凭雾气袅娜，它自岿然不动。钓鱼城原来叫钓鱼山，位于重庆府合州嘉陵江南岸十里处。淳祐三年（1243）余玠到任重庆，便在嘉陵江、渠江、涪江、沱江等长江支流上广建山城，一时间巴蜀大地上筑城徙治活动遍地开花，凡地险势胜之处，皆筑起山城。云顶城、运山城、白帝城、钓鱼城……这些山城易守难攻，不仅大大提升城池布防能力，还通过沿江串联，形成了行之有效的抗蒙山城防御体系。

  也就是在余玠任职巴蜀的当年，他就命播州绥阳冉琎、冉璞两兄弟在钓鱼山上修筑钓鱼城，并将合州州治和日照县衙移至钓鱼山之上。钓鱼城位于嘉陵江、渠江、涪江三江环绕之地，是长江沿岸守护重庆府的最后一座山城，理所当然地成了山城防御体系的核心。

  钓鱼城不仅是山城防御体系的核心之城，也是最大的一座城。整座山城共有两层城墙，将其分为内城与外城。内城主要是军民聚居之地，日照县衙、军营教场在内城的东面，九口锅兵工作坊、钓鱼台粮食作坊等在内城的西南面。外城地域较为开阔，合州州治在奇胜门往东、薄刀岭以北的范家堰，从这里可以俯瞰嘉陵江上游和合州城。

沿着外城墙一圈皆是用于作战防御的城门和炮台，从北往东依次是奇胜门、水洞门、镇西门、始关门、护国门、小东门、东新门、菁华门等八座城门。一条可供三马并进、五人并行的跑马道将八座城门和各处炮台、校场营房、马场粮仓连接起来，贯穿整个山城，是重要的军事交通命脉。

在钓鱼城南，始关门下，沿嘉陵江建立了水军码头，由两条狭窄的一字城墙包围着。通过一字城墙的连接功能，时刻与主城保持着信息和兵力上的互通。

城墙之外，峭壁笔立。当战争爆发时，各城门前的木板栈道拆除后，整座钓鱼城便是遗世独立的孤城。建城八年来，蒙军组织的攻城战不少，但没有一次成功的。

此时正是清晨时分，钓鱼城的樟树、柏树和黄葛树散发出的香气弥漫在环城的跑马道上，让通行的人们不禁深呼吸起来。非战时的跑马道没有军容严整的军马队伍通行，只有三三两两穿着随意的士兵和商家、农夫一道悠闲地走着。商家们的目的地是钓鱼城上天梯附近的西街，农夫们的目的地是城内外的农田，至于那些士兵，他们刚从夜岗上撤换下来，正准备去校场后面的舒眉酒肆吃早食。

说起舒眉酒肆，就不得不说它的招牌名酒舒眉露了。大概三五年前，舒眉露不知怎地突然在这山城上火了起来，那个时候钓鱼城的筑城活动还没有彻底完工，不管是士兵还是农夫，每天起早贪黑天天就围着筑城的事情转，重体力活居多。因为舒眉露这酒烈，烈酒可祛乏助眠，所以舒眉酒的名气渐渐地就在山城里传开了。但真正要说火的原因，那可不仅仅是因为酒烈，还因为它入口之后回甘，喝完后谈笑间能闻到一股淡淡的杨梅清香。不知情的老百姓都觉得开这家舒眉酒肆的老两口是掌握了某种古法酿酒技术的獠族人，但其实掌柜的余不扬是早年间从临安招募过来的士兵，酿酒娘也就是余不扬的婆娘是临安有名酒商的后代。所以要说这世上会吃喝的，还得是临安人。

关于余不扬夫妇的情况，监军张珏是最清楚的。要是闲来无事，他每天都会来舒眉酒肆坐坐，点一壶舒眉老酒，一盘合川肉片，当消饥解乏的点心那是极好的选择。往常这个时候他一般都吃完早食回营了，可今天他却忍不住多坐了一会儿，因为旁桌的几个小兵卒正在妄议北伐。

"哎！听说了吗？兴元城还是没拿下。"

"干啥子？没拿下兴元城又不打紧，我听说大散关内除了兴元城，其他的府州可全都被我们收复了！"

"没有把鞑靼赶出大散关那这北伐就不算成功。"

"朝廷没给咱们下死目标，也没说非拿下兴元不可。"

"话可不是这么说的，唐人白乐天说：野火烧不尽，春风吹又生。那些蒙古人个个像是原上之草，生了灭，灭了又生，跟巫鬼似的阴魂不散呐！"

"就你读过书，还白乐天……不要神戳戳的！啷个鬼都出来了？"

"就是这么闲聊天嘛……不过话说回来，我参军这么些年，不管大仗小仗，年年都要和蒙古人打上几场，要是真能把蒙古人赶出大散关就好了。"

"就是！也不知道为啥子没有夺回兴元，搞不好啊是自己阵营这边出了什么乱子。"

"哎？东西可以乱吃话可不能乱讲哟，你们啊，就知道站着说话不腰疼，嘴皮子这么厉害怎么不上前线去。"

"我啷个乱说了，夹谷龙古带的援军就是被我们自己人从陈仓道领进关的。"

"这里面搞不好有隐情，没准那三个人是被胁迫的呢？"

"你都说没准了，那没准是他们自愿的呢？"

张珏听着小兵卒们的聊天越来越没谱，重重地在桌面上拍了一掌。"你们是哪个营的？要是这么闲得慌就去挑马粪。马场那边正缺人手呢！"

几个小兵卒一下子就吃饱了，捧起放在桌子上的牛皮帽一溜烟就没影了。

"你管得了他们几个，管得了山城上其他老百姓的嘴巴吗？随他们去说吧，掀不起什么浪花。"

张珏皱眉抬眼看去，原来是掌柜的余不扬。

"这是我婆娘专门给你烧的双椒面，前几天一直下雨，这里面的胡椒和花椒能帮你祛祛湿气。"

张珏已经闻到了扑鼻的香味，箸往桌面上一戳就呼哧呼哧吃了起来。

"我就听不了这些话，北伐大军是战略撤退，撤退又不是什么丢人的策略，一个个都跟'恐金病'又犯了似的。有人说我们碰了蒙古人的老虎须子，等着他们来报仇吧；有人说我们北伐军里出了内鬼，攘外却没做到安内；还有人说什么我们根本就打不过蒙古人搞什么北伐。掌柜的，你原来也当过兵，你说说看，这些人说的都叫什么话？"

"不光钓鱼城军民有这种传闻，我前两天去重庆府赶集，那儿也有人这么说。"余不扬并没有张珏那么生气，脸上依旧笑吟吟的。

"就是因为大家都这么说才不对嘛！制置使当初北上征伐之前交代给我监军的职责，可现在大家的士气远不如当时了。北伐大军已经过了青居城，再有个两三日就能回钓鱼城，到时候我怎么跟制置使交代啊……"

"士气不高那都是因为没拿回兴元城惹的，跟你这个监军有半颗花椒籽关系？"

"啪！"张珏把箸一放。

"连你也这么认为？"

余不扬先是一惊，而后把箸架回碗上。"吃面吃面，不吃饱哪有力气监军。"

"好啊，不扬老头，我看你这酒肆每天进进出出的有不少人吧？搞不好这个消息就是从你这个地方传出去的，对不对？"张珏叫掌柜的那是尊称，叫老头才算亲昵。

"对……哎呀，不对不对。我一个正经做生意的才不掺和这些事。再说了，来吃饭喝酒的人要说什么我总不能把他们的嘴堵住吧？把嘴堵住了，吃不了饭，喝不了酒，我还怎么做生意？吃面吃面……"

张珏怀疑地看了几眼余不扬，重新坐下吃起面来。"老头，你可千万别掺和。民心和军心是制置使最看重的，谁要是胆敢当扰乱视听的那根搅屎棍，那就是自讨苦吃。你是老兵，又与我熟稔，可别做出这种事情来，到时候谁的脸上都挂不住。"

"放心吧，我是什么样的人你还不清楚吗？当初从临安来这里就是为了从军报国，我怎么能干那种事。"

"那干吗又不干了？"

"这几年在制置使的治理下，巴蜀大地民饱兵壮，蒙古人也不敢像以前那样大肆进攻，我一个老兵天天待在营里无事可干闲得慌。刚好我婆娘酿酒有手艺，家传的，想着索性弄个酒肆，为官兵们酿酿酒、做做菜，不比在营里闲着有用处吗？"余不扬边说边笑，一脸满足安逸。

"合着你是盼着打仗啊？打仗你才有事情干。"张珏嗦了一口面。

余不扬似笑非笑地看着张珏。"谁盼着打仗啊，我巴不得天天都过这样的安逸日子。慢点吃，慢点吃……"

随着嘉陵江上的雾气慢慢散去，住在江边的农人都出门劳作去了。江边的田地比钓鱼山上的要好很多，不光土地平整、不愁水源灌溉，土质也比山上的红泥土肥上好几倍。一位年纪尚轻的农妇走下自家的吊脚楼，先喂养了干栏里圈养着的牲畜，而后挎起一木桶的脏衣服走出小院，关上柴扉。

"老汉儿，我去江边洗衣服。"

小农妇朝着屋后的菜地里喊了一声，一个老头便从高高的农作物中间探出头来回应道:"好嘛。幺儿,这几天嘉陵江水大,你自己小心点儿。等我这里头忙完,再去江里捕几尾鲫鱼给你打打牙祭。"

"要得……"

朴实单纯的小农妇来到江边的小埠头,哼着小调洗起了衣物。父亲天天干农活,常常会有凝土结饼在裤脚上,得认真用劲地搓洗才能洗干净。她洗着衣服偶尔抬头看看不远处的钓鱼城水军码头,那些士兵操练的声音让她心安。在她小的时候,父亲常常吓唬她战争就是一只吃人的怪兽,一旦开战不晓得会吃掉多少人。后来父亲把全家迁到钓鱼山脚下,就再也没有说过这个故事了。

不过这样的心安很快就会变成恐惧,是她从未经历过的恐惧。

在小农妇看向水军码头的时候,码头偏僻的暗处也有一对眼睛正贪婪地盯着她看,盯着她哼唱小调时无忧无虑的脸蛋,盯着她挽着袖子如玉笋般的双臂,盯着她俯身浣衣时若隐若现的小乳房。

士兵眼睛直勾勾地盯着小农妇,不停地吞咽着口水,手在空气中抓了两下。

"马杰,你还真是懒驴子驾辕不打不走啊?叫你擦个甲板,这都快晌午了还没擦完呢。"军头不痛快地走到马杰身边,"以前你懒也就算了,可这个活计是王夔都统之前叫我特别关照给你的,怎么着?你还不满意啊?"

马杰收回视线,一本正经地干起活来。"军头,马上就干完了。"

"别人干完活都操练去了,你才刚开始?行了行了,别干了,别干了!今天就回你的云顶城去吧。"军头不耐烦地拉起马杰的胳膊，一副立刻要赶他走的样子。

"你都知道我这个活计是王夔王都统安排的，你现在赶我回云顶城就不怕我告你的状吗？"马杰瞬间变了脸。

"哎呀，你去告状吧。你们云顶城的都是天煞星，我们钓鱼城伺候不起，还是趁早走吧。"巴蜀各山城驻军归不同的都统管辖，云顶城的驻军利戎司归王夔管辖，钓鱼山的驻军兴戎司归冉璞管辖。不同的主将，带出来的兵自然也是神态各异的。这几年，在制置使余玠的严苛治军下，各驻军的风气都有了很大的改观，唯有云顶城的利戎司，不光喜欢特立独行，甚至还敢做出有令不行的举动。

"此处不留爷自有留爷处，既然这样，小爷我还不伺候了。"说罢，马杰把抹布往水桶里狠狠地一摔，溅了军头一脸水。他也不管军头在身后的叫骂，拉起一架小舢板的锚绳，跳上船朝云顶城的方向划去。刚划了两桨，他想起了洗衣服的小农妇，便猛地调转了舢板。

村里吃饭早的农家已经升起炊烟，小农妇的老汉儿也干完农活。他回家取了渔具，走到岸边一瞧，差点没当场晕死过去。自己辛辛苦苦养了十六年的女儿此时正衣衫不整地躺在埠头的木板上，一双玉腿漂在水面上荡啊荡的，一小股纯洁的红从双腿间流进嘉陵江里马上荡漾开去，转眼便消融无存。幸好，小农妇还活着，只是双眼再也没有了生气，手里拽着一根布条，恐惧地瞪着天空。

那布条老汉看着熟悉，可一时半会儿又想不起是个什么东西。"哪个狗日的干的？我日你先人板板！"老汉嚎完以后，环顾四周，只听见不远处的水军码头传出阵阵雄性十足的操练声。他的思绪还算清醒，想起来那根布条便是士兵头上戴的抹额。于是，他先是把女儿安顿在家，又纠结了邻里乡亲。大家扛着鱼叉、锄头径直往水军码头去讨要说法。

水军都统跟着余玠北伐还没回来，留驻码头的是一个年轻的副将，他哪里见过这般阵仗，一紧张就把这些老百姓当成蓄意闹事的刁民给围了起来。老百姓一看这些当兵的不仅不愿意好好交涉，还想把他们抓起来，就按捺不住了。有几个气血猛的汉子先动了手，而后是被袭击的部分水军士兵开始还击，老汉儿见势不对又嚎了一声，所有老百姓都把鱼叉和锄头对准了士兵，接着就是一场钓鱼城自筑城以来未曾发生过的军民械斗。这场械斗最终被刚好来水军码头例行检查的张珏制止下来，好在只是几个老百姓挂了彩，没出人命。

张珏让士兵们收缴了老百姓手上的武器，而后让他们一齐跪在空地上。这两天他因为北伐的流言蜚语而无计可施，心里本就堵得慌，现在又发生了军民械斗，而且是老百姓寻到军营里来找茬，他的情绪终于控制不住了。

"这里是兵家禁地，没有军令任何擅自闯入者都要以军法处置，况且你们还拿着武器。你们知错了吗？"

"鱼叉和锄头也算武器吗？看看到底是谁把谁给打伤了，你们这些当兵的要是打蒙古人有这么厉害就好了！"一个受伤的农夫手捂住流血的脑袋，也不管眼前这个训话的长官是谁，撒气似的反驳道。

年轻的副将赶紧向张珏禀报："张监军，刚才我正组织士兵操练呢，本来操练得好好的，这群刁民就突然冲进来说要找什么凶手。我们这都是保家卫国的铮铮汉子，哪有什么凶手，张监军你说说看，这明摆着来闹事的嘛！"

"张监军是吧？我有话要说。"

老汉从地上爬起来，拍了拍身上的泥土，没顾得上整理蓬乱的头发，就颤颤巍巍地走向张珏，水军副将拔剑要拦，张珏把剑拦了下来，又伸手示意老汉站住。

"老人家，你就在那里说，若是说不出一个站得住脚的理由，我定军法处置。"

"监军大人，草民所告之事着实难以启齿，不过你叫我站在这里说，那我就大声些说，也不怕你们笑话了。今早小女去嘉陵江边洗衣服，迟迟未归，我前去查看，竟看到……我……我看到小女麻衫被人扒了，裤子也脱了，赤条条地躺在埠头上。是你们！是你们的人强暴了她！"老汉说完，用枯瘦的双手捂住长满皱纹的脸蹲在地上一发不可收拾地哭了起来。

张珏大为震惊，他并不是完全相信了老汉的话，只是村民的埠头离水军码头不过一箭之地，暴徒竟敢如此胆大妄为，在水军的眼皮底下施暴，这明显是在挑战钓鱼城驻军的权威。

"铲铲，今天到现在为止，全营的将士们都在训练呢，没到休息的时候他们怎么出得去？"副将拍着胸脯保证。

在张珏看来，老汉定是被女儿受辱的事情搅昏了头脑。"老人家，你说是我们的人强暴了你女儿，你有什么证据吗？如果只是随意诬陷，那就是罪加一等了。"

"罪加一等？监军大人是要吓唬我吗？我张老汉一辈子勤勤恳

恳没干过坏事也没害过好人,到了我这个年纪也不怕死了,更不怕吓唬!今天,无论如何你们要还我一个公道,监军大人你看看这是什么?"张老汉说罢从怀里掏出一条抹额。这条鲜红的抹额在张老汉的手中飘荡着,像一面招魂幡,把现场所有将士的脸都给吓白了。

这不是一般的武人抹额,而是水军码头专用的,因为抹额上还写着水军的番号。现场的将士们除了张珏,每个人的脑袋上都戴着一模一样的抹额。

"监军大人,这条抹额刚才就紧紧地攥在我女儿手中,跟这些当兵的头上戴的一模一样!你还会说我张老汉是随意诬陷吗?"

张珏额头上暴起了青筋,他缓缓地把脸转向副将。"王八蛋!强暴农妇,还敢当着我的面睁眼说瞎话,我看你这个副将是不想干了,你们都活腻歪了!"此话一出,副将赶紧跪到地上。

"张监军明察啊,整个上午真没有士兵出营,是不是有人栽赃?"

"事到如今还敢说这样的话,证据确凿还想着包庇!既然这样,来人呐,给我将他押去钓鱼城大牢候审。"

一个军头被眼前的反转吓得愣住了神,心里暗忖道,肯定是马杰那个混蛋干的,干了坏事还想让我们给他背黑锅。马杰是从船上走的,没有办理正规的出营程序,副将他自然是不知道的。于是,军头赶紧出列将马杰出营的事情说了出来。

"这么说来,确实是你们水军的人干的……"张珏感觉心力一下子耗个精光,疲惫又无奈。

军头赶忙跪下解释:"监军大人,马杰他本来就是利戎司的人，他离开时就明确表态自己要回云顶城，不想继续在水军码头当差。他这么做，明显就是要我们背黑锅，嫁祸给我们！"

副将赶紧应援道："是啊是啊，当初都是王夔都统硬要把他安排在水军，说是来学习我们的技战法，但来了以后什么事也不干，还带歪了好几个新兵苗子，我早就想赶他走了。"

张珏看着波光粼粼的嘉陵江，亮闪闪的反光晃晕了他。马杰已经逃往利戎司，而他这个钓鱼城监军却没有去云顶城拿人的本事。

"传四川制置使余玠亲授监军军令，副将、军头二人停职查办，羁押于钓鱼城大牢，水军暂时由我代管，从今日起所有将士禁足十日，不得外出，违令者军法处置。另外，派出一支轻楫队往云顶城方向追击马杰，务必将他截于半途，押回审问。"

下完了军令，张珏来到张老汉身边扶起他，态度诚恳地安慰道："兴戎司都统冉璞跟着余玠大人北伐去了，所以命我暂行监军之职，但我监军监的也只是钓鱼城兴戎司的军，并非云顶城利戎司或者全蜀的军。我现在虽然派出了轻楫队去追马杰，但万一没追上让他逃到了云顶城，回到了利戎司，那我就没有能力再把马杰这个狗日的抓出来了。但我向你保证，等制置使一回来我就禀报此事，马杰他肯定逃不了。余大人他们已经过了青居城，不日即可抵达钓鱼城。老人家，我把我能做的都做了，请你一定要相信我。"

安抚完张老汉这些老百姓，张珏又整顿了水军，部署了几项重点军务，等到起身返回钓鱼城的时候已是皓月当空。

他骑在马上，不催促也不持缰绳，任凭马儿在钓鱼城的山路上慢慢踱步。他的脑子里也信马由缰地想着，等回到了山城，他还要将此事禀报合州知州冉琎，建议冉琎明天一早去张老汉家好生慰问一番。这几日冉琎也忙得够呛，关于北伐的谣言不断在山城和对岸的合州城里传播，越传越邪乎，老百姓们又开始担惊受怕起来，直接的影响就是农业和工商业元气不振，这样下去不光会影响民生，万一蒙古军真的打来，军需储备也会是一个大问题。

在张珏回山城的时候，张怀宝和赖灵寺也从合州城乘船准备回钓鱼城。皓月和繁星倒映在嘉陵江的缓缓波浪之中，让赖灵寺觉得自己好像在银河里飘着，美得不行。他躺在甲板上，打了一个饱嗝，满是猪蹄髈的香味。

"前天我跟着你在重庆府摆道场算命赚了几个钱，二十文还是三十文？除去给你买行头的十二文，赚的钱就够我俩吃碗面。今天你跟我到合州城，随便掷掷骰子就赚了三两银子，不在话下。"赖灵寺神色得意，"我看你以后还是别算命了，跟着我逛场子吧。而且啊，我觉得你也不是算命先生的料，哪有净说人家坏话的算命先生？来算命的人无非就是花钱买个心安，你总是跟人家说这个不好，那个不祥，谁喜欢来找你算命。喂，跟你讲话呢，听见没有。"赖灵寺抬起头，见张怀宝正在船头位置闭目盘膝而坐，徐徐江风吹动他的长须和墨绿色长袍，乍一看还真有道骨仙风的样子。

赖灵寺挑嘴笑了一声，故意压低声音叫着："张天师、张天师……哦，原来天师入定也，我等凡人还是不要扰天师仙梦的好，到时候天师引中天紫极璇玑雷劈我，那就呜呼哀哉了。"

"你也配中天紫极璇玑雷？"张怀宝左眼睁开一条缝，瞥着赖灵寺。他的左眼下有一颗大黑痣，黑痣上一根长长的黑毛抖动着。

"哟，天师醒了。难道是被猪蹄髈撑醒的？那我可罪过了。"

张怀宝反讥道："不就是请我吃了一顿肉吗，一路上念叨个没完。是不是想让我记着你的好，日后在为你超度的时候多加几道天雷？"

"真以为自己是天师了？你那点道行，能在下雨天保证自己不被雷劈着就不错了。"赖灵寺从甲板上坐起来，用舌头把牙缝里的肉末舔出来吞下肚，"张怀宝，我认真地问你，你也认真地回答我，你真想当道士？"

"人行大道，身心顺理。人间大道是为善，我现在算不上一个道士，顶多是个为苍生算命点津的善人而已。"张怀宝脖子一抻，一副道貌岸然的样子，赖灵寺知道他要起式了，"所谓善人，人皆敬之，天道佑之，福禄随之，众邪远之，神灵卫之，所作必成，神仙可冀。"

"你还想当神仙？你见过神仙吗？"

张怀宝闭上双眼假装没听见赖灵寺的奚落。

"我跟你说啊，张怀宝，你父亲已年逾花甲，你妹妹也到了出嫁的年纪，这个家啊也到了靠你操持的时候了。想点务实的事情行不行，给你老爹攒点棺材本，再给你妹妹准备些嫁妆，不比你每天故弄玄虚的强。"

张怀宝没有睁眼，但左眼下的那根黑毛又开始抖起来了。"我给人算命不是故弄玄虚，也不是为了赚钱，是为了行善。善恶有报，只要日日行善，老天爷不会亏待我和家里人的。"

"你就自己骗自己吧。你今年也三十六岁了,老天爷要是真待你好,怎么不给你安排个婆娘。"

张怀宝的黑毛抖得更厉害了。

"赖灵寺,你这个冥顽不灵的市井之徒,我今天陪你去赌博已有悖善行,赌博就是欺诈,把其他人的钱骗到自己的口袋里来,这种钱赚来有什么好的?"

"那你吃蹄髈还算杀生呢,也不是善行。宝哥,我想说啥子呢?人哪有一辈子都做好事不做坏事的,在这种世道,像我们这样的平民老百姓不做坏事,那就只有被坏人欺负的份?马善被人骑,狗急要咬人,我情愿当一条会咬人的狗。"

"我没见过比你还乖刁的人。"

"是,我赖灵寺从小没有父母,不乖刁就被别人欺负了。可我也不是总做坏事,你看我从小在钓鱼山上吃百家饭长大,就从来不害自己人,即使赌博我也是去合州、重庆。这叫什么?叫……君子爱财取之有道,你看,我也是行大道的人。"

张怀宝终于睁开了双眼,直勾勾地看着赖灵寺,而后腼腆地笑了一下。"其实我挺羡慕你的,明明是个内心纯善之人,但有时候为了生计也能做一些狡诈狠辣之事,我就做不到。"

"那你老汉、幺妹需要你做的事情,你能做到吗?"赖灵寺期许地看着张怀宝。

船身猛地一晃,这是到岸的信号。张怀宝提起长袍走下船,问道:"今晚你睡哪?还是跟我睡吗?"

赖灵寺意兴阑珊地咂咂嘴。"我又没有家,不跟你睡跟谁睡?难不成跟幺妹睡?"

张怀宝伸手打了赖灵寺一下。"你要是敢打我幺妹的主意……"

"我就刨你祖坟，日你先人板板。"赖灵寺和张怀宝一起说出了下半句。

"亏你还想当道士呢，张口闭口就是污言秽语……哎，我问你呢，你怎样才能放下这个执念？至少那样能让日子舒坦一些，你爹也会开心一点嘛，省得每次回家都被他骂得狗血淋头。"

"我不知道。其实苦一点没有关系，活得随性一点才好嘛。别说了，到我家了……咦，今天怎么屋里亮堂堂的，老汉和幺妹都还没睡觉吗？"

张怀宝刚走进小院，就听见父亲撕心裂肺的大喊，他和赖灵寺对视了一眼，感觉事情不对头，赶忙往屋里跑。

屋里，张老汉跪在地上边哭边磕头，房梁上吊着一个人，正是幺妹。看到这样的场景，张怀宝的双腿好像突然被折断，一下子扑倒在地，连往前爬的力气都没有。赖灵寺也觉得自己的心肝好像被捏住似的，喘不上气，他艰难地移动双腿挪到幺妹身边，想把她的脖子从绳套中解脱出来，可任凭他怎么努力都没用。

"那是个死结，幺儿这是决心要死啊！我只是打了个瞌睡，没想到……幺儿，你对自己太狠了……"

张老汉的哭诉劝住了赖灵寺，他转而将张老汉扶到椅子上坐好，神情恍惚地问道："张叔，幺妹她……她这是何苦呢？"

"她说这世上容不下她了，只能一死了之。幺儿太傻了，做缺德事的人还活得好好的，哪里轮得到她先死啊……"

张怀宝失魂落魄地踱步到二人面前，面无表情地说："钓鱼城

27

水军马杰强暴民女，全蜀通缉……原来马杰强暴的民女是我的幺妹……啊！"在赖灵寺专心赌博的时候，他抽空逛了逛合州城，见过通缉马杰的告示。

张老汉见到儿子就气不打一处来，他拿起桌子上的茶壶朝张怀宝劈头盖脸砸了下去。"你个龟儿子，一天到晚灯儿晃不干正事，叫你待在家里帮衬就是不听，我都不叫你干活，就是照应一下你妹也好啊！现在幺儿死了你晓得回来了，你回来做啥子？给老子滚！"

赖灵寺看着情绪崩溃的父子俩，想劝又停住了，清官难断家务事，何况是他，说的话能有多少斤两？张怀宝歪坐在地上，对血流如注的脑袋毫不在意，竟痴痴地笑了起来。"举头三尺有北斗神君，在人头上，录人罪恶，夺其纪算。这个败人苗稼、破人之家的马杰自有天惩。"

"张怀宝，你现在的能耐好大哦，都能请得动北斗神君为我幺儿报仇？算了吧，天底下坏人那么多，神君哪里来得及。你要还算是我的儿子，就去把马杰那个狗日的抓来，我们自己家的仇自己报。"

"是道则进，非道则退，滥用私刑不是我们能做的事情。"张怀宝双目空洞地盯着妹妹的尸体，机械般地回答着。

"那好，那你就给老子滚出这个屋，从今以后再也不要回来了，走你的神不弄东的大道去。滚！"

"张叔，幺妹儿刚走，我们要办白事，还要亲眼看见马杰那个狗日的下地狱，家里现在需要宝哥，你别赶他走。"赖灵寺握住张老汉的胳膊，满是哭腔地劝道。

"这个家从来都不需要他，现在更不需要他，他也不需要这个家。赶紧给我滚。赖灵寺！你也不是啥子好东西，一块滚，快滚！"

事后，赖灵寺每每想起今晚就后悔得不行。要是他厚着脸皮，不管张老汉打也好骂也好就是赖着不走就好了，那么肯定能拦住上吊的张老汉。可是，张怀宝的脾气和他父亲的一个样，气性上来说滚就滚，任凭赖灵寺怎么劝就是不回头。张怀宝走了，赖灵寺就没有了继续在这个家待下去的理由，只能跟着走。

过了今晚，张怀宝就成了和赖灵寺一样的人了，一个没有亲人的人。

第二章
身后是朝堂暗流，眼前是民闹风波

涪江、渠江和嘉陵江在钓鱼城汇合，后又流经重庆府汇入长江，顺长江而下便能抵达江南。奔流不息的长江带动了沿岸州府的贸易和民迁，但另一方面也有可能给临安府带来蒙古人。所以在朝廷眼里，巴蜀之地制扼着长江上游，是名副其实戍卫社稷的西大门。

今天，北伐撤退的消息也从水路传到了临安。

"余玠北伐提前撤退，但皇上依旧龙颜大悦。"枢密使谢方叔到勤政殿禀报后回到枢密院，没等坐定就和枢密副使徐清叟如是说。二人神情凝重地对视了一眼。

"余玠现在如钱塘大潮般势头鼎盛，做什么都深得皇上的欢心啊。"徐清叟语气颇酸，"余玠主张北伐，下官从始至终都不同意。要是能把蒙古人赶出大散关还好，可现在打到兴元府就撤退，意欲何为？悄悄地北上踹一脚蒙古人的屁股，把蒙古人惹恼了又跑回蜀地，这不是挑衅讨打吗？余玠这么干把枢密院的边防策略都给打乱了！好不容易消停几年，皇上刚能睡上安稳觉，蒙古人又要跟咱们兵戎相见。"徐清叟给谢方叔递上一杯热茶。

谢方叔吹了吹茶水,没有喝。"皇上觉得余玠北伐,功不在夺回多少失地,而在于提振朝野上下的信心。只要我们不怕蒙古人,蒙古人就不可怕。"

徐清叟愤愤地说:"这……这不是自欺欺人吗?难道眼睛一闭,老虎屁股就能摸了不成?"

"徐副使所言甚是。不过,皇上的本意是好的,让老百姓们,让前方将士们从'恐金病''恐蒙病'的阴影里走出来。但我始终认为,不管是之前与金人打交道还是现在与蒙古人打交道,都应当以和为贵。兵戎相见,于大宋而言是下下策,唯有议和才是大宋偏安之道。而想要议和,便应当韬光养晦,韬光养晦到蒙古人忘记我们,瞧不起我们,不屑于跟我们开战,那大宋就安宁了。"

"枢密使格局高远,余玠委实不及……余玠打得过蒙古人我相信,有他在,蒙古人突破不了巴蜀防线,长江上游大可高枕无忧。但我们还有荆襄之地需要坚守,还有淮东战场要加强戒备,蒙古人也知道蜀地难攻,保不齐他们调转马头主攻荆襄或者淮东,到时候余玠他能带着蜀军人马支援吗?"

"副使言之过激了,余玠只需管好巴蜀就行了,他不用想那么多,这些都是你我的职责。"谢方叔眉眼低垂,轻叹了一口气。

"余玠好大喜功,枢密使却因他徒增辛劳,这份苦心他哪里能知晓?枢密使,我记得去年余玠来临安述职时,您专门交代过他施行边境靖安策略,看来他并没把您的话放在心上啊……"

谢方叔嘴角微微一抖,不想和徐清叟在这个话题上继续绕下去,余玠是何许人,不需要徐清叟来提醒他。他心里很清楚,余玠和他政见不合,朝堂之上只有两个人的话对余玠有用,一个是皇帝，另一个是丞相郑清之。况且皇上和丞相当初都全力支持余玠北伐，所以他这个枢密使的意见并不重要。

谢方叔支开了徐清叟，从袖兜里拿出姚世安的信。姚世安是利戎司的副都统，他和都统王夔都是谢方叔亲手栽培的亲信，巴蜀的军情民意多由他们传达。姚世安在信中说，北伐正如他们期望的那样，并未达到余玠的预期。巴蜀之地现在人心惶惶，人人自危，担心蒙古人随时会打过来。谢方叔嘴角慢慢上挑，满意地把信纸付之一炬。

谢方叔是巴蜀威州人，他虽在临安任职，但亲属都还在威州。前几年，蒙古人占领威州，谢家亲属逃到云顶城避难，并受到姚世安的妥善安置。谢方叔由此注意到了姚世安，一来是为了答谢他照顾亲属的恩情，二来也是为了在巴蜀安插眼线，于是在仕途上多次提携姚世安。姚世安也是个识相的人，对谢方叔自然言听计从，恨不得以父相称。

谢方叔抬眼看向枢密院大堂正中的牌匾，上书"佐天子执兵政，理内外之经略"，落款是高宗皇帝。这句话是高宗皇帝为枢密院题的词，旨在强调枢密院的官员要辅佐皇帝经营好大宋的军事，确保国之安全，民之安定。

谢方叔身负如此要职，却自叹无处施展个人才华与抱负，政见也得不到皇上和丞相的重视。他必须改变自己的处境，提升自己的地位，所以他一直在心里暗暗计划着，让皇上重拾对武人的忌惮——这是赵室的祖宗家法。岳飞、韩世忠、张俊曾经都是功高盖世的将领，晚年都被剥夺了军权，岳飞尤甚，下场惨烈。

赵家皇帝对武人的忌惮是天生的，他不信当今皇上没有。

"枢密使，太上宫天师皇甫允求见。"下属进来小声通报道。

"快快请进来。"谢方叔端正了官帽，情绪迅速从阴郁中走了出来。

皇甫允是一位真正的得道高人，至少在皇上眼中确凿无疑。去年，皇上在凤凰山修建了太上宫，亲自请来皇甫允做当家道长，还常常问卦于他，为社稷之策指点迷津。谢方叔心里明白，皇甫允俨然就是位不入朝堂的参知政事，隐藏于太上宫的朝政大员。

谢方叔将皇甫允迎进来后，又请他上座，显得格外客气殷勤。

"天师深居太上宫，为天子和苍生求道解难实属辛劳，老夫贸然相请，还请天师见谅啊。"

"枢密使大人言重了，贫道承蒙皇上抬爱入主太上宫，但身心依旧如闲云野鹤般自在，倒是谢大人日理万机，不辞辛劳，乃吾等楷模。如今，北伐顺利，内外安澜，这都是枢密使的功劳啊。"枢密使是掌管军事的最高官员，北伐顺利归功于枢密使也无可厚非，可谢方叔却显得有些尴尬。

"哪里的话，这都是天师虔诚祈福的结果，有了天师庇佑，天下之事自然一切顺遂。"

二人互敬了茶水，都对如此互捧的开场相当满意。谢方叔只是用茶水沾了沾嘴唇，就认真地问道："天师刚才提及北伐，不知天师对北伐有何见地？"

"北伐是吾皇自登基以来开天辟地之创举，既收复了失地告慰祖宗，又痛击了虎狼振奋人心，日后必定青史垂名。不过，北伐属兵政，贫道不懂，所以想法也不一定准确。"

"天师过谦了，老夫甚是认同你对北伐的看法。但站在枢密使这个位置上看，我又不得不有一些焦虑，今天也是想请天师为我算上一卦，不知道我这些焦虑是否有源可溯，有药可治？"

"贫道职责所在，枢密使请说。"

"这几日我接连做噩梦，梦见北伐大功臣、四川制置使余玠遭内奸暗算被砍去右臂，我要去救他，却被他推开。这个梦一连做了五晚，每次醒来都是一身的冷汗。都说梦与现实互为悖反，但我内心总觉得有什么恶兆要发生，还请天师帮我算上一卦，或者说为余玠算上一卦。"

皇甫允微闭双眸，轻轻地捻着长须，问道："在梦中，枢密使为什么要去救余玠？"

"余玠是朝廷重臣，北伐功臣，他遇险我自然是要救他的。"

"枢密使方才说梦与现实互为悖反，你梦中搭救余玠，那现实中……"

谢方叔眉头一皱，他没想到皇甫允会在这个上面做文章。"本官……本官只想请天师解个梦罢了……我和余玠同朝为官，虽算不上亲同手足，却也没想过要害他。"

皇甫允微微一笑："枢密使方才说梦与现实互为悖反……其实在我这里没有这种说法。"

"哦……哈哈。"谢方叔放松地往后仰了仰，用笑声来掩饰尴尬的神色。

"枢密使如何评价余玠这个人？"此话一出，谢方叔的笑声戛然而止，"贫道就不瞒枢密使了，你的梦境其实是一个预言，一个关系江山社稷安危存亡的预言。看来……太上选择此梦入你酣眠，实则将降大任于你……"

"太上托梦？还托了个预言？"谢方叔怀疑自己的耳朵出了问题。

"没错，所以枢密使你若真想让贫道来解梦，就请评价评价余玠。切忌官样话术，只有你内心对余玠真实的想法才能解出太上要告诉我们的天机。请枢密使把贫道当成自己人。"说完，皇甫允轻轻地把手掌贴在自己胸口，以示真诚。

皇甫允一脸认真，睫毛都没闪一下，这让谢方叔也较真起来。"余玠……余玠治蜀八年整饬军政，葺理经济，还构筑了山城防御体系，确实功绩灼灼。不过……"谢方叔抿了一口茶，"不过，朝中对他有一些非议，尤其是在对蒙策略上，有人说他贪功冒进，只顾及一川之宜，而未顾全大局。就拿这次北伐来说，可能会激怒蒙古人反侵大宋，对社稷民生不利啊。"

"我知道枢密使的意思了。"皇甫允点点头便开始喝茶，却不接着往下说。谢方叔好几次眼神示意，但皇甫允却眼神躲闪，似有什么心事。

"天师有所顾虑？"

这回皇甫允开口了。"确实有所顾虑，就拿我家侄来说，他要参加今年八月的秋闱，我为他算过一卦，卦象说他可以顺利荣升举人，前提是有贵人提携。可眼看着秋闱越来越近，这个贵人还没有出现呢。承蒙枢密使叫我一声天师，可我连自己侄子都算不准，怎么敢对枢密使的梦相随意置喙？"

谢方叔宦海沉浮数十载，岂听不出皇甫允话中深意。"天师是隆兴府人？隆兴知府乃我门生，他的任职也是由我举荐。天师道行深厚可通太上，想必贵侄也是人中龙凤，我亲自为贵侄写一封举荐信。秋闱由本地州府自行组织,想必会有用处。"

皇甫允起身作揖:"原来家侄的贵人远在天边,近在眼前。看来为枢密使解梦实属天命,天命难违,那我就为枢密使解上一卦。"皇甫允靠近谢方叔耳边,低声说道,"余玠被断右臂,只剩左臂,单手独拳。"皇甫允举起左拳,在谢方叔面前晃了晃,"独拳即是独权!太上预言,余玠要造反!"

谢方叔瞪大眼睛,表情与其说是诧异,不如说是惊喜。

"当真?"

"真不真的,全凭枢密使怎么看了。余玠远在巴蜀,与我没有丝毫关系,我为何要害他?"

"所以也不会帮他……"

"贫道算的是天机,也是人心。人心即是天机,天机即是人心。"

皇甫允和谢方叔对视一眼,二人会心大笑起来。

"天师,天机不可泄露啊。"

"太上预言,贫道不会与外人道也,不过……若是皇上有心问起……"

"如果皇上问起,天师会怎么说?"谢方叔谨慎地看着皇甫允,咽了口唾沫。

"如果皇上问起,自然也是这么说。在枢密使与我表露心相之前,太上预言有好几种解读;在枢密使与我表露心相之后,太上预言就只有一种答案了。"

"哈哈,天师不光通达太上,更通晓人心,谢某望尘莫及。天师啊,谢某人微言轻,相比我的谏言,皇上兴许更相信太上预言,还请天师以江山社稷为重,在皇上耳边多多警醒才是……"

"贫道职责所在。"

马杰的小舢板刚划到神臂城,就被张珏派出的轻楫队追上了。冉琎和张珏共同商议,对马杰的审判就放在钓鱼城的校场举行,而且要公开审判。马杰害死了张老汉父女二人,必须通过公开审判方能将火燎日烘的民怨平息下去。

校场外不设红叉子,凡想围观审判者皆可入内,以至审判还没开始,校场就被老百姓挤得满满当当。张怀宝作为两个受害者唯一的亲属,依规可以旁听审判,但他却和赖灵寺一起坐在高高的黄葛树树杈上。他俯瞰着即将发生的一切,眼神和表情就像是道观里睥睨众生的神仙,似乎只有这样置之度外的感觉才能掩盖悲伤。

"太上曰,祸福无门,惟人自召;善恶之报,如影随形。老汉和幺妹是不是真的做了什么错事,才会遭到如此报应?"坐在树杈上的张怀宝问坐在另一根树杈上的赖灵寺。张怀宝张口闭口都是道家书本里的话,赖灵寺只能懂一半,猜一半。

"张叔一辈子老实,哪做过什么坏事?你幺妹才十六岁,黄花大闺女一个就更不用说了。"

"那照你这么说,我爹和我妹又为何会遭受如此无妄之灾?"

"无妄之灾是什么意思?你说的那个我不懂,但我知道这个世界上不光有好人,还有坏人。如果都是好人,那你家祖师爷的天雷岂不就没有用武之地了?宝哥,你别想那么多,你看,眼前马杰的报应马上就要到了。"

二人的位置又高又远,反而能清楚地看见马杰被五花大绑着押上校场。校场是兴戎司官兵日常训练的场所，今天作为临时搭建的审判场所，制式器具并不齐备，所以马杰直接被绑在了绞刑架上。

马杰一出场，老百姓的情绪就控制不住了，谩骂声和烂菜叶像嘉陵江涨水一般，不断地向他扑去。赖灵寺忍不住也跟着叫骂起来，张怀宝虽不像赖灵寺这般反应，却也鼓起腮帮子，瞪大了胀满血丝的双眼，嘴角不受控制地抽搐着。可反观马杰却一脸坦然，那些谩骂声似乎在他耳朵里如赞美一般。

"罪犯马杰，强奸民女张氏，逼死张氏父女二人，你可知罪？"冉琲作为主审人率先问话。

"我是强奸了一女子，但我不知道她是不是你们口中的张氏，姑且算是吧。可说我逼死张氏父女二人，大人，这可冤枉了，我何时逼过张父呢，我连见都没见过他呢。"

张珏拍案怒骂："马杰，你现在是罪犯，你以为自己是什么？你强奸张氏，张氏因此上吊自杀，张父因为张氏的死也上吊自杀了，这都是事实。"张珏拿出长官的姿态训斥马杰，可马杰根本不在乎。

"张监军，你怎么这般肯定他们是因我而死？我可能不算好人，但我不是杀人犯，我没有杀人。"

张怀宝呼呼地喘着气，用力折断一根黄葛树树枝。老百姓的谩骂声比之前更甚，在骂声中偶尔还有几句骂张珏和冉琲的。

"杀了这个狗日的东西，你们审东审西能审出个鸟来？"

"这种十恶不赦的大坏蛋都治不了，你们是怎么当官的？"

冉琲见势头不对，挥挥手叫张珏坐下：

"马杰,本官问你,为什么要强奸张氏?"

"我白给你们钓鱼城干了一个月的活,什么都没捞着。鹰饱不抓兔,这事不能怪我,要怪就怪你们自己,作为堂堂军人,要地位没地位,要女人没女人,这不是逼着我自己动手丰衣足食吗?带兵治军要都按照你们钓鱼城的标准来,当兵的跟普通老百姓一样没有特权优待,那谁还当兵啊?"

"男儿当兵志在保家卫国,况且每个月的俸禄可曾少你一分一厘?不保护百姓,反而伤害百姓,这就是你作为一个军人干的事情?"

"军人保家卫国,成天把脑袋别在裤腰带上,我也没去打家劫舍,就是想开心开心、舒坦舒坦而已。他们要死,那是他们的事,与我何干?"马杰说罢,嘴角露出一丝轻蔑的微笑。

马杰的态度把冉琎也惹怒了。

"对待非常之人就要用非常手段,马杰强暴张氏已经触犯了军法,罪当处死。起先,本官还想让你在死前忏悔,以慰张氏父女在天之灵,没想到你却死不悔改!罢了,你这丧尽天良的东西又怎会知道忏悔?现在我宣布,马杰以军法处置,绞刑。来人啊,行刑!"

"看你们谁敢动我?我不是你们钓鱼城的兵,你们有什么权力绞死我。"马杰虽然被反绑着双手,但脖子抻得老长,青筋凸起,气势彪悍。

"就凭我是合州知州,就凭你在我合州犯事,我就有权将你处死。"

就在冉琎将要掷下令牌之际,意外却发生了。

"请冉大人三思而后行！"

这句话不是马杰说的。在场的所有人循声望去，只见一行云顶城利戎司打扮的人拨开人群，朝校场中央走来。在其他人一头雾水的时候，张珏一眼就认出来，领头的人是利戎司副都统姚世安。

张珏站起身，从审判台上快步走下，来到姚世安面前，挡住了他的去路。"姚世安，你来干什么？"

"张珏，你挡着我干啥子？我又不是来劫法场的，你紧张锤子？"姚世安企图从张珏身体的右侧通过，张珏马上变换了身位，继续挡在姚世安前面："冉知州在审判，法场重地岂是你说闯就闯的？"

"老百姓都能随意围观，我为什么不可以？我就想问问冉珽大人，凭啥子要绞死马杰。你不让我过去，行，我就在这里问。"姚世安故意伸长脖子，夸张地问道："冉大人，我们云顶城的王夔都统托我来问一下，马杰犯了啥子事，你要弄死他？"王夔正和余玠一起在返回途中，理应不可能知道马杰的事情，姚世安这是在狐假虎威。

"马杰强暴钓鱼城农妇张氏，致张氏父女二人不堪其辱，自缢身亡，按照军法，当处以绞刑。姚副都统，你且快快退下，不要干扰本官断案。"

姚世安假惺惺地作了揖。"冉大人，并非下官想要干扰您断案，只是……只是马杰的军籍归属云顶城利戎司，恐怕在钓鱼城受审不妥吧？刚才我听说冉大人要军法处置马杰，那遵循的也应该是利戎司的军法，而非钓鱼城兴戎司的军法吧。按照利戎司的军法，强暴民女应当禁闭三月，罚俸一年，罪不至死啊。"姚世安语气决绝,根本不把冉琎这位知州放在眼里。

"放肆!"冉琎猛地一拍惊堂木,"自余玠大人入蜀担任制置使以来,就着力整饬军队,重中之重便是制定了一套全蜀通行的军法,而且这套军法已经制定完备,并施行数年。本官不知道你们云顶城利戎司的军法又是什么军法!"

"我们利戎司驻军在云顶城,云顶城又在汉中一带,属于抗蒙前线,受到的侵扰和战争要比钓鱼城多得多。不像你们钓鱼城这般稳坐山城防御体系的大后方,军情和民情自然没有云顶城那么复杂。在云顶城,规矩要是严了,谁还愿意卖命打仗?"

张珏听罢,伸手推了姚世安一把。"姓姚的,你说这话是什么意思?军务和军纪本来就是相辅相成、相提并论的事情,从你嘴巴里说出来,好像军纪要为军务让路似的?怎么,军务繁忙就可以置军纪而不顾吗?"

"我并非这个意思,我是说咱们当兵的就只管打好仗就行了,这才是正事。倘若打仗不行,军纪抓得再好,有个锤子用?"

"兴戎司的军纪是全蜀的标杆,自入驻钓鱼城以来也未尝败绩,你跟我说有个锤子用?利戎司又有什么锤子用?"

"哟,张监军的意思是今天要在这里分出个胜负咯?"姚世安话音刚落,身边几个膀大腰圆的士兵就挑衅似的往前靠了靠。

张珏也不服输,昂着下巴,轻蔑地看着对方,说道:"既然你们主动不要命,难道我还要惯着吗?"张珏此话一出,兴戎司的士兵迅速围了上来,气势上顷刻便比对方高了一头。

在张珏和姚世安互相对峙的时候,围观的老百姓紧张地大气不敢出,谁也没想到一次结果明确的审判会闹到这个地步。黄葛树上的赖灵寺焦急地拧断树枝,嘴里不停地低声骂着。

"张监军……"双方剑拔弩张之际,张珏的身后传来冉琎极具说服力的呼唤。张珏闻声极不情愿地后退了一步。

"姚副都统,本官依照军法宣判,有根有据、合情合理,如果你们利戎司有什么意见,就等制置使大人回来再跟他说去吧。军法在上,我不管你们的理由在自己看来有多么冠冕堂皇,在钓鱼城就是行不通。马杰,无论如何你今天都难逃一死!"围观的人群中爆发出阵阵叫好声,姚世安几个人环顾四周,钓鱼城军民人多势众,他若要再公然反抗,恐怕会被大家的唾沫淹死。

赖灵寺轻轻地拍了拍张怀宝的肩膀,张怀宝闭上双目,嘴里念念有词,似乎在告慰父亲和妹妹的在天之灵。可就在大家都以为马杰难逃一死的时候,石照县令拎着官袍一路跌跌撞撞地出现在冉琎面前。

"知州大人,不好了,大事不好了!"

冉琎将准备丢下的令牌重新放回案台上。"何事这么惊慌?"冉琎觉得除非蒙古人来了,不然不论什么事在处死马杰这件事面前都算不上大事。

"新老山民因为地界的事情打起来了,已经死了五六人了,下官请求……请求兴戎司协助。"

没等冉琎反应过来,围观的老百姓就先议论了起来。

"地界的事?"

"我家的地会不会被抢了?"

"背时倒灶,我昨天刚下的菜秧子……"

冉琎重重地捏着手中的令牌,"马杰,无论如何你今天都难逃一死！"是自己刚刚撂下的话，掷地有声，他不能言而无信。不过，石照县令的到来让这场审判瞬间失去了大部分观众，因为地界的事情牵涉他们每一个人的利益。

"闹事的人聚在镇西门，都带着柴刀农具呢，大家不要空手前去！"人群中不知道是谁这么喊了一声。随后，围观的人先是散去，有的回家扛来了农具，有的纠结了左邻右舍，而后散开的人群在城墙边的跑马道集结，半个山城的人浩浩荡荡地朝镇西门行去。

在利益面前，除了张怀宝和赖灵寺，没有人再关心这场审判了。

冉琎深知镇西门事态一旦升级，那后果将不堪设想。他毕竟是钓鱼城的主官，于是迅速下令将马杰押入范家堰的州治大牢，而后吩咐张珏调集兴戎司兵马赶紧前往镇西门维持秩序，接着又召集州治中的各级官员，边赶往镇西门边商量对策。

冲突地点位于镇西门一带，这里虽然山地居多，少有平坦农田，但辛勤的钓鱼城居民将这里的大片山地改造成了雷鸣田。雷鸣田是合州地区特有的梯田，农民们在山坡起伏间储水，打雷下雨后便有了灌溉用水，如此层层开发，种植的禾稻反而比平常农田要多，产量也更高。

在钓鱼城初建之时，应官府的招引，有大批合州城内的百姓迁入山城，他们之中有文人、匠人和生意人，当然最多的是农人。这些没有土地的农民来到山城以后，不断地开荒复垦，把原来一些不毛之地变成了良田。这原本是一件好事，可当合州州治迁入钓鱼城后，渐渐出现了一些不和谐的声音。

在钓鱼城没有筑城之前，这里山民稀少，极少有人愿意在交通不便、耕地匮乏的山上生活，有一些钓鱼山原住民放弃了原来的耕地、山林甚至是宅基地，举家迁到了合州或者重庆讨生活。随着合州州治迁入钓鱼城，这里很快就成为合州地区新的中心，冉琎、冉璞带领山城军民开垦田地、凿井造湖，不光物质条件日渐优渥，同时也比山下更安全。每逢战争爆发之时，钓鱼城居民哪也不用去，也不用东躲西藏，只消老老实实待在山上，就能保障一家老小的安全。这是山下百姓最羡慕的优势。

此次地界纠纷也正是因此而起。随着北伐撤退的消息传遍全蜀，一些在合州等平原城池生活的老百姓开始惴惴不安起来，这其中就有从钓鱼山迁下来的原住民。当这些原住民意识到原来自己舍弃的钓鱼山现在是更好的谋生安家之地，他们就拿着原来的地契、户籍，纠结上山试图拿回原来的资产。

原住民拿着旧地契，新山民拿着新地契，公说公有理婆说婆有理。可一块田不能劈成两半，一座房子也不能住进两家人，两拨人互不相让，谁让谁是傻子。正在大家剑拔弩张之际，人群中不知道谁喊了一声："打死这些抢田抢粮的强盗！"于是，一场械斗不可避免地展开了。

没有房子就要风餐露宿，没有田地就要忍饥挨饿，在农民的眼里土地就是命根子。他们为了护住命根子宁可不要命，命是自己一人的，可命根子却关乎一家老小所有人的命。

张珏赶到现场时，这场风波已经有所平息。两边有人伤亡，都是些精壮汉子，家里的顶梁柱。家属们抱着这些汉子的尸体呼喊着、叫骂着，也就没有人再愿意出头了。张珏马上命士兵手持盾牌和长枪从两拨人的中间插入,将两拨人安全地隔离开来,随后又命令军医全力救治,对无法医治的人用担架马上搬离现场,并带离家属做好安抚工作。作为钓鱼城军事方面暂时的负责人,他能做的就只有这些。接下来就是静静等候冉琎大人的到来。

此时的冉琎正带领州治一干官员朝着镇西门小跑前进,他原本期待手下诸官能够给出一些有用的建议,结果都是诸如"陈年旧疴,一时半会难以溯其根源""田地归还与否都会加深民怨""将带头闹事之辈移交司理处置"一类不中用的建议。

冉琎对这些官员的建议不置可否,自己默默在脑海中检索着筑城之初的政策规定,寻找能够平息本次冲突的救命稻草。不过对于冉琎来说,不管有没有这根救命稻草,他都必须一头扎进民怨的洪流之中,去疏导,去解决,这是他作为钓鱼城主官的担当。

冉琎一走进人群,耳朵就被两边的声音无情地撕咬起来。

"薄刀岭西二亩山地一直以来就是我家的祖产,现在被改成了梯田,那么多的林木去哪了?我要你们赔!"

"知州大人,我要告他们侵占我农田,故意损毁我家庄稼!"

"我家的庄稼也被糟蹋了,我申请减免今年摊派的秋籴。"秋籴是这些农民必须要上缴的税粮。

"他们这些不要脸的刁民,私自种了我家农田三年,还要恶人先告状,说我损毁庄稼,我自家地里的庄稼我想怎么弄就怎么弄。"

"就是,这些田地都是我们的。"

"不光是田地,我家宅基地也被占用了,这上哪说理去?知州大人,你管不管?"

"对啊,你管不管?"

"知州大人,你要替我们做主啊……"

现场老百姓这些话语,冉琏在来的路上都预想到了,但他还是控制不住地烦躁起来。

"各位乡亲父老,本官既然来了,就一定会为大家做主的。不过……田地的事情我们先放一放。俗话说人命关天,在场的各位难道不想将杀人行凶者先行抓捕归案吗?"此话一出,现场顿时鸦雀无声。刚才有几个扯着嗓子喊叫的人都缩起了脖子,往人后躲去。

"张监军!"

"在!"

"方才兴戎司的人马先赶到了现场,是否已经锁定杀人行凶的罪犯?"冉琏神情坚决,他需要张珏给他一个肯定的答案,而张珏自然是不会让他失望的。

"禀报冉大人,下官已经查清几名挑事者,就等您下令!"

"拿下!"

"是!将挑事者先行拿下!"随着张珏的一声令下,早就布置好的兵力快速穿过人群,接连将指定人员拿下。

"我没杀人,他动手了,我看见他动手了!"

"他也动手了,用锄头敲了张老拐的后脑勺!"

张珏要的就是这种效果,如此一来就不会有漏网之鱼,后续只需要严加审讯即可。他稍稍松了一口气,抬手一指,喝道:"一并拿下!"

幸好,在张珏抓完该抓的人以后,冉琏的救命稻草到了。冉琏手下最得力的下属汪显祖手上举着一份公告冲到冉琎面前,这份公告就是冉琎的救命稻草。

"各位父老乡亲,钓鱼城筑城之初曾鼓励钓鱼山原住民回山上生活,并予以补助,可当时响应的人寥寥无几。于是,经重庆府同意,我们以合州的名义下发了这则公告。"冉琎轻轻抖开泛黄的公告,展现在百姓面前,"对于那些不愿意回山的原住民,我们视为自愿放弃山上的田地房产,并可以在当年前往州治申领一定金额的补偿款,逾期视为放弃申领。你们刚才的诉求,本官多少听清楚了一些,无非就是想要回原来已视为自动放弃的田地房产。可放弃就是放弃,这些东西现在已经不属于你们的了……"

"这是什么公告?我当年没有见过。"

"我也没有见过,这不会是刚伪造出来糊弄我们的吧?"

冉琎眉头一紧,他料定了这些原住民会这么说。

"放肆!公告是正式的官府行文,重庆府亦有备案,岂是你们口中的儿戏?"

"就算是当初有这则公告,那……那我们的田地房产就这么说没就没了?他们是你们的老百姓,那我们就是后娘养的了?"原住民中有胆子大的如是说。

"你们都是大宋的子民,天子爱民自然不会有所偏倚。听本官一句,原来的田地房产是拿不回去了……"

"那还说什么不会有所偏倚……"

"就是!"

"听本官把话说完!"人群再一次安静下来,"原定于当年申领的补偿款,按理说逾期不予补偿,但是今天如果有人愿意申领这份补偿款的，现场就进行登记，明天拿着登记文书去范家堰的州治领款。而且，你们当中有人愿意重新定居钓鱼山的，我们欢迎，并且还要无偿给你们重新安排宅基地和田地。只要你们愿意，均可重新成为钓鱼城的山民，或者重新申领到补偿款。当然了，这些优待条件的前提是你们遵守公告的规定，倘若你们不愿意遵守公告的内容……"冉琎的眼神突然犀利起来，"那本官也无能为力，只能一码归一码，公事公办了。"

冉琎把话说完，环视着原住民，又补充道："刚才兴戎司带走的那些歹徒，不管是新山民还是老山民，本官一律依法处置，还请各位父老乡亲放心。"

原住民们听完这句话才发现，自己这边几个挑头的人全被带走了，没人愿意再出来挑头闹事。正所谓好汉不吃眼前亏，况且知州大人放在大家眼前的貌似是亏，其实是福。大家你看看我，我看看你，都嘀咕着知州大人的话有道理。随着第一个人走上前来登记，原住民没人提出不同意见了，都欣然接受了通情达理的知州大人的优待。

日暮西山，天边燃起了一片火烧云。等待冉琎的还有善后、审判等诸多事宜，但能平息眼前这场纠纷，他还是露出了宽慰的笑容。前几日，冉琎还期待能站在制置使的对面，信心满满地禀报山城无事，军民安好。可现在，他只求事态不要进一步恶化，关于马杰、地界纠纷，他则没有信心完全处理妥当。王夔和原住民一样，都不是好惹的角色。

第三章
有人拆台，亦有人补台

南宋都城临安，大内红墙外庄严的官署鳞次栉比，可偏偏在东南角有一处白墙黑瓦的小院，说它不起眼，却在官署的映衬下无比显眼和突兀。这个小院就是万寿香所，从孝宗朝开始就是临安黑白司的驻所。这里的第一个主人是昭勋阁二十四功臣之一，在本朝又被皇上追封为周王的赵汝愚。绍熙年间，光宗皇帝患有心疾，悍后李凤娘把持朝政，社稷不祥。赵汝愚以保全大宋江山为己任，联合当时的太皇太后吴氏和一干忠臣推动了绍熙内禅，确保皇权的平稳过渡。

如今，大宋较绍熙内禅时已逾三朝，朝廷的首相从赵汝愚、余端礼变成了韩侂胄、史弥远，到现在的郑清之，临安黑白司的权柄也从赵汝愚之手转交到其子赵崟手中。此时，万寿香所的大堂两侧香架像大门一样从中间打开，里面是形形色色人员的档案。大堂里的两个人，赵崟和淮夫人并没有查阅某个人的档案，而是在漫无目的地踱步，似乎在等待什么。年迈的仆人阿福轻轻推开大门，走到同样年迈的赵崟身旁，在他耳边嘀咕了两句话，又轻轻地退了出去。

赵㫋抽出余玠的档案，递到淮夫人的面前，提醒道："朝中有人想要毁掉他。"赵㫋说的不是杀，而是毁。

淮夫人用她那修长的手指抚摸着档案封面上"余玠"两个字，遥远的回忆掠过她看破世俗的眉眼和未被尼姑帽遮挡住的泛白鬓角。她云淡风轻地问道："是枢密院那边的黑白探传来的消息吗？"淮夫人这个称呼是她年轻时候在淮东战场奋勇杀敌挣来的，所以说话的神态带有当朝女性少有的自信与果敢。

赵㫋猛地抬眼注视着眼前这位看似波澜不惊的女人，露出一丝勉强的笑容："黑白司的威力大不如从前了，难道淮夫人神不知鬼不觉地在黑白司安插了内应？"

淮夫人庄重地笑了笑："八年前，余玠临危受命赴任重庆。彼时的巴蜀大地就像命脉垂绝、形神俱离，仅存一缕之气息的病人，蒙古人在巴蜀腹地肆意游走，如出入自家堂前屋后。是余玠，决心十年踏地脚跟牢，一手修筑防御工事，一手抓民生经济，构筑山城防御体系，凭借一己之力把残败不堪的国之西门重新铸成了铜墙铁壁，力拒蒙古人这么些年。巴蜀大地有这么大的变化，举国上下都为之振奋。要说余玠的成功会让谁相形见绌，除了他的上级——枢密院，我想不出还有第二个。"

"淮夫人不愧是征战淮东战场的巾帼英豪，你对余玠这么了解，莫不是当年曾与投奔淮东制置使赵葵麾下的余玠并肩作战过？"

"赵大人是黑白司知事，怎么还有你不知道的事情吗？"

赵㫋深深地作了一个揖，说道："并非下官没本事知道，只是淮夫人与余制置使都是为国征战、舍生取义的世间真豪杰，我如果仅仅因为个人心奇就动用黑白探的力量进行调查，那便是对你们的不敬。如果淮夫人不愿再提及往事，就当下官多嘴了。"

"赵大人不必多虑。我既然来找你，就是将你看作我赵婵的自己人。我与余玠……确实一起征战过淮东战场，那时候他刚刚从一介书生弃笔从戎，在赵葵麾下担任要职。赵大人可曾参军？"

"下官不才，未曾参军。"

"那你就没有见过，也许也想象不出余玠身着铠甲，手持长戟，脚跨怒马的雄姿，那个时候的他是我梦中的常客。我敢说，没有一位大宋的女子不仰慕那样的男人。"淮夫人缓缓抬头，望向窗外摇曳的紫竹，眼角笑出了一丝细纹。她已不再年轻，但心依旧很年轻，想起余玠还会心潮澎湃。

"所以江湖传闻是真的，既然如此夫人为何不追随余玠，与他策马奔腾，做一对沙场眷侣。这要是成真了，肯定会传为一段佳话。"

"那个时候的余玠早已娶妻生子，虽妻子因病身亡，但毕竟他们有了自己的孩子。这些都没什么，偏偏我又是……"

"偏偏淮夫人又是当今皇上的亲妹妹，贵为公主，岂能屈身做余玠的侧室……"原来淮夫人赵婵是本朝皇帝的亲妹，地位尊贵。

"我倒无所谓，只是作为皇家子女，不得不顾忌皇礼制。生为公主，我有时候并不能做我自己。"

"所以你去参军，志愿立功沙场，希望能谋得一官半职。依照大宋祖制，皇室子弟不得为官，志愿为官且有才能者可准许放弃皇籍。这样一来，淮夫人你就可以脱身于皇家，成为一个自由自在、无拘无束的大宋普通女子。"

"就像你爹赵汝愚一样,拜相入阁,是皇家子弟的楷模。哎……可惜命运往往就爱捉弄人,在我立功之前就发生了意外,一件无法掩盖的意外,我不得不隐退沙场。"

"若非真如江湖传闻所言,你怀了余玠的孩子?"

淮夫人面无表情地点了点头。

"孩子呢?"

"皇兄当年把我和余玠的孩子送给了一位道长抚养。那位道长在郊外修行时我还常常偷偷去看她。后来道长去了峨眉山,我就再也没有见过那个孩子了。"淮夫人的眼角泛起了泪花,"因为这场意外,我被剥夺了皇籍和军籍。"

"可你身体里流淌着皇家的血脉,这一点是永恒不变的事实。"

"吾皇仁慈,将我安顿在太庙之内,虽身为比丘尼,却也能保全性命不受礼制的威胁。"

"吾皇仁慈……"

赵艮注视着眼前这位气质非凡的尼姑,若非知情,谁会相信她曾经是一位心系天下、敢闯敢爱的公主?

"所以淮夫人此次前来,是想要黑白司对余玠施以援手?"

"没错。"淮夫人将冷静的目光投向赵艮,用不紧不慢的语速说道,"余玠正直敢言,直率敢当,确实是制置一方的人才。但是我了解他,他黑白太分,又过于刚硬,这样的性格容易在朝堂上树敌,不是一件好事。"

"余制置使连蒙古人都能打赢,显然不会在意朝堂上的争斗攻击,他是干大事的,这种见不得光的手段他瞧不上,更不会放在心上。"

"看来你也很了解余玠嘛。"

赵垦垂眼一笑:"我是黑白司知事嘛。"

"所以……赵大人……"淮夫人的双眸露出坚毅的神色,如同临阵一般,"像余玠这样的忠臣良将我们更应该帮助他,皇兄需要他,大宋江山更需要他。"

"黑白司能做的很少,况且淮夫人你为什么就这么肯定我会帮你,会帮余玠呢?"

"我不能肯定,但我无路可走。"淮夫人表情坚毅。她说不爱自己公主的身份,但此时倒有些公主的刁蛮,不容他人反驳。

"所以你要把全部筹码押在我身上,押在黑白司身上?"

"我没有选择。"淮夫人别过脸去。

"万一失败了怎么办?"

"只要黑白司愿意出手就不会失败。"赵婵公主句句话都像是千斤重担,压在赵垦身上。

"淮夫人太高看黑白司了,如今的黑白司跟前朝的黑白司,已经不可同日而语。史弥远已死,朝中并没有权臣当道,所有事情都捏在皇上一个人手中,黑白司的话语权自然就被削弱了。"

"现在没有,不代表以后没有。谢方叔是什么人你我都很清楚,现在谢方叔还和皇甫允走到了一起,以他们两个人的力量足以左右皇上的意见。同僚的攻击不可怕,可怕的是这样的攻击会引起皇上的猜忌。一旦皇上对余玠的信任出现裂痕,那么任谁都无力回天。这样的先例太多了,武将手里的剑再锋利也斗不过文臣的口舌。"

赵垦长叹一口气,他拗不过淮夫人:"既然如此,那就只能承蒙淮夫人厚爱了。只是丑话说在前头，余玠只有他自己能救自己，黑白司能做的很少……其实，余玠只要学会低头，急流勇退，议和派兴许就会对他停止攻击。毕竟，没有人会害怕一只没有牙的老狗，说一个弱者的坏话。"

淮夫人没有说话，她深知赵艮话中之义，他想让余玠自断羽翼——如果余玠想活命，这是唯一的办法。

赵艮继续道："学学韩世忠，杜门谢客，口不谈兵，悠游西湖以自乐。中兴四将里的其他三人，岳飞、张俊、刘光世都做不到他这一点，所以他们三人均没有韩世忠的好命。中兴四将里，能够安享晚年的就只有韩世忠。"

"赵大人言之有理。可是，让余玠像韩世忠那般安享晚年，恐怕难于上青天啊。"

赵艮眉头微皱，不解地问："淮夫人难道不想让下官保全余玠的性命？"

"不是不想，而是办不到。想让余玠急流勇退，无异于要他性命……他是不会配合的。"

"那……淮夫人想让下官做什么？"

"赵大人，如今朝堂之上议和派势起迅然，而余玠却没有完成自己的夙愿，他需要突围，需要时间，我希望你能为他尽量抵挡朝堂上的暗箭，为他争取时间！"

赵艮颔首思索，恳切道："淮夫人，您与余玠是生死与共的知己，难道不想再续前缘，白首同归？非常之时有非常之举，只要您肯允许黑白司动用一些特殊行动，便能救余玠一命。下官还是有这个把握的。"

淮夫人轻轻地摇了摇头，说道："当然，于我而言，余玠能活着更好。"她顿了顿，以哽咽的声音继续道，"但是，对于有些人来说，活命并不重要，活着才是最重要的。"

赵艮能理解淮夫人的想法，钟情于一个人的最高境界，并非长相厮守，而是成全与成就。

送走了淮夫人，赵艮陷入了沉思。临安朝堂的风吹草动，黑白司完全有能力察觉。但是巴蜀那边呢？议和派既然想置余玠于死地，在巴蜀就一定有抓手。

抓手是谁？身居临安的黑白司不知道，但有一个人一定能知道。

绍熙内禅之际，正是黑白司初创之时。彼时的黑白司人才济济，有为国捐躯的，有入仕做官的，不过大多数人仍然是籍籍无名之辈。那个时候黑白司由父亲赵汝愚一手掌管，赵艮和那个去了巴蜀的黑白探还都是少年郎，而后者这一次又成了黑白司最合适的人选，因为他和余玠沾着亲带着故，绝不会冷眼旁观自己的族亲身陷囹圄。

今天，舒眉酒肆格外热闹，因为来店消遣的人中多了一些生面孔。听赖灵寺说，这些生面孔是钓鱼山的原住民，上午都从官府里领了一大笔钱。掌柜的余不扬这才顿悟，难怪他们花起钱来大手大脚、毫不吝啬。不过悟在余不扬前头的是他的婆娘杨晓舒，她从地窖里搬上来一坛酒，朝着正看着满堂食客呵呵傻笑的余不扬使了一个眼色，余不扬瞬间心领神会，婆娘这是又要叫他卖酒了。

余不扬举起酒杯，乐呵呵地走到食客中间："我见大家这么高兴，也打心底里高兴，土地的补偿款你们该拿。我听说知州大人还提议让你们重返钓鱼山，老拙不才，但也能想明白，知州大人是为咱们好。日后你们若是真的重新定居钓鱼山，那咱们就是隔壁邻居，就是手足兄弟，我敬各位一杯。"

余不扬几句祝酒词说得原住民们心里乐融融的，有个喝高了的年轻人还附和道："掌柜的说得好，咱们一起敬知州大人。"

"乘兴而来，尽兴而归。钓鱼山还是咱们的家。"

"来来来。"

如此一来，食客们又开始了新一轮的推杯换盏。不过，在这一片欢乐融洽的氛围下，有人不乐意了。赖灵寺独自一人坐在靠门边的小桌子上，原本形影不离的张怀宝这两天都忙着治丧的事。他现在形单影只不说，也因为张怀宝的家事而十分苦闷。尤其是方才在余不扬的挑头下，大家对知州大人各种类似"深明大义""父母官"的评价让赖灵寺更是坐如针毡。在赖灵寺心里，如果冉大人在处理地界纠纷的时候算得上深明大义，那么在处理马杰一案上就是浅明小义，彻彻底底、完完全全的浅明小义。

赖灵寺端起酒碗一饮而尽，重重地将酒碗丢在桌子上。借着酒劲，他毫不客气地大声说道："是啊，你们是畅快了。可就是因为你们这样一闹，该死的人没死成，该报的愁怨没了结。你们说冉大人深明大义，是你们的父母官，是啊，你们是亲儿子，我们就是后娘养的！我张叔和张小妹太可怜了，下葬了也没见到仇人断头，太可怜了，死不瞑目啊。"说着说着，悲恸之情再一次涌上心头。

喝酒的人中到底还是有知道些原委的人，听了赖灵寺醋意满满的牢骚心里自然不服气。果然，有个人借着酒劲反驳起来。

"那个案子啊……还真难说呢。没准知州大人也觉得那个案子难审,正愁没有台阶下呢。哎?刚好地界纠纷将他从那个案子中解救出来呢。"

"是啊,我听说石照县令去汇报的时候,知州大人没有丝毫迟疑就丢下案子赶过来处理地界纠纷了呢。"

赖灵寺捏着拳头想要发作,不过他看见掌柜的余不扬正朝着自己使眼色,只好一直强行隐忍着。余不扬看赖灵寺情绪慢慢缓和下来,松了一口气。张珏前两天正告过他,若是有人在舒眉酒肆里妄议军政就对他不客气。余不扬当然知道张珏的不客气是什么意思,他见识过太多被官府强行关闭或者征迁的例子,所以对张珏的话很是上心。

"张氏父女已死,这个案子现在可以说是死无对证。事情到底怎么样谁也说不清楚……我倒是听说张家小女跟马杰本来就是相好,马杰要回云顶城,又没有要迎娶她的意思,受了刺激才上吊自杀的……"

这句话彻底把钓鱼山上最不好惹的人给惹恼了。

"哪个狗日的在这里乱放狗臭屁?张氏父女的死官府早有定论,你们竟敢在这里胡乱猜测,玷污死者名声!看我不打烂你们的嘴!"赖灵寺抓起一只酒盏朝对方丢了过去,虽没有打到人,却成功点燃了酒肆剑拔弩张的气氛。原住民们一个个摩拳擦掌要给眼前这个不知好歹的晚辈好看,赖灵寺一手拿着一个酒坛子,面无怵色,随时准备跟对方拼命。余不扬见状赶忙上前阻拦,可动作还是慢了一步。

喝醉酒的原住民蜂拥而上,赖灵寺掷出酒坛子。可是区区两个酒坛子又如何阻止得了气势汹汹的人群呢？在对方躲过两个酒坛子之后，十几只拳头像雨点一样落到了赖灵寺的身上。刚开始，赖灵寺还能反抗两下，不过腹部和头部的剧痛最终还是让他倒下了。他支起双肘死死地护住头部，眼睛从杂乱的缝隙中找到余不扬，对掌柜的发出了求救信号。

余不扬从小看着赖灵寺长大，也常常让他吃住在舒眉酒肆。虽然这个家伙平日里不学无术，但从来没有害过人，也没有在山城上做过坏事，今天和原住民起冲突也完全是因为替朋友张怀宝出头。有情有义，确实不该遭这顿毒打。

可即便如此同情赖灵寺，余不扬还是没有出手相帮。他若此时上前拉架，打红了眼的原住民搞不好会连他一起打，张珏的警告他还记得，要是被误认为参与斗殴，那就真的跳进长江也洗不清了。杨晓舒看到这样的场面，担心赖灵寺被那些原住民打坏身子，拍着大腿在一旁跳脚，却也无济于事。

不过赖灵寺吉人自有天相，在他期待援助之际，汪显祖带着一队人马突然冲了进来。

汪显祖不愧是冉玭最器重的年轻人，进门开口第一句话就把他们给镇住了："本官接冉大人指示，领完补偿款还要闹事者，一律追回款项，逐出山城。不再闹事，是你们对冉大人承诺过的吧？刚才是谁在闹事？"

原住民们一看这架势便都收住了拳头，若无其事地东瞅瞅西看看，好像趴在地上、鼻青脸肿的赖灵寺跟他们没有一丁点关系。

余不扬一看救星来了，赶忙上前说明原委。汪显祖黑着脸点了点头，朝原住民们喊道："大胆！你们不光违反了对冉大人的承诺，还妄议军政……"

原住民们你看看我，我看看你，都低头不语。

"不过……本官认为，酒后胡言在所难免，可以对你们网开一面。"说罢，汪显祖将双手背到身后，扭过头去不再看那些惊慌的原住民们。

余不扬赶忙朝着原住民使眼色，打头的人反应过来，赶忙拉上同伴逃出门外。等这些闹事的人都走后，余不扬殷勤地腾出一张干净桌子，沏上茶，摆上干果，邀请汪显祖入座。杨晓舒则去扶赖灵寺，上上下下心疼地打量起来。

余不扬是明白人，深知今天若是没有汪显祖出马，事态就会进一步扩大，自己这家开了五年的酒肆或许真的会被查封。不过除了余不扬，另一位应该感谢汪显祖的人此时却呆呆地站在原地，毫无表示。汪显祖并不以为意，他拿出一个空杯子，倒上一杯茶，而后拉开身边的凳子。

"这位兄弟，过来喝杯茶压压惊。"汪显祖对余不扬使了一个眼色，示意他暂时离开。

赖灵寺一开始并没有意识到汪显祖是在叫自己，等他发现余不扬不知道什么时候离开了，整个酒肆就只剩下自己和汪显祖两个人，这才受宠若惊地坐在汪显祖边上。

赖灵寺从小在江湖上摸爬滚打，虽然还未完全从刚才被殴的状态中恢复，但也知道该向眼前这位当官的表达谢意。在敬完茶水，说了几句客套话之后，赖灵寺小心开口："冒昧地问一句，我应该不认识相公吧？"

汪显祖喝了一口茶，态度谦和地说："我也不认识你。"

"那相公为何救我？"

"就因为我是官府中人，官府中人就必须为老百姓主持公道。你是钓鱼城的山民，被外人欺负，我岂能见死不救？"

"外人？相公也把那些原住民看成是外人吗？"赖灵寺对眼前这位当官的多了几分好感。

"难道不是外人吗？大家在辛辛苦苦筑城的时候他们在干吗？山城不好的时候离开，那个时候不是官府逼他们离开的，是他们自己自愿放弃山上的一切主动离开的。现在看着山城一天比一天好起来了就想回来，天底下哪有这样的道理，好事都让他们占了去！"汪显祖一脸义愤填膺的样子，没有一丝一毫的官府做派。

赖灵寺开心地走到柜台旁边，拎了一壶酒，给自己斟了满满一碗酒，双手往前一送。"我敬相公一碗，相公若是公干不便饮酒，只消以茶代酒回应一口便是。小的我先干为敬。"

汪显祖将杯中的茶水往地上一撒，也倒满了酒。"自家兄弟敬酒岂有喝茶的道理，我汪显祖虽然在官府任职，称不上什么江湖好汉，但也是讲情重义之人。来！"

接下来，二人又互敬了几碗酒，便开始天南地北、家长里短地聊了起来。赖灵寺一直以为官府中人永远都是高高在上的模样，汪显祖改变了他的固有观点，做人做事的方式方法更是让他这个生在底层、长在底层，没有结识过任何官员的小老百姓深深地折服。半个时辰以后，赖灵寺和汪显祖就以兄弟相称了，赖灵寺虽然比汪显祖年长两岁，但仍旧心甘情愿叫对方大哥。

"刚才你说跟张家私交甚笃？"

"那还有假，张家唯一活着的人张怀宝就是我从小到大最好的兄弟，我把张叔当作自己的亲爹，张小妹当作亲……亲妹妹。"赖灵寺从来没有把张小妹当亲妹妹看待，他喜欢张小妹，这一点张怀宝是知道的。只是自己是个混子，张小妹是十里八乡出了名的水灵姑娘，他也只有想想的份。正因如此，每当他想起张小妹的遭遇心里就像刀绞一般难受，比死了亲妹妹还难受。

"兄弟你真是重情重义的好汉！只可惜……"

"只可惜什么？"

"只可惜你叫我一声大哥，我却不能帮你杀了马杰那个混蛋。"汪显祖将杯子往桌子上重重一磕，"因为地界纠纷中止审判的原因，马杰现在还关在牢里面。我三番五次提醒冉大人该重启审判了，可冉大人不但不听，还说要等制置使回来后再处置。你说这叫什么事？"冉琎不愿意重启审判是事实。姚世安他们不来闹事还好，闹完了，冉琎也意识到自己作为钓鱼城主官来审云顶城的兵确实不妥当，搞不好会激化两城之间的矛盾。要知道山城防御体系如人手之五指，必须要同心协力才能发挥功效，要是真因为马杰的事惹恼了王夔，那必然于山城防御体系无益，还会遭到制置使的批评。

可赖灵寺不知道，新认的大哥汪显祖骗了他。实际上，正是汪显祖的劝说才让冉琎放弃重审马杰的。

"官府怎么可以这样？马杰这种人多活一天就是对张叔和小妹的侮辱！难怪……难怪刚才有人说了一些稀奇古怪的传言，都是马杰没死惹的祸！他要是死了，大家就不会瞎猜了。"汪显祖轻轻松松就主导了赖灵寺的情绪。

"兄弟有所不知，官府有的时候也挺为难的。就拿马杰这个案子来说，冉大人确实是想将马杰处置而后快的，但是……但是冉大人也怕上面怪罪嘛。"汪显祖故弄玄虚地说道。

"怪罪？惩治杀人犯有什么好怪罪的？"

"惩治杀人犯本就是天经地义的事情，可这个马杰身份特殊，是云顶城驻军利戎司都统王夔的人。而制置使余玠余大人与王夔私交甚笃，若冉大人把马杰杀了，搞不好余大人会怪罪下来啊。你也懂的，当官的总是把头顶的乌纱帽看得很重，冉大人也不例外啊。"

"好哇，原来是有制置使大人在后面撑腰啊？难怪敢在钓鱼山为非作歹！"

"兄弟，你可小声点说话吧，小心隔墙有耳。这事要是传出去，制置使在钓鱼山哪还有威信可言？"

"哼！为虎作伥还怕别人讲吗？我就要讲，我还要到处去讲，讲得我们这位制置使大人再也没脸上山来！"

"哎哟，使不得……"汪显祖嘴上说着使不得，却主动帮赖灵寺斟满一碗酒，而后凑到赖灵寺耳边继续说道，"既然兄弟也是性情中人，那我不妨再告诉你一个秘密……你可千万别到外面去说啊！"

余不扬从后厨的帘子后面探出来半个脑袋，看着汪显祖和赖灵寺推杯换盏，心里泛起了阵阵不安。他一开始就不相信汪显祖的到来是巧合，现在看来果然有所企图。可他不明白，汪显祖为什么要造余玠的谣，说一些子虚乌有的坏话。因为张珏跟他说过好多次，余玠非常反感王夔，不管是带兵打仗还是为人处世上，两人的观念都背道而驰。其实不光余玠不喜欢王夔，几乎除了王夔的部下以外，没有人喜欢他。放眼整个巴蜀，王夔和他带领的利戎司就是一个另类。

汪显祖这么做是受人指使吗？余不扬摇摇头，凭汪显祖在官府中的地位，除了冉琺没有人指挥得动他，而冉琺是余玠一手提拔重用起来的人，怎么会干过河拆桥的勾当呢？余不扬想不明白，也许这段时间在山城上出现的各种风言风语都是有人在背后有意引导而起？难道就是汪显祖干的？他为什么要这么做？

余不扬很想当面拆穿汪显祖的把戏，不过他还没行动就被自己婆娘拉住了。

"老头子，别去惹当官的，你这辈子吃当官的亏还不够吗？"杨晓舒神态恳切。

"这家伙不是一个善茬，当面一套背后一套，还说制置使的坏话，恐怕所谋不善啊。"

"你只是一个退伍的老兵头，管不了那么多，也不应该管那么多。我们就管开门做生意，其他的事一概与我们无关。"婆娘的这番话这些年像炒冷饭一样，不断在他耳边翻过来覆过去，他自己也清楚听婆娘的不会错，但他就是做不到。

不过他今天做到了，因为婆娘还补充了一句："后院的鸽架上飞来了一只鸽子，腿上还绑着东西，你要是去管闲事，我就把那只鸽子炖了。"

余不扬来到后院，那是一只通体雪白的信鸽。余不扬将其托在手中，拉起它的翅膀，翅膀下被涂了一层漆黑的墨油。漆黑的墨油与雪白的羽毛，这是临安黑白司的信鸽。

他解下信鸽腿上的东西，一个用紫竹做成的信筒。之所以用紫竹做信筒是为了方便取材，因为万寿香所的庭院里种满了紫竹。他从信筒中取出一小卷信纸，捏在食指和大拇指间不断揉搓，心里盘算着自己有多久没有收到临安黑白司的信了，一年？两年？他记不清楚了。

他将鸽子关进鸽笼，转身来到起居室，从衣柜顶上取下一个黑黢黢的木盒子。"啪"，他拉开了挂在箱子上的铜锁，铜锁打开的动静让停留在箱子和锁上的灰尘在从格子窗照进来的阳光中飘浮起来。余不扬从箱子里拿出一个布包，又从布包里拿出一块铁牌，上面"黑白探"三个字依旧清晰可见。

"我就不爱你多管闲事。"身后传来了婆娘的唠叨。

"我不是没去管了吗？"

杨晓舒眼睛盯着铁令牌，说道："这个也是闲事……都过了这么多年了，临安黑白司还记着你呢，跟记仇一样。"

"天高皇帝远的，他们能拿你怎么样？我把那只鸽子炖了吧，就当没收到信。他们也不可能因为一只鸽子跑到钓鱼城来找你，真要来找你，我就请他们喝酒，然后在酒里下砒霜，让他们有去无回。"婆娘的话让余不扬想笑，但并没有笑出来，他知道婆娘的话不是玩笑，她完全说得到也做得到。

"纵使在临安的那段时光再难挨、再伤心，我也得记着他们的好。"

"他们对你好吗？你办了那么一件大事，也没见你有一星半点的封赏。"

余不扬记得几十年前有一场内禅，他杀了一位节度使，然后赵汝愚和余端礼顺顺利利地完成了内禅。当时他只是为了救自己的侄女，真的意识到自己干了件大事，是在加入兴戎司军籍之后。有一天，当时的都统突然把他从一个伙夫提拔为百夫长，过了几天他就发现一只信鸽停在自家后院，这才发觉原来自己立功了。

"给了我很多赏赐，还说举荐我做京官呢，是我自己拒绝了。"

"要不说你傻呢，那都是你冒着生命危险挣来的，不要白不要。"

"我已经得到了作为黑白探最大的回报，还要求什么呢？"余不扬说完这句话，他婆娘的脸"唰"就红了，婆娘知道余不扬口中的最大的回报就是自己。自己当年女扮男装，在临安最大的瓦子里当一个名冠临安的说书人。之所以女扮男装是为了报仇；之所以来到巴蜀嫁给余不扬是因为他冒着生命危险帮她报了仇；之所以脸红是因为余不扬虽然老得不成样子了，但她还是会对他心动。

"傻样，你要当了官，我就不用辛辛苦苦酿酒了。"

"我要回临安了，你还找得到我吗？你要是找不到我，那我们两个都亏大了……嘿嘿。"余不扬用近乎谄媚的表情笑着说。

"亏？亏什么亏？"杨晓舒白了他一眼。

"晓舒，我没有你，你没有我，最珍贵的人没了，不是亏是什么。"

"傻样……"杨晓舒的脸更红了，她清清嗓子，"别跟我贫嘴了，快说说信上都写了啥？"

"信上说朝中有人要害余玠，让我帮助他。"

"扯淡，你几斤几两？还有本事帮助制置使？制置使一根腿毛都比你立得稳，靠得住。"

"我当年闯荡临安的时候几斤几两？不也干成了你说的大事了吗？"

婆娘认真地看着相濡以沫了几十年的丈夫："这么说……你答应了？"

"我是黑白探我能不答应吗？"

"都说了天高皇帝远，你要不认这个身份没人能拿你怎么样？"

"话虽这么说，但我良心上过不去。再说了，我因为当黑白探遇上了你，这就是恩赐，这就是老天爷安排的缘分。我自愿当一辈子黑白探来感谢老天爷，哄老天爷开心。万一哪天他不开心了，把你从我身边收走了怎么办？"

"那我要是哪天病死了，老死了，在你之前走了，你还要怪老天爷呗？"

"怪！肯定怪老天爷。你要是真离我而去，我就把黑白令丢进酿酒的火灶里熔了，要是临安还有鸽子飞来，我就把鸽子炖了。"

"我不要听你在这里贫嘴，我要去酿酒了。"杨晓舒佯装赌气跑开，像一个情窦初开的少女。每次杨晓舒这么做，就代表她默许了余不扬要做的事情。她能怎么办？她家老头爱家爱国重情义，还不惜命，当年的她不就爱这样的他吗？

第四章
凌乱破残的烂摊子

余玠的船队驶过平阳滩的时候，嘉陵江上的雾气已经彻底散去了。为了能尽快回到钓鱼城和重庆，余玠边撤退边在沿途召集各山城的战船，甲板宽大的可以运输战马，船体狭长的可以放置兵器，船舱空余的可以存放粮草。每过一个山城，就会有七八艘新船加入，等到今天冉琎、张珏站在钓鱼台上遥望的时候，船队已经有百艘之巨。

"劳累了！"冉琎看着徐徐而来的船队，郑重其事地嘀咕了这一句，不只是对北伐大军说的，也是对自己说的。他当了这么多年的合州知州，从没觉得像这几个月这样难熬——马杰强暴案、地界纠纷案，还有像山上雾气那样弥漫不散的各种谣言。张珏说，这些事情好像都是趁余玠不在巴蜀见缝插针出现的。冉琎也有同感，余玠这根定海神针离开了巴蜀，隐藏于人后，看不见摸不着的妖魔鬼怪便都纷纷出来闹海了。

冉琎深深地吸了一口气，疲惫垮塌的肩膀立刻立了起来："走，水军码头迎接制置使凯旋。"

随着合州和钓鱼城越来越近，船队也慢慢开始热闹起来。按照余玠的指示，各参战驻军一律到合州钓鱼城进行为期三天的修整。这期间，余玠还要领衔各驻军都统总结此次北伐的经验教训，查缺补漏北伐过程中暴露出来的技战术和军法上的短板，并对驻军兵力和兵种部署进行重置优化。

余玠想的是趁热打铁提升蜀军的战斗力，而对于普通士兵来说，他们当下最想做的事情就是到了修整地好好地喝一顿，睡一觉，有机会的话最好能去重庆的瓦子里好好乐呵乐呵。事实上，将领和普通士兵在军队修整期间的任务是不同的，大部分士兵还是可以干点自己想干的事。

正当大家都在谋划如何过好修整期的时候，一艘轻舟在船队中不停左右穿梭，顺利来到余玠帅船舷下。冉璞报告余玠："制置使，王坚的船已经到了。"

"在哪？"

"停靠在帅船的右舷，等候您的指令。"

"船就不要停了，放下绳梯，让王都统自己爬上来。"

王坚的年纪比余玠还要大上一岁，今年五十三岁。不过他并没有让余玠等太久，不小一会儿，王坚就矫健地翻身上了甲板。登上了甲板，王坚面无表情地左右看了一圈，然后径直走到余玠面前，行了一个军礼，也不说话。余玠抬头注视着王坚，这位跟着自己南征北战多年的老部下此时一对眉毛正如刺刀般竖立着，鼻孔撑得大大的，呼呼地喘着粗气。余玠知道他的性格，只是平静地问道："查清楚了？"

王坚没点头也没摇头，鼻孔里出气哼了一声，眼睛看向后面的船队。余玠的表情慢慢严肃起来，他从帅椅上站起来，往船舱里走去，王坚毫不犹豫地跟了过去。二人一前一后来到余玠休息和办公的房间，余玠转身严肃地看着王坚，缓缓问道："真的是他？"

王坚又哼了一声，接着说道："不是他还能是谁？我带着一支精锐，乔装成菜农进了兴元城，在府治旁边的院子里找到了那三个给蒙古人带路的士兵，娘勒个脚！被蒙古人好吃好喝伺候着呢，活得像个大爷！我把那三个鳖孙五花大绑塞进菜篓子带出了城。在城外，我本想好好地审问他们，没想到还没用刑就什么都说了。"

"他们自己亲口说是利戎司的人？"

"没错，他们是利戎司冲锋营的士兵，在大散关外被蒙古人所擒，蒙古人以性命相逼要求他们带路，他们说自己为了保命不得不带路，孬种。"

"不可能，只有从陈仓道才能出关，他们又怎么可能知道陈仓道呢？"

"一开始我也纳闷，不过那三个鳖孙说是王夔亲自把他们送出去的。"

余玠脸黑了下来。"王夔为什么要这么做？"

"他们说，王夔让他们出关去打探蒙古人的消息，要是查到什么好的情报，就给他们升百夫长。"

"王夔此举用意何在？他明明知道有不少蒙古部队屯聚在大散关周边寻找入关的道路，他倒好，直接把路引递到蒙古人手里。"

"末将斗胆猜测，王夔知道这三个人出关后必定会被蒙古人擒获，他这么做并不是为了什么情报，就是要把这三个人送给蒙古人！我刚才说了，还没用刑他们就全招了，可见他们没有一根硬骨头，这样的人落到蒙古人手里铁定会为了保命把陈仓道的路线说出来的。这些王夔心里肯定清楚，所以只有故意为之这一种可能！制置使，王夔通敌卖国啊！此贼不诛，难以平复末将心中北伐不逞的愤恨！"王坚叉着腰委屈又气愤地哼了一声。

余玠的呼吸控制不住地颤抖起来："那三个士兵呢？你是怎么处置的？"

"我把他们关押在青居城，青居城的都统和我也算老友，他答应我绝对保密。"

余玠思考了片刻，淡淡地说："那三个人留着没什么用了，让青居城军法处置即可。"

"制置使，你气糊涂了？那三个人可以站出来指证王夔啊！"

"指证王夔有什么用？指证他派遣他们三人出关收集情报？王夔只是让他们出关收集情报，并没有让他们给蒙古人带路。你说王夔是故意的，那只是你的猜测……"

"猜测？是，我现在的确没有直接的证据证明王夔通敌，但我敢说王夔就是故意那么干的，他绝对死有余辜！制置使，北伐出征这么久我不信你没有察觉出王夔的不对劲！"

"王夔确实不对劲，不服从军令，处处与我对着干。但不服从军令和通敌叛国是两码事，这两者之间有着天壤之别……我打算先不处置王夔。"

"制置使你……你到底在想什么啊？王夔这个鳖孙不除之后快，难道还要给他邀功请赏吗？"

"王坚！"余玠严厉地叫了他的名字，"你如此意气用事，将来我怎么敢把更重要的职务交给你？"

王坚一下子愣住了，他好久没听过余玠叫自己的名字了。

"其实,我相信你的猜测,我对王夔也有同样的怀疑。可是仅凭猜测和怀疑是定不了他的罪的,更说服不了众将士们。王夔他久居云顶城,又是利戎司的都统,不管在巴蜀政界还是军界都有着很庞大的根系,若是没有确凿的证据很难对他做出任何处理,搞不好还会弄出乱子来。实不相瞒,王夔在云顶城鱼肉百姓、目无军法,要不是看在云顶城地理位置极端重要,出不得半点岔子,我早就想要撤他的职了。"

"可他做出这些事情来,你不对他进行任何惩戒,这岂不是养虎为患吗?"

余玠重重地叹了一口气,说道:"确实是有些冒险啊。但是,你有没有听说过一句话?欲让其灭亡,先让其疯狂。这也是我迫不得已而为之的下之策啊。"其实余玠早已知道利戎司的王夔和姚世安在朝堂上有奥援,这位奥援就是手握军事大权的枢密使谢方叔。余玠不想过早对云顶城下手,就是不愿意过早地与谢方叔敌对起来。

余玠知道,自己的个人性命和政治性命都不久矣,可他还有未尽的事业,他需要时间。只是这些话不能同王坚说,他现在只希望王坚能懂他的难处,不懂他的难处也不要紧,服从命令就行了。

安抚完王坚,余玠深深地叹了一口气,带兵打仗从来都不只是上阵杀敌那么简单。

他推开房间的窗户,一阵腥凉的江风扑面而来。北伐出征之时正值盛夏,北伐归来之际已近初秋,即便在艳阳之下,江风仍旧裹挟着一股凉意。余玠遥看嘉陵江两岸高低错落的山丘,一片深绿之中已经出现了斑斑点点的黄。

一叶落而知秋至，一事起而心难安。

余玠双手撑住窗台，眉头紧缩看着江水不断拍打岸边的礁石和沙砾，好像王坚说的"养虎为患"这句话也同时在不断拍打着他的脑袋。

他突然感到一阵晕眩。南征北战这么多年，他第一次感觉到年纪给他带来的威胁。以前在淮东战场，他和金人、蒙古人一连酣战两天两夜也不会觉得疲乏，更不会头脑发晕。赵婵说他是打不倒、累不死的大铁牛。

想到赵婵，他的嘴角挂上了温柔。虽然年逾半百，但只要想起赵婵，无论是何种境遇、何种心境都会温柔一笑。

余玠对着江水伸了一个懒腰，而后在靠窗的书桌前坐下，开始整理这几天撰写好的《军务整饬纲要》。他决定一登上钓鱼山，就召集各都统开大会。都统们肯定会对他的做法有所非议，可是打铁还需趁热。余玠也想好好休息休息，等恢复了精力再说，可天气马上就要转凉，蒙古人可不会给他们休息的时间。

"你这头不通气的大铁牛，怎么一点人情味都没有啊？"他以前在淮东战场的时候就是这么一个人，赵婵曾经这么骂过他。不过除了赵婵，再也没有第二个人这么跟他说过话了。就连当今皇上，召见他的时候也是充满了喜爱和尊重。算了，不必想那么多，做大事当然会得罪人。山城防御体系的建立，民生经济的恢复，他在做这些大事之初不都是顶着骂声的吗？即使现在蜀安民乐，巴蜀从人间炼狱变回了人间天府，却仍旧有人骂他。

当余玠放松地往椅背上靠去的时候，在水军码头等候着的冉琎正想着如何委婉地汇报钓鱼城的现状。然而，当冉琎见到余玠后，却又不忍开口。余玠北伐数月，相貌看上去更为苍老了些，疲态尽显。

军务整饬会议在范家堰的合州州治召开。这场会开了足足三个时辰，等各驻军都统从会场走出来的时候，月亮已经挂上了黄葛树的枝头。冉琎蹑手蹑脚地走到精疲力竭的余玠身旁，低沉地关心道："制置使一路舟车劳顿，即使凯旋也未曾休息片刻，不如就在州治将就歇息一晚，我让下人们去准备酒菜。制置使立了这么大的功，钓鱼城近水楼台先得月，理应设席为您接风洗尘。"

余玠不置可否："方才你从水军码头陪同我上山，一路上魂不守舍的，是不是有什么事要跟我说？"

冉琎恭敬地行了一个礼："下官做什么都逃不过制置使的眼睛，我确实有事要向您禀报，不过……不如我们先吃饭？"

余玠摇摇头："能让你如此心神不宁的绝非小事吧？这样，你把冉璞、王坚还有张珏都叫来。你们几个都是跟了我多年的贴心部下，有什么问题咱们关起门摆到桌面上一起研究。"

"要不还是先吃饭吧……"冉琎面露难色。

"哎呀，不要这么拘泥嘛，都是自家兄弟，我们边吃边说。"

没能让余玠安安心心吃一顿饭，这让冉琎很纠结。不过余玠倒是不以为意，在饭桌上还是余玠主动问起冉琎的。

"北伐这段时间，钓鱼城出了什么状况吗？连冉琎都被难住了。"相比整饬会议的时候，余玠显得轻松许多。余玠是制置使，奉圣命制置全蜀并掌管重庆府，冉琎主政的合州是重庆府的下辖州。被上司这么一问，冉琎和张珏都紧张了起来。

"我刚才说了，饭桌上的都是自家兄弟，你不会因此有所顾忌吧？"

冉琎赶忙推开座椅，起身解释道："下官并无此意。制置使率军北伐这段时间钓鱼城发生了一些事情，虽算不上危及山城存亡的大事，但下官总是隐隐察觉有一股不祥的气息。"见冉琎如此表态，张珏也站了起来。余玠注意到两位下属的情绪，缓缓放下手中的酒盏，示意冉琎说下去。

"制置使北伐这段时间，钓鱼城发生的种种事件，下官总结为三类。一是军民不和。借调在钓鱼城水军的利戎司士兵马杰强暴民女张氏，致张氏父女受辱自缢而亡，马杰如今还关在州治大牢未处决。二是山民相煎。新旧山民因为地界爆发冲突多人死伤，下官虽按照当年的公告安抚了原住山民的情绪，但下一步还要惩治领头肇事者，抚恤死伤家属，然而双方诉求各异恐难以权量平衡，怕再生变。三是谣言乱心。上述两件事在军民之间激起了不小的波澜，对筑城决策不满者有之，对军队丧失信任者有之，对北伐提前撤退而不安者亦有之……以前我总觉得山城上下，军民之间，同心同德，同舟共济，不管是推行政策，还是征粮纳税做起来都顺风顺水。而现在，就连从未出现岔子的秋籴征收事务也陷入了停滞，军粮迟迟没有收齐。"

冉琎看了一眼表情逐渐凝重的余玠，挺了挺腰杆，决定一次性讲个通透。他继续说道："下官以为，马杰强暴案和地界冲突案这两件事情不会是巧合，而是别有用心之人夸大北伐提前撤退之后果，扰乱军民信心，借此削弱官府威信。下官曾了解过，这样的情况在周边几个山城也有发生，只是钓鱼城的情况最为严重，亟须矫正。"

"玠公,下官不才,未能按照您的要求把山城治好、管好,下官甘愿领罪。"

"末将也自愿受罚。"张珏紧接着冉琎表态。

余玠看着立在面前的两位下属,脸色黑到了底。

"强暴、地界,一个牵涉老百姓的安全感,一个牵涉老百姓的切身利益,这种事情处理起来确实很棘手。可冉琎你……你连修筑钓鱼城这么难的事情都做得好,区区几个案子就把你难倒了吗?"

"下官并非是被这两个案子难倒,下官是被这两个案子所引发的后果而难倒。欠债还钱、杀人偿命,办案都是有章可循,有规可依的。可人心的收拢就没有那么简单了,背后推手是谁?散布谣言的帮凶有谁?这些个推手帮凶抓不到的话,案子办得再完满也无济于事。"

"谁会这么做,这么做有何益处!"王坚忍不住骂了一句。

"如果只是对我冉某人有意见,那还好说,在下辞官便是。可我刚才说了,这样的情况不光在钓鱼城上发生,其他地方也有,恐怕……恐怕是有别有用心之人,想趁着玠公你不在巴蜀的这段时间,把你辛辛苦苦拼出来的政绩再一次毁灭啊!"冉琎用情之时便会称呼余玠为玠公。

"冉大人,你可真敢说啊。制置使在巴蜀的声望岂是别有用心之人想诋毁就能诋毁的?"王坚略有不快。

"大哥,此言可有依据?"冉璞虽然知道亲哥素来沉稳,可也担心他是否言之过重。

余玠没有表达意见,只是静静地看着冉琎。余玠当年刚到巴蜀时,在重庆府治东侧建了一所陈色布置如同帅府一样规格的招贤馆,招贤馆前悬挂着一张榜文,上面写道:集众思,广忠益,诸葛孔明所以用蜀也。欲有谋以告我者,近则径诣公府,远则自言于郡,所在以礼遣之,高爵重赏,朝廷不吝以报功,豪杰之士趋期立事,今其时也。

余玠礼贤下士的风度和意气豪雄的气概一下子传遍了全蜀,人心感悦,欢声若雷。播州的冉氏兄弟有文武才能,却隐居山野,虽前前后后有多位制置使召见,却始终不肯出山。直至受到余玠诚挚的感召才毅然出山,对修筑钓鱼城和建立山城防御体系发挥了巨大作用。

"当年我设立招贤馆,应招了众多豪杰之士,在他们之中你冉琎、弟弟冉璞是难得的佼佼者。"余玠微微抬头,好似在脑海里搜索当年的记忆,"'为今日巴蜀之计,其在徙合州城乎?蜀口形胜之地莫若钓鱼山,请徙诸此,若任得其人,积粟以守之,贤于十万师远矣。'冉璞,这是你对我说的话吧?'筑城积粟,可抵十万雄师'。你可是第一个向我提出修筑钓鱼城建议的谋士。"余玠欣赏地看着冉琎。

"玠公你……没想到下官当年轻狂之语竟被玠公铭记于内,下官惶恐啊。"

余玠哈哈一笑,豁然道:"冉大人当年对本官提的每一条策论我皆一字不忘。付诸行动的这些建议,比如修筑钓鱼城,本官更是视如治蜀之良方。在大家都提反对意见的时候,你还记得本官当年是怎么说的吗?"

"您说'城成则蜀赖以安;不成,玠独坐也'。山城是巴蜀赖以为安的关键，就算大家不愿迁进山城，您就是孤身一人也要上山去！下官现在回想起来，依旧热血沸腾。"

"所以，你不要怀疑本官对你的信任。本官从前信任你，现在也信任你，今后还会信任你。你方才说有别有用心之人想趁我不在巴蜀的时候把山城搞乱，把巴蜀搞乱，我相信你！"余玠说罢，视线转向王坚。

余玠的眼神，让王坚突然就明白余玠认可冉琎的理由了，不由得倒吸了一口寒气。

"原来……原来是这样！从北伐被迫提前撤退，到山城爆发的案子，再到人心的动摇，原来这都是策划好的！难道也是那个鳖孙……"王坚心直口快，但他还是意识到了事态的严重性，及时地刹住自己的舌头。

王坚的一句话把冉璞和张珏都说迷糊了，只有冉琎略有所思地点着头："玠公，有人想看你失败、大败，甚至是溃败，你败得越彻底，有人越高兴。"冉琎的一席话让饭桌上的所有人都怔住了，他们不约而同地看向余玠。

余玠脸上挂着苦笑，深深的鱼尾纹告诉大家他此时内心有多么纠结。

张珏呆呆地看着余玠夹杂着白发的鬓角，内心怅然。他一直以为不管事情多难，只要余玠回蜀就能迎刃而解，现在他知道挥斥方遒、经理四蜀的余玠也有心力交瘁的时候。

就是此刻，张珏突然觉得余玠比出征北伐之前老了许多。此前，他一直觉得余玠永远都处于壮年，永远有耗不完的精力，现在他才意识到余玠已经是一位年逾半百的老人了。

他只是一个人,并不是神。

"你打算怎么处置马杰?"余玠云淡风轻地问冉琏。

"军法有规定,异地军籍的士兵在本地犯罪可以由本地州治惩处,若军籍地有异议可以移交制置司处理。"

"所以利戎司的人已经来闹过事了?"

"没错,是姚世安,他不同意处死马杰,所以这个案子一直拖到现在。"

"一直拖着没有定论,难怪老百姓要有所非议了。不过这不能怪你……冉璞,你是冉琏的兄弟,更是合州通判,你说说看,马杰应该如何处置?"

"末将以为,马杰这厮不管是在钓鱼城或是云顶城进行审判,结局都是死刑,即使移交制置司处置,按照军法也是死刑无疑。姚世安这事闹得没有道理,他想让马杰活命就违背军法,他身为利戎司副都统难道不读军法的吗?"

"姚世安这样的做法无非想让马杰多活两天罢了,没什么意义。"王坚不屑道。

"王都统所言差矣。"张珏插嘴道,"姚世安说马杰要按照利戎司的军法处置,结果是禁闭三月,罚俸一年,罪不至死。"

"利戎司的军法?全蜀只有一套军法,那就是制置司制定的军法!利戎司还有军法?那真是笑话。"王坚气愤地瞪着张珏,好像张珏就是姚世安。

"就是笑话嘛,王都统息怒。"冉琏赶忙说道,"所以,下官的意思是马杰还是交给制置司处理比较妥当。利戎司与兴戎司同为山城驻军,等级一样,所以姚世安敢在我面前造次。但是,如果置制司判了马杰死刑,我想姚世安无论如何也不敢再闹下去了。"

"姚世安不敢闹,还有王夔呢。一个山头出不了两样兵,何况姚世安敢这么无法无天,还不是王夔在背后撑腰怂恿的结果?"王坚一语点破,"想想王夔那个鳖孙在北伐前线干了些甚鸟事,就清楚没有什么是他做不出来的!"

"王坚!休要鲁莽!"余玠赶紧制止。可在场的其他人还是听出了王坚话语中的端倪,冉氏兄弟和张珏三个人面面相觑,心里猜到了八九分,却也不敢再说话了。

少顷,余玠一口喝完了杯中酒,双手撑着桌子站起来:"罢了罢了,都是自家兄弟,在自家兄弟面前没什么好隐瞒的,王坚你说吧,把你知道的都说出来给大家听听。"

王坚正愁不吐不快,见余玠松了口,便义愤填膺地说道:"北伐大军围攻兴元城,眼看城池将破,蒙古人却从陈仓道进关,迂回攻占了大散关,修复了栈道,大批驻扎在凤翔府的蒙古屯田军长驱直入,打乱了我们的计划,只好提前撤退。你们一定在想,蒙古人是怎么找到陈仓道的,那是因为有三个宋兵出关把他们带进来了!是谁的兵?就是娘勒个脚王夔这个鳖孙的兵!"

王坚怒发冲冠的一番话让现场的氛围降到了冰点,大家的心情都很复杂,有愤怒,有失望,有遗憾,但更多的是困惑。

冉琎捏着胡须,像是在自言自语:"无论是北伐提前撤退,还是钓鱼城中的案件,都有王夔的影子,可见这个王夔确实可疑。只是王夔他为什么要这么做?难道他与玠公有私仇?抑或是受人指使?"

"管他是出于什么原因,我都恨不得诛之而后快!"王坚就像一根一直在燃烧的竹子，时不时爆出一声巨响。

"若是这样，那马杰就更是非杀不可了，我们岂能长他人志气灭自己威风！"张珏也受到了王坚的感染。

余玠摆了摆手，示意大家都坐下。"兄弟们，"余玠常常这么叫他们，没有一点架子，"兄弟们少安毋躁，王夔是利戎司的都统，是我的下属，是你们的同僚，他为什么要害我？如果真的是他要害我，那么其中的缘由是什么？想必绝不是一两句话就能说得清楚的吧？没准会牵扯出一个很大很大的隐情，甚至会惊扰天听，你们说是不是？"

"我今晚就写御状参他一本！通敌卖国！陷害忠良！视战事为儿戏，弃巴蜀安危于不顾，他就不配做都统，也不配做人，就配得上一个死！"王坚这根爆竹又响了一声。

不过余玠非但没有生气，反而笑了："王坚啊王坚，他要害的人是我，我都没急，你急什么？"

"你心大，像这种尔虞我诈的事情你不屑于放在心上，你知不知道若是任由他闹下去，朝廷绝不会只是收了你的兵权这么简单，很可能会要你的命！"

"我知道。"

"那你还笑？"

"我笑他针对我余玠个人，却拿巴蜀防线的安危作筹码。真不知道朝廷当时是怎么把他这个都统选上去的？我余玠有很多缺点可作为他攻击的靶子，为什么偏偏选了辛辛苦苦推动的北伐？哪怕说我余玠通敌叛国也好啊，为什么要阻碍北伐，为什么要挑拨内部军政，这么做捣毁了北伐的大好时机，对我余玠没有好处，可对他又有什么好处？对巴蜀、对大宋有什么好处！以国之安危来破坏我余玠之名声，这是多么愚蠢的办法啊！"余玠说着说着，眼角的鱼尾纹浸满泪水，"我宁可朝廷诛我九族，也不愿意看到蒙古铁蹄践踏巴蜀山河，哪怕一寸一尺也不愿意看到。"

余玠突然老泪纵横让张珏怀疑他是不是喝多了，但今天并未喝很多酒，况且他还没见余玠醉过酒。余玠今天是怎么了？在场的人应该和张珏一样，很难看懂余玠的内心所想，除了冉琎。

冉琎知道余玠置司重庆，设立招贤馆，建造山城，构筑山城防御体系，他做这么多事不是为了自己，而是为了国之安危和黎民百姓。这些都是他的功绩不假，这些功绩给巴蜀百姓带来了安居乐业也不假。现在有人为了打败他，要抹杀他的功绩，反驳治蜀政策方略。这样做百害而无一益，只会让巴蜀回到八年前民不聊生的境地，这样做会再次让蒙古人出入巴蜀就像出入自家厅堂一样随意。

唇亡而齿寒，巴蜀防线由内崩塌，那大宋江山离灭亡也就不远了。

也许要害他的人没想到，在害死余玠的同时也会葬送大宋江山。

最后还是余玠先开了口："我余玠奉劝各位，今晚的事切不可与外人道。我相信你们跟我想的一样，认定在这件事里王夔绝对撇不清干系。他的能耐很大，没有留下一点有力的证据，却真的把蒙古人带进大散关，真的动摇了军民信心，这绝不是凭他一己之力就能做到的。我认为现在处置他还为时尚早，没有证据，他不会认，也不会受到应有的惩处。倒不如再观望一段时间，只要他还有害我余玠之心，就一定会露出马脚，到时我饶不了他！

"你们放心，我余玠征战沙场这么多年，没有什么困难能打倒我。要死，我也是死在沙场上！况且我答应过皇上治蜀十年，现在还没到那个期限，巴蜀需要我，皇上也需要我，我不会如此轻易赴死。"

余玠眼里恢复了往日坚定的神色："冉璞，我需要你去一趟临安，将北伐的情况和巴蜀的遭遇禀报丞相郑清之，郑清之素来对巴蜀防线关注有加，他不会任由别有用心之人搞乱巴蜀军政大局，一定会帮我们的。张珏，我要你好好查查马杰案和地界纠纷案背后的隐情，如果查到了确凿证据，要在第一时间禀告于我。冉琎，我要你着眼于提振经济民生，老百姓只要日子过得好就不会轻易受他人摆布，我们所做的一切最终还是为了黎民百姓。你们要想护我余玠周全，保巴蜀全境周全，就把我交代的这些事做好。"

余玠的所有决策都是在为与圣上的十年之约和提升巴蜀防御力量争取时间。生死已经不是余玠现在考虑的问题了，胜败才是。即使最后的胜算不大，也值得余玠搭上性命为之一搏。

"我呢？玠公，你怎么唯独把我王坚落下了？"王坚急了，担心余玠因为他的莽撞而弃之不用。

余玠转向王坚，犀利的眼神射到他脸上："我们北伐没能顺利攻下兴元城这个蒙古人在关内的大本营，想必他们会迅速补强因北伐而损耗的兵力，没准会突然对巴蜀发动袭击，打我们一个立足未稳。王坚，我要你明天跟我一起回重庆，与制置司各官员商讨防御策略。我们通过北伐好不容易赢得的威信和信心，决不能随随便便就输掉，今后的全蜀防御不容有失。"王坚大喜，他的任务最为重要。

"末将遵命！"

"下官遵命！"四个人异口同声地回答道，表情和余玠一样坚毅。

第五章
贼心昭昭

王夔从合州州治里出来,脚踩在州治门口的戒石上松绑腿,眼神不由地被戒石上的字吸引过去:尔俸尔禄,民脂民膏;下民易虐,上天难欺。

王夔在心里默念了一遍,而后鼻子里不屑地出了一口气,把官靴脱下来,在戒石上用力地刮去鞋底的淤泥。

"开甚鸟军务大会!"王夔牢骚了一句。

"都统!都统!我们利戎司上上下下盼星星盼月亮终于把你盼回来了。"姚世安一改往日骄纵跋扈的神态,卑躬屈膝地朝着王夔跑来。姚世安跑到王夔身边,从头到脚细致打量了一番。

"别看了别看了,连毛都没有少一根。好着呢,好着呢!"说着伸手把姚世安推开。

姚世安一脸堆笑:"都统戎马倥偬又舟船劳顿,下官为了给都统大人接风,在合州逍春楼摆了一桌上好的酒菜,把您这段时间受的罪都给补回来。"

王夔佯装不满地看着姚世安:"就这些?"

姚世安一脸坏笑道:"逍春楼,逍春楼,不逍遥,怎么敢叫逍春楼呢？都统放心，虽然今晚的合州是僧多粥少，但最滑口，最滋补的那碗粥一定是您喝的。"

"秋月？"

"秋月！"姚世安双手在王夔面前比画了两下，"这段时间她长得越发丰满了。"

"丰满的秋月？那就是满月咯。"

"满月？啊！对！满月，满月！"

二人有说有笑朝薄刀岭走去。从州治前往合州，翻过薄刀岭，经钓鱼城镇西门，穿过东渡老街，再乘船渡过嘉陵江就到了。即使是在晚上，最多也就是半个时辰的马程。对于王夔和姚世安来说，钓鱼城虽然是州治所在，但太小太无趣了。就像他们利戎司虽然驻扎在云顶城，但王夔一个月总要下山几次，去汉中消遣一番。

襟带阁位于薄刀岭的最高处，快到时王夔警惕地站住了脚。

"阁中有人影！"

相比王夔的警惕，姚世安倒显得一脸轻松。他上前一步，作揖解释道："都统，世安向您介绍一个人。"

阁中人似乎也听到了来人的动静，赶忙从阁中出来，高声打招呼道："下官汪显祖在此等候王都统多时。"

"汪显祖？就是你说救下马杰的那个人？"

"正是他。要说他的能耐，救下马杰这件事还不能完全体现通透，还得您亲自听听他怎么说。"

王夔从汪显祖身边经过，看了他一眼，然后掀开官袍前衽坐在石凳上。他抬起一只脚踩着石凳，另一只脚挺得笔直，然后问道："你就是汪显祖？本官现在可是饿着肚子来听你说话，要是说不出个子丑寅卯，老子就一脚给你踹下山去！"王夔虽是都统，却痞气十足，汪显祖被吓得愣了神。

"显祖，快把你这段时间做的事情跟王都统好好说说。"

"遵……遵命。王都统，下官是冉琎帐下一名小小参事。当我得知冉琎和张珏要治马杰死罪的时候，就第一时间游说各方，发起了地界纠纷，并成功终止了对马杰的审判。后来，冉琎想要重审马杰，也是下官及时阻止得当，这才保住了马杰兄弟一命。"

"显祖这招可谓是一箭双雕，既保住了马杰的性命，又成功挑拨了新老山民之间的矛盾，虽然现在这场纠纷已经消停，但迟早还会再起风波的。"姚世安补充道。

"汪显祖，你小子能耐挺大的啊！把钓鱼山的原住民都给抬出来了。"

"下官就是山城的原住民，建山城虽然没有损害到我家的利益，但七叔八舅里却有很多人在钓鱼山上有家不能回，我只是出来替他们伸张诉求罢了。其实说来惭愧，下官这么做还有一点私心。"

"那就是一箭三雕咯？"

"若是光动动嘴皮子就让那些七叔八舅来闹事，他们怕是不敢，但有钱的话就是另一番情况了。我让他们都拿到了补偿款，不过这个补偿款不白拿。这几日州里陆陆续续支出了两千余两，我也拿到了将近五百两的回扣。这五百两是我为了救马杰才赚的，救马杰是您和姚副都统授意之事，也算是在都统扶携下赚的，所以……这五百两就当今晚给都统大人接风洗尘的开销吧！"汪显祖说罢，从怀兜里掏出一张会子票。

"这么说来，你这就不叫私心，而是彻彻底底的大公无私。世安，汪显祖这人有点意思，你说他颇有能耐，我看啊，你说的一点都没错。汪显祖，你生在钓鱼城，长在钓鱼城，还做了钓鱼城的官，为什么要主动入我王夔的大帐？"

汪显祖向前一步，正色道："实不相瞒，下官虽是钓鱼山人，却一丁点归属感也没有。当年我步入仕途本应该被分配到云顶城，奈何在冉玭的要求下，制置使不过问我本人的意见直接将我留在了钓鱼城。留在这里也就算了，毕竟在哪都是为国效力。我从跑腿的做起，兢兢业业，入职后仅用两年就坐上了参事的位置。参事是个重要的职位，在我之前，哪个参事不是干个一年两年就能做县官的？轮到我倒好，辛辛苦苦干了三年，眼看着比我年轻的人都下去当县太爷了，我还在干参事。都统大人，您是不知道，跟我一起进仕途的那些人背地里都笑话我。原来他们都说我是栋梁之材、鹏程万里，现在他们笑话我是篱笆之材，扎根土壤，绵延百里。"汪显祖用袖子抹了一把眼泪，"在我最绝望的时候，我听闻云顶城的王夔都统善于用人，用人不疑。正所谓良禽择木而栖，我汪显祖不是没有本事的人，为何不另择一位明主！"

王夔一拍大腿，哈哈大笑起来："世安啊，俗话说识时务者为俊杰，我看这个汪显祖就很识时务。要我说，这样的人才钓鱼城不看重，我们可不能把他埋没了。"

"都统大人说的是，下官已经擅作主张让他继续在钓鱼城干好参事一职，毕竟钓鱼城的风波才刚刚兴起，这个时候必须要有我们自己人去推波助澜，这场风波才能撼动乾坤嘛。"

"撼动乾坤，说得好！我们要干的事情就是撼动乾坤。汪显祖，只要你听我们的好好干，别说一个区区的县官了，没准钓鱼城都是你的。"

钓鱼城是州治所在，王夔的饼画得足够大。汪显祖赶忙跪下"咚咚咚"地跪拜起来："承蒙都统厚爱，遇上您是下官八辈子修来的福气。"说罢，又把会子票高高地举过头顶。

姚世安毫不客气地接过来，看了一眼，诧异道："显祖，你方才说是五百两，会子票上怎么有六百两？"

"还有一百两是下官这么多年省吃俭用攒下来的。从今天开始，我汪显祖重获新生，从头开始，这一百两是为了报答都统大人的知遇之恩。"

王夔上前搀起汪显祖，夸赞道："本官已经感受到你的拳拳诚意，显祖、显祖，本官看你以后真的要显宗耀祖！"

王夔的这句话分量很重，让汪显祖对未来充满了期待。汪显祖弯腰送行，直至听不见二人的声音才直起腰。他抬头仰望星空，豪情壮志从胸腔里溢了出来，变成一声长啸。他将手伸进夜空，仿佛踮踮脚就能揽下月亮。

汪显祖并未发现，在襟带阁的阁顶之上一直匍匐着一位黑衣人。这位黑衣人摘下蒙面纱，正是舒眉酒肆掌柜余不扬。他从汪显祖在舒眉酒肆有意接近赖灵寺那日起就跟踪汪显祖，直到今晚，终于查清了他的底细。

第二天清晨，赖灵寺在江边漫无目的地踢着碎石子，不知不觉走到了张怀宝家门口。张家小院原来是他心目中家应该有的样子，不大的吊脚楼，楼下养着一两头牲口。后院有一片菜畦，菜畦里种着各式各样的蔬菜。不过不管什么季节，种两行小葱是必需的，无论下面条还是炒鸡蛋都是极好的佐料。小院里有一棵石榴树，石榴树下摆两张竹椅子，这个季节一家人就应该坐在树下剥着石榴，有说有笑，把石榴籽吐得满地都是。石榴籽也不用去打扫，院子里的鸡自然会来啄个干净。天气好的时候，就在石榴树上架一根竹竿，用来晒晒衣服和渔网。

可现在，原本充满生机的小院被东倒西歪的篱笆围着，满地都是杂草和鸡粪，吊脚楼下的牲口饥饿地叫唤着，石榴熟了也没有人吃，掉落在地上慢慢腐烂。

"宝哥……"赖灵寺不抱希望地叫了一声。这段时间，忙完了丧事的张怀宝就一直把自己关在家里，怎么叫也叫不出来。

果然没有人应答。张怀宝这个人心思单纯，平时两人一起，赖灵寺总觉得是张怀宝依赖他多一些，他有本事带着张怀宝到处吃香的喝辣的。可现在张怀宝把自己关在家里，赖灵寺成了钓鱼山上的孤魂野鬼，干什么都失去了兴致。这样看来，其实是自己更依赖张怀宝多一些。

赖灵寺看着眼前这个被张怀宝遗弃、破败不堪的小院，觉得自己和这个小院一样可怜，便动手收拾起来。他最先收拾东倒西歪的篱笆，这些篱笆都是用竹子扎的，一根连着一根，要想把整片篱笆重新竖起来得花很多功夫和气力。

赖灵寺朝掌心吐了口唾沫，决心要把篱笆修好。他抓住连接篱笆的藤条，使劲提拽。没想到藤条已经被虫子蛀空，赖灵寺一拉就断了。赖灵寺劲用得过大，一下子没吃上力，向后摔出去好几个跟头。本来就倾斜的篱笆，没了藤条的固定就再也站不住了，一片篱笆应声倒下，惊起了正在打盹的鸡。不一会儿这些鸡便连飞带跑消失得无影无踪。

坐在地上的赖灵寺抓抓脑袋，明白自己是好心办了坏事。可偏偏就在这个时候，张怀宝开门了。

"赖灵寺，你别以为我爹死了就可以为所欲为。"张怀宝看着倒塌的篱笆墙和跑远的鸡，用他那藏在络腮胡里的嘴巴喊道。

"宝哥……你误会了，我怎么能是那种人呢？我想修篱笆墙来着，谁想到这些篱笆全烂了，根本修不好……算了，哪天我去砍些竹子来重新给你做。"

"是啊，篱笆全烂了，就跟这个家一样。"张怀宝的脸算不上清秀，但至少干净，可现在他满脸都是络腮胡子，不光看着粗犷，也看不清楚他的表情到底是哀是怒。

"宝哥……"张怀宝的样子让人看了心疼，"篱笆会修好的，这个家……也会好起来的。"

张怀宝冷笑一声："说了你自己都不信吧？这个家人都没有了，还能好到哪里去？我没用，不光没能让他们活下来，就连凶手逍遥法外，我也没本事拿他怎么样……"

"制置使已经回来了，还没审判马杰吗？"

"审判了。今早官府来人了，说马杰被遣送回云顶城了。"

"这就是审判结果？"

"据说是制置使决定的。他要放马杰一马，我们这些平民老百姓能做什么呢？"

赖灵寺想到昨天汪显祖跟他说的一番话，便气不打一处来，他跨过倒下的篱笆，冲到张怀宝面前："这种结果你都能接受？你怎么会如此善良，善良得连我都想欺负你了！"

"福祸无门,惟人自召。这样的结果就是老汉和幺妹的造化,我什么也做不了。"

"张怀宝,我看你是悟道悟傻了吧?你原来过的什么日子?现在过的什么日子?你爹和你妹的造化,难道就不是你的造化吗?你一心求道,从未做过什么坏事却沦落到这个地步。你到现在还不信,世间根本就没什么善道,弱肉强食、恃强凌弱才是世间的道。像你这种人,吃亏了还觉得是福报,就活该被人欺负!"赖灵寺踢了一脚地上的烂石榴,石榴砸在墙上,炸出了一朵黑红的花,也在张怀宝的心里炸出了一个洞。

"赖灵寺,我要做什么样的人不用你来教,让我像你这样做一个坏人,我宁愿去死。"

"好啊,你觉得我是坏人了?你觉得我坏为什么还要跟着我混赌场,吃我用骗来的钱买的猪蹄髈?你吃肉的时候可没说我是坏人,我没记错的话,你还一个劲地夸我聪明呢。"

"我……你三句不离那块猪蹄髈,我还你便是,还你便是!"张怀宝走到吊脚楼下的干栏旁,一脚踹开了栏栅,取出麻绳套住仅有的两头猪的脖子。而后他把麻绳的另一头用力地塞给赖灵寺。

"现在别说一块蹄髈了,我直接还你两头猪,一头猪有四条猪腿,还有两扇排骨,一副猪下水,一个大猪头!都给你了!别再跟我说什么猪蹄髈猪蹄髈,我听见就恶心!"说罢,张怀宝头也不回重重地关上门,留下赖灵寺和两头猪孤零零地站在院子里。

赖灵寺若有所失地指着吊脚楼骂道:"张怀宝,你我之间的交情就值两头猪了?"

"那也比一块猪蹄髈强!"吊脚楼里扔出张怀宝恶狠狠的

回复。

"好，好你个张怀宝！"赖灵寺朝猪屁股上狠狠地踹了一脚，"我现在就把你们牵到重庆去卖了，从此赖灵寺和张怀宝一刀两断！"

赖灵寺一登上朝天门码头，瞬间就成了大家的焦点，常年走南闯北的码头人还是第一次见到牵着活猪来卖的人。赖灵寺从小到大最不在乎的就是旁人的眼光，他牵着猪，往台阶上一坐，也不招呼也不叫卖。一开始，有几个玩耍的孩子见着新奇，就跟着坐在台阶上；后来一些力夫忙完了活，一手端着凉茶，一手拿着馒头，也坐到赖灵寺边上来。有个好奇的力夫闲来无事，就问赖灵寺葫芦里到底卖的什么药。

赖灵寺眉毛一挑："想知道我为什么牵着两头活猪来码头？"

力夫们啃着馒头点着头。

"那就多叫几个兄弟来。"赖灵寺张望了一圈，"这才七八个人，等有二十号人，我就告诉你们。"赖灵寺说完就把头往边上一撇，不再搭理他们。说话的力夫好奇心一下子上来了，他赶忙招呼坐在别处休息的力夫，不一会儿工夫就喊齐了二十人。

赖灵寺清清嗓子："辣姜配花椒，今天就让你们听听什么叫猛料。"

"哟，还猛料呢。咱们在码头上什么人没见过，什么话没听过？你要是敢在朝天门光放屁不落屎，我们哥几个就把你丢进长江，让江鱼啜你屁股腚。"这位力夫的话得到了其他人的支持。

赖灵寺毫不在意："我要说的话你们肯定没有听过，不过啊……就怕你们不敢听。"

"年纪不大,口气不小。别咋咋呼呼的了,你倒是说啊!"

赖灵寺把牵猪的麻绳捆到缆桩上,挺直了身子正色道:"我今日要当着各位兄弟的面检举四川制置使余玠、合州知州冉琎以权谋私、有案不查,放纵施暴杀人者逍遥法外!"围观的人原本脸上都带着戏谑之意,听了这句开场白,所有人都愣住了。刚才一直调侃赖灵寺的那位力夫惊得馒头都掉在了地上。

随后,赖灵寺把张氏父女的遭遇从头到尾地说了一遍,又把案件审判突然中止添油加醋地加工了一番,最后再把从汪显祖那里听来的话复述了一遍。他边说边回忆张怀宝对他的态度,越想越气,最后一咬牙索性把余玠和冉琎都说成了不为民做主的糊涂官。

"要说这个案子里最可怜的还是我的朋友张怀宝,你们想啊,一夜之间父亲和妹子全没了,孤苦伶仃地活在这个世上,多么可怜!这么可怜的人一心想让坏人绳之以法,可官府偏偏把坏人给放了,你们说,这事要搁在你们身上,你们还好得了吗?他受的刺激太大了,糊涂到连我这个朋友都不要了,这两头猪就是他跟我绝交的证物,古人以割席断交,他张怀宝是弃猪断交。"赖灵寺说到这里,人群里的一声笑把他打断了。

"笑什么笑,张怀宝这么惨你还笑得出来?"笑的人马上被边上的同伴呵斥。围观的都是些四肢发达、头脑简单的力夫,大部分人都受到赖灵寺情绪的感染,脸上的表情和赖灵寺一样愤怒。

赖灵寺见大家听得这么认真,围观的人也越来越多,索性扯开嗓子喊道:"张怀宝他伤心到连我这个唯一的朋友都不要了,你们说他该有多绝望！他多可怜啊！"喊罢，他蹲下身子抱头痛哭起来。对张怀宝的遭遇，赖灵寺既愤怒又难过，所以他这场哭不是装的，是真的。一哭起来就收不住了。

围观的人一开始还好心劝慰他，结果发现越安慰他哭得越来劲。渐渐地，看热闹的人觉得无趣就都散去了。不过，赖灵寺说的确实是这些力夫闻所未闻的新鲜事，张怀宝的遭遇成了这些力夫休息闲聊时的谈资。一传十、十传百，这个故事被继续添油加醋，变得面目全非。到了傍晚时分，这个妄议国家军政大臣的谣言就传到了同袍帮帮主李发水的耳朵里。

李发水是何许人也？李发水从小在朝天门码头长大，年轻时就是码头上最能扛的力夫，后来凭借自己为兄弟两肋插刀的江湖义气，成了力夫们公认的大哥。但若要问起李发水是如何当上同袍帮帮主的，那还得从他三年前做的那件事说起。

三年前，朝天门的这些力夫各自为营，招揽顾客也多以低价吸引，久而久之力夫们的劳力费被他们自己越压越低。等到大家发现自己辛辛苦苦干了一天苦力竟然还赚不到一顿饭钱的时候，才意识到劳力费过低。可雇主们都已经习惯了低价，力夫胆敢提价，雇主们就去找别人，结果是力夫们自讨苦吃。这个时候，李发水站了出来。

李发水在码头上有些声望，他统一好价格，不允许自己手下力夫自己去洽谈买卖，并且动员所有力夫都加入他的队伍，成立了同袍帮。

到后来，雇主们私下已经找不到力夫了，只能无奈接受李发水定的价格。

力夫们比原来赚得更多,也愿意跟随李发水干,同袍帮日渐壮大。如今的同袍帮不光是一个力夫们的联盟,倚仗几百号力夫的人力资源和李发水的人脉,还开拓了贸易市场。可以这么说,朝天门码头少了谁都可以,就是不能少了李发水,没有李发水就没有朝天门如今的繁荣。惹恼了李发水,朝天门就没有你的立足之地。

赖灵寺就惹恼了李发水。

赖灵寺离开朝天门码头后,牵着两头猪来到了重庆一家酒楼,他问管事的自己手上的两头猪能够换多少顿猪蹄髈,管事的不想搭理这个神经兮兮的人,随口说了一句:"就给你换八个蹄髈。"两头猪有八条腿,八个蹄髈是最少的。令管事的意外的是,赖灵寺想都不想就答应了。管事的喜出望外,还真有爱吃亏的傻子,赶忙把两头猪牵到后院关了起来。管事的相当于白捡了两头猪,高兴地把赖灵寺领到前厅,上了一盘蹄髈,又送了一壶好酒。赖灵寺啃完了蹄髈,喝光了酒已是酉末时分。他哼着小曲在重庆高低起伏的大街小巷上漫无目的地游走,心里越是难过就装得越轻快,他不停地跟那些不认识的陌生人打招呼,遇见路边有赌局就站在旁边说两句闲话。若是被赌博的人一脚踹翻在地,他也不哭闹就躺在地上傻笑,傻笑完了爬起来继续闲逛。

没了张怀宝的管教,他现在可以肆无忌惮地做回江湖混混了。

赖灵寺摇摇晃晃地来到了洪崖门一带,趴在城墙上,让半个身体探出城墙,嘉陵江上的风自下而上吹在他的脸上,相当舒适惬意。他朝着黑黢黢的嘉陵江面大喊:"张怀宝,我为你伸张正义了!"刚喊完这句话,他突然感觉到自己双脚一浮,头重脚轻的好像就要往嘉陵江坠去。他下意识用双手扒住城墙,回头一瞧,却看见两个力夫模样的人正抬着自己的双腿。

"两位大哥,这个玩笑可开不得,搞不好会弄出人命的。"两个抬脚的力夫一脸严肃,并不准备搭理他。这个时候,赖灵寺身边的城墙垛口探出来一个脑袋,这个脑袋长得四四方方,上面的五官好似钟馗。这个钟馗不是别人,正是李发水。

李发水把手伸到赖灵寺脸前,毫不留情地给了他一个巴掌:"谁允许你在我的码头上摆龙门阵的?"

赖灵寺心里咯噔一下,难道自己在朝天门码头说的那番话传到官府人的耳朵里去了?可他定眼瞧瞧这位凶神恶煞的主儿,怎么看怎么不像官府中人,于是觍着脸说道:"好汉爷爷,是不是有什么误会?我在钓鱼城也是混码头的,算起来应该是自己人……"

赖灵寺话还没讲完,一个巴掌又落到了他脸上。

"哎哎哎!有话好好说,好好说嘛。小弟眼拙,敢问对面的这位好汉爷爷尊姓大名?"

"帮主的名号也是你想知道就能知道的?"赖灵寺的双脚又被抬高了两寸。

码头、力夫、帮主?"哎哟!原来是鼎鼎大名的李帮主,小的有眼不识泰山。我摆龙门阵,耽误了您做买卖,真是狗日的呆脑壳。您……您就把我当成个屁,放了得了。"

"我说,你小子胆子可真够肥的,敢随随便便、大言不惭地说当官的闲话,是不是不想活了?你要是不想活,老子现在就把你丢到江里去喂鱼。"

"我是说了当官的闲话,但那是他们活该被我说,我说的都是实话。哎,李帮主,你知道吗……"

赖灵寺话还没说完,又挨了一个巴掌。

"老子吃的盐比你吃的饭还要多,你敢问我知不知道?"

"我还没说什么呢……"赖灵寺略带哭腔地说。

"不管你说什么我都知道!你给我听好了,我的码头是做买卖的地方,不是摆龙门阵的地方,你要真有本事就去衙署的门口去说,或者上京告御状去!你个狗日的,在老子的地盘胡言乱语,我现在就撕烂你的嘴。"

"李帮主,我下次再也不敢了。可我说的都是实话……"

"我不管你说的是实话还是假话,总之不要让我在朝天门码头见到你。老子是生意人,做生意就是要和气生财,老子不想惹是生非,你听清楚没有?"

"帮主,我听清楚了。"

"两位兄弟,把这狗日的放下来。"李发水手一摆,脑袋缩回了垛口,从腰间拔出一个旱烟管,吧嗒吧嗒地抽了起来。

赖灵寺双脚落地,长长地舒了一口气:"谢谢帮主不杀之恩。"

李发水吐了一口烟:"我不是你帮主,你不要叫我帮主。你是哪家的狗就回哪家的窝去,给老子滚!"

赖灵寺一听到滚这个字,就好像听到了什么命令,连忙拔腿就跑,一直跑出两三条街才停下。他靠在路边,手拍着胸口,心里暗忖,随随便便说了几句话就差点招来杀身之祸,可见比自己坏的大有人在,比张怀宝还要善良的可真的没有了。张怀宝啊张怀宝,亏我为你这个白眼狼伸张正义,还差点搭上了性命。我给你记上一笔,日后看你怎么谢我!

赖灵寺平复好心情，准备找个犄角旮旯将就一晚。他边找边想：李发水不让他出现在朝天门码头，他绝不能在码头搭船回钓鱼城，只能走通远门，翻过棺山坡，到达重庆最西边的码头，然后等朝天门过来的船，捎他回钓鱼城。

这样一来，就徒增了很多脚程，需要早点休息才是。走着走着，他来到一处高墙大院的地方，抬眼一看正是重庆府的衙署。他见衙署围墙外的青石板路干净得能反衬出月亮，嘀咕了一句"这地方最安全"，就一屁股坐在青石板上，背靠着衙署的围墙，酝酿起睡意来。

重庆府衙署内，制置使余玠的书房依旧灯火通明，余玠和王坚二人正在为上报朝廷的奏折而伤脑筋。

"索性把王夔的所作所为写进奏折里！要是他的兵没有把蒙古人领进关来，我们也不至于这大半夜的还在想写奏折的事情。"王坚一边给余玠磨墨，一边气愤地说。

"哎呀，你轻一点，这是在磨墨还是在磨刀啊？墨太浓了。这可是奏折，要呈报给皇上看的。"余玠往墨池里加了点水，用毛笔蘸了蘸，而后举在半空中思索起来，"王夔的事情还没调查清楚，坚决不能写。奏折虽然是给皇上看的，但除了皇上，还有很多人能看到里面的内容，若是就这样冒冒失失地写上去，搞不好会适得其反。虽然北伐撤退迫于无奈，但将士们功劳还是有的，不能寒了将士们的心。"

"那倒不如避而不谈撤退的事情，反正朝廷也没给咱们定目标，就当这次撤退是事先安排好的。"

"那岂不是欺君？要是皇上已经知道了真实情况，那便是自作聪明，自讨苦吃，还是实事求是的好。"余玠抬起头看着王坚，"对上不能有欺瞒之心，要常怀敬畏之意，为官处事就不会走偏，做的事才能正大光明。"

王坚敷衍地点了点头，又注意到余玠似乎话里有话，连忙解释道："制置使，你不会怀疑我王坚有二心吧？"

余玠放下毛笔："我相信你对我是绝对忠诚的，但对别人呢？若是制置使换了人，你会怎么做？"

"那要看是谁了。若是像王夔这样的人当制置使，我王坚第一个解甲归田。哎？制置使，你为什么突然问这样的话？难道是萌生了退意？"王坚一脸关切。

余玠笑着摇了摇头，王坚的性格真是和自己一模一样。"这样的性格郑清之说是固执，如果说得直白一点就叫傻，宁愿得罪别人也不愿意为难自己。"

"若是我王坚服气之人，比如就说制置使你吧，我什么时候得罪过你？你吩咐的事情我愿意做的、不愿意做的，到最后不都是做得好好的吗？"

"这我知道。可只要是你的上级，不管是谁，你都要像对我这样去对待他，这才是为官之道。再说得俗一点，就是下级服从上级嘛。我到了这个位置，很多东西已经没办法轻易改变，比如说在别人心中刻板的印象和性格。你虽然年长我一岁，但仕途还说不上畅达，若是能收敛一下性情，绝对百益而无一害。"

"制置使你就别跟我说这些个有的没了。子曰：己所不欲勿施于人，你自己都办不到的事就不要来要求我了。"

"你看看，我刚刚说了，下级要服从上级。我是你的上级，跟你提意见，你怎么能不听呢。"

"我听、我听……我听你的，奏折里就不写王夔的坏话了。"

余玠看着王坚，苦笑一声："你这个老东西，还要跟我打马虎眼。"

王坚打了一个哈欠："哎呀，制置使你就快些吧，再不写天都要亮了。你不是说叫我明天一大早同置制司里的几位要员商讨御敌策略吗？我欠觉的话情绪可不好，容易骂人……再说了，你说我是老东西，你自己不也是老……"王坚意识到叫余玠老东西欠妥当，于是改口道，"你也不再是十八廿三的壮年，同样需要早点休息。"

余玠会心地点点头，重新提起笔。奏折怎么写，他其实已经成竹在胸。如实陈述北伐经过，攻打兴元城的那场意外也如实陈述，但不能提王夔，只能说自己运筹帷幄还不够全面。是非功过全凭皇上裁断。不过余玠还是希望朝廷能对巴蜀的将士们高看一眼，即便是王夔的部下，只要表现优异者，他依旧不吝辞藻予以褒奖。最后他决定送上从蒙古人手中抢下来的六百匹蒙古马。这六百匹蒙古马个个膘肥体壮、精气十足，稍微加以驯化就能为己所用，拉上战场就是一件件威力巨大的杀器。

王坚看到余玠写到这里，眼睛瞪得像马脖子上的铃铛：

"马也要送？"

余玠淡淡一笑："你看到这些马，心情如何？"

"这些都是最精良的战马，别说六百匹了，你随便送我个一二十匹，我都高兴得睡不着觉。"

"这不就好了，这些战马谁看了都会喜欢的，皇上也一样。

六百匹战马，皇上可以送给禁军，也可以送给淮东、荆襄等地的将士，他们肯定会感谢皇上，圣心就会更愉悦，我给你们邀的功皇上没准就准了。"

"没有这六百匹战马皇上也会同意吧，蜀军北伐可是前所未有的壮举。"

"那就权当答谢皇上对巴蜀将士们的关心，没有朝廷的支持，没有皇上的洪福齐天，我们哪来的胜利？我看你啊，原来还是个小气鬼。"

"这些可都是多少钱也买不来的蒙古战马！唉……罢了罢了，下级服从上级，你说送就送吧。"

余玠摇摇头，忍住笑继续写奏折。王坚哪里会知道，写奏折可比打仗难多了，想要获得朝廷的嘉奖也比砍几个敌军的项上人头要难多了。余玠以前也不明白，当他还是个低阶武将的时候，只需想着上阵搏杀，保住性命。后来随着职位升迁，他才慢慢体悟到当兵易，领兵难。

第六章
文天祥初来乍到

赖灵寺很快就睡着了，等他再次醒来时，天空已从墨黑色变成淡淡的青色。快天亮了，赖灵寺揉揉眼起身往通远门走去。昨晚就在他刚酣睡不久，一个黑影从他身边爬上了重庆府衙署高高的围墙，过了一盏茶工夫又悄悄地翻墙离开。

与赖灵寺一样早起的还有张珏。本以为余玠回来后，一切事情都会有着落，能睡个踏实觉。可他没想到，余玠回来之后他越发地睡不好，只要眼睛一闭上，耳边就是制置使在范家堰衙署里那番振聋发聩的讲话。

张珏沿着钓鱼城的跑马道一圈又一圈地走着，边走边想怎么完成余玠交给他的任务。他看着城墙下奔流不息的嘉陵江，一点头绪也想不出来。正当他准备往回走时，眼角余光意外瞟见一个人影在城墙外的灌木丛中闪转腾挪，不知怎么的突然就从城墙外钻进了城内。

钓鱼城的城墙建造在高高的石壁上，就算蒙古军架着登云梯也未必能顺利跨越，这个人是怎么做到的？他拔出佩剑，想要大声喝止住那人。可人影回头看了一眼，一猫腰就钻进了跑马道旁的小道里去了。张珏不屑地"哼"了一声，提剑跟了上去。只要这个人没有重新逃出城，他就有信心抓住他。

张珏一直跟着人影在小道里钻来钻去，似乎他对这些道路的走向比张珏还熟悉。不过即便如此，张珏依然胸有成竹，因为他们二人越来越接近石照县衙和校场了，这个时候张珏只要大吼一声就会有援军赶到。

张珏当然不会错过这个抓住对方的绝好机会。顷刻，校场里冲出一队十几个人的执勤士兵。他们兵分几路，成功在校场前面的一个小湖边把那人围住。

可是还没等张珏喊话，对方竟想也不想地跳下了湖。湖中长满浮萍，跃入的身躯在湖面上砸出来一个破口，而后破口又被浮萍重新修复。张珏马上指挥士兵将小湖围住："看好湖岸，守株待兔即可。"张珏信心满满地在湖边踱步。这个湖是借开凿石头挖出来的蓄水湖，湖底是坚硬光滑的石头，没有入水口和出水口，跳下去的人除非是鲤鱼精变的，否则迟早会露头。

一炷香、两炷香、三炷香过去了，张珏心里慢慢不安起来——湖面依旧平静得如草地般没有丝毫波澜。他拿过身边士兵的长枪，跳步来到湖边的一块石头上，用长枪不断地拨动浮萍，可这些浮萍长得过于密集，刚拨开一个口子，边上的浮萍马上又漂来补位。张珏急了，下令围湖的士兵用长枪不停地拍搅湖面，可直至把湖里的鱼搅打得跳了起来，也不见有人出来。

莫非跳下去的人真的是鲤鱼精变的？如果不是，那他现在已必死无疑，于是便吩咐士兵继续把守，自己则提前离开了。他走出去没几步路，鼻子就闻到了附近舒眉酒肆飘出来的阵阵香味，于是改变方向往酒肆走去。

酒肆门口，老板娘杨晓舒正在清洗笼屉，原来并不是在做早食而是在蒸酿酒杂粮。

"老板娘，你这样可不对，一大早就在忙活做酒，是想把全城的人都熏醉吗？"

杨晓舒早年间可是名动临安的说书人，嘴皮子功夫一向了得。

"瞧张将军说的，把全城的人都熏醉我得酿多少酒？我就是有这个心，也没这个能力啊。酿那么多酒需要多少粮食？需要花多少钱？说起来，张监军你可有好几天没有照顾店里生意了。要常来啊，你们不常来我到哪里去赚钱……"

张珏被杨晓舒毫不避讳的言语逗笑了："真拿你们这对老夫妻没办法，你们家那个不扬老头跟你一样，嘴里没一句正经话，真是一个被窝里钻不出两样人。哎？你家不扬老头呢？"

杨晓舒往后厨一瞥，云淡风轻间实则有些慌乱："在后面忙活呢，可能掐指一算，算到张监军要来了吧。"

"行了行了，叫他不要忙活了，就来一碗双椒面，面少汤宽，多放花椒。"张珏说罢，就在靠门的小桌上坐下了。

"好嘞。"杨晓舒应承下来，不过她继续蹲在地上刷笼屉，只是朝里喊了一声，"老头子，张监军来了。烧一碗双椒面，面少汤宽，多放花椒。"

"烧一碗双椒面，面少汤宽，多放花椒。张监军来了，你听见没有？"杨晓舒停下手中的活，扭头看向后厨。等了一会儿，后厨传来余不扬的应答声："听见了，听见了，还非得说两遍，我又没有聋。"

"听见了不回答，我以为你哑巴了。"杨晓舒继续低头刷洗，缓缓地舒了一口气。

张珏听着夫妻俩的对话，不是聋就是哑，原来他们两人之间说话也没有正形。到了这把年纪，老夫妻不互相埋怨，反而还能开着玩笑，张珏心向往之。

过了一盏茶的工夫，余不扬端着双椒面出来了。他把面放到张珏的面前，又放下一小瓶醋，说道："张监军是陇西人吧？"

"对啊。"张珏吃着面含含糊糊地说。

"这醋是我托跑码头的人从陇西带来的，是正宗的陇西老陈醋，你尝尝是不是家乡的味道。"

张珏端起醋瓶，闻了闻，点点头："就是这个味儿。"他往面里倒了些醋，用箸搅了搅，喝了一口汤，满足地咂了咂嘴："太香了！不扬老头，可真有你的。哎，你头发怎么湿漉漉的，一大清早就洗澡啊？"

余不扬惊得身体一僵，杨晓舒手上的动作也突然停了下来。"哦……这还不得怪我这个婆娘嘛，一大清早就开始蒸杂粮，蒸得后厨那是烟雾缭绕、胜似仙境啊……别说我头发是湿的，后厨的碗柜、地面哪里都湿，我刚才端面出来差点滑倒呢。张监军，你吃面，吃面……"

"要是真滑倒了，那也只能怪你自己。"杨晓舒忙好了手上的活，走到余不扬身边，拍了一下他的头，"因为你啊，老糊涂了。一早上忙来忙去就忙出了这么一碗面来。"

"这能怪我吗？你一下子叫我生火，一下子叫我淘米，我这里忙忙，那里忙忙，确实没干什么像样的事情，可这并不能说我就是老糊涂了呀，后厨那么多杂事呢，不都是我干了嘛。"

"说你两句你还不服气了，怎么越老脾气越犟了呢。张监军，你别听我们吵，你吃面……"

"怎么又扯到脾气上去了？要说到脾气，你比我好到哪里去了？"

张珏左看右看两个人，最后一拍箸："行了行了，我吃饱了。你们慢慢吵。"张珏丢下两个铜板结账。

"你看看你，什么态度，把客人都给吓跑了。"杨晓舒继续胡搅蛮缠。

张珏赶忙解释道："你们就不要吵了，我是真的吃饱了，不是被吓跑的。都少说两句，最近山城上事儿挺多的，你们就好好做生意，不要添乱了嘛。"

两人的态度这才稍稍有所好转，赔笑着目送张珏离开。待张珏走远，余不扬脸色骤然凝重起来："你刚才拍我头做什么？"

杨晓舒白了余不扬一眼，松开手掌，里面是一根绿色的水草："我说你能不能注意点，还临安黑白探呢。我要不趁机拿掉它，你能不露馅？"

余不扬长舒一口气："还是你脑子转得快，差点就被他撞见了。我以为他今天不会来店里……"

"承认了？"杨晓舒歪着头看向余不扬。

"承认什么了？"余不扬一边收拾桌子一边莫名其妙地反问道。

"承认你自己老糊涂了。我好歹是曾经名冠京师的……"

"哎呀，就是一个破说书匠，有什么了不起的。"余不扬端起面碗,转身偷笑,往后厨走去,留下杨晓舒一个人想吵架吵不起来,只能憋着生闷气。

张珏离开舒眉酒肆后,又来到湖边,见围湖的士兵们无奈地对他摇摇头,他索性摆摆手让大家都撤了。那个人要么早就逃出来了,要么早就淹死了,没必要再继续围着湖。想到这,他突然想起人影是从护国门旁边的城墙里钻出来的。城墙由坚硬的岩石堆砌而成,连水都流不出去,他是怎么钻进来的?莫非他看到的那个人影,是因为这几日睡眠不足、精神恍惚而产生的幻觉?

张珏摇了摇头,自己一个人看错有可能,但刚才一起围湖的士兵们也看见了啊,总不可能大家都出现幻觉。想到这,他决定到城墙边一探究竟。护国门一带的城墙修筑得最为坚固,因为这段城墙下面就是水军码头,码头的一字城墙与这段城墙连在一起,保护着水军码头。

张珏来到人影出没的位置,左看右看,又伸手推一推,脚踢一踢,城墙修建在高低不平的岩石上,没有发现异常。张珏叉着腰自言自语道:"这就奇怪了,难道真的是幻觉?"张珏笑着敲了敲自己的脑袋,准备离开。可刚一转身,意外发生了,他踩在岩石上的脚没站稳,滑了一跤,摔进了两块岩石之间的夹缝里。

这一摔,把张珏想要的答案摔了出来。因为他眼前出现了一个只能容一人通行的狭窄岩缝。他猫着腰站起来,小心翼翼地穿过岩缝,扒开茂密的灌木丛,波澜壮阔的嘉陵江就横亘在了眼前。

他站在城墙之外,看着嘉陵江,内心无比复杂。城墙上有一个洞,从军多年的他知道这件事意味着什么。这意味着若是让敌军知道这个洞的存在，钓鱼城便不再固若金汤。

张珏环顾四周，这条岩缝确实太过隐蔽，从外面看有茂密的灌木丛遮挡着，从里面看只是一条不起眼的岩缝，岩缝之外还有灌木的掩护。若不是意外掉落，一般人根本想都不敢想这里还有一个与外界连接的出口。这个出口正好处于钓鱼城内城墙与水军码头一字城墙的交会处，从张珏所站立的地方可以直接登上一字城墙，直抵水军码头。

此时的张珏只觉得大脑一片空白，唯有嘉陵江的波浪声和绝壁之上的风声灌入耳中，惹得他心神不宁。一事未平，一事又起，钓鱼城的这个秋天难道真是个多事之秋？

要不要向上级报告？要不要发动工兵将岩缝补起来？张珏皱眉凝神盯着江面，决定先跟余玠汇报。

这时，一阵喧闹声从校场一带传来。张珏谨慎地返回岩缝，先躲在灌木丛，见周遭无人才从里面出来。

校场门口，一位鲜衣怒马少年郎沐浴在明亮的阳光之下，他白脸白衣白马，腰间佩一柄长剑，清风拂过他的长袍和马的鬃毛，飘飘然似乎天外来客。

久经战事的钓鱼城随处可见不修边幅的将士，但如此干净俊美的少年郎却是少见。将士们和老百姓把这位少年郎围在中间，指指点点地说着"稀奇稀奇"。

少年郎看着越来越多的路人，有些不耐烦："学生冒昧请教，四川制置使余玠余大人尊居何处？"

围观的人互相看着，时不时笑出一两声，但就是没人回答少年郎的问题。张珏拨开人群，指着少年郎，斥骂道："校场重地，凡是千户以下都应该下马步行，你是什么人？怎敢骑马俯视？"

少年郎听闻赶忙下马，叉手致歉道："学生吉州庐陵文天祥，不知军规森严，还望大人见谅。"

张珏一看，这个叫文天祥的学生还算知礼懂节，并非野蛮滋事之徒，便没再深究下去。

"你方才说要找制置使？"

"学生正有此意。"从围观军民的反应来看，文天祥知道眼前这位年轻军官应该官阶不低，于是把来意一五一十地说与对方听，"学生在庐山白鹿洞书院求学，熟读明经济世之学，但鄙以为，要想真正获得明经济世之能除了开卷之外，更要扩大眼界，读万卷书且行万里路。制置使余玠大人也曾在白鹿洞书院求学，还留下了'大丈夫安能碌碌依违以求上进'的激扬壮语，与学生明经济世之理想不谋而合，所以学生特地前来求教。"说到此处，文天祥还行了一个礼，"不知这位大人能否带学生去求见余玠大人？"

刚才文天祥的一番话，张珏听得是一知半解，不过最后一句话他是听明白了，这年轻人想见制置使。张珏不耐烦地撇了撇嘴，说道："制置使不是你想见就能见的，你有没有路引？或者引荐信？"

文天祥天真地瞪大了眼睛说道："学生听闻余玠大人北伐凯旋，便立刻动身，日夜兼程地赶来了，不知还要什么路引、引荐信……不过不碍事，麻烦这位大人告诉我路引如何申领，学生去官府里办一件便是。"

张珏两掌一拍："那就是没有咯？亏你还是读书人呢。"说完便要走。

文天祥一看张珏这架势，立马急了："这位大人请留步，学生对官府里的这些……这些规矩确实不太懂，但是学生求教余玠大人的心却至诚无比。缺少的文牒学生补办就是，还请大人行个方便。"文天祥情急之下竟还伸手拽了拽张珏的军服。

"文人就喜欢文绉绉地讲话……你看看这里是什么地方，这里是钓鱼城，打仗的地方，跟蒙古人打仗的地方知道吗？你说你一个学生不好好在书院学习，跑这里来凑什么热闹？"

文天祥见张珏态度有所转变，他也认真起来了："这位大人，此言差矣。学生在书院里自然有好好读书，但正如学生方才所言，想要真正获得明经济世之能还需要……"

"哎呀，哎呀，你烦不烦？你想见余大人我知道，可没有路引就是不行！"张珏又要转身，文天祥情急之下又拽住了张珏军服。张珏转身转得急，文天祥拽衣服拽得紧，两人都用上了劲，只听"嚓"的一声，张珏的军服裂开了一道口子。

张珏怒气冲冲地瞪住文天祥，文天祥也不示弱，依旧固执地拽着从张珏军服上撕下来的布条。

"你松手！"

"我不松！"

张珏将佩剑拔出半截，威胁道："不知天高地厚的书呆子，你松不松手？"

"我大宋国祚时至今日已近三百年，向来倡导天子与文人共治天下，你杀学生就是犯法，你杀吧。"

张珏把剑重重地送回剑鞘，看着文天祥那张倔强的脸，既好气又好笑："我说文天祥，你为了见余玠大人连死都不怕，既然这么能耐怎么不自己去找,非要来问我做什么?"

"那你告诉我余玠大人尊居何处?我自己去登门拜访。"

张珏"噗"地笑出声来,而后哈哈大笑起来。

"有什么好笑的,学生是真心实意要求见余玠大人,你却拿我寻开心。我……我好歹是圣人门徒,怎能受你这般奚落!"

"好,好好……本官并没有奚落你的意思。文天祥,你要是真想见制置使就去重庆府,他这几日都在重庆府的衙署里办公,你要是进得去,见到了他,我管你叫爷。"

"还说不是拿我寻开心,分明就是瞧不起我嘛!你早告诉我余大人不在钓鱼城,我也不会把你衣服撕破了。"文天祥手伸进怀兜掏了半天,"喏,这是赔你衣服的钱,学生刚才鲁莽了,还请大人不要责怪。"说罢还一脸严肃地行了个礼。

张珏看着眼前一脸认真的文天祥,笑不出来了。他清清嗓子,有些不好意思地说道:"那个……我不要你的钱,一件衣服而已。文天祥,你若是在重庆吃了闭门羹可千万不要像今天这般鲁莽,小心闯出祸灾来,记住了没有?"

文天祥顿了顿,作揖回道:"学生记住了。既然大人不收学生的钱,等学生见到了余大人也不要你叫学生爷爷了。"

张珏憋不住又哈哈大笑了起来,他弯着腰摆摆手,说道:"去吧去吧,你见到余大人后,最好能把他带到钓鱼城来,我刚好有事要禀报呢。哈哈,你这个学生可真有意思。"

文天祥莫名其妙地看着张珏,心里泛起一丝挫败感,这些军旅中人不待见他,余玠会不会也是这样呢?他理了理衣冠,翻身上马,腰杆挺直地抽紧缰绳,双腿用力一夹马肚子,朝护国门而去。

　　文天祥骑马来到钓鱼城下的码头，等来等去等不到一艘大船。人和马要一起去重庆，最好能租到一艘大船，大船平稳，不容易晕船。可这个时候别说是大船了，就连小船也没有一艘。正在他不知道怎么办时，忽见一艘渔船从水天相接处缓缓驶来，于是他拼命朝那艘渔船招手。

　　躺在船上昏昏欲睡的赖灵寺听见有人叫喊，坐起身子朝江边看了看。"这个脸生的白面书生要去重庆？"他在心里寻思着。

　　"收工了，不去重庆。"船家朝文天祥摆摆手，大声喊道。

　　赖灵寺眼珠子滴溜溜地转了一圈。欺生不欺熟，不欺算浪费，于是说道："船家，这个书生是我朋友。这样，你给我一个面子，带他去重庆。船费的话我来出，你看多少合适？别不好意思，只管开口便是。"

　　"这……那既然是你的朋友，就给个五十文吧。"赖灵寺是何许人船家是知道的，于是只得为难应承下来。

　　赖灵寺赶忙从怀兜里掏出五十个铜板，递到船家手中，补充道："我这个朋友是个话痨，而且脾气又坏，你别跟他说话，问你什么都不要说，把他惹毛了搞不好会害你性命。看见他腰间的剑了吗？哪有书生佩剑的。"

　　"好好好……"船家瞟了一眼文天祥，连说了三声好。

　　船靠岸后，赖灵寺跳下船走到文天祥面前，问道："这位兄弟，可是要去重庆？"

　　"是啊，可船家说他不去了。"文天祥伸着脖子，隔着赖灵寺喊道，"船家啊，你行行好，权当积善积德带我去一趟吧。"

赖灵寺拍拍文天祥的肩膀:"哎,哎!你跟他说没用,你跟我说。"

"跟你说?船又不是你的。"

"悄悄告诉你,待会儿江上要刮大风,嘉陵江江面宽,浪又大,搞不好会有危险,所以船家不愿意跑。这船夫跟我关系好……"赖灵寺故意压低声线,装出一副神秘的样子。

"那……这位兄弟,你有办法让他跑一趟吗?"

"有啊。"

"什么办法?"

赖灵寺故意凑到文天祥的耳边说道:"亏你还是个读书人呢,有钱能使鬼推磨听说过没有?"

"钱?钱好说,他要多少?"

赖灵寺伸出一只手,在文天祥面前比画了一下。

"五十文?"

赖灵寺皱着眉头,一副恨铁不成钢的表情。

"五百文?"赖灵寺摇摇头,文天祥接着说,"他不会是要五两银子吧?"

赖灵寺眼睛一亮:"没错,五两银子连人带马平安送到重庆府朝天门码头。"

"这船家心肠委实黑了些,五两银子我都能……"

"你看看你,到底想不想去重庆?想的话就别磨叽,眼看这天可快要黑了啊。"

文天祥掏出钱袋打开数了数,一咬牙:"五两就五两,求学岂可吝啬钱财乎?"于是拿出五两银子,牵着马往岸边走去。

"哎，你等等。"赖灵寺伸出手，"你把钱给我。"

"我为什么给你啊？"

"听你口音是个外地人吧？这些船夫鬼灵精得很，就喜欢欺负外地人，你要是自己去谈，搞不好还不止五两银子呢。"

文天祥一听，赶忙把五两银子塞到赖灵寺手中，还叉手以示敬意。赖灵寺拿了钱又走到船边。

"他要不要上船，要的话就抓紧。"船家有点不耐烦。

赖灵寺满面春风，又掏出十文钱递给船夫，说道："马上马上，再给你十文钱，切记不要跟他说话。"而后赖灵寺朝文天祥一摆手，示意他上船。文天祥经过赖灵寺身边的时候，赖灵寺轻声嘱咐："别跟船夫说话，巴蜀水道上的人可黑着呢，小心他坑你。"而后又高声道，"兄弟一路顺风，船家辛苦了。"

文天祥见这位素昧平生之人对自己这般热情，心里多少增添了一丝暖意。

赖灵寺手上掂量着骗来的五两银子，脑子里想的却是其他的事情。他要去见张怀宝，把自己在重庆的遭遇、受的委屈一五一十地跟他讲清楚。张怀宝，像我赖灵寺这样好的朋友你去哪里找？在赖灵寺的内心，他还是坚信张怀宝赶自己走只是一时气话，而自己赌气离开也是一时冲动，如果两个人能把这口气放下，那么依旧是好兄弟。

张怀宝家就在距码头不到三里路的钓鱼山脚下。赖灵寺从路边摘了根野草叼在嘴里，装作一副轻松的样子，哼着小曲朝张怀宝家走去。不过，还没等赖灵寺看见张家房子，他就被眼前的焦土给镇住了。看得出，火迹是从张家方向延伸出来的。

他慌张地朝张怀宝家跑去，只见一座焦黑的吊脚楼框架孤零零地伫立在一片焦土上，旁边是石榴树的树干，此外尽是灰烬。

"宝哥！"赖灵寺大叫一声冲进烧焦的小院，他用手无助地扒拉着灰烬，嘴上为张怀宝祈祷着。他翻找了半天，并没有找到张怀宝的尸体，于是又跑到周边向邻居们打听情况。有一个住得近的邻居告诉他，火势刚起来时大家就发现了，火灭得还算及时，所以笃定地告诉赖灵寺，张怀宝不在里面，这把火大概率还是他自己烧的呢。

听邻居这么说，赖灵寺悬着的心算是落下了，可他马上又疑惑起来。这个张怀宝，放火烧自己的房子干什么？没了房子他去哪里栖身？

这些问题邻居们无法给他解答，只能找到张怀宝当面问个清楚。张怀宝啊张怀宝，你不会是为了跟我恩断义绝才焚屋离开的吧？若真是如此，那你可太傻了。

嘉陵江上，一艘过了吃水线的渔船缓缓朝重庆城荡去，船上两人一马显得有些拥挤。在逼仄的船上，文天祥觉得有意不与船夫说话倒平添了几分尴尬。他看了一眼船夫，发现船夫也在看他，赶忙回避了眼神。船夫也一样，发现这个怪书生看自己赶忙把视线转移到江面上。

两个人一路无言，直到远远地望见了重庆城。

"那位兄弟说江上要起风，这眼看着就要到了也没有一丝一毫的风呀。要是没风的话，那我这五两银子花得可太亏了。"文天祥掰着指头嘀咕着。船夫一看文天祥自言自语的样子，加快了摇桨的节奏，一心想着尽快把这尊菩萨送上码头。

"船家，嘉陵江上没起风啊。"文天祥忍不住问了一句。船夫只是瞥了他一眼却不作声。

"船家，嘉陵江上没起风啊。"船夫依旧没有回答。文天祥"噌"地站起来，瞪着船夫，瞪得他心里起了毛。

"船家，嘉陵江上没起风啊！"

"是……是啊，是没起风啊，怎……怎么了？"船夫经不住文天祥一连三问。

"没起风你就不该收我那么多银子。"

"哎？我可没说是因为起风才收你那些银子的。"船家一脸莫名其妙的样子。

"什么？你退我钱！"

"读书人，我可曾收你一分一厘？你的船费可都是刚才那位兄弟支付的。"

"那都是我给他的钱，退来！"

船夫一看文天祥的架势，想起赖灵寺的话，确信这个书生不好惹，于是说道："那最多把后面给我的十文钱还给你。"

"才退我十文？我给了你五两银子，你只退我十文？那位兄弟果然说得对，你这个船家欺负人！"

"什么五两银子？我总共拿到六十文，你是个读书人，可不要讹我啊！"船夫慌了，举起船桨自卫。

文天祥瞪大了眼睛："船费五两，那位兄弟亲手收了去的！"

船夫赶忙解释道："可他总共才给我六十文啊。"

两人面面相觑了良久，异口同声地说："你被骗了。"

船家坦然一笑："我哪里被骗了？六十文就是我愿意载你的船

费。是你被骗了，亏你还是个读书人呢……"文天祥气得上下两排牙齿直打架，他恨不得马上跳上岸去，避开船夫灼热的视线。

　　文天祥如坐针毡坚持了一炷香的时间，船终于靠岸了。此时的朝天门码头已经落下了夜晚的帷幕，白天忙得不可开交的力夫们也终于得空，纷纷坐在台阶上吃着水煮牛下水。这种吃法，文天祥没在别处见过：买卖人挑着一个箩筐，箩筐的一头装的全是牛下水，生切成薄片摆在几个碟子里；另一头放着红泥炉子，上面一只大铜盆，盆里煮着麻辣牛油和卤汁。这些力夫们夹起碟里的生片，且烫且吃，吃后按空碟子计价。

　　大铜盆里冒出的阵阵香气让文天祥一时迈不开步子，但他们粗犷的吃法吓得他没敢靠近。最终饥饿感还是战胜了理智，文天祥把马像船一样拴在码头上，而后走进力夫的圈子问道："这是什么东西，给我也来一份。"

　　买卖人赶忙招呼道："这叫水八块，来，给这位书生腾块地儿。"他尝试学别人的样子用箸在铜锅里不断搅拌，而后夹起一块看上去熟了的牛肚，结果把舌头烫起一个大泡。跟他一起吃水八块的力夫很好客，把自带的米酒分给他喝。文天祥米酒搭配水八块，越吃越上头，不知不觉吃到月上桅杆。

　　"读书人，你来重庆做什么？"分他酒的力夫问道。

　　"来拜访前辈，哎……还不知道能不能见着面呢。"文天祥闷了一口酒。

　　"前辈都要端端架子的嘛，想见就见怎么体现他前辈的地位嘛。"

　　"话虽如此……"文天祥吃了一口叫不出名字的肉，神色间有些失落。

"看你这样子想必已经吃过瘾了吧?"

文天祥回答:"我还没去打听他的住处或者府邸,到何处吃瘾去?"

"你要见的人是当官的?"

文天祥诧异地看着力夫,力夫补充道:"这年头,只有当官的难找,衙署的门多难进呀。你要找谁?跟我们说。"

"这位大哥的好意学生心领了,只是……"

力夫觉得文天祥不屑于告知,稍有不快地说道:"咱们虽说只是一个跑码头的力夫,但也正是因为力夫这份活计,让我们有机会认识形形色色的人。你别不信,十有八九都是认识的人。"

"哎,罢了,学生要见的前辈便是制置使余玠余大人。你可别告诉我去衙署找他,我要是能进得了衙署就不会在这与诸位大哥闲谈了。"

"哎呀,衙署厚门高槛的,你可找不到他。"

"那你说去哪里可以找到他?也不知道吧?"文天祥瞥了一眼力夫,那眼神既不相信又有些期待。

力夫看出文天祥的心里所想,呷了一口酒,煞有介事地说道:"去招贤馆。"

"招贤馆?这是个什么地方?"

"你是个想要求见制置使的读书人,竟然连招贤馆都不知道?巴蜀一带想要求取功名的读书人都知道那里。"力夫看文天祥的样子不像是装出来的,于是解释道,"制置使来到重庆以后,专门在衙署边上造了一所招贤馆,就是为了搜罗天下的人才。

嗯……你是个读书人，总能算个人才吧？去招贤馆应该会受到很好的招待。"

文天祥摇摇头："我不是求取什么功名，也不是想要什么招待，就是想见他一面。"

"我都让你说糊涂了，你不要功名，不要招待，那你找他干什么？"

文天祥缓缓抬头，仰望夜空，说道："我并非汲汲于功名之辈，况且，功名可以自己考取，我只是想见见制置使，与他探讨明经济世之学。"

力夫似懂非懂地笑了起来："你把制置使当私塾先生了吧？你要是这个目的的话，估计去招贤馆也见不到他了。"

力夫的态度和张珏一样，这刺激了文天祥："诸位都说我见不到，我就偏要见到他。"

这些力夫干了一天的体力活，箩筐里的食物很快就消耗殆尽了。买卖人开始收拾空碟空碗，力夫站起身子拍拍屁股，说道："书生，时辰不早了，再不动身恐怕连招贤馆也要掩门歇业了。对了，要是见不到制置使就来码头找我，我亲自给你找船捎回老家。哈哈。"

文天祥不服气地扭头看向别处，可就是这不经意地一瞥，他却瞧出了问题——拴在码头上的坐骑不见了。

文天祥"噌"地站起来，揉了揉眼睛，坐骑确实不在那个地方。他环顾四周，力夫们已经离开，原本热闹的码头现在只剩下他和水八块的买卖人。他转头问道："这位大哥，你有没有见到我的马？"

对方一脸警惕地看着文天祥:"你的马?你的马长什么样子?"

文天祥用手一指:"刚才就拴在那个地方的,我还系了个麻花结,牢固得很,怎么会……"

"那是个缆桩,被你拴了马,人家怎么拴船?肯定是船家把你的缰绳给解开了。"

"解开了?那我的马……"

"你的马肯定跑了呗。"买卖人丝毫没有同情眼前这个读书人,挑起担子离开了。文天祥呆呆地立在原地,愣了好久才想到吹口哨。往常这个时候,只要文天祥吹出这首旋律独特的口哨声,他的马就会有所回应,可今天寂静的码头上除了波浪拍岸的声音,什么声音也没有。

今晚,文天祥绝对找不到他的马,因为在他吃水八块、喝米酒的时候,有一个黑影解开了缰绳,而后牵着他的马离开了码头。他没有察觉到,在那个黑影牵马的时候,卖水八块的人有意站到了文天祥面前,阻断了他的视线。这个卖水八块的家伙和偷马贼是一伙的。

卖水八块的人挑着空担子,在重庆高高低低的山城小路上兜兜转转,来到了一间低矮的小院。他敲门进入,放下担子,朝院里的人使了一个眼色。院里的人朝他竖了竖大拇指,狡黠地说道:"是匹好马,能值不少钱。"

再看文天祥,被骗了五两银子又失了马,一个人失魂落魄地在重庆闲逛,嘴里碎碎念着些生气的话。走着走着他来到了力夫口中所说的招贤馆,他看着和隔壁重庆府衙署一样气派的房子,心里打起了退堂鼓:"如此气派的招贤馆想必门槛也不低吧?我一来无治蜀策略，二来年纪尚轻，里面的人会相信我，让我留下来吗？不会把我当作一个骗吃骗喝的江湖骗子吧？若是进去了，没见到余玠，再被他们撵出来，那还真就没脸回码头了。我堂堂圣人门徒，总不能被力夫瞧不起吧？"

正想着，招贤馆的门开了，打里面出来一个院管模样的老者。这位老者慈眉善目地看着文天祥问道："看你在门口站了有一段时间了，有什么事进来再说吧？"

文天祥挺挺身板，尽量显示出读书人的气概："我要见制置使余玠大人。"

文天祥本以为这句话能镇住院管，没想到他却淡定地招招手，说道："知道知道，来这的人都是找余大人的。有什么事进来再说吧。"老者不紧不慢的语气像一盆冷水，浇灭了文天祥装出来的气概。

"余大人会见我吗？"文天祥不安地问一句，眼前的高门大院无形之中给了他不小的压迫感。

"余大人召见了每一位来招贤馆的客人，至今还无一例外呢。"

"真的？"文天祥眼里放光，"那我今晚在招贤馆住下，不过丑话说在前，我来招贤馆绝不是骗吃骗喝的。我在这吃的、用的要花多少银两，麻烦老人家一分一厘都列算清楚，贪便宜绝非君子所为。"

"不必了，招贤馆不是外边的茶肆酒楼，不需要盈利。"院管指了指门旁的榜文，"'欲有谋以告余大人者，近则径诣公府，远则自言于郡，所在以礼遣之。'既是以礼遣之，当然更不会收钱了。"

文天祥不管院管说的话,掏了一小锭银子交到对方手中,然后撩起长袍前衽,阔步往招贤馆内走去。见多识广的院管看着文天祥的背影,自言自语道:"真是一位潇洒豪迈的少年郎。"

第七章
同门之情，手足之情

　　自招贤馆建成以来，只要余玠在重庆，他每天晨起后第一件事便是去招贤馆会见前来求见的各路才俊。

　　这几年，招贤馆虽难以重现他刚置司重庆时的那般光景，但仍旧发掘了不少治蜀人才。不过，余玠今日所见之人，与往常见过的所有人都不一样。其他人虽不都是满腹经纶，但总能为治军理政建言献策，而今天这位读书人，非但没有良言良策，竟然还反问起他关于明经济世的方法。

　　余玠并没有因此恼怒，反倒是在这个读书人说明来意以后，前俯后仰地笑了起来。"没想到我当年在白鹿洞书院无意中说的一番话会被你奉为至理名言，大丈夫安能碌碌依违以求上进，为了仕途在宦海里钻营确实不是本官愿为之事。所以你此次来拜访我，只是为了跟我探讨学术？"

　　"学生正有此意，探讨学术，固本强基，提升明经济世之能。"

　　余玠为难地摸起胡子："你我同为白鹿洞书院学子，本官本应答应你的请求。只是……只是我虽曾在白鹿洞书院求学，本心却不想过多地把精力消耗在白纸竹简里，明经济世方面的学术造诣也远远没有达到大儒的水准,恐难以相帮。"余玠轻轻地叹了一口气,"其实,书中所言只不过给了你一个理,这个理就像是……就像是一双鞋。你要知道,这双鞋不管是草鞋还是皮靴,都不能决定你要去哪。本官这么说你能明白吗?"

"学生明白,决定目的地的是人心。正所谓,纸上得来终觉浅,绝知此事要躬行,学生也正是因为在熟读了四书五经之后,内心对明经济世依旧困惑不解,才觉得要来巴蜀开阔眼界、增长见识。假设书中的知识有十分,我所读到的大概有七八分,我所能吸收理解的大体只有两三分。以我目前两三分的状态,就是大人您口中的草鞋。虽然决定目的地的是我的心,不管是草鞋和皮靴都能到达目的地,但过程中所消耗的时间和精力却是不一样的。学生从小励志求学,为的就是让我这双脚穿上好鞋,甚至骑上马,有朝一日怀揣真理与大道入仕,激浊扬清,匡扶社稷!"

余玠被文天祥的一番话稍稍打动,但这样的年轻人他见得太多了:"你励志求学的心思是好的,但你对明经济世之学如此渴求,本官提醒一句,可千万不要走上急功近利的断头路啊。"

"山河破碎北难归。在这样的年代,如果学生还端坐于学堂,两耳不闻窗外事,一心只读圣贤书的话,那就是书呆子。我正是因为听说大人您不是一个心里只有道德君子的古董秀才,所以才来求教。我这么做的目的只有一个,就是希望以后能像您一样,做一个朝廷和百姓能倚靠的栋梁之材。"

余玠背着手没有说话,他不是不愿意帮助年轻人,只是明经济世之能岂是全凭一张嘴就能说得清楚的?这个能力到达什么程度还得看他自己的抱负有多大,信仰有多强。想了想,余玠还是安慰道："切勿心急，该读书的时候读书，待你考取功名之后，便可实施腹中之才学。届时，所谓的明经济世之能你大可自然而然习得，并不用刻意为之。本官看你刚及束发之年吧？"

"大人明鉴，学生年龄十之又六。"

"你还年轻，我说的这些话，你也许无法立刻通窍达神，但凭你的悟性假以时日一定能懂。比如，孔圣人教导我们要成为君子，可恰恰某些读书人的所作所为与小人无异，君子之道在官场上也并不能畅通无阻。"官场并不完全奉行君子之道，这一点余玠深有体会。

文天祥不以为意："若是无道无德的小人与我同朝为官，我必向上谏言，即使对方位高权重，我的行为无异于蚍蜉撼树、自速齑粉，我也当义无反顾。"

余玠苦笑着摇摇头，这个读书人对入仕的幻想太乐观了："蚍蜉撼树、自速齑粉，如果因此而失去了立足朝堂的机会，那你又如何实现远大抱负呢？难道你读书入仕不是为了实现自身的抱负，只是为了与那些人去争斗？"

"我……"文天祥一脸正气地看着余玠，"我认为宇宙之间，一理而已，天得之而为天，地得知而为地。刚介正洁就是我为人之理，得之而为文天祥；若是失之，哼，那这个世上就没有文天祥了。"

余玠悦然。

这样的少年和自己年轻的时候何其相似，若是因为刚才那番话让文天祥失去了心中的坚持，那自己的罪过该有多大。反观自己，不也是从像他这样意气风发的少年郎慢慢一步一个脚印走到今天的嘛，只不过近段时间仕途偶有失意，又有小人在背后捣乱，所以才乱了思绪。这样杂乱的思绪不仅于诸事无益，更不能用它来浇灭一颗蓬勃的心。

正在余玠思绪乱舞之际，重庆府的文书官被王坚押解着跌跌撞撞地闯进来。

"王都统，这是何为？这里是招贤馆，不是公堂。"

王坚看了一眼文天祥，压根没在乎他，自顾自开口道："制置使，天塌的大事，管不了那么多了！您呈送给皇上的奏折让这个文书官调了包！"

"什么！"余玠大吼一声，惊得文天祥不由自主地缩起了脖子。

王坚一脚踹倒文书官，骂道："当着制置使的面还有什么好隐瞒的？"

文书官朝前爬行了两步，抱住余玠的腿，呼喊道："大人，前天夜里下官从您这里领了拟好的奏折，准备一早派人送至京师。哪知……哪知下官揣着奏折刚回到府中，就被一个黑衣人给截住了。而且，黑衣人在我回家之前，就把我的妻儿老小都绑进了柴房。他以我妻儿老小的性命威胁我把您写好的奏折交出来。下官当然知道，奏折是机密，除了您以外谁也不能看。可是……可是那个黑衣人他也不是在唬我，见我扭扭捏捏便要去砍我那八十岁的老母。老母今年刚从播州迁来，我这个做儿子的还没好生孝敬过她，怎么能让她就这么死了呢。"

"所以你就……"余玠怒瞪着双眼。

"下官不能眼睁睁地看着自己母亲被歹人害死啊，于是便把奏折交给了他。没想到这根本不是结束,还仅仅只是个开始。黑衣人看完了奏折,又威胁我笔墨伺候,重新写了一封奏折交到我手里。说来也怪,这个黑衣人的笔迹竟能做到和制置使大人分毫不差。不过下官当时顾不上诧异,心里只有害怕。他要我一早把他写的那封寄出去,这种事我怎么能做得?可是他又以我五岁儿子的性命作为要挟,我老来得子……"

王坚没好气地打断道:"行了,谁要管你家里那点破烂事。犯了这么大的事,还处处找借口?你快拣重要的说!"

"好好好。我从那黑衣人手上接过信件对比过了,他只是将一些明显摆功的语句做了删减,其他的并没有改动。下官现在还挺纳闷,除非他不是我重庆府的军民,不然为什么要这么做?后果只有削弱军功……"

余玠感觉头脑又出现一阵晕眩:"这封奏折已经发出去多久了?"

"昨天一早就发出去了,距离现在差不多一整天的时间。制置使,下官之所以到今天才说,也是被逼的,那个黑衣人把我儿子抓了去。今早府上的人开门发现我儿子回来了,我这才敢来告诉王都统。"

"一天一夜,就算让蒙古战马去追也追不上了。"余玠神色黯淡地说道。

"况且那些蒙古战马和奏折一道遣人护送去临安了。"王坚没好气说。

"这么说来,黑衣人选择在今早把文书官的儿子还回去是算好日子的。"余玠泄气地靠在椅子上,"王坚,冉璞有没有出发前往临安？"

"已经出发了。"

"写信通知他，到了临安之后见机行事。这封奏折上达天听之后，可能会对我们很不利，只能请求郑清之丞相再帮我们一把了。"

王坚接到命令刚准备去办，又指着文书官问道："制置使，这厮如何处置？"

余玠闭着眼睛摆摆手，说道："这些事，法条里都写得很清楚，一切依法办事。文书官，这个罪你逃不掉，我余玠不能救你，但祸不及家人，我也绝不会拿你的家人出气。"待文书官被押下去后，余玠又跟王坚说："王都统，你要知道法治远比人治重要，我们完善重庆府的法条，不光是对违法犯罪行为予以惩罚，同时也为了约束当官的权力。有法可依，有章可循，这样不仅省事，还能保证公平公正，避免我们有些官员太把权力当回事。不过对于这件事来说，我还必须要交代一句，低调办理，不要声张，这种事情若是传到临安，那朝廷还能像以前那般给予巴蜀信任与支持吗？"

王坚不住地点头，他最近常常得到余玠额外提点。虽然他不太明白余玠的用意，但作为下属，余玠的每次教导他都认真记在心里。

待王坚也退下后，余玠才突然想起自己所在的地方是招贤馆，还有一个叫文天祥的后生站在一旁大气不敢出。余玠缓缓抬起眼皮，看着文天祥，自嘲似的笑了起来："怎么样？这里没你想象的那么好吧？或者说我余玠的本事并没有你想象的那么大，是不是?"

文天祥怯懦地看着余玠,不知所措。在这件事情之前,他一直以为作为主政一方的朝廷大员,制置使余玠是以挥斥方遒的姿态来铺排工作,没想到竟也这么普通和平淡。而且,最令文天祥揪心的是,余玠这个制置使的位子坐得似乎并不安稳,他好像突然明白余玠对"君子之道在官场上也并不能畅通无阻"的无奈。

说实话,从他抵达钓鱼城,到招贤馆见到余玠本尊,失望的情绪略盛一些。当然这样的失望是因为自己的期望过于天真。果然,现实真如白鹿洞的先生所说,读书是人世间最纯粹、最简单的事情,读好书只是做好明经济世的根基而已。

文天祥回答道:"确实没有学生心中所想那般好,却很真实。或许,这样的事情对于制置使您来说应该是家常便饭吧?若真是这样,那……请受学生一拜,制置使辛苦了。"

余玠摆摆手:"有人官运顺畅,有人官运多舛,但绝无一帆风顺之可能。等你入仕之后就会发现本官所说绝非戏言。"

"学生学到了。明经济世并非一帆风顺,在这个过程中更重要的是如何保全自己,于才能和学识以外,也许应当还要再知晓一些权谋。"

余玠眼神突然凌厉起来:"权谋?你真这么以为?"

"没有权谋,制置使何以自保?何以把自己治军理政的理念从上而下地执行下去?"文天祥以一种自认为看得懂官场的眼神看着余玠。

"民间有句俗语,叫酒香不怕巷子深,权谋我把它看成一种自我叫卖,真正有本事的人就如同好酒一般无须叫卖,自会有欣赏之人珍重。实不相瞒，即使在逆境之中，本官也未动用过任何权谋手段。因为一旦用了权谋，你就会对那种感觉念念不忘。"余玠双手背在身后踱起步来，"为官辅政的出发点一定是解决实际的问题和矛盾，而不是为了照顾同僚们的想法。治理天下，治理的是老百姓的天下而不是当官的天下。基于这个出发点，很多事情从一开始就不一定会顺利。"

"但是出于照顾同僚想法的考虑，事情也许就会变得好办得多。"

"同僚们反对你，有的是因为政见不合，有的是因为相处不睦，都有竞争之意在内。且不说玩弄权术，就是稍微动用一些谋略，反对你的人便会支持你，但这样的支持并不是建立在他认可你的基础之上，这样的支持往往很脆弱。"

"这是什么意思？学生不懂。"

余玠淡淡地回答道："有人喜欢把我捧成神明，亦不排斥看我陨落。我说了，基于权谋的支持是很脆弱的，与其如此，还不如不要。"

文天祥似懂非懂地点点头："这也是明经济世的一部分。"

余玠微微一笑："你要这么理解的话也可以，你还年轻，可以慢慢体味。"

文天祥眼里金光一闪："怎么慢慢体味？制置使这是答应我留下，慢慢教授我明经济世之学了？"

余玠先是一怔，而后释怀一笑："招贤馆本就是重庆府招待各方人才的居所，你若愿意留下，不管是游历山水还是潜心读书，本官并无异议。"

"学生不想游历山水，亦不愿在此潜心读书。刚才只是与制置使简短交流了一番，便已受益匪浅，胜读十年书。白鹿洞的先生们说得没错，学生真的可以从制置使您身上汲取书籍中未载之识。"

"先生羞煞我也。三人行必有我师，我余玠也并非完人。"余玠无奈地摇摇头，即使是与文天祥说教的那些话语里，自己仍旧有很多方面是做不到的。他知道，自己最多算得上一位称职的官员，而并非合格的政治家。

"先生的原话是，白鹿洞书院时隔二十多年又遇上了肖似余玠的学生。"文天祥说完看向余玠，而后两人仰面大笑，不能自已。

赖灵寺漫无目的地在山城上闲逛，回忆着张怀宝曾经带他去过的地方，心里反复论证着他的去向。山上，林荫小道纵横交错，高大的黄葛树把阳光筛成了斑驳的光斑，变得不那么刺眼。小道上清风徐徐，夹带着青草和野花的香气。他深深地吸了一口，有点像张小妹身上的味道。

赖灵寺掂量着从文天祥那骗来的五两银子，暗自思忖道："我现在手上有钱，若是张叔、小妹和怀宝在家，我就去买一只烧鸡、一条江鱼，小妹爱吃合州桃片，我一次给她买个够。对了，还得去舒眉酒肆打两斤老酒，张叔最喜欢。然后我们一家人坐在院子的石榴树下，一边吃肉，一边喝酒，一边给小妹讲故事，保证又把她逗得咯咯笑。"

想到这，赖灵寺控制不住地笑出了声。这样的日子多么美好啊，可是如今人没了，家也没了，即便想到吃肉喝酒，肚子也不会咕咕叫了。

"这些当兵的、当官的，我以为都是好人，没想到和我赖灵寺差不多货色，甚至还不如我呢。宝哥也不知道跑哪里去了，难道不报仇了吗？算了算了，宝哥是得道之人，思想高深得很，报仇这种事还是我来做吧。"

这个时候，一个熟悉的声音打乱了他的思绪："兄弟，一个人嘀嘀咕咕地干什么呢？"是汪显祖，那个不嫌他身份卑微的官府中人。

"汪大哥！"赖灵寺掂了掂手上的钱，"走，我请你喝酒去。"

"今天恐怕不行，冉大人交代了很多事情，都是需要我亲自去办的。"

"哦，小弟明白了，大哥有公务在身。那这些钱就留着下次请你吃饭。"赖灵寺谄媚地看着汪显祖，似乎在等着汪显祖问他。

"兄弟，你是不是有事要跟我说？"

赖灵寺如释重负地说道："是啊，小弟我确实有件事情要麻烦你。"他瞥了一眼汪显祖，见对方没有不悦，就继续说道，"你也知道，我有个朋友叫张怀宝。"

汪显祖怔了怔，马上说："我知道。"

"他家房子被烧了，你知道吗？"

"这我不知道。"汪显祖眼神有些飘忽，心思明显不在这个话题上。

"如今张家人死房焚，连张怀宝也下落不明，你能帮我找找吗？你是官府中人，办法肯定比我多。"赖灵寺殷切地看着汪显祖。

"这……哎？我上次跟你说的事情，你没有往外头说吧？"

"啊？我……"赖灵寺没想到汪显祖会突然问这个事情，"我憋不住，往外头说了几句。"

"你怎么不听劝？"汪显祖心里偷着乐，"都跟谁说了？"

"我在重庆朝天门码头上说的，当时围了一群人……什么人都有。"

"糊涂！"

赖灵寺低下了头。

"罢了，我知道你心里有气，说了就说了吧。"汪显祖拍了拍赖灵寺的肩膀以示安慰。

"大哥，你这就要走吗？能不能帮我找一找张怀宝？"

"找什么张怀宝，你捅了这么大娄子还好意思找我帮忙？当初真不应该跟你说那些话。"汪显祖一副教育下属的表情，"哎呀，你也别着急，等我把手头上的事情忙完再说。张怀宝一个大活人，你还怕他飞了不成。我的事情耽搁不起，先走了。"

汪显祖这么说，赖灵寺也没有办法，人家是官，他是混子，混子还能要求官做事吗？

汪显祖离开赖灵寺之后，三步一回头地确认赖灵寺没有跟着自己过来，便扭头往薄刀岭方向走去。

薄刀岭一带，山形错落，树木丛生，其中零星散落着几座石头房子。汪显祖来到一所石头房子门前，敲出了三慢三快的声音。不一会儿，屋里的人打开了门，此人正是张怀宝。

一进门，汪显祖就开口了："你还说赖灵寺是你兄弟呢，刚在路上碰见硬要请我喝酒。就你家现在这个遭遇，如果他真拿你当兄弟，还有心思喝酒吗？"汪显祖张口便是谎话，压根不用思考。

"以前我爹和妹还在世的时候，赖灵寺常常为了家里的事情忙

133

前忙后……"

"怀宝，你啊就是太善良了。人善被人欺，马善被人骑，现在连赖灵寺都知道来占你便宜了。赖灵寺垂涎你妹妹，他为家里做的那些事情，还不都是溜须拍马，为了给你爹和你妹一个好印象嘛。你烧了房子，他也没有找你的意思，你倒好，还把他当朋友呢。"

"哎……不说他了。显祖大哥，你为什么叫我把房子给烧了？"

"你是学道的，但佛家有句话不知道你听说过没有，叫六根清净。我让你烧了房子，就是想让你与原来的生活彻底隔绝，省得你睹物思情陷在悲伤的情绪里出不来。若是一天到晚浑浑噩噩、毫无斗志的话，那还怎么报仇？"汪显祖嘴上虽然这么说，心里却是另外一番打算：张怀宝虽然比赖灵寺年纪大，却远没有赖灵寺精明，只要把张怀宝单独控制在自己手中，便能慢慢影响他，让他为己所用。

"话说回来，张怀宝难道你现在还想着那个混子朋友？你跟他根本就不是一路人。祸福无门，惟人自召。你想想，你爹和你妹是多好的人，你也都在行善，怎么会招来祸灾？搞不好就是因为你家和赖灵寺走得太近，他的祸灾报应到了你们头上。"

张怀宝脸色微微一变，这个细微的变化被汪显祖捕捉到了，于是他趁热打铁，继续说："张怀宝，像你这么纯善的人是不该走到如今这个地步的，想想死去的亲人，你到底想不想为他们报仇？"

张怀宝怔怔地说："我想，我昨天晚上做了一个梦，梦见他们在责怪我，责怪我怎么这么没出息，让他们死不瞑目、含泪九泉。我想为他们报仇！"

汪显祖轻轻拍了拍张怀宝的背:"你别担心,现在你有我这个兄弟,我会帮你的。"说罢,他从怀兜里掏出一把匕首塞到张怀宝手里,"等到机会成熟,我会来通知你的。这两天你什么都不要想,什么也不要做,就在这个屋子里等待时机,听清楚了没有?"

"我要报仇,我听你的。"张怀宝慢慢回过神来,把匕首塞进袖子,而后拿出汪显祖给他的范家堰衙署地图,认真研读起来。

余不扬这两天总是心神不宁,用他婆娘杨晓舒的话说就是做贼心虚。那天晚上他去重庆府跟踪胁迫文书官调换奏折回山,不巧被张珏撞见,还险些被他抓住。

今天,他知道张珏去水军码头督完军以后会回到校场,就有意在张珏必经的路段上晃荡。他准备请张珏吃饭,顺便打听一下张珏的调查进度。当他所做的一切上升到黑白探任务后,他就必须保证自己步步为营,不能有半点纰漏。

快到晌午时,他终于等到了张珏。

"张监军,张监军!"

"不扬老头,你有事找我?"张珏叫他不扬老头,说明并未对他的出现抱有疑心。

"没事没事。今早我婆娘去赶集,看见有渔民在卖嘉陵江里的牛尾巴鱼,这鱼本来就少见,每条的个头又都超过了一尺长,败家婆娘一咬牙就把它们全买来了。她知道你爱吃鱼,是专门买来给你吃的。那些牛尾巴一下锅,我婆娘就遣我来这里候着,生怕找不见你,那样的话,一大锅鱼就全都浪费了。"

张珏呵呵笑道："怎么会浪费呢,你们吃不也一样。"说着便要走。

"我们哪里懂得吃那么好的鱼,那和老牛嚼牡丹有什么区别?快走吧,这会儿鱼应该也炖好了。"

"先等等。不扬老头,你三天两头就请我吃东西,今天伙食又这么好,不会是鸿门宴吧?"

"瞧你说的,你是沛公我还不是项羽呢。我们一个糟老头子,一个糟老婆子,你害怕我们吃了你?我们两个老人家在钓鱼山上生活了几十年,是什么样的人你还不清楚吗?我们俩没有孩子,她只要看见你心里就舒坦,有什么好东西,也总想着留给你吃。上次的陇西老陈醋,只有你来了我们才肯拿出来呢。"余不扬说的这番话倒是实话。

张珏有些感动地点了点头,一时不知道怎么回答好。这个时候,赖灵寺不知道从什么地方钻了出来。

"不扬老头,张监军要是不愿意去我去,我做你干儿子。错了,亲儿子。"

余不扬不快地打了一下赖灵寺:"有你小赖子什么事儿?你小赖子能耐这么大还需要我这个不中用的老爹?"

"哈哈,子不嫌母丑,我不嫌爹老。你还别说,我活这么大什么都不缺,就缺个爹,还有娘。哎?这会儿工夫,娘应该上菜了吧?"

"去去去,我可没工夫跟你贫嘴。"

张珏倒显得豁达:"赖灵寺从小在钓鱼山吃百家饭长大,不扬老头你还不知道他的性格?今天我要是不带上他一块去吃鱼,明天山上的老百姓就都知道你没有善心了。"

"我怎么没有善心？赖灵寺在我家吃的饭还少吗？赖灵寺，你自己说。"

"在你家吃的饭是不少了，所以也不在乎今天这一顿嘛。"赖灵寺挤眉弄眼地看着余不扬，他最喜欢做的事情之一，就是逗这个耿直的老汉发脾气。

张珏马上打起了圆场："行了，多个人多双箸嘛，赖灵寺又不是外人，咱们一块吃。不扬老头，只是下次别这么破费了，怪不好意思的。"

"有什么不好意思的，你今天要是不把那锅鱼吃完才要不好意思呢。"

赖灵寺抢答道："吃得完，吃得完，有我在你还怕吃不完？"

"哈哈，那我们就别在这里聊闲天了，让你家婆娘好等。"

赖灵寺小跑着在前面带路，余不扬和张珏跟在后面，看样子倒像是去赖灵寺家里吃饭。

三人到了舒眉酒肆，杨晓舒就把一大锅牛尾巴鱼端上了桌，那锅鱼足足有五六斤，鱼汤金黄，香气扑鼻。赖灵寺从柜台上拿了一坛酒，不客气地倒在三个碗里。杨晓舒又从厨房里端出了三四样小菜，四个人一人一席坐在四方小桌上就开始吃饭了。

四个人互相客套了几句，余不扬就进入了正题："我听说前几日有一个可疑的人潜入了山城，现在抓到没有？我婆娘听说后，晚上觉都睡不踏实了。"

杨晓舒连忙附和道："是啊，怪吓人的。"

张珏嘴巴里吐出一条鱼骨，说道："还没有呢，说到这个事情我也正头痛呢。他跳进湖里以后就消失了，哎！就是你家边上这个湖。这个湖是当年筑城开采石头留下的,湖不深,能储存一些雨水,不过就是个死湖。一个大活人跳进死湖,说没就没了,你们说奇怪不奇怪。"

余不扬和杨晓舒对视了一眼,没有说话,倒是赖灵寺多嘴道:"没准早就淹死在湖底了,反正这个湖不大,把水抽干不就可以一探究竟了。"

余不扬眉头一皱,往赖灵寺碗里夹了一块鱼:"别装得什么都懂,好好吃你的鱼。"

"张监军,那这个事情就不查了吗?"余不扬试探性地问道。

"查,当然要查。我怀疑……"张珏怀疑这个黑衣人和云顶城有关,不过这种猜测不能外传,"我怀疑那个黑衣人不是咱们钓鱼城的。反正这件事要查清楚,山城的防卫这两天也加强了……用不着这么担心。"

"那就好,那就好。"余不扬悬着的心算是放下了,"哎,赖灵寺你少吃两块,张监军都还没怎么动箸呢。张监军,你吃鱼啊,吃鱼。"

"刚才不是你叫我好好吃鱼的嘛,现在又不让我吃了。算了,这么贵的鱼不适合我,下次请我吃鲤鱼吧。"赖灵寺把箸架在菜碟上,喝起了酒,"张监军,你知道吗?不扬老头他们家吃鲤鱼不用花钱。"

此话一出,余不扬的心跳到了嗓子眼,他知道赖灵寺要说什么,于是赶忙阻止道:"哎呀,一桌的好菜好酒都堵不住你的嘴,能不能让张监军好好地吃饭?"

被余不扬这么一说,赖灵寺闭上了嘴,可张珏的兴致却上来了:

"不打紧的,赖灵寺你倒是说说,不扬老头吃鱼为什么不花钱?"

赖灵寺看了余不扬一眼:"张监军问我了,我说是不说?"

"说什么说?不要说。"

杨晓舒看余不扬的脸色马上就要绷不住了,赶忙解围道:"说一下有什么打紧的?我来说吧。有一回,我从集市上买了一条鲤鱼养在后院水井边,这条鲤鱼活泛得很,蹦跶蹦跶就蹦进了水井。于是呢,不扬就用打水的桶把那条鱼捞了上来。这个时候刚好被赖灵寺看见,赖灵寺就说我家的水井里长鲤鱼,想吃鲤鱼就从井里打。就是这么个事情。"

张珏哈哈一笑,并未在意:"那你倒不如就养几条鲤鱼下去,没准那些鲤鱼在你家水井里生小鱼,那就真的吃不完了。"

赖灵寺附和着笑了一下,刚想说什么,但瞧见了余不扬的眼色,便只顾埋头吃鱼了。

张珏本就准备把这个事情当成消遣的笑话来听,可余不扬和赖灵寺的神态却有些不自然,心里顿生疑惑。吃完饭,张珏和赖灵寺离开了舒眉酒肆。二人走到跑马道上,张珏叫住了赖灵寺。

"刚才,关于水井里长鲤鱼的故事,你是不是有话要说?"

"你真想听?"赖灵寺一下子来了兴致,"那我要告诉你,你可别往外说,若是让不扬老头听到了,他以后肯定再也不待见我了。"

"放心,我就是好奇打听一下。"

"既然张监军想听,那我就说吧。其实他家的水井真的会长鲤鱼,才不像他婆娘说的那样呢。早几年,那个时候我还小,没地方吃饭就去他们家讨。他家是开酒肆的,每天都有客人吃不完的饭菜,他们就拣一些品相好的饭菜装在一个碗里给我吃。一开始蹲在他们后厨吃，后来嫌后厨太挤，就端着碗去了后院。他们家后院有一口井，那口井很奇怪，常常有水流的声音。于是我就好奇凑过去看，没想到水面上扑通跳出一条鲤鱼。他婆娘说是买来的鲤鱼跳进井里的，我不信，因为我有的时候见井里的鲤鱼是红的，有的时候又是黑的，哪有那么凑巧每次他们家买的鲤鱼都往井里跳啊。

"那个时候我虽然年纪小，但他们骗不了我。他们这么说，无非就是不想承认井里有鱼，也不愿意让别人知道有这档子好事。这倒也没什么，毕竟井在他们家后院，井里的鲤鱼自然是他们家的。张监军，你说是不是？"

张珏听得出神，他并不在乎鲤鱼的归属权，他在乎的是井里的鲤鱼是从哪里来的。井里不可能平白无故生出鲤鱼，只有一种可能，这些鲤鱼是从别的地方游过来的。

那绝对不是一口普通的水井。

第八章
黑白探的帮手

早晨的温度一天比一天凉了,这让余玠不安起来。因为入秋之后到来年春天这段时间是巴蜀最危险的季节。

蒙古人常年生活在北方的大草原,不适应南方春夏时节湿热的气候,所以蒙古人侵犯巴蜀都会选择入秋以后。这个时候气候凉爽,粮草充足,正是蒙古人弓劲马肥之际,所以也是巴蜀最危险的时候。

这样的不安,余玠已经持续了好几天,今天尤甚。因为他做了一个梦,梦见自己还是二十五岁的年纪,在老家衢州开化的芳村里过着日出而作日落而息的生活。柴米油盐酱醋茶,柴是第一位的,烧饭取暖都离不开它。梦里也是深秋时节,他约上老乡一起上山砍柴,准备为入冬做准备。山上有檵木、杜鹃、青冈、橡子之类的硬毛柴,可他喜欢爬到悬崖峭壁上去砍质量更好、柴色更直溜的干粗柴。就在砍柴爬树的时候,他不小心剐到了手,鲜血直流。老乡的经验很丰富,用檵木嫩梢放嘴里嚼碎后敷在他的伤处。老乡在敷药的时候说了一句:"余玠,你身上怎么有这么多伤?"余玠低头观察,发现自己胸口插着三根蒙古箭,血正从箭口汩汩流出。

随后，他听见山下蒙古军进攻的号角。他惊恐万分，连忙问道："二冉何在？王坚、张珏何在？"老乡们没有回答他，而是哈哈大笑起来，随后他们的容貌慢慢变成了谢方叔和王夔、姚世安的样子。王夔抬脚把余玠踹下悬崖，余玠因为失重的感觉突然惊醒，才发现这是一个梦。

余玠是读书人，对易经也有所研究，常常分析自己的梦境。平复心境后，余玠把今天的梦做了分析，有对外敌的焦虑，也有对内乱的焦虑，不过最让他不安的是，自己竟然会梦见在老家的时光。那段时光是余玠人生当中最安逸的日子，梦见老家的时光，难道意味着自己真的老了，已至解甲归田之年？

其实告老还乡没有什么不好的，他余玠并不是一个贪图高位之人，只是他曾在皇上面前许下宏愿："愿假十年，手挈四蜀之地，还之朝廷。"

淳祐二年五月，余玠奉命赴临安入朝奏对。面对天子的垂询，余玠针对时弊发表了自己的政治见解。绝伦逸群的谈吐让皇上当场表示："卿人物议论，皆不寻常，可独当一面。卿宜少留，当有擢用。"随后便任命他为权工部侍郎、巴蜀宣谕使，并嘱咐他"为四蜀经久之谋"，到了十二月，又改任他为四川安抚制置使兼知重庆府，晓谕他"任责全蜀，应军行调度，权许便宜施行"。虽然余玠受命于败军之际、国家危亡之时，但他并没有任何推辞。八年来，他严格遵守了皇上的殷殷嘱托，恢复了巴蜀大地的生机和安定。可即便如此，眼下还未到自己与皇上十年之约的期限，皇上未提出改任，自己作为臣子又怎能畏难而退呢？

十年踏地脚跟牢，这是余玠对皇上的承诺。而余玠要做的，是在这十年里打下巴蜀安定的百年根基,这是他的毕生抱负,也是对浩荡皇恩和百姓倚重的报答。

他唤来王坚,问起了巴蜀秋冬防御工作的推进情况。王坚告诉他,之前经过置制司主要官员审议通过的防御策略已经部署下去,但还没来得及去实地检查。余玠听完王坚的汇报当即表示:"那就从山城防御体系的最外围开始检查,那些山城是蒙古人将要遇到的第一道关卡,至关重要!"

"山城防御体系最外围的山城有白帝城、得汉城、平梁城、苦竹隘、雍村城、三龟九顶城和云顶城,我们不如将制置司官员分成七组,每组从最外围的山城开始检查,由外而内,最后至钓鱼城集结,制置使看这个办法如何?"

"好,就按你说的办。分组的事情你看着安排,不过我有一个要求,就是把我安排到云顶城去。"

王坚吃惊地看着余玠:"制置使……云顶城位于沱江上游,是不是太远了一些?"

余玠笑了一声:"你是担心云顶城太远吗?"

王坚也笑了一声:"下官还不是担心王夔和姚世安他们可能会做出什么越礼之事来。"

"你怕他们杀了我?"

"那倒没有。"

"那就无伤大雅嘛,我这次去也不光是为了检查防御之事,主要是想看看在他们管治之下的汉中和云顶城到底情况如何。云顶城是蜀中八柱之一,至关紧要,万一真有什么纰漏酿出祸灾,我怎么向朝廷交代?"

"那我陪你一起去。"

"又不是去打仗，你跟我去干什么？给我配两个文书官就可以了。"

"那制置使还是不要去了，你就在钓鱼城等我们的消息，云顶城我替你去。"王坚态度坚决地说道。

"你替我去？那我才担心呢。就你这脾气，还不得大闹云顶城，到时候我是处罚你好呢，还是不处罚你？还是我自己去吧。"

检查防御之事这样就算是敲定了。在王坚拿出方案以后，余玠第一个出发，为制置司的官员们做了表率。余玠带着两个文书官刚踏上朝天门的码头，就注意到了一个熟悉的身影——文天祥正在码头上和李发水争论。

一个是在码头做贸易的商人，一个是外地的读书郎，照理说这两个人八竿子也打不到一块去，竟然在争吵。余玠看天色尚早，便走过去询问："文天祥，你现在这个样子可不像圣人门徒啊，众目睽睽之下竟公然与人争吵，道德君子都学到哪里去了？"

虽然余玠是带着三分玩笑的语气，但正在气头上的文天祥根本没听出来："我跟市井之徒舌战，讲什么道德君子？"文天祥对待制置使的语气之烈把余玠身后的两个文书官吓了一跳。

李发水见余玠认识这个读书人，于是解释道："余大人，我们有个误会。"

"谁跟你误会？你们码头上的人偷了我的马还不承认？"

"小兄弟，我看制置使跟你认识就不计较了。他们虽然都是跑生活的穷苦人，但手脚绝对干净，从来都是凭本事赚钱，绝不会干偷鸡摸狗之事。"

余玠问文天祥："你还有马？招贤馆的院管告诉我你是只身一人前来……"

"本来是有马的，我从钓鱼城来到重庆后，在朝天门码头上吃了一顿水八块，马就不见了。那天晚上，有几个力夫一直灌我的酒，肯定是他们趁我喝多的时候把马牵走了。"

"你可有证据？力夫们好心请你喝酒，现在反倒被你诬陷。"李发水仍旧愤愤不平。

"要什么证据？那天晚上整个码头就我和那几个力夫。"

"事情还没调查之前先不要妄下定论，大家江湖相见本就是缘分，可不要伤了和气。"余玠摆了摆手，示意争吵无用。

"我……"文天祥一时语塞。

"马被偷了应该先报告官府，让官府去查，哪里有自己出来乱找的？重庆的地头和人头你都不熟，这岂不是大海捞针嘛。那日你跟我说了那么多话，怎么没跟我提丢马的事情？"

"学生求见制置使大人可不是为了丢马的事，有那个时间，学生还不如多讨教几个明经济世的问题。"

李发水见眼前这个学生不是一般人，于是赶紧表态道："制置使，我敢保证这匹马不是我的人偷的，但既然是在码头丢的，找马的事情就交给我吧。"

余玠还没讲话，文天祥抢着说："君子一言驷马难追，找马之事可不是我强加于你的啊。不过……既然你说马不是你们偷的，又要帮我找马，那我愿意支付你们找马的费用。"说完还叉手致意。

李发水苦笑一声："你这读书人倒是有趣，翻脸比翻书还快。

行了,找马的事就包在我身上,钱的事就不要提了。"

文天祥想反驳,被余玠伸手拦住,便只好作罢。文天祥看余玠一派要出行的样子,于是转头问道:"制置使这是要去哪里?"

"去云顶城,但去云顶城之前还要先去钓鱼城。"余玠笑着说。

"公干?"

"自然是公干,难道还游山玩水不成?"

文天祥眼神一下子活泛起来:"制置使,您看我的马在您统辖的地界上丢了,没有马我哪也去不了,倒不如您带着我去见识一番。"

这几日,余玠每天都要去招贤馆和文天祥探讨治蜀问题,从一个同门师弟慢慢把他当成了身边的高参。这次出行,他身边只有两个文书官,若真有什么问题需要研判,一时还真找不到人讨论,于是便答应了文天祥的请求。

文天祥乘坐着余玠的官船,想起坐船被骗的事情,便厚着脸皮和余玠说了一通,引得余玠哈哈大笑:"被骗、丢马,可谓是一路坎坷啊。"

"所以才要跟在您身边多学点东西,不然损失着实惨重。"

二人一路有说有笑,原本枯燥的旅程也变得有趣起来。二人上了山,首先来到范家堰的合州州治,询问冉琎关于提振经济民生的情况。冉琎汇报道:"地界纠纷已经处置妥当,想要迁回山城的旧山民也全部安置停当。今年水稻的收成非常可观,李子、桃子和鲫鱼、鲤鱼也是大丰收。虽然有过一段时间的不太平,但单单从收成来看,已经是近几年最好的一年了。基于此,今年的军需粮草已经全部征用到位。"

余玠欣慰地点点头,问道:"张珏在哪里?"

早已在门外等候的张珏应声回答道:"下官得知制置使上山,便马不停蹄地赶了过来。"张珏顿了顿,"下官有要事禀报。"

冉琎听出了张珏的语气,赶忙走到门边把他迎了进来。张珏刚一进门,就看见此前在钓鱼城见过的读书人,现在正站在余玠身边,心想着这个读书人倒真有几分能耐,一时竟忘记了汇报这件正事。

"哦,忘了跟你们介绍,这位读书人叫文天祥,是我的同门师弟。"

"制置使,我下面要汇报的事情恐怕叫外人听见不太妥当。"张珏反应过来。

文天祥原本一本正经地站在余玠身边,听见张珏这么说便赶紧请辞。他虽然是个读书人,但基本的礼数了然于胸,余玠把他带在身边已是莫大的荣幸,若是赖着不肯走那就太失礼了。

文天祥离开后,张珏向前两步,走到余玠和冉琎的跟前,低声说道:"前几日,我偶遇一个黑衣人潜入山城,奈何追至校场附近的石湖一带竟跟丢了。我怀疑这个黑衣人可能与您交代我调查的事情有关,于是就沿着黑衣人进城的路线好好勘察,没想到在护国门附近的城墙上发现了一个隐秘通道。黑衣人就是从这个通道进城的。"

"什么?"钓鱼城的城墙是冉琎最骄傲的杰作,他既惊讶又怀疑,"钓鱼城的城墙经历过多次战争洗礼都未被攻破,好端端地竟然能自己造出一个通道来?"

"知州大人，我刚发现那个通道时也不明就里，后来又去勘察了几次，想来应该是战火和风雨的侵蚀，填充于两块岩石之间的岩土慢慢流失才出现了通道，应该不是人力所凿。"

"这么说来，倒是我们在日常巡查的时候疏忽了。"

"那个通道的位置非常隐蔽，说来惭愧，下官也是不小心失足掉落才发现的。下官跟两位汇报的目的是，这个通道我们要如何处理？如果敌人也知道这个通道，那么就必须赶紧堵上；如果敌人不知道，那它正好可以作为奇袭敌军的出口，可以出奇制胜。"

余玠捋着长须，对这个洞非常有兴趣："你方才说黑衣人就是从这个通道入城的，这个黑衣人是谁？一旦有人知道通道的所在，这就成了一个隐患，对城防肯定弊大于利。"

"下官也是这么认为的。好在下官已经基本确定了黑衣人的身份，只要认定他不是蒙古间谍，这个通道就安全了。"

"他有没有可能是云顶城派来的？"冉琎问道。

"这个下官也曾怀疑过，但凭下官对他的了解，他绝对不会投靠云顶城。"

余玠问道："这个黑衣人是谁？"

"如果下官没猜错的话，黑衣人就是舒眉酒肆的掌柜，余不扬。"

"余不扬？"余玠和冉琎异口同声地表示疑惑。

"没错，那日我追击黑衣人到校场边的石湖，黑衣人纵身一跃跳入湖中，之后就再也没出来。这原本是一件相当离奇的事情，可下官意外得知余不扬家后院有一口井，这口井和不远处的石湖是相通的，当时余不扬跳入湖中后，很有可能沿着水下通道游回自家井里再上岸的。"

"还有这等奇事？须把余不扬抓来好好审问一番。"冉琎担忧地建议道。

余玠也突然警惕起来："我对余不扬这个人有所耳闻，他的确是个奇人。据我所知，在宁宗朝时期枢密院专门为他发了一个函件到制置司，让制置司予以关照拔擢。你们想想看，枢密院一年到头有几个函件发到重庆？竟能专门为他一个人发函，而且他当时只是一介士兵，背后的原因让人捉摸不透。只是临安离得远，涉及他的事情很难调查，他自己又闭口不提，所以这些年才渐渐被人淡忘了。"

余玠的一番话让冉琎大为震惊："这么说来，余不扬在朝中还有人脉。王夔和姚世安在朝中也有人脉，说不准他们的背后是同一个人？"

张珏解释道："但据我对余不扬的了解，以他的性格绝对不会和王夔走到一起去。"

"没错。"余玠笃定地说道，"余不扬和王夔、姚世安根本就不是一条船上的人，当年余不扬若是能抓住机遇，如今至少也有都统之职，但他根本不求功名利禄。反观王夔和姚世安，只要有梯子他们就往上爬，完全性格迥异的两类人，怎么可能混迹到一起去。"

余玠继续说道："余不扬就交给张珏去调查吧，城墙的事情不能声张，否则刚刚安抚下去的民心恐又将慌乱，于秋冬防务不利啊。"

冉琎和张珏二人点头默许。

当晚夜深人静之际,张珏领着余玠和冉琎,秘密来到了通道的位置。三人依次穿过通道走到城墙外,都被绝险的地势所震撼。余玠更是感叹:"此洞真乃奇袭的绝佳位置,看,从这出去,我们的士兵就能神出鬼没,无异于飞檐走壁,可以杀敌于不备啊。依我看,这个洞先留着,等张珏你审问了余不扬后再作决定。"

二人应声答应。余玠站在洞口看了又看,作为常年在巴蜀带兵打仗的将领,他对地形有着天然的敏感性,除非老天爷的鬼斧神工,否则他怎么也不会想到在城墙上留一个洞出来。

"此洞若是能留,就叫它飞檐洞吧。飞檐走壁,杀敌不备。"说罢,余玠才依依不舍地离开。

是夜,当余玠和冉琎回到范家堰休息后,耐不住性子的张珏连夜赶到了舒眉酒肆。

"张监军,这深更半夜的……肚子饿了?"余不扬肩膀上披着外衣,一头雾水的样子。

张珏警惕地把手搭在门框上,探进半个身子:"不饿,我想进来坐会儿。怎么?不欢迎啊?"

"欢迎……欢迎!"余不扬敞开了大门,侧身让张珏进来。

张珏坐定后,为自己倒了一杯茶水,说道:"其实也没什么事情,我来接一个人。"

"接人?"余不扬前后左右看了一圈,不明就里。

张珏又倒了一杯茶,推到余不扬面前,示意他坐下:"不急,我们先喝茶。"余不扬缓缓坐下,心中忐忑不安。半盏茶工夫,后院突然传出"哗啦"的水声,而后有个粗犷的人声喊道:"张监军,您来了吗?"

"我已经到了,你上前来。"张珏说完,意味深长地看了余不扬一眼。余不扬勉强地笑了下,双手撑在膝盖上,扭头看向后院。

这个时候,通向后院的格子门被推开,一个身形修长的光膀汉子走了进来,边走边整理挂在头发上的水草,一直走到张珏面前。张珏朝他使了个眼色,汉子便出了酒肆。

剩下的两个人,张珏突然把凌厉的眼神射向余不扬:"掌柜的,我接的人就是他,他是水军营中水性最好的士兵。这么看来,你的水性应该也属上乘。那天晚上我从护国门一路追踪的黑衣人就是你吧?"

张珏无须点破,余不扬已经知道他要说什么了:"张监军果然是制置使麾下最年轻有为的军官,只凭赖灵寺说漏嘴的一句话,便识破了我。"说罢,余不扬的神色慢慢恢复平静,仿佛以前在张珏面前那副卑微的神态都是装出来的。现在这个样子,才是他的真实面目,冷酷而又深沉。

张珏以自嘲的口吻说道:"不扬老头,你才厉害呢。亏我还天真地以为你是真心实意请我吃鱼,没想到是为了打探消息。哈哈……本官真是太自以为是了。亏我这么信任你!"

"张监军不要想太多了,我们两个老人家可从来没有欺骗过你。"

"是啊,可你们两个老人家也没有什么事都跟我坦白啊。"

余不扬身体向前探了探:"张监军真的想知道我那天晚上干什么去了?"

"不然我深更半夜来你家，只是为了这杯凉透了的茶水吗？"

"好。"余不扬撑着膝盖站起身子，"请张监军稍坐片刻，我去取个东西。"

张珏警惕地看着余不扬的背影："余不扬！你要知道，既然被我张珏盯上，就不要想着耍手段，否则就是自讨无趣。"

余不扬没有回答，只是冷笑一声，不知是不屑还是无奈。等余不扬再次出现在张珏面前时，杨晓舒拉着他的手一起出来了。余不扬手上多了一个黑黢黢的木盒子，他把盒子放在桌上，什么也没说，而后，拍了拍杨晓舒的手背，安抚她一同坐下。

"没什么大不了的。"这句话像是安慰婆娘，又像是向张珏交代，"关于我的身份和我所做的事情都在这里面了。其实我大可不必跟你说得这么清楚，甚至还可以佯装狡辩一番，你除了知道那晚的黑衣人是我以外，其他的一无所知吧。但是呢……"

余不扬转向自己的婆娘，细声细语地说道："但是，这几日下来我发现自己确实是年纪大了，不中用了啊。即使今晚这一劫能躲过去，日后的所有行动也逃不开张监军的监视，迟早还是会被发现的。晓舒，连你也说了，张监军是多么聪明的孩子啊。俗话说，长江后浪推前浪，张监军这朵后浪，要么推我一把，要么就把我拍死得了。"

"推你一把？你还想让张监军帮你？"

余不扬点了点头："就看我做的事情，张监军支持不支持了，或者说懂不懂。"余不扬把视线转向张珏，张珏正警惕地端详着木盒子，并未打开。

"余不扬，听你的口气，被我撞见的那天晚上，你干的事情可不小？"

"相当大。"余不扬双眼眯成一条缝，"制置使有没有跟你说过奏折被篡改的事？"

"篡改奏折？"张珏吓得站了起来，不知自己应该惊讶于篡改奏折罪责之大，还是余不扬的胆子之大。

"你胆敢篡改奏折，却还想要我帮你？你是王夔的人？"

"我不是他的人。"余不扬自己主动打开了盒子，从里面拿出了黑白令、信件等物品，在桌面上一一摆开，"我是黑白探，我所做之事正是听从了临安黑白司知事赵艮的命令。"

"你是黑白探？"张珏皱着眉头查验起桌上物品的真伪，但也只是徒劳，因为对于临安黑白司他也是偶尔听人说起过，并无接触，更难以分辨令牌的真伪。鉴于此，张珏表现得非常谨慎："我听说临安黑白司游离于官制之外，不在吏部管辖之中，其主要职责是为天下分黑白，为皇上治贪腐？"

"没错。"

"那既然如此，为何要篡改奏折陷害制置使？难道我们是贪腐之辈吗？"

"我篡改奏折绝非为了害制置使，相反，我这样做其实是为了救他。"

"呵，说这样的话你自己都不信吧？"

余不扬没有正面反驳，而是从一堆信件中找出上次赵艮和淮夫人的信件，递给张珏。张珏越看脸色越不对："太荒唐了，太荒唐了，竟然还有这种事……"

"张监军，你与我这个老头虽没有深交，但从平时的交往中我可以确定你不光是个有才华的将领,更是一个忠于职守的下属。你从参军就跟着余玠制置使,如果全天下只剩下一个人不会背叛制置使,我相信非你莫属。这几个月,尤其是制置使北伐之后,你应该能明显地感觉到钓鱼城乃至整个巴蜀的变化。这种变化鲜见于表面,却汹涌于内里,就好像一颗先从里面腐烂的瓜,是不祥的预兆。"

张珏怔怔地看着余不扬,原来只知道酿酒煮面的老头现在好似脱胎换骨一般换了一个人。

"也许,站在你的角度,你看见了这颗瓜腐烂的原因,是王夔和姚世安在背后捣鬼。但你看不见的是,在这颗瓜的藤上,甚至是根上早就出现了问题。"

"你是说朝堂之上?制置使为人刚直,功绩又盛,在朝堂上容易得罪人,这事众人皆知。"

"俗语说,淹死的都是会水的。没本事的人会对一点小风小浪心存敬畏,不去触及危险的漩涡,而本事好的人才不会在乎什么风浪,中流击水是他们最爱做的事情,即使遇上了漩涡也不以为然。运气好的时候,他能通过漩涡,运气不好的时候他就会被卷入水底。现在,朝堂上的漩涡已经越卷越大,有些身在高位的人对制置使已不仅仅是稍有微词,而是已经在苦心经营扳倒他的办法了。在这种情况下,如果还是以一般的情况来审视应对,那如何保全制置使?"

余不扬顿了顿,又补充道:"就像信中说的,尽量避免朝堂漩涡过早波及制置使。想想看,一封堆满功绩的奏折到了临安,被制置使的政敌看见了,他们会怎么想?怎么做?恨不得将余玠除之而后快吧？"

"这种事情大可摆在台面上明说，为何遮遮掩掩，还做出诸如篡改奏折这等大逆不道之事？"

"制置使的性格你不是不知道，他宁愿死也不愿意掩盖北伐的功绩，用以减轻来自朝堂的压力和淫威。篡改奏折虽然是下下之策，却也是唯一能行得通的策略。接下来，为了避免朝堂漩涡过早波及制置使，我还有许多下下之策要做，远远超出了我一个人的能力范围。我必须要有帮手，而且是对制置使忠心不二的人，这样才能在帮他脱身的同时不伤害他。"

张珏摇摇头："这样的话，你所做的和王夔所做的又有什么区别呢？"

余不扬站起来，认真地说："制置使现在就像一匹奔向悬崖彼岸的战马，一匹绝不会停下来的战马。悬崖之间，只有一座岌岌可危的独木桥。我所做的事是为了稳住独木桥，而王夔所做的事是为了摧毁独木桥。"

"可我想不明白，制置使这些年做出的功绩难道朝堂上的那些人都瞧不见吗？"

"正是因为瞧得太清楚了，所以才忌惮。在我看来，现在制置使身在战场，面对的是两方面的敌人。一是来自蒙古草原，一是来自临安朝堂。制置使善于和前者作战，跟后者……他只有失败的份。我们要让制置使的失败来得晚一些。"

这种话张珏不敢讲，但他在内心里却很认同："也许事情还有转机，至少皇上和丞相还是十分支持制置使的。"

"可黑白司的策略不会凭空制定，他们一定是得知了什么前兆。未雨绸缪才能为制置使争取更多的时间。"余不扬长舒一口气，"现在我该说的都说了，你若是要抓我我不会反抗，但在治罪之前请让我见一次制置使，这是我作为黑白探应尽的最后一点职责。"

杨晓舒的手抓得更紧了："张监军，我家老头所做的事情真的是在帮制置使，并不想害他。"

张珏想了半晌，说道："我知道，你可以模仿制置使的笔迹，想害他的话就不会只是拿掉一些邀功的话。"张珏背过身去，"可是我还是说服不了自己，我对制置使从来没有做过那样的事情，以后也坚决不会做的……黑白司做的这些是不是为时尚早。"

"正是因为为时尚早，所以一切都还来得及。等到临阵穿甲，后果便只有万箭穿心了。"

张珏沉思了片刻："我还有一事不明。"

余不扬呷了一口茶："张监军是想问护国门城墙上的那个洞吧？"

张珏意味深长地看着余不扬。

"怎么？张监军想问的不是这个事情？"

"不，我就是想问这个事情，但就是觉得……很奇怪。"

"那个洞确实挺奇怪的。"

"我说的不是洞，是你。原来你以前并不是真的老糊涂，是大智若愚，其实你心里什么都知道，对吧？以前我只知道你这老头不是一般人，可没想到你竟然如此藏得住。你在钓鱼城生活了几十年，经历了这么多任的制置使和知州、都统，竟然没人发现你是黑白探。"

"呵呵,张监军不是要问洞的事情嘛,怎么突然又说起我来。张监军,你应该去勘察过那个洞口了吧?"

"没错,不光我去过,制置使和冉知州也去过了。"

余不扬诧异地看着张珏:"制置使也去过了?多少年了,那个小小的洞口就只有我一人知道……这个洞就像是什么呢?像是养在深闺的女儿,终于到了嫁人的那一天,丑媳妇见公婆了,哈哈。"

"这么说起来,这个洞是你造的?"

"这倒不是,我也是意外发现了这个洞口,只是一直自己偷偷地用。我是黑白探,有这么一个小小的洞口,就可以随时进出城了。"

"余大人还给洞口取了一个名字,叫飞檐洞。飞檐洞虽然不大,但处在那个位置的话意义就不一样了。"

余不扬微微颔首:"没错,既能成为我们偷袭敌人的捷径,也能成为敌人偷袭我们的捷径……"

"你早就发现了这个洞口,却迟迟没有报告官府,想的不会是通敌用吧?"

张珏的语气里有几分戏谑之意,但余不扬却正色道:"确有此意。我方才说过了,我是帮助制置使悬崖勒马的那根缰绳,如果事情没有按照我预期发展的话,没准我会在下一次蒙古人兵临城下之际,把飞檐洞的秘密泄露出去。"

张珏转过身,死死地盯着余不扬:"你敢!"

"不过我并没有告诉过任何人。况且……现在那个洞口已经不属于我了,飞檐洞,属于你们了,你们想怎么处置就怎么处置。"

"看不出来,真的没有看出来。你还有什么事藏着掖着叫我没看出来的?"

"张监军，确实还有一件事你没看出来，这件事也是我要救制置使的原因之一。"

"什么事？"

"余大人是哪里人？"

"听他说是浙江衢州开化人，年少举家迁到了湖北。"

"没错。老头我也是衢州开化人，我们是同宗同族的亲戚，要论辈分，他还要叫我一声族叔呢。余玠是我们余氏家族鲜有出类拔萃的子弟，是族里后生们的灯塔望楼，我不能让他抱憾死于政敌的陷害，余玠要死也应该带着功成名就的英名而死。所以，不管我该死还是苟活，当务之急是让制置使集中精力做他想做的事情，为后世照亮前路。这些话，你说不出口，我可以说。"

张珏激动地说："你不能去说，那样的话岂不是暴露了你篡改奏折的罪行？"

余不扬心里一暖："你要救我，所以，你想帮我？"

"我……我只是想帮制置使。只是，我又如何跟制置使汇报此事？"张珏皱着眉头，两只手不知所措地乱动着。

"你只管说那日的黑衣人就是我余不扬，只是不要说我去了重庆，其他事随便你编……张监军深明大义，将来定有一番大作为。"余不扬叉手致意。

"你不必如此。我是制置使的下属，在军中任职，帮助他实属我职责范围内的事。倒是你，一名解甲归田的老兵而已，本应该好好颐养天年，却也不要命地保护制置使。"

"不过……我虽然现在不会抓你，但并不代表我要帮你。你是黑白司的人，听令于黑白司这无可厚非，我暂且不来干预，但别想我会对你施以援手。另外，下次行动之前，你必须先告知于我。制置使让我查最近发生在钓鱼城诸多案件背后的指使，我有侦查权在身，你若胆敢擅自行动我就只能把你抓起来。"

"这样于我已是极大的通融了，我相信你总有一天会加入我的。张监军，另外我还有一事相商。"

"当下，我不会帮助你任何事情。"

"你先听我说完，再决定要不要帮我吧。在合州州治任职的汪显祖你可知道。"

"他是冉琎大人麾下一名参事，你此时突然提及他是何用意？"

余不扬压低声音说道："汪显祖虽为钓鱼城参事，但实则已经投奔了云顶城。我虽然不知道他近期的企图，但绝对是一件天大的歹事！"

张珏震惊道："你可有证据？"

"没有证据，但确是我亲耳听说，亲眼看见。如果可以，还请张监军速速将此人抓捕归案。"

"他是冉琎大人的下属，你又没有证据，岂能莽撞行事？就算我相信你，但在抓捕汪显祖之前无论如何也要说服冉琎大人吧？你要我怎么说服他？"

余不扬轻叹一声，说道："那好……我还有一事相求，希望你给正赶赴临安的冉璞大人写一封信，让他到临安后第一时间去一趟皇城根的万寿香所，那是黑白司的驻所。"

"你不说我也会给他写信，去求证你的黑白探身份。"

"这当然很重要。不过更重要的是黑白司可以把朝局的形势说给他听，让他在面禀丞相之前有所准备。一个地方通判，在临安犹如沧海一粟，一个浪劈头盖脸地打来，东南西北都难辨清楚。"

张珏称赞了余不扬一句"考虑周到"，便离开了舒眉酒肆。杨晓舒悬着的心终于落下了，她心有余悸地责问道："你和张珏什么都说，真是吓死我了。"

"什么都跟他说，他反而不会起疑心。由此看来，张监军还真是一个聪明人。"

杨晓舒看着余不扬，眼里充满了疼惜之情："你刚才说的心有余而力不足，是不是真话啊？"

"当然是真话了，我都这把年纪了还不允许我力不足啊？"

"我哪里是这个意思？"

余不扬伸手整理杨晓舒有些凌乱的发髻："我知道你什么意思，制置使我必须要救，哪怕是上刀山下火海，我这把老骨头也要去闯一遭。"

"那我就陪着你一起闯，在临安的时候我们也闯过不少龙潭虎穴呢。"

"你不怕吗？"

"跟你在一起以后，除了怕你离开，我什么都不怕。"

张珏虽然嘴上没有答应余不扬的请求，心里却很重视。他离开舒眉酒肆后便叫来心腹，连夜打探汪显祖的下落，得知汪显祖在今日早些时候就已出差公干，至今未归。

张珏稍稍松了一口气，就算汪显祖要做歹事，也要人在城里才能做吧？于是，他吩咐心腹继续密切监视，及时跟进汇报。

第九章
暗袭明斗

范家堰是合州州治的所在地,这个地方在钓鱼山的西面,由高低错落的小山丘环绕着,比重庆府衙署要清净闲适许多。每每临近战时,余玠就会坐镇钓鱼山,住在范家堰。

今日下榻这里虽然也是跟战事有关,但毕竟不是战时,心情较之以往稍有放松,他获得了久违的酣眠。

文天祥不一样,范家堰的僻静反倒让他思绪万千。他怀念起西蜀之行的两个"朋友",一个是他腰间的佩剑银电,一个是丢失的马银鸿。文天祥的剑法很好,银电剑身银亮,舞起来就像魅夜闪电。银鸿是祖父送给他的束发礼物,山上去,河里去,似乎没有它去不了的地方,就像鸿雁一样自由。这两样是他最宝贵的东西,可现在只有银电还留在身边。

月光之下,他擦拭着银电,心里想着银鸿,很不是滋味。记得从家里出来以后,他骑着银鸿日夜兼程往巴蜀赶,有时也会来一场月夜狂奔。文天祥喜欢这种感觉,银鸿也很喜欢,白色的月光下白色的马,恍惚之间文天祥似乎觉得自己可以驾驭月光,越飞越快。如果银鸿在身边,像这个毫无睡意的夜晚就可以出去狂奔一回，可是现在也只有怀念的份了。

于是，文天祥只好舞起银电，越舞越精神，越舞他的感官变得越清醒，左劈右刺好像真的在上阵杀敌一般。灵敏的感官让他感觉到，有一个人正走进他和余玠居住的小院，这个人脚步杂乱，时走时停，也许是个担心吵醒居客的仆人。

果然，一个身穿麻衣、仆人打扮的青年走了过来，他看见文天祥半夜舞剑，脚步迟疑了片刻，随后低下头朝余玠的房间走去。

"何事？"文天祥用剑一指，声音不大，却格外清晰。

"知州大人吩咐，给制置使送碗助眠汤饮。"仆人语态有些拘谨，不敢与文天祥正面相对。

"制置使早已沉沉睡去，你就不要打搅了吧。"文天祥有些不快，已经睡着的人有助眠汤饮喝，而他这个清醒的人却没有。

"知州大人……他说制置使半夜都会醒来，这碗汤饮先给他送进去，方便他起夜的时候喝。"

"哦，冉大人想得可真周到。"文天祥随意应承一句，摆摆手，没再细问，心想这个冉大人看着也不像这么会拍马屁的人啊，不光会拍马屁，而且看上不看下。

可文天祥觉得冉大人不是格局这么小的人。他和余玠的房间只有一墙之隔，而且又是余玠带在身边的客人，堂堂合州不缺这么一碗汤钱，为什么自己没有呢。难道这是仆人的擅作主张？想到这，文天祥突然觉得这个仆人有些奇怪，送碗汤而已走起路来为何如此鬼祟。再回想他端汤碗的姿势，没有托盘，只是双手这么托着，有一根大拇指还插到了汤里，显然不是一个合格的仆人。

文天祥脑子电光石火一闪，立刻提剑跃步追了上去。刚到余玠的房门口,便见仆人从腰间拔出一把匕首,朝床榻的方向扑去。文天祥条件反射般用脚钩起一条凳子朝仆人甩去,不偏不倚砸在对方腰上。仆人踉踉跄跄地稳住下盘,扭头又朝床榻扑去。这个时候,余玠已被惊醒,他虽有一身功夫,但一睁眼就看见有人拿着匕首扑向自己,难免有些慌乱。好在文天祥已经冲到仆人身后,顺势抬起右腿钩住仆人的腹部。文天祥武功功底扎实,又急于救人,使出了全身气力,用脚尖把仆人钩了回来,仆人站不稳一屁股摔在地上。文天祥用剑拍打仆人的手背,他手上的匕首应声掉落。文天祥剑锋一转,银电便搭在了仆人的脖子上。

余玠回过神,跳下床,大声唤来冉琎和衙署内的守卫,质问起来。府衙的院管很快也被叫到了现场,院管表示此人绝不是府内的仆人。而后有人在柴房里发现被打晕、扒了外衣的仆人。于是冉琎在余玠的房间里亲自对假冒的仆人进行审讯,意外的是审讯几乎没有开始就结束了。

"这人不就是张老汉的儿子张怀宝吗?"衙署里有人认出了张怀宝。

"就是老汉和幺妹一起上吊的那个张怀宝。"有人又补充道。

冉琎想起来了,前段时间钓鱼城发生了一起士兵强暴民女的案件,张怀宝是张家唯一活着的人。

"我曾去你家探望过你家人,怎么没有见过你?"冉琎问道。

张怀宝没有回答,那个时候他应该和赖灵寺在合州吃猪蹄髈。

"你为什么要刺杀制置使?你知不知道这是多大的罪?"冉琎的语气严厉起来。

张怀宝缓缓地抬起头,眼神里没有一丝恐惧,他先看了冉琎,而后死死地盯住余玠，从牙缝里挤出一句话："那马杰强暴我妹妹，又逼死了她和我爹，这又是多大的罪呢？"

张怀宝此话一出，刺杀缘由暴露无遗。余玠皱起了眉头，对马杰的处理他是有其他考虑的，但这样的考虑又怎么能对外公开呢。

冉琎被张怀宝的反问给难住了，反倒是余玠平和地回答道："马杰的罪是死罪。"

"可我听说他活得好好的。"

"我们已将马杰移交云顶城处理，明天我就要亲自去趟云顶城，职责之一便是督促这个案件。"

"你的话能信吗？"

余玠凑到张怀宝面前："你不信我说的话，今晚拿着匕首来我的房间，又是信了谁的话？"余玠捡起地上的匕首在张怀宝眼前晃了晃。这是一把木柄光面的普通匕首，却让冉琎失了魂魄。他一步跨到张怀宝面前，拎着他的衣领责问道："这把匕首是谁给你的？"

"是这把匕首的主人给我的。"张怀宝脱口而出，这个回答他在薄刀岭的小房子里背得滚瓜烂熟。

"不可能，绝对不可能。"

余玠看着失态的冉琎，知道这把匕首没有看上去那么简单，但众目睽睽之下，他并不想把事态进一步扩大，于是问张怀宝："你听信了谁的话要来刺杀我？"

"我……"制置使的威严让张怀宝紧张得嘴角不停抽搐，"大家都这么说，是你把马杰放回云顶城的。"

"是我做的决定,但不是放,是移交。这件事情我们处理得不够周到,至少应该给你个交代。"余玠看向冉琎,冉琎低下了头,"好在你今晚的行为没有酿成大错,能留着性命听我当面解释。你能相信我吗?"

张怀宝把头别开。要是以前,他余玠说什么就是什么,可现在他有了大哥汪显祖的开导,再也不是个只一心求道,懵里懵懂的山野村夫了。

"天地有司过之神,依人所犯轻重,以夺人算。这种事本轮不到我这样一个行善求道之人来做,你说的话是真是假,你做的事是对是错,自有司过之神找你清算。我这辈子也没有想过会拿起刀杀人,可偏偏就这么做了,半生的修为已化为乌有……都怪你,都怪你们这些当官的,欺人太甚。我爹我妹的命就不是命吗?我什么要求都没有,只求你们让马杰偿命……"张怀宝像个丢了心爱玩物的孩子趴在地上不由自主地哭了起来。

他哭并不是因为没有成功为家人报仇,他哭是因为自己做了一辈子好事现在竟然开始做坏事,从善的信念在他的心里崩塌,仁慈的神明离他而去,三清上仙永远也不会收他为弟子了。张怀宝最终还是变成了自己曾经最讨厌的样子。

余玠看着张怀宝,当即承诺会让马杰偿命。这是张怀宝亲耳听制置使说的,他只能选择相信。因为余玠说完这句话后,衙役就给他戴上了手铐和脚镣,投进了阴暗潮湿的钓鱼城大牢。

待府中人等散去,冉琎手托着匕首扑通一声跪倒在余玠面前:"请制置使明察。"

"刚才看你的眼神就不对!冉琎,这把匕首有何疑处?"

"这匕首是我弟弟冉璞的，虽然没什么特别之处，却是他亲手制作的，我再清楚不过了。"

"荒唐！匕首是冉璞的，难道张怀宝今晚所做之事是受冉璞指使？"

冉琎正色道："下官以性命担保，冉璞绝不会做出这种事情来！"

余玠摇着头："本官亦不相信是冉璞为之……"

"玠公，您这个时候还能相信我们兄弟俩，下官感激涕零。冉璞绝不是幕后主使，我一定会查个水落石出……到底是谁这么胆大包天，既想刺杀制置使，还想把罪责推到冉璞头上？"冉琎悲痛而又惶恐地解释着，窗户"哐"一声被风给吹开了，屋内烛光摇曳，忽明忽暗。

"看来钓鱼城起风了。"余玠走向窗边，悲伤地看着夜景，远处薄刀岭上树影重重，像是因诡计得逞而挑衅的幽灵。

"玠公……"冉琎关切地扶住余玠的手臂，"如今的巴蜀是你一手扶创起来的巴蜀，巴蜀的老百姓视你为再生父母，您无须顾虑太多……八年来，下官跟随您经历了那么多风风雨雨，眼前这些纤纤得失又算得了什么？"

余玠满是回忆地点点头："是啊，不过是想要老夫一条命罢了。想要我命的人太多了，蒙古人更想要我的命，我早已习以为常……只是，我这棵绝壁老松，狂风暴雨都能挺过来，没准终会葬身于一点星星之火吧……"

"玠公……"

"罢了罢了。冉琎啊，秋冬防务迫在眉睫，经济民生更不能落下,查案子的事情就交给张珏吧,让他把这件事和前面的事情放在一块儿查。"

"玠公是怀疑这些事都是……"

"在巴蜀,还有谁敢如此对我余玠?除了云顶城的人,我想不出还有谁。唉……好在只有他们啊……不然我也难以苟活于世了,你说是不是?"

冉琎还没想好安慰的词,余玠又豁然道:"管他呢,白发渔樵江渚上,惯看秋月春风……春去秋来,该来的总会来的,我余玠岂会不知?又岂会畏惧?"

赖灵寺第二天一早就听说了张怀宝的消息。山城上的老百姓都在传,这个原本木兮兮的家伙竟然敢把匕首捅向巴蜀主官余玠,这是吃错药了,还是搭错筋了。赖灵寺听闻以后,立马赶去钓鱼城大牢,用从文天祥那里骗来的五两银子,换了见老朋友一面的机会。

"宝哥!"赖灵寺怎么也没想到,那日一别竟会在大牢里再见到大善人张怀宝,"你这几天都死到哪里去了,怎么敢做出那种事情来?"

张怀宝苦笑道:"这下子好了,我变成比你还要坏的人了。"

"你……你怎么还笑得出来啊?"赖灵寺上下打量着亲似兄弟的朋友,难过之情溢于言表。

"我做了坏事,现在正接受惩罚,这是好事。若我昨晚真的杀了制置使,现在依旧逍遥法外,那我才要哭。"在张怀宝心里,身居大牢的自己是罪有应得,所以善莫大焉。

"你在说什么胡话啊?"赖灵寺恍惚地摇了摇头,感觉那个熟悉的张怀宝又回来了。

"宝哥,你现在什么都别想,就在里面耐心等着。你没有伤害到制置使,罪不至死,我……我会帮你的。"赖灵寺讲出这样的话自己都底气不足。

"你怎么帮我啊?你赖灵寺在钓鱼城算哪根葱,我会不清楚?"

"我……我认识一个官府里的兄弟,只要他肯出面相帮就一定能救你出去。"

看着赖灵寺信心满满的样子,张怀宝也觉得有了希望。

赖灵寺接着说:"不过,你一个口口声声要修道之人,怎么会做出这样的事情啊?要不是你现在就在大牢里关着,打死我也不相信刺杀制置使这样的事是你干的。"

"这……这是一个秘密,不能说。"

赖灵寺眼尖,瞧出了这里面有端倪:"我就知道……你是不是受了什么人指使?"

"没有没有,这都是我自己心甘情愿去做的。"

"我不相信,宝哥,就是再借你十个胆,你也不敢做出这种事情来。"

"我……只是背后有个人帮了我一把而已。"张怀宝悻悻地说道。

"是谁?"

张怀宝别过脸:"我不能说。"

"哎呀,你现在是泥菩萨过江自身都难保,还想着保别人啊?能让你这个大善人做出此等恶事,此人绝非善类,没准是要害你啊。"赖灵寺手伸过栏栅，抓住张怀宝的衣袖，一脸着急的样子。

"害我？我张怀宝烂命一条，谁会稀得害我？"张怀宝不会说谎，越是坚持表情就越是难堪。

"那就是想借你之手达成其他企图。"混迹于江湖的赖灵寺深知人心险恶，他不安地说，"就像你说的，你烂命一条，他为什么要帮你？帮你有什么好处？"

张怀宝听赖灵寺这么一分析，心里咯噔一下，怀疑自己是不是真的被利用了。

"宝哥，你宁愿相信其他人也不愿意相信我吗？从小到大，我有没有骗过你？除了让你帮我在赌桌上出老千，我有没有利用过你？哎呀，你别想了，快告诉我那个人是谁，没准啊还能早点救你出去呢。"

"他……"纯良的张怀宝不愿违背自己对汪显祖的诺言。

"你知不知道我进来一趟有多不容易？今天要是不告诉我，等我出去就没机会了。告诉我！"赖灵寺突然发飙，整个人都扑到牢房的围栏上。

张怀宝眼睛一闭，豁出去了："他叫汪显祖，他说能帮我进入范家堰的衙署，让我顺利报仇。"

"汪显祖！"赖灵寺扒住围栏，浑身上下都在抖，"你这两天都跟他在一起吗？"

"嗯，他把我安置在薄刀岭的一处房子里，每天给我送吃的喝的，待我像亲兄弟一样。"

赖灵寺的脑子飞快地旋转着，汪显祖的音容笑貌不断地在他脑海里重现：舒眉酒肆里的偶遇、余玠放走马杰的内幕消息、没见过张怀宝的言论、借事开脱的慌张……赖灵寺想得头疼，嗡嗡的脑瓜里像是飞满了苍蝇，最后"铛"的一声，脑子里一片空白，似乎有个声音幽幽地说道：你和张怀宝这对老搭档都被新认的兄弟给利用了。

余玠经过一晚上的折腾，就再也没有睡意。他冷静地省视着自己的一生，直至东方泛白。他务过农、躲过战乱、求过学，又弃笔从戎、保家卫国，后来幸得皇上垂爱制置巴蜀，成为掌管一方军政大权的朝廷重臣。

落魄过，辉煌过，却从来没有像现在这样无助过。无助感亦伴随着危机感，像终日不散的苍蝇，不停地围绕着他，骚扰着他。

不过，正因为这前所未有的无助感，才激发了余玠前所未有的洪荒之力。正如在前往云顶城的路上，他不止一次跟救过自己性命的文天祥说，船到中流浪更急、人到半山路更陡，虽愈进愈难、愈进愈险，但不进则退、非进不可！

除了死，没有什么能击垮余玠。

位于沱江西岸的云顶城是山城防御体系的重要据点，更是和钓鱼城齐名的"蜀中八柱"之一，是宋蒙对战的最前沿。余玠和文天祥立于江边，仰望云顶城，高峰迭起、重岩峻峡，其状壮如城垣，且四面壁立，虽不及钓鱼城大，但危绝程度有过之而无不及。

王夔没有亲自下山迎接余玠的到来，而是遣派了一个掌书记。掌书记为军中文职，级别虽高，但并不属主官或主将之列。这个掌书记干了一辈子，从来没有独自接待过这么大的官，于是一路鞍前马后小心伺候着，把余玠一行顺利送到了山城。王夔虽没有下山迎接，但碍于礼数，已在城门口等候，见到余玠后，王夔虚情假意地突然恭谦起来，以不像下属更像仆人的姿态请余玠入城。

"王都统，你我之间不必行此虚礼。"余玠虽心有不满，但仍旧维持上级该有的风度。

王夔假惺惺道："应该的应该的，云顶城上一次有幸请到知府大人您亲临，都已经是六七年前了。"余玠兼任重庆知府，王夔故意用兼职称呼余玠。

余玠眉头一皱："在军中，还是称呼制置使更为妥当一些。"

"是是，巴蜀自从有制置大权以来，鲜有既担任制置使又担任知府的官员，可见大人您是少见的文韬武略兼备的朝之重器。跟大人您不一样，末将从小就在行伍里摸爬滚打，舞文弄墨、咬文嚼字什么的那是一窍不通，您多有担待。"王夔先是挑了文职官员掌书记下山迎接，后又在余玠面前阴阳怪气地强调他的文官头衔，分明就是有意轻视的表现。

余玠有些恼了，这个王夔分明是想挑事："王都统，国家用人，文武二柄常参用之，并非武将出身就要当一辈子武官，而读书出身就一定要当文官。文武之间，没有孰好孰坏，亦不必互相轻视。当今这个世道，文官看不上武官，武官也瞧不起文官，这不是什么好事。尤其是作为武官的，不以粗俗为耻，反倒引以为荣，这难道不是故步自封、画地为牢，有意与文官疏远吗？这么做的话，于自我事业又有何益处呢？"

"什么事业不事业的，像我这样一个山城的统领，手下有那么多兵要养，又有强敌要御，还要观照民生，能糊弄下去就不错了。制置使您身居高位，对我们这些底层的情况可能不太清楚。就说粗俗这件事吧，我也想腾出时间来看看书，练练字，日后没准也能当个知府什么的，可是哪里有时间呀？"王夔阴阳怪气的语调更甚。

文天祥以为，王夔这么说已经很可气，更可气的是副都统姚世安还在一旁添油加醋："都统，话可不能这么说，制置使虽然身居高位，但也是从军中一个小兵卒干起，才有了如今这般耀眼的成绩。"

"这倒是，不过好像制置使当兵、当都统的时候还在淮东战场吧？来巴蜀虽有七八年，但也是朝廷直接委派下来的。淮东那边吧……不是我王夔自视过高，近十几年打的仗哪有巴蜀多？带兵打仗经验是首位，利戎司一个掌书记去淮东多少也能当个都统吧……"王夔言外之意已经很清楚了，就是不服眼前这位制置使。

文天祥作为一个局外人，之前虽对王夔和姚世安不甚了解，但从今天的情况足以看得出，这两个人绝非善类，而且在余玠面前根本没有什么尊卑之分，这让他很看不顺眼。不过他看余玠一直隐忍不发，自己就是再生气，也不能表露出来。自己算什么，无非是制置使带在身边的一个读书人，有些事情学到了，记在心里，就足够了。其他的，等到入仕以后再行考虑吧。

余玠背着手，不动声色地往前走。云顶城当年也是他一手推动建立起来的，虽只在创城初期来过，但一次就足够了，并不影响他找到军营和校场的位置。

在路上，余玠不带任何感情色彩地说道："我这一次来主要是看看秋冬防务落实得怎么样，云顶城是山城防御体系的最外围，防务工作至关重要。前方山城的防御工作如果出了岔子，后面山城就被动了。"

"那是那是，只要我们最外围的山城能把敌人拦住，那后面的山城就只管热热闹闹地准备过年就行了。我们云顶城，绝对不给后方的山城惹麻烦。"王夔说着不阴不阳的话，转个弯就到了校场。

眼前的情景，远比余玠的心理预期要差。校场里的兵卒是有几百号人，但没一个在训练，而是打闹、闲聊，这些兵卒看见制置使来了不但没有收敛，反倒吵得更起劲了。

"王都统，这就是你跟我说的已经落实了？制置司早就下过命令，从秋冬防务的第一天起，全蜀就进入备战状态，而眼前这样的情况和备战状态相去甚远吧？云顶城才像是过年呢……"

"制置使这话说得，他们刚训练完呢，总需要休息一下的嘛。再说了，大家都是人，即使想过年也情有可原嘛。让他们一年到头都保持战斗状态，脑子里的弦绷得太紧搞不好会精神错乱的，云顶城这么多年下来哪次打仗不是身先士卒？从来没有让制置使操过心嘛……"姚世安在一旁不知羞耻地解释道。

姚世安的这番话彻底激怒了余玠："姚副都统话里话外好像在说制置司管你们管错了？不错，云顶城是山城防御体系的最外围，每年遭遇的战事要比下游的山城多，但正是因为这样我才把巴蜀四司之一的利戎司交给你们。巴蜀大地山城将近二十座，但精锐的军队只有利戎司、兴戎司、金戎司、沔戎司等四司，你云顶城就独占一司，这已经是高出其他山城的巨大优势了。带兵打仗，胜利是基本的要求，我把利戎司驻扎在云顶城，自然也是希望你们能次次都打胜仗。如果一支部队，连仗都打不赢，那拿来干什么？难道是拿来吓唬老百姓的吗？"

"制置使言重了，我们利戎司向来严守军规，怎么会去吓唬老百姓？"

"严守军规？首先关于秋冬防务的军规你们就没有落实到位，其次近十年来全蜀从来没有发生过士兵强暴民女的案件，最后也是你们利戎司的马杰破坏了这个局面。严守军规，不是一句话，而是要身体力行的。"

"原来制置使这次来，不光想看秋冬防务的情况，还要过问马杰的审判情况吧？"

"难道不能吗？"余玠的眉毛立得像刀一样，"我把马杰移交给你们自己处理，是不愿意折了你们的面子。你们倒好，马杰押回来这么久了，连个终议结论也没有！你们心里要是没有我这个制置使倒也不打紧，但这件事是要和全蜀百姓交代的，老百姓们虽然嘴上不说，但心里都等着呢。马杰迟迟不惩处，老百姓们心里会怎么想？说我们这些当官的厚己薄民，到时候失了民心，那仗还怎么打？"

"制置使说得是。"王夔说道，"我们已经对马杰公开审理过了，但是按照之前的惯例，云顶城还没有因为强暴民女而处死的先例。如果这次把马杰处死了，恐怕军中会传出一些风言风语，搞不好会军心不稳，不利于秋冬防务啊。所以，我想等到秋冬防务过去以后，最好是来年春天再重新审理。"

"处死马杰会导致军心不稳？为什么会军心不稳，难道利戎司现在都是像马杰这样的货色了吗？如果是这样的话，你作为都统就更应该借马杰这个案子好好整饬军规军纪，而不是随意放纵啊。王都统，军规在士兵们心里到底有没有威慑力？"余玠下定了决心要管马杰案，"马杰现在在何处？"

"马杰在……"王夔看了一眼姚世安，姚世安低语回复了一句："还在那里。"

"马杰现在还在大牢里押着呢，等待重审。"

"好，既然你这个都统不审理，那我去审理。"

王夔拦在余玠身前："审审审，下官现在就去把他押来审理，制置使督审就好了。"

"别忙活了，审理他并没有什么难的，直接去吧。在大牢是吧？"余玠抬头看了一眼方向，就朝大牢走去。

余玠在前面昂首阔步地走，文天祥在后面跟着，他明显感觉到王夔和姚世安的脚步有些杂乱和犹豫。文天祥猜想，大牢里肯定又有新的情况在等着余玠。

马杰被关在大牢的最里面，在见到马杰之前，余玠见其他牢房也都关着犯人。每个犯人身上都戴着残暴的刑具，这些刑具有的戴在犯人身上，有的戴在犯人腿上，有的戴在犯人头上，总之形态各异，绞肉刮骨，残忍至极。余玠所见犯人没有一个是四肢俱全的，而且各个奄奄一息，眼睛里不是透露着绝望，就是残留着愤怒。

余玠心生疑惑，这些犯人如此，马杰又会是什么样的待遇呢？只见最靠里的牢房里有床榻、桌椅，马杰虽戴着手铐、脚链，却四肢俱全且面色红润，见有人来跪下就拜。但马杰只拜王夔，却没有拜余玠。什么样的将领带出什么样的兵，文天祥心想。

余玠对眼前的场景感到费解，他问王夔："马杰身为士兵强暴民女，犯的是什么罪？"

175

王夔的注意力还在其他牢笼的犯人身上,听余玠发问,赶忙支吾道:"如果依照置制司的军规,自然是死罪。"

余玠点点头,欣慰王夔终于正经回答了一回:"死囚马杰在大牢里的待遇好像比前面看到的犯人要好上很多啊,一个死囚犯都有这样的待遇,那前面几个人犯的是什么罪?肯定比马杰所犯之事还要恶劣吧?"

"没……没错,那几个人也都是死囚,确实比马杰还可恨,都是些十恶不赦的混账。"王夔说完这句话,隔壁几个牢房都发出了哼哼唧唧的抗议声,狱卒们听见声音赶忙冲进牢房,要么对他们拳打脚踢,要么就是给他们鼻子灌醋,或者嘴里灌尿,总之折磨得他们不能再哼唧一声。

"他们都是些通敌叛国之徒,为了避免他们互相串供,所以不能让他们说话。"

余玠点点头,说道:"通敌叛国之徒,如此惩罚倒也无可厚非。不过,云顶城对待马杰——一个死囚的态度,也算是让本官开了眼了。王都统,依我看马杰一案今天应该有个了结了吧?"

王夔现在满脑子想着的就是让余玠早点从大牢里出去,那些不能说话的罪犯并不是什么通敌叛国之徒,而是另有罪行,若是引起余玠的关注将会对自己不利。

"制置使说得是,这是下官的失职,马杰早就应该被处死了。"

原本还不以为然的马杰听见王夔突然这么说,恐惧地往前爬了几步:"都统,你不是说要保我性命的吗?怎么现在又要处死我?"

"混账!我什么时候说过要保你性命,只是……只是多留你几日性命罢了。来人呐，将罪犯马杰押赴刑场。"

"都统，都统我有话要说，这厮……"马杰指着隔壁牢房的罪犯，"这厮昨天跟我说他家后院杏树底下还藏着五百两银子呢，五百两啊，他想把银子送给我，让我救他出去。我现在把这个消息告诉您，您能不能放我一马？"马杰的话音刚落，隔壁牢房的罪犯突然情绪激动起来，不停地扭动身体，但就是发不出声音。

王夔一听见钱字，好像换了个人似的，他伸手抓住马杰的衣领，责问道："是不是我今天不处死你，你还不肯把这个秘密告诉我？还有没有什么话要跟我说？"

"没有了，都统你说好要救我的。"马杰脸色煞白地央求着。

"所以你准备把这五百两银子占为己有，幻想着出去再慢慢花吧？给我押出去，斩立决！"

余玠听出了二人谈话的蹊跷，他伸手拦住狱卒，蹲下身子问马杰："什么银子，你隔壁的这个人到底所犯何事？"

马杰煞白的脸开始抽搐，他看向王夔，说道："都统，你真不肯保我？"而后又看向余玠，"制置使，你肯保我免除一死吗？你是制置使一定做得到，我把这个大牢里的秘密告诉你，你免我一死……"

王夔突然激动起来："今天天王老子来了你也得死！"接着拔出佩剑，一剑刺进了马杰的喉咙。马杰嘴里汩出几口鲜血，什么都来不及说就毙命了。

余玠离得近，马杰的血溅到了他的官袍上："王夔你……你就是这么执行死刑的？"

隔壁牢房的罪犯看见马杰已死，瞪大的双眼唰地流下泪来，虽然扯着嗓子，却一丝声音也发不出来。对他来说难免一死已是定局，这下子还得多搭上五百两银子，他死得太不甘心了。

王夔看了余玠一眼，那眼里没了谄媚，只有傲慢和愤怒，他提着剑来到隔壁牢房，以同样的方式又了结了一个生命。

"王夔！你视军规法纪于何物？"

"军规法纪？在云顶城老子就是军规，老子就是法纪。制置使，你不要在我王夔面前抖威风，我在巴蜀多少年？你才来多少年？别以为朝廷器重你，你就可以在巴蜀为所欲为，我告诉你，放眼整个巴蜀，不服你的人多着呢。"

余玠看着王夔凶神恶煞的样子，气得想拔剑与其对峙："王夔，本官是制置使，你是都统，你我虽是上下级关系，但更是同僚。我何时故意刁难过你？何时又要求你屈服于我？可是，你作为一军之都统，作为大宋之臣子，难道不应该遵守军规法纪吗？我看你不是不服我，你是不服朝廷，不服皇上！"

王夔怔了一怔，随后哈哈大笑起来："想吓唬老子？你别动不动把朝廷和皇上搬出来，有本事就让枢密院免了我的都统一职，否则休想到云顶城来耀武扬威。"

余玠知道，当朝枢密使谢方叔和王夔之间是什么关系。前几年战乱的时候，谢方叔留在蜀地的亲眷曾经到云顶城避难，王夔和姚世安因此与谢家结下了深厚的情谊。王夔把枢密院搬出来，就是想要告诉余玠自己在朝中有奥援。

"本官无权掣肘枢密院决策。但依我之见，若你仍旧不思悔改，官职被免是迟早的事，掉脑袋也不是没有可能！"久经沙场的余玠对王夔没有一丝忌惮，他说的话让早已愤愤不平的文天祥觉得很解气。

王夔提着剑摇摇晃晃地走向余玠，余玠也不甘示弱，拔剑架在了王夔的脖子上。

"怎么？制置使想杀了我？"

"你若是再往前一步，我今天就杀了你。你虽然不把我这个制置使当回事，但本官是奉圣命制置巴蜀，鉴于你今天的所作所为，我大可先斩后奏。王夔，自视过高的人往往会跌得很惨，你不会不知道吧？"

王夔定住了脚步，缓缓地把剑插入剑鞘，狡黠地看着余玠，嘴角露出一丝狠劲，而后突然行礼说道："禀告制置使，罪犯马杰已被处以死刑，秋冬防务您也视察完毕，还要作何寻衅？下官悉听尊便。"

余玠也收起了剑："不必了！本官早就听闻王都统在蜀日久，颇有威名，今日一会，果然如此。哼，王都统，我们后会有期吧。"

余玠带着文天祥和两个文书官朝城外走去，姚世安组织了一队精兵强将，身披铠甲，手持斧钺，分列城门两旁。在余玠一行通过城门的时候，这些士兵以阵前喊话的口气喊道："恭送制置使大人下山！恭送制置使大人下山！"两位文书官吓得走路都走不稳了。

在精兵强将的身后，王夔和姚世安冷眼看着余玠下山的背影，没有一丝忌惮。

第十章
秋叶瑟瑟秋风急

　　余玠和文天祥一路无言，但从余玠的呼吸和步履中，文天祥可以感觉到制置使的愤怒。

　　山脚下的码头上停着余玠的官船，并且旁边又多了一艘船。岸边，冉璡和王坚正焦急地望着崎岖的山路，直到山路上出现余玠的身影，他们才不约而同地长吁了一口气。

　　"你们来干什么？怕我被王夔给吃了吗？"余玠没看两位下属，自顾登上了船。二人互看了一眼，识趣地登上了自己的船，随后他们朝文天祥招手，示意他不要跟着余玠上船。文天祥纳闷地看着二人，二人只顾招手，也不敢发出声音。

　　"制置使，那两位大人好像在叫我？"

　　余玠停下脚步，回头看了二人一眼，二人立马恢复姿态，恭敬地立在船头，手脚都老实地并拢着。

　　"你坐他们的船吧，我和两位文书官还要去别的山城。"余玠稍稍控制了自己的情绪，"老是跟着我啊，你求学问道的路子反而狭隘了。那两位是跟着我多年的得力下属，跟他们去聊聊，会有收益的。"

文天祥颔首接受余玠的建议，掉头上了另外一艘船。

余玠的船转弯消失在了视线里，冉琎才命令开船。二人邀请文天祥入座，一脸关切地问道："山上的情况不太好吧？"

文天祥见二人确实是担心余玠的样子，便没有顾忌地说道："岂止是不太好，制置使与王夔二人差点就兵刃相接了。"

"制置使能做出这么冲动的事情？"冉琎问道。

"拔剑岂能算冲动？要是我的话，进了山门就得拔剑。"文天祥说。

"我就知道，王夔这厮一定会给制置使下马威的。"王坚愤愤地说。

"知道你还让玠公来云顶城？"冉琎稍显责怪。

"冉大人，这要是怪我的话那就太冤枉了。云顶城是制置使自己挑的，他是明知山有虎偏向虎山行啊。"

冉琎双手撑在茶桌上，十指不停地敲击着桌面："文天祥？你叫文天祥是吧？"

"没错，在下吉州庐陵书生文天祥。"

"进士？"

"天祥今年十六岁，还只是个秀才。"

"哦……那玠公愿意带着你闯云顶城这个龙潭虎穴，想必十分欣赏你了。你看，我们虽都是他的下属，但玠公对云顶城的遭遇只字不提，可见他不愿意和我们多说。文秀才，你能不能把山上的情况跟我们说说？"

"既然制置使不愿意多说，那我私底下跟你们说是不是有僭越之嫌？"

"有什么好为难的！"王坚一拍桌子，"小小读书郎，叫你说你就说。不要以为制置使欣赏你，你就可以在我王坚面前端架子！"

文天祥见王坚咄咄逼人的样子，索性把头转向窗外，一言不发。

读书人的脾气让王坚一时语塞。

冉琎皱着眉头看了一眼王坚："王都统，少安毋躁啊。文秀才，我们之所以要向你打听山上的情况，是为了帮助玠公解围。云顶城真要是有何问题，不光是对眼下当务之急的秋冬防务不利，还对整个山城防御体系不利啊。我想，玠公刚才没有告诉我们，肯定有他的顾虑。但是，我肯定他不是不愿意跟我们说，而是还没到时候。我们这些做下属的，很多事情都要想得再周到一些，再超前一些，眼看天气一天比一天凉了，战事说起就起，任何有违防务的事情，我们都不敢掉以轻心啊。"

"那既然如此。"文天祥面对着冉琎，故意后脑勺对着王坚，"那我就只跟你说。制置使云顶城那不是一处两处的委屈，那真是一步一个委屈，处处都被为难。"

冷冷的秋风急遽地掠过江面，布满风纹的水面较夏季下降了不少，两岸露出了光秃秃的礁石和腐朽的树桩。沿江的山上，时而传来悠长的猿啸，此刻传到余玠的耳朵里满是秋悲之意。

余玠站在船首，双手背在身后，仰面与冷风做着对抗，任凭袍袂被吹得嚓嚓作响也不为所动。两个书记官坐在船舱上，舔着毛笔做着记录，船上风大，毛笔不断地被风吹干，又不断地被书记官舔湿，结果没记录几个字，墨就被舔干净了。

"下一座山城，应该就是庐州的虎头城吧？"

书记官听闻余玠问话，赶忙从怀里掏出舆图，伸出食指仔细地索引着："没错，就是庐州虎头城。"

"那还有好长的路……"

"是啊，路还长着呢。制置使要不要先进去歇着？"

"目之所及，山高水长，距离我要到达的地方还有那么长的路，我哪里有休息的心思啊……"

文天祥本来就憋着一肚子的气，这下子有了倾诉的对象，就把上山到下山过程中发生的所有事情都一股脑儿地倒了出来。文天祥说得沫星四溅，冉琎和王坚听得火冒三丈。三个人都狰狞着脸，好像在用力咬钢豆。

"娘勒个脚的！"王坚跺得船板嘟嘟响，"调头，我非剁了王夔那个反贼不可！制置使可是皇上御笔钦点的国之重臣，他王夔算个甚鸟？敢如此大不敬？"

船长是钓鱼城的水军，他知道王坚的性格，只能假装自己没有听见。

冉琎安慰道："王夔好歹也是个朝廷命官，你去杀他，便是一命抵一命。你要是活腻味了你就去吧。"

"那怎么办？今天这个事情要是传出去，制置使的威严何在？统领三军，威严最重要，王夔胆敢坏制置使威严，我要他的命过分吗？"

"也许制置使已经在考虑了呢？你啊，还是那四个字：少安毋躁。"冉琎安抚完王坚，又觉得需要在文天祥这个外人面前挽回下余玠的面子，于是解释道："文秀才，你是不知道啊，这个王夔是个蜀人，从小就混迹于巴蜀行伍。年轻的时候好战不怕死，立了些军功，谋得了都统之职。可他并没有再接再厉，而是倚仗军功逞威，纵横乡里。他治下的老百姓没有一个不怕他，背地里都叫他王夜叉。不仅如此，自从掌权利戎司这一支精锐以后，他就把利戎司当成了自己的家兵，更加目无法度、纵兵残民、强取豪夺。"

"哎呀，人家一个小秀才，跟他说这些干什么？"王坚插话道。

这句话把文天祥惹恼了："你们姓王的都统是不是都以为这天下武第一，文第二？我刚才说了王夔在山上的表现，怎么？现学现卖啊？这就把王夔怎么对待读书人的手段用在我身上了？我是个小秀才不假，制置使也曾经是个秀才，秀才招你惹你了？"文天祥话说得够冲，把王坚怼得无话可说。

冉琎憋住笑，轻声说道："别惹读书人。"

王坚白了冉琎一眼，露出一副不跟你们一般见识的表情。

这几日，冉琎和王坚去了云顶城，冉璞奉命入京，山城又剩下张珏这么一个官了。虽说州治衙署部门众多，分工明确，但遇见了事情那些部门的主事还是喜欢找张珏商量商量，一天之中有半天时间都待在衙署里，哪里还有查案的时间。好不容易解决了主事们的各种问题，刚走出范家堰州治衙署的大门，就被人给拦住了。

"张监军，小的有事跟您汇报。"

张珏抬眼一看，原来是赖灵寺："你有什么事？舒眉酒肆后院的水井又跳鲤鱼了?"

"哎呀,那算个什么事。舒眉酒肆后院水井跳出龙来都没我要说的这件事儿大!"赖灵寺一脸正经,"我这个事儿不能在这里说,我们换个地方说。"说着便要拽张珏。

"你轻点,哎呀,轻点!这在衙署门口呢,拉拉扯扯的,不知道的还以为你跟我有什么猫腻呢。有什么事就在这里说!"

赖灵寺摇摇头:"衙署门口……我怕隔墙有耳啊。这事儿我只敢跟你说,要是跟别人说,我担心自己小命不保。"

张珏将信将疑地看着赖灵寺。

"你还是不相信我?这样吧,我先带你去一个地方,到了之后我再跟你说。"

赖灵寺说完,也不管张珏同不同意,就径直往薄刀岭方向走去。二人走到岭底,赖灵寺也没有上山的意思,扭头转进了一条小路,然后兜兜转转地来到一座石头房子前。这里四下无人,赖灵寺一脚踹开了门。他朝屋里瞧了瞧,而后招手示意张珏跟着一起进去。

二人一走进房子,赖灵寺就借着窗户透进来的微弱阳光在石墙的缝里摸索着什么。

"你在找什么东西?"

"我在找证据。"

张珏不耐烦地哼了两口气,石屋里一股浓重的霉味让他很不舒适。

"找到了!"赖灵寺兴奋地把两卷纸条放在桌子上,而后耐心地展开。张珏凑过去查看,一张是范家堰合州州治衙署的地图,一张上写满密密麻麻的字。张珏拿起那张纸,仔细浏览了一遍纸上的字,倒吸了一口冷气。

"张怀宝告诉我,他被一个官府里的人带到了这里,那个人每天给他送吃的喝的,还送他钱,但不让他出门,就让他每天在这个破房子里背书记地图。他说,被抓之后说的那些话都是从这张纸上背来的。抓到张怀宝的时候张监军在场吗?我不识字,他是不是按照纸上说的?"

张珏联想到此前余不扬交代的话,汪显祖有较大嫌疑,不免一惊:"还有这张衙署的地图,岂是一般人可以拿到的?张怀宝有没有跟你说是谁指使他这么做的?"

"说了。"

"是谁?"张珏一下子来了精神。

"不能说。"

"为什么不能说,难道你想包庇?"

"我哪里敢啊,我要包庇他就不会带你来这里了。"

"赖灵寺,这件事情非同小可,你不要跟我打马虎眼。"

"我……"赖灵寺不好意思地看着张珏,"确实,这件事情非同小可,我不应该把真相拿出来跟你谈条件的,但是我实在也想不出其他办法了,还请张监军海涵。张怀宝是我从小到大最好的朋友,也是唯一的朋友,我不能没有他。如果我把真相告诉你,你能不能答应我,把张怀宝放出来?"

张珏想都没想就回答道:"不能。张怀宝假扮州治仆人,深更半夜拿着刀潜进制置使的房间,你觉得他能出来吗?"

"可他是受人指使的。"

"他要是没有那个心思,别人能指使得了他吗?张怀宝自己都说了,制置使处理马杰案不公正,他怀恨在心,想杀了他。"

赖灵寺急得在原地不停转圈:"他有这样的心思也是受人蛊惑的,那个人不光蛊惑了他,还蛊惑了我,连我都想替张叔、小妹报仇,杀了……"赖灵寺及时止住了话头。

"你们到底受谁蛊惑?"

"是……是谁的话我立马告诉你,只要你答应我能把张怀宝从大牢里救出来。"

"照你这么说,在刺杀事件中张怀宝是被别人推着走的?"

"没错。"

"那如果是这样的话,张怀宝兴许能从大牢里活着出来。"

"什么时候?"

"这个不好说,一切要等我抓了那个幕后主使才能定。"

"确实能活着出来?"

"如果能,我向你保证,以最快的速度让他活着出来。所以你越早跟我说,我越早抓到人,张怀宝就越有机会尽早出来。"

"好。"赖灵寺双手撑着桌子慢慢地坐下去,"来,张监军你也坐下。我怕我说出那人名字后你会站不住。"

张珏摆了摆手,示意赖灵寺不要再磨蹭,他心想,要不是没有确凿的证据,他还需要等着赖灵寺卖这个破关子吗?

"那个幕后指使就是冉琎大人最器重的汪显祖!"赖灵寺有意将汪显祖三个字逐字逐字地加重说出来。

"果然是他!"

"连你也没想到……啊?你早就知道了?"

张珏点点头，问道："你确定是他？"

"我一百个确定就是他。"赖灵寺露出憎恨的表情，"汪显祖就是个两面三刀的小人，他早就瞄上我和张怀宝了。狗日的在舒眉酒肆帮过我一回，还请我喝酒，一副对我掏心掏肺的样子，让我对他深信不疑。之后，他以官吏的身份编造了一些抹黑余大人和冉大人的假话，刺激了我。我还因为他的怂恿差点在重庆城丢了性命……这个就不说了。谁承想，他在跟我接近的同时，也在和张怀宝接近。结果呢，张怀宝这个人老实，死的又是他的亲眷，立马着了汪显祖的道。张监军，你说说看，如果你是张怀宝，会不会被汪显祖那个狗日的说动心？"

"这……不能这么打比方，这个汪显祖，枉费山城上下这么多年来都对他信任有加，真是知人知面不知心！"

"他汪显祖哪里是个人？他就是条狗，不对，狗那么忠诚，他连狗都不如！他就是狗屎！一坨狗屎！老子日他先人板板！"赖灵寺越说越气愤。

张珏得到重要线索之后，就没有心思再听赖灵寺发牢骚了。他说了几句宽慰的话，就赶紧赶了回去。赖灵寺看着张珏远去的背影，踏实地舒了一口气，心里说道："宝哥，这下子好了，你有救了。汪显祖这个狗日的，我们都被他骗惨咯。"

一炷香的工夫之后，张珏带着一队人马冲进了范家堰衙署。张珏怒气冲冲地问道："汪显祖这两天都死到哪里去了？"

"冉琎大人和王坚大人去云顶城之后，他说有要事禀报，也赶去了云顶城。哦……汪参事还交代我们，如果张监军问起的话，就把这个交给您。汪参事说，您看完之后就会明白的。"说完，他伸手在袖子里掏了半天，掏出来一张纸条。

张珏展开纸条，只见里面是唐代崔颢的一首诗：昔人已乘黄鹤去，此地空余黄鹤楼；黄鹤一去不复返，白云千载空悠悠。

张珏把手中的纸条撕地粉碎："这个汪显祖，简直气焰嚣张，胆大妄为！快！快派船给我追！"

年轻参事见张珏这般恼怒，壮着胆子提醒道："这个时候去追恐怕是追不上了，汪参事给水军码头发了一张公函，说是有十万火急的事情要去云顶城处理，水军哪里敢怠慢，就给他派了一艘最快的军船。"年轻参事看看窗外的太阳，"这下子军船应该已经抵达云顶城，在返程的路上了吧……"

张珏苦笑着把手中的碎纸片洒到地上："十万火急，呵……逃命当然是十万火急了。"

张珏没有成功抓到汪显祖，但抓捕汪显祖的消息很快就从衙署里传了出来，这下子大家就都知道汪显祖逃去了云顶城。再加上几个会联想的人添油加醋一番，还真的就把事情真相还原得有模有样了。

到了这天傍晚，舒眉酒肆里的食客都在议论："张怀宝刺杀制置使是汪显祖指使的，汪显祖知道张怀宝被抓，怕事情败露就去投奔了云顶城的王夔。"

"这个王夔也不是什么好鸟，搞不好汪显祖就是他安插在钓鱼城的奸细。看看他手底下的马杰，就知道了。"

"王夔在川军中的资历是几个都统里最深的，他根本就不把制置司和重庆府放在眼里，还有那个姚世安，他们在朝廷里的后台硬着呐！依我看，他们这是想造反。"

余不扬在桌子之间来回跑堂，脸上始终挂着微笑。以前他担心这些风言风语会给他招来官府的惩责，现在他反倒希望这些食客多说一些，谣言传得越离谱越好。就像他跟张珏说的，他是能帮助余玠悬崖勒马的人，所有暴露出来的问题不管真假都是好事，都会变成拉住余玠的那根缰绳。

可这些话在赖灵寺听来就像幸灾乐祸——只有抓住汪显祖，才能还张怀宝一个清白，而汪显祖逃走对他来说就是一件悲伤的事情，现在却成了别人茶余饭后的谈资。

余不扬一看见赖灵寺就没好气地说："你怎么来了？"

赖灵寺先有些纳闷，而后马上惊觉道："啊？嘻……你看你，做生意的人怎么能因为几条鲤鱼就跟我置气嘛……"

余不扬瞥了赖灵寺一眼，没有搭理。

"哎呀，张监军没准也只是想和你分一杯羹，他总不会把你的井给封掉吧？"

"不是井的事，也不是鲤鱼的事。"

"那是什么事？你这个老头怎么还矫情起来了？"赖灵寺哪里知道他随口说的一句话造成了多大的影响，说着便想扒开余不扬往里走。

余不扬拦住他问道："赖灵寺，我待你怎么样？"

"好啊，从小到大，你没少接济我……"

"既然如此，你为什么把我家的事跟外人说？跟张监军说？"

"这不还是鲤鱼的事情吗？这事我错了，下次不会了，行了吧？"

"好吧，就算是鲤鱼的事，但又不全是鲤鱼这件事。"余不扬皱眉看着赖灵寺，"你以后别来舒眉酒肆了，不管是有钱来消遣，还是没钱来讨饭，都不要来了！"

"不扬老头，就因为几条鲤鱼，你至于吗？"

"你今天把鲤鱼的事往外说，以后没准又会把其他知道的事情往外面说，我们是正经人家，不喜欢别人在外面说三道四……反正我们以后不要来往最好。"

赖灵寺指着余不扬："好啊，你们都来欺负我是不是？告诉你，别看我赖灵寺现在落魄，但我不缺志气！你要与我划清界限，那……那就悉听尊便！"说罢，赖灵寺扭头离开。

杨晓舒走到余不扬身边，轻声说道："这样子对他是不是太残忍了？毕竟从小看着他长大，我们也养过他几顿，看着他这样离开，心里真不是滋味。"

"那也没办法。我既然下定决心要帮助制置使，以后肯定会背负更多的任务和秘密。咱们家，来往的人越少越好，越少就越安全，这份安全不光是对我，也是对整件事情，甚至是制置使。赖灵寺这个人虽然不是什么大奸大恶之人，但江湖习气还是太重了些，在他心里钱和义气是最重要的，眼界却不高远，万一真的被他知道些什么，会有碍大局。"

杨晓舒看着赖灵寺远去的背影，纠结地搓着围裙。

"好啦。我知道在你眼里，不管是张监军还是赖灵寺，都是好孩子。等我办完了这件事情，你想对谁好就对谁好，你就是认十个八个干儿子我也不反对。好不好？"

杨晓舒看着余不扬，眼神里一半是期待一半是悲伤："要是我们能有个自己的孩子该多好啊。"

余不扬充满爱意地看着杨晓舒，揉了揉她瘦弱的肩膀："别瞎想了，这是老天爷安排的，我们能有什么办法。你瞧，好多客人的酒盏都空了，还不去添酒。"

在冉琎、王坚和文天祥抵达钓鱼城的第二天，余玠带着两个文书官从虎头城也来到了钓鱼城。从钓鱼城出发前往云顶城，又从云顶城出发回到钓鱼城，一来一回需要五六天的水程。可即便只过去五六天，余玠一踏上钓鱼城的码头就闻到一股萧肃之气——冰冷的水汽夹杂着草木枯腐的味道，这是入冬的信号。余玠下意识地拢了拢了衣襟，迈步朝山城走去。

余玠走了没几步，岸边的草丛里突然冲出一个无礼之徒。码头上的士兵反应还算快，立刻将那人制服住了。余玠皱着眉头打量起眼前这个不速之客，他通身富贵人家打扮，但头发却乱得像路边杂草，身上的锦袍也沾满了泥土，一只脚上穿着黑皮靴，另一只脚却光着。

还没等余玠发问，不速之客就先喊了起来："你们先别杀我，别杀我……您是制置使吗？您是制置使吗？"不速之客惊恐地向前爬行了两三步，士兵的长枪再一次将他拦住。

"本官正是余玠，你有何事？为何拦本官去路？"

"您真是制置使？"不速之客警惕地朝左右看了看，"我是从云顶城来的，我叫潘金光，我要检举利戎司都统王夔敛财无度，肆意杀害我爹在内的云顶城居民七人，将我们这七户人家几代人攒下来的金银田产占为己有。我恳请制置使为我们做主啊……"话还没说完，这个叫潘金光的就在路边磕起头来，任凭碎石子把他的额头磕出血也没停。

"前几日，听闻制置使要上云顶城，我本以为是天降救星。不承想，自从您上山后，我们这七户人家就被利戎司的官兵们锁在家中，不得外出一步。后来您走了，突然有几个士兵冲到我家后院挖出了五百两银子，我这才知道我爹被王夔一剑捅死了。他杀了我爹以后，怕事情败露，把牢里其他活着的人也统统全杀了。"

余玠震惊地看着潘金光，回忆起王夔在云顶城大牢里的反常表现，不由得打了个冷颤。

"王夔告诉我，大牢中的那几人是通敌叛国之徒……"

"制置使您要明鉴啊，什么通敌叛国之徒……您去打听打听，云顶城大牢里那七个人，哪个不是良民？虽然是地主，但也是几辈人辛辛苦苦积攒下来的家底。王夔驻守云顶城后，给我们田地，骗我们上山安家落户。我们都太傻了，以为他是个好官，没想到上山后就被他控制起来，给他输送钱财还不够，见我们没有利用价值了，就要杀人灭口啊。"潘金光说起王夔的罪行就恨得浑身发抖。

余玠上前扶起潘金光："我听见他们的哀号，预感他们有话要说，但我……"余玠低下头，云顶城大牢里的惨状似乎历历在目，"但我没有意识到这个事情的真相竟然是这样……我本来可以救下他们。"

潘金光从怀里掏出一张纸："制置使，现在木已成舟，我们这几户人家只求您能为我们做主，为我们的父亲讨回公道，还他们清白名声。"

余玠接过那张纸，是一张血书，上面列举了王夔敛财的罪证，还有七户人家的签名和指印。余玠看着看着，眼里噙满了泪水，视线模糊得只能看到一片血红。

"王夔……"余玠颤抖着折起状纸，小心地放进自己怀里，"潘金光，你是怎么找到钓鱼城来的？"

"这封血书我们七户人家早就准备好了，但一直没有机会交到您手中。这一次，您去了云顶山，我下定决心就算是拼了命也要把这封血书交给您。在云顶城没追上您，我就一路追到了钓鱼城。这次逃出来我就在心底起誓，就算是死也要见到您，将王夔的兽性公之于众。"

"王夔如此对待百姓，我作为制置使有失察之责啊……你放心，你的状子我收下了，一定会还你们七户人家一个公道的。"

潘金光又磕了几个响头："有制置使这句话，我潘金光死也瞑目了。"说罢，便一瘸一拐地走向码头。

"潘金光！你不要回去，留在钓鱼城，直到整个案子沉冤得雪，王夔被绳之以法，否则……"

"我若是不回去，其他六户人家没准都会有危险，最让我难受的是，他们可能到死也不知道我已经成功地把血书交给了您……我还是要回去，把这个好消息告诉他们……制置使，您看看我，我潘金光现在已经这个样子了，还怕死吗？我怕的是王夔的罪行没有被揭发，我怕的是我们含冤而死……制置使，运气好的话，我潘金光有生之年应该能听到好消息吧？"潘金光苦涩的嘴角挤出一丝饱含期待的笑意。

余玠再也撑不住了，他悲伤地闭上了眼睛。上一次流泪是什么时候？余玠印象中当他得知赵婵被编入太庙的时候哭过一次，从那以后就再没有哭过，直至今天。

余玠一路恍惚地登上钓鱼山，来到范家堰的合州州治衙署内。这个时候，张珏恰好完成对冉琎和王坚的汇报，三人均是发愣的状态，见到余玠突然出现，又惊慌失色起来。

余玠面容倦怠地端坐于大堂之上。冉琎朝张珏使了使眼色，那意思好像在说，这事是制置使交给你调查的，调查结果由你亲自汇报比较妥当。张珏接到冉琎的示意，也不推辞，叉手汇报道："制置使，末将有要事禀报。"

余玠早已从三人的神色中解读到有事禀报，张珏这么一说，余玠反倒放松地笑了笑："容我先喝口茶。"余玠端起茶碗，咕咚咕咚地喝了几大口。随后他把空茶碗往边上推，理了理袍袂，说道："说吧。"

"制置使，末将要向您汇报张怀宝行刺一事。"余玠眉角一抖，没有作声，张珏继续说道，"末将这几日得到证人赖灵寺的检举，以及张怀宝的招供，基本确定张怀宝行刺一案是有幕后主使的，主使之人便是合州州治参事汪显祖。"

"汪显祖？"余玠平静地重复着这个名字，好像在回忆。

冉琎没等余玠回忆起来，便上前一步跪下自责道："制置使，这个汪显祖就是下官手下的一名参事，说来惭愧，他还是下官倚重之人，没想到……他竟能做出如此不仁不义之事。下官治吏不严，请制置使严惩！"说罢，便把官帽脱下拿在手中。

"汪显祖？"余玠又嘀咕了一遍名字，"我想起来了，这个汪显祖是我亲擢到钓鱼城任职的，论才学，应该是同批年轻人中最为出挑的……他为什么要那么做？"

张珏微微抬头，用余光瞟向冉琎和王坚二人。这两人在此前已经把余玠在云顶城的遭遇说给张珏听了，想必余玠对王夔已心有不满，若要如实答复余玠，那必定是火上浇油。

张珏支支吾吾了半天，最后一咬牙决定说出来："末将得到消息以后，就火速派兵捉拿汪显祖，只可惜还是晚了一步，汪显祖早已乘船逃往……逃往了云顶城。"张珏将云顶城三个字说得极快，好似烫嘴一般。说完之后，他退到了冉琎和王坚身边。而后，衙署里陷入了一片死寂，大家都等着制置使发怒，可制置使却迟迟没有反应。

在又喝完一碗茶以后，余玠才缓缓道："传我命令，无论汪显祖逃到天涯海角，也要把他抓回来，严加拷问！"

王坚上前一步，问道："制置使，王夔怎么处理？汪显祖背后的人很明显就是王夔。"

余玠犀利的眼神扫向王坚："王夔到底在这件事里面发挥了什么样的作用，这需要汪显祖去指认，不是你随随便便臆想的。"

"这……"

余玠打断了王坚的话："张珏，这件事就交给你去办了。"

"末将领命。"

"制置使，王夔险些就杀了你啊……"王坚依旧不依不饶。

余玠没有回答，反而从怀兜里掏出潘金光的状纸，平整地铺在桌子上，而后叫三位下属来瞧。王坚性子急，看完之后就哈哈大笑起来："制置使，有了这样的证词，我们马上就可以将王夔捉拿归案。"

"你不是说王夔还指使了汪显祖吗？再等等，等汪显祖捉拿归案吧。"说罢，也不顾下属的反对，起身往后院走去。

张珏见状追了上去，很快地说道："末将还有一事禀告，关于钓鱼城凭空消失的黑衣人，末将已经确定是舒眉酒肆的余不扬无疑，他自己也与我当面承认了。"

"余不扬那么做，有何隐情？"

张珏把想了好几天的理由又在脑子里过了一遍，随后平静地说："余不扬半夜出城其实是为了偷买私盐。如今蜀境安定，各地盐井产量不断攀高，而官府对盐课的征收并没有提高，有一些盐井在完成盐课份额后又偷偷地生产盐并私下贩卖，价格要比官方的便宜一半。"张珏既然敢这么说，说明他心里早已想好了下一步。之前他就接到线报，称在合州郊区一带有民间小盐井虚报产量，贩卖私盐，他准备予以取缔，只是最近一直都没有时间。

果然这个借口并没有引起余玠的疑心："如果只是私买的话，按律予以惩戒便是，倒是私卖的盐井要好好查处。"

"末将遵命。"

"哦，飞檐洞到底是怎么回事，他说了吗？"

"余不扬说，飞檐洞确系天然形成，他也是在无意间发现并偶尔利用，没有与其他人说起过飞檐洞的事情。"

"那就好，飞檐洞就留着吧，总会有用武之地的。"

"末将遵命。"张珏恭送余玠去后院休息，心里悬着的石头也落下了。

第十一章
道越艰险越往前

冉璞从重庆出发,沿着长江乘舟直抵建康府,在建康府稍作休整后便借道镇江进入江南运河,因为天气原因比预期晚了一天到达钱塘江码头。他刚踏上码头,就被裹挟着细雨的江南冷风冻得直打喷嚏,于是便立马钻进了驿站的马车。

初冬的江南阴雨绵绵,冉璞的马车吱吱呀呀地行驶在泥泞的官道上,轮辋顷刻间便附着了一层厚厚的淤泥。

这一切都被钱塘江码头上一个力夫模样的人盯着,而冉璞却浑然不觉。他掏出怀中的地经查看一番,从码头一直向东南方向行一段路就是临安府的东青门,进了东青门便进了临安。原先他安排了三天时间在临安城内活动,现在因为晚了一天只剩下两天。不过此行来临安的主要目的是找丞相郑清之,只要途中不出差错,两天肯定绰绰有余。

马车悠然停在东青门外,冉璞踏上青石铺就的道路,这条路的尽头就是东青门。在冉璞下车之后,力夫也悄然出现在东青门外的草市,不远不近地小心跟着。冉璞来到东青门前,站立了一会儿,望着肖然威严的城墙,心中陡然忐忑起来。他是在建康府收到张珏来信的，信上说建议他先去万寿香所找一个叫赵垠的人。他这一路上途经许多个驿站，从同行官员和驿站官员的口中基本对赵垠有了一个大概的了解。

赵垠是皇室子弟，年轻时在皇城司任职，现在是黑白司知事，其父赵汝愚是光宗、宁宗两朝宰执。这个黑白司虽然衙门不算大，但跟皇城司一样，是直接听令于皇上的机构，黑白司知事虽算不上位高权重，但绝对算得上是皇上的心腹。张珏为什么会认识赵垠？又为什么让他去找赵垠？人生地不熟的他贸然登门是否会受他的待见？

冉璞深知张珏虽然年轻，但胸中极有经纬，所以他的建议不能置之不理。万寿香所在皇城脚下，进了东青门就得往南走，一路上跟着冉璞的力夫也进了东青门。这个力夫正准备上前和冉璞搭话，却被一个穿着褚袍的官员捷足先登了。

这位褚袍官员非常年轻，器宇轩昂的样子一看就是纨绔子弟。他拦住冉璞，用傲慢的眼神上下仔细打量了武将打扮的冉璞，而后说道："地方官员入京无论何事都要先禀报枢密院，得到枢密院同意后才可入城，这个规矩你知道吗？"

冉璞一脸错愕，忙不迭地解释道："有这个规定吗？我只知道要带路引……"

褚袍官员用余光瞥着冉璞："路引拿来看看。"

冉璞赶忙手伸进怀兜，想了一下又抽了出来，赔笑着问道："敢问相公是哪个衙门中人？"

褚袍官员大拇指指了指身后的高门大院，冉璞顺着方向看去，朱红色大门上方挂着一块牌匾，上书"皇城司"三个字。冉璞知道皇城司直接听令于皇上，里面任职的人全都是高官子弟，不好惹也惹不起，于是赶忙递上了路引。

这位皇城司高干只是粗略浏览了一遍，便丢回给了冉璞："重庆来的？那难怪，这个规矩是刚定的，估计你出发的时候文书还没到重庆。这样吧，你把进京的日程安排都写下来，我给你交到枢密院审核查证一番，在枢密院同意之前你暂时先待在皇城司，哪也不能去。"说罢，他侧了身子，示意冉璞自己走进皇城司。

冉璞虽然级别不高，但在巴蜀可从没被如此轻视，本来就比计划少了一天时间，若是今天走进皇城司，又会徒增许多变数出来。冉璞露出了为难的表情，两只脚立在原地也没有移动。可是，皇城司高干的眼神很是决绝，似乎没有商量的余地。

"你们这些丘八就是不懂规矩，这可是帝辇之下，跟你们那些只知道打打杀杀的军营可不一样……"丘八二字组合起来是兵，是对军人的鄙称，"你要是不愿意也可以，从东青门进来的，再从东青门出去就行了，我也懒得管你。不过你可别指望再换个门偷偷溜进来，哪个门都有我们皇城司的人，这是枢密院新下的规定，就算你是制置使，来了临安也得守规矩。"皇城司高干一副爱理不理的样子，让冉璞怒气顶到了天灵盖，却也无可奈何。

一直在旁边瞧着的力夫看准时机凑了上来："这位军爷，您这是到临安公干来了？这么多行李，需不需要一个扛活的？"说罢还拍了拍自己健硕的胸脯。

冉璞苦涩地摇了摇头。可这个力夫却是个没有眼力见的人，也不管冉璞的态度，搬起他的木箱子就扛到了肩膀上："你去哪下榻？军爷打扮的，一般不是巴蜀行馆就是淮东行馆？"

皇城司高干不耐烦地走过来,用剑鞘拍打力夫结实的后背:"这位军爷哪也不能去。"

力夫表情痛苦地放下木箱子,而后背对着冉璞一个劲地朝皇城司高干鞠躬道歉。他在鞠躬道歉的时候还用手掀起后背的衣服一个劲揉搓被打的地方。就在他掀起衣服的那一刹那,冉璞瞄见了力夫后腰上有一块闪闪发亮的铁牌,他定眼一瞧,铁牌上写着黑白探三个字。力夫又挨了皇城司高干一脚,哀号着跑向了东青门,他在出城门之前回头看了一眼冉璞,冉璞和他眼神短暂相交便清楚地知道,这个黑白探会在城外等他。

于是,冉璞拿起行李箱,对皇城司高干说道:"算了,反正也只是想进城逛逛,因为这个事情麻烦你实在是过意不去。"说罢便准备往城外走去。皇城司高干一副多一事不如少一事的模样,摆摆手示意冉璞赶紧走。

冉璞走出东青门,环顾四周,发现刚才那个力夫正蹲在城外一棵杨柳树下。力夫看见冉璞,假装没事人一样起身朝一片低矮的房子走去,冉璞回头确定皇城司高干没有出来便跟了过去。

他跟着力夫来到一所破旧的茅草房,力夫关上房门而后说道:"皇城司从前几天开始就突然对各地来临安的官员进行盘问,并以各种理由阻碍他们进城。大部分人进了皇城司以后都能顺利出来,少部分人也被赶出了城,像你这样直接放弃进城的也不少。朝局变动之际皇城司总是很敏感……"

"朝局变动之际?"冉璞放下行李箱,"你不是一般的力夫吧?"

"你不是已经看见我腰上的令牌了吗?"力夫端起桌子上的

茶壶，先给冉璞倒上一碗，而后自己对着壶嘴就咕咚咕咚地喝了起来。

"你是黑白司的？"

力夫点点头："从你一到临安府地界开始，我就跟着你，冉将军从军这么多年竟然没有发现？"

冉璞尴尬地摇摇头。

"冉将军既然认识黑白司的令牌，就一定已经收到了重庆同僚给你的信了吧？信上是不是说要你一进城就去万寿香所？"

"没错，现在皇城司严管，看来是去不了了。哎？你刚才说政局变动，是什么变动？"

"大变动，这个变动足以让你白跑一趟。"

"白跑一趟？那我如何回去交差啊？"

力夫宽慰地笑了一下："到底什么事就让赵知事亲口告诉你吧……"说着就要出门。

"赵知事……你说的是赵艮？我进不去他怎么……"

"放心，今晚他会出城来见你。你呢，就好好地待在我家里，哪也不要去，我还有其他任务，先走了。哦，切记不要外出，你要是饿了渴了就自己动手吧……"力夫交代完后就扛着扁担和麻绳出门了。

冉璞呆呆地立在原地半天没有回过神来，那人怎么看都像是一个普通的力夫，真实身份竟是黑白探。看来黑白司和皇城司虽然都是直接听令于皇上的临安两大司衙，但还是有很大区别的，至少在冉璞看来，一个高调一个低调，一个为难他一个却能帮助他。

到了傍晚时分，天已落黑，冉璞点亮油灯，刚吹灭火引子，门口就传来一阵响动。他警惕地躲在门后观察，从门缝中他看到白天那个力夫正领着一位衣着华贵的老者朝房子走来。

力夫将老者送到门口后，便又隐入了夜幕之中。老者轻轻推开房门，一眼便看见端立着的冉璞，二人互相颔首致意。

"老夫是黑白司赵艮，想必你就是钓鱼城兴戎司都统冉大人吧？"

赵艮对自己的身份一清二楚，让冉璞不由得拘束起来，他起身行礼，想要说些什么却又不知道从何说起。自始至终他都是被黑白司牵着走，想必对面这位老者已经什么都知道了，完全没有自报家门的必要。

"我收到重庆那边的报告，冉大人是受制置使余玠的委托来求见丞相郑清之的，我说的对吗？"

"赵大人果然什么都知道了。是张珏告诉你的？"

"张珏？不，不是他。"

"但却是张珏写信告诉我先与您见面。"冉璞皱着眉头，想不通里面的环节。

"看来张珏已经先你一步认识了黑白司，不过这都不是什么要紧事。冉大人，请坐。"赵艮扫了一眼周遭清贫的环境，"你我又不是在朝堂之上，第一次见面就不要如此拘谨了。"赵艮的官阶显然比皇城司高干要高上很多，而且待人接物之道也相当闲随，这让冉璞心里舒畅了不少。

二人在掉了漆的小桌子旁坐定，赵艮双手交叉伸进袖子里，说道："余玠想让你给丞相带话，可是丞相却已去世，今天正是头

203

七。丞相的讣告已经向各路、府下发,但估计七天时间也到不了重庆府。"

冉璞简直不敢相信自己的耳朵。

赵垓一对浊眼盯着桌面:"郑清之一死,丞相之位便空缺了出来,朝野之中从二品以上的官员都对这个位置虎视眈眈,谁都想坐。这就是我跟你说的政局变动。"

冉璞一下子没了主意,好在多年的从军经历锻炼了他处乱不惊的意志。他静下心来思考除了郑清之,自己能否找出第二个可以传达余玠意思的大员,然而他皱着眉头想了半天却也想不出个人来。这么些年,余玠只在他们面前提起过郑清之,除了他还有谁能够让巴蜀倚靠?

"那我也许真的白跑一趟了……"油灯微弱的灯光打在冉璞脸上,扑朔迷离,"来趟临安大半个月,结果制置使交代的事却没有办成,我怎么有脸回去啊。"

"天要下雨,你也没有办法……"赵垓往前凑了凑,"不过冉大人要是不想空手而归的话,我倒可以送你一个大礼。"

"无功不受禄,况且赵大人官衔品级远在下官之上,我又怎敢收您的大礼呢?"

赵垓忍俊不禁:"冉大人真性情,老夫要送你的这个大礼你可以收,而且带回去制置使还要夸赞你呢。郑清之已殁,皇上不会让丞相之位空缺太久,近期就会有人选出来。不过,凭黑白司刺探能力,自然是要在这个之前就能知道皇上的心意。继任丞相的人选其实已经出来了,就是现在的枢密使谢方叔。"

"谢方叔?"虽然余玠从没在他们面前妄议过朝廷重臣,但冉璞知道谢方叔是个什么样的人,王夔和姚世安那么有恃无恐就是因为有谢方叔作为朝中奥援。

"那枢密使?"

"枢密使由谢方叔兼任,或者由副使徐清叟接任。"赵艮说罢,意味深长地看着这位年纪不小的地方官,朝廷大员的任免会直接决定这些地方官的前途和命运。从冉璞的表情来看,他并不认为赵艮的爆料算得上大礼。

"这就是赵大人要送给我的大礼?您什么都知道,不会是故意拿我寻开心吧?"

"冉大人过激了,我说的大礼还没开始送呢。你和余玠都知道谢方叔和徐清叟得势对你们意味着什么。这是天子的圣意,没有人能够更改,你们能做的只是去适应。"

"怎么适应呢?"冉璞不想再听赵艮卖关子了。

赵艮低着头,依旧沉浸在自己的节奏里:"按照朝堂上的话说,余玠是主战派,而即将成为丞相的谢方叔是议和派。"赵艮双手各伸出了食指在眼前比画了一下,"主战、议和,冰炭难容,不是你死就是我活。"

冉璞不耐烦地咂了一下嘴巴:"赵大人,您说的这些我都知道,算不上大礼。"

赵艮突然表情严肃地看着冉璞:"余玠器重的都是像你这样的莽夫?如果是这样的话,那我真得替余玠感到悲哀了。你有没有认真在听我说话?冰炭难容,你死我活!"赵艮在死这个字眼上加重了音调,再单纯的人都能听出赵艮的言外之意了。

"余大人有危险?"

"你家余大人有生命危险！谢方叔一直就想弹劾余玠，奈何之前一直有郑清之护着他，现如今郑清之殁了，谢方叔却要升职，此消彼长之下余玠会是个什么样的结局还不明白吗？"

冉璞急了，他突然拿起行李箱："不行，我现在就得赶回去，我要把这个消息告诉制置使。"

"真是，莽夫！郑清之的讣告已经发出去七天了，你再快能赶在讣告之前把消息告诉余玠？"

"不是消息的事，我要把谢方叔的野心告诉制置使。"

"你在余玠手下这么多年，是对他不了解，还是对他不信任？余玠虽然是个军人，但他不是像你这样的莽夫，别忘了他的出身可是文人。余玠一旦接到郑清之的讣告，心里自然会有所打算。你要做的还有更重要的事情。"

冉璞咚地丢下箱子："是什么事？还请赵大人跟我直说，我冉璞就是一介武夫，脑子笨、一根筋，但谁要是敢伤害制置使，我们全蜀军民都不会答应的！"

赵艮的眼神像一把利箭，恨不得把冉璞射出几个窟窿来："这种话跟老夫说倒没什么，若是叫外人听见了只怕会让余玠死得更快。要是皇上要余玠的命呢？全蜀军民都不答应吗？那在全蜀军民的心里，到底谁才是皇帝？"

冉璞被赵艮怼得说不出话来，他并没有觉得自己说错话，甚至还认为赵艮的理解有些夸大和片面了。赵艮从袖兜里掏出一本奏折直接丢到冉璞面前。冉璞只是余光瞄了一眼，心便突突突地跳得厉害。

"这是王夔的奏本？唔……看上奏的时间和制置使上奏的时间

相差不了两天……"冉璞伸着脖子看,赵艮索性把奏折往他面前推了推。

"赵大人这是要给我看?不合适吧?"

"想看就看吧。"

冉璞微微颔首,便伸手去拿。手刚伸到一半,他想到奏折岂是他这个级别的官员想看就能看的,于是又把手抽了回去。赵艮见他不敢拿,索性在冉璞面前把奏折给打开了。

"这是王夔的奏折,奏折通篇例数余玠北伐的错误决策,所以这其实是一本弹劾奏折。"

这下子冉璞不想看都难了。可他只看了开头便气得双手捏拳,恨不得把奏折撕得粉碎,但他不敢那么做,因为在奏折上他看见有朱笔批注的地方。

"这本奏折皇上已经阅过了?"

"没错,这封奏折和余玠的奏折一同呈请给皇上审阅。但两份奏折在皇上那受到的待遇是完全不一样的。王夔的这一封'留中不发'……"

冉璞明白"留中不发"的意义。按照一般程序,弹劾奏折皇上会御批到御史台,由御史台彻查奏折中所反映之事是否属实,再做下一步打算。而"留中不发"的意思就是皇上已经看过了,但并不相信里面的内容,或者即使相信但出于保护和爱惜余玠而把奏折扣下。

"那制置使那一封奏折呢?"

赵艮捋着长须,沉思了一会儿说道:"据我所知,皇上看了余玠奏折之后十分高兴,一连下了三道赏赐的圣旨,这三道圣旨全部到了枢密院谢方叔的手里。所以这几天谢方叔可真够忙的,他一边忙着赴任丞相,一边还要为余玠准备皇上的赏赐——金银珠宝、皮革绸缎,还有涉及十多人的任免文书,枢密院好久没有因为战功而如此大操大办过了。"

冉璞听赵艮这么说,悬着的心放了下来:"这说明王夔的奏折没有起作用,皇上实乃明君。"说到这冉璞突然想起了什么,"不对啊,张珏在给我的信里说,有人篡改了奏折,篡改后的奏折对制置使和重庆很不利,让我在丞相面前好好解释这件事。这么看来……篡改的后果也不是很严重……"

冉璞的神情缓和了不少:"我明白了,原来赵大人说的大礼是这个?"

赵艮笑而不语,冉璞离开巴蜀有一段时日,对蜀地近期发生的一切事情都不是特别清楚,所以他不想过多地把信息透露给冉璞:"冉大人又猜错了,老夫说的大礼并不是这个,而是这个。"说着话,赵艮掏出了一封信,信上写着"义夫亲启",落款是一个"婵"字。

冉璞不明就里地接过信,好好端详了一番。他知道这封信是给制置使余玠的,因为余玠的字就是义夫。

这个时候赵艮又说道:"这封信是余玠的一个故人要我帮忙转交给他的。"

"仅仅是一封信而已,竟是赵大人口中的大礼?"冉璞将信将疑地举着信问道。

赵艮缓缓说道:"也许……只有写这封信的人才能真正帮到余玠……"

"婵？"

"她说，这么多年过去了，她又远在临安，所以还需要你们这些余玠部下的帮助。"

"怎么帮？"冉璞往前探探身子，"能让制置使脱险，即使要搭上性命也不足惜。"

赵艮欣慰地看着冉璞说道："冉大人，朝堂之上，大抵每一项决策的制定都会有不同的人站出来发表不同的意见。谢方叔是议和派，余玠是主战派，这本来并没有什么。可偏偏谢方叔是枢密使，是余玠的上级，而且希望把议和的意图贯彻到巴蜀、淮东、荆州等所有的前线战区。对于谢方叔来说，你们这些在前线打仗的人只要筑好边界，而后确保边界靖安就好。在这样的情况下，他相信凭自己的本事和蒙古人谈判就能换来和平。据我所知，谢方叔有这样的能力，他也正是因为有这样的能力才身居高位。"

"谢方叔的才能在于议和，他最希望的自然是能在皇上面前尽情展示自己的才华，倾尽所能延长大宋国祚，期待将来有一天可以名垂青史。位高权重如谢方叔这样的人一旦有了这样的想法，所有阻碍他实现抱负的绊脚石他都会一一除掉。而余玠就是他的绊脚石之一。

"因为政见不合，余玠与谢方叔之间的关系并不牢固。又因为余玠在巴蜀的作为，只会让蒙古人认为谢方叔的议和只是大宋释放出来的五里雾——若大宋真想议和，余玠又为何要在巴蜀大地筑山城、收失地？因为此，谢方叔并不能完全说服蒙古人，以至于他作为枢密使的这几年落得一个碌碌无为的下场，谢方叔把这些都归罪到了余玠头上。"

冉璞听完赵艮的这番话,便气不打一处来:"难道在谢方叔的眼里就只有政治和抱负吗?被掠去的国土,被荼毒的百姓,还有日复一日不断消亡的斗志,难道这些都不重要吗?示好蒙古、苟且偷生和死有什么区别?我大宋的百姓早就应该站起来主宰自己的命运了,惴惴不安于草原猎鹰的利爪,只是乞求于它的怜悯从而换来短暂的和平,这其实就是自欺欺人。赵大人,您说说看,议和派的这些人真的能保证蒙古人永远不对大宋发动战事吗?这无异于痴人说梦!要我说,我们一定要强硬起来,让蒙古人从不屑于跟我们打仗变成不敢跟我们打仗,这样大宋才算真正拥有安宁。"

"可现在的情况就是,打不一定打得过,议也不一定能议和,所以朝堂之上才会出现这两个不同的派系。若是真的到了蒙古人不敢跟我们打仗的那一天,也就不会有议和派了。"

"皇上相信制置使,所以派他去了巴蜀。"冉璞甚是不服气。

"可皇上也相信谢方叔,不然怎么会将他从枢密使之位挪到丞相之位?从官阶来看,是不是比余玠还受皇上的信任?"

"可像赵大人您说的那样,制置使和谢方叔明明就是不同政见的人,皇上却要安排他们一起共事,这是为什么?"

赵艮无奈地说道:"因为皇上也拿捏不准选择谁会让大宋避免战祸,说白了皇上也是在摸着石头过河。但至少有一点是肯定的,在皇上心里,能战则战,不能战才议和。"

"那就甩开膀子打一仗!"

赵艮摇摇头:"皇上始终认为余玠和巴蜀将士是可以与蒙古人抗衡的。就拿这次北伐来说,余玠和蜀军收复了利州、沔州等重要边界城塞,圣心甚悦,所以要重赏巴蜀将士们,此时此刻皇上甚至会认为我们能和蒙古一战，不必再俯首称臣、苟且偷安。可你别忘了，此次北伐并没有把蒙古人赶出大散关，这就意味着巴蜀大地依然会有蒙古人的铁骑驰骋，说不定什么时候抢回来的城塞又会重新被蒙古人掠走。这是一个隐患，谢方叔肯定会利用这个隐患来攻击余玠，所以你能确保皇上一直支持余玠吗？"

"北伐的隐患……其实据我们的调查，北伐之所以没有成功收复大散关，极有可能是王夔从中作梗，而王夔又有可能是受……"冉璞义愤填膺地说道。

赵艮打断道："也许这是真的，但你们无法证实是王夔有意为之，更没有能把通敌卖国的罪名安到王夔后面那个人身上的证据。"

冉璞没有再说话了。

"据黑白司打探到的消息，如果这一次皇上把北伐看成是失利的，那么谢方叔自然有办法让余玠离开重庆、退居二线。但偏偏皇上觉得北伐是成功的，而且在王夔弹劾奏折的影响下，皇上依旧如此认为，还重赏巴蜀将士。如果你是谢方叔你会怎么想？"

"我会觉得……皇上太相信余玠了。"

"没错，皇上太相信余玠了，即使是拔擢他到枢密院任职也不是没有可能。到了那个时候，他谢方叔议和的政治抱负就更加难以实现。所以，如果你是谢方叔你会怎么做？"

赵艮的两次"如果"反问，彻底警醒了冉璞："赵大人，我知道了，所以您和写信的这位……这位叫婵的人，希望我怎么支持你们？"

"暂且不论王夔的背后是不是谢方叔，但能够确定的是，谢方叔在巴蜀肯定有羽翼，写这封信的人希望你们要提防羽翼对余玠的各种迫害，帮助他实现生平夙愿。但我也希望你知道，正如鱼和熊掌不可兼得一样，如果余玠现在急流勇退，他可以保全自己的性命；但如果余玠执意继续主战，那谢方叔就绝不可能让余玠活着从巴蜀回来。"

　　赵艮从冉璞的表情中判断出，他陷入了两难。

　　"这个忙你一定会帮，但怎么帮却掌握在你们的手里。我知道，对于像你这样的下属来说，你们更希望他能活命，我也跟你们一样……但不管如何，我需要你把这封信亲手交到余玠手里，告诉他，临安有人愿意陪着他死而后已！"

　　"冉璞，在尊重余玠选择的前提下，尽量保全他的性命，听清楚了吗？"淮夫人只是交代赵艮帮助余玠突围，完成夙愿，他本没有必要交代冉璞尽量保全余玠性命的要求。但不知为什么，这句话就说出口了。也许在内心深处，他根本不愿意看到余玠这位戎马一生的老将死于朝堂斗争吧。

　　冉璞沉思了片刻，问道："您为什么要帮制置使？"

　　赵艮微微一笑："救余玠是想救大宋，只要余玠不死，蒙古人就不敢肆无忌惮……"

　　夜风凛凛，冉璞怀揣着婵的信和赵艮的嘱托上路了。

　　临安到重庆，逆长江而上，冉璞的回程之行正是：一程轻舟一程马，咽尽雨雪咽尽风；一重青山一重凉，寒彻朽体寒彻心。

　　半个月后，待冉璞风尘仆仆地回到重庆，已是腊月时节。他不敢怠慢，一心想着把信送到制置使手上。当迈进重庆府衙署时，冉璞惊讶地发现冉珽、王坚和张珏等本应该在钓鱼城驻守的人却都在衙署里待着。从他们愁眉苦脸的表情和沙哑的嗓音里，冉璞得知制置使在收到郑清之讣告之后就病倒了。

冉璞探望了重病的余玠之后，便开始纠结要不要将信件和赵葵的话转达给余玠。冉璞这个人虽然比王坚要稳重一些，但终究只是一员武将，心里哪放得下赵葵的交代？

哥哥冉珽见弟弟寝食难安的样子，便知道是怎么一回事了，他悄悄把弟弟叫到一旁询问道："此次临安之行并不是一无所获？"

冉璞看了哥哥一眼，并没有着急进入正题，而是低声提醒道："哥，有人想要制置使死啊。"

冉珽并不觉得意外，只是点点头。

"哥，怎么好像你知道一样？"

"其实在你去临安的这段时间里，制置使被人刺杀过。"

"什么？他们已经做到这个份上了？"冉璞大惊失色。

"你说，他们？他们是谁？"冉珽打量着弟弟。

"他们……哥，你先跟我说说刺杀的事情。"

冉珽警惕地看着弟弟："刺杀现场留下了你的匕首……"

"刺杀现场有我的匕首？"冉璞惊恐万分，"就是我亲手做的那把匕首吗？我一直放在范家堰衙署公文柜里，多年未曾拿出使用……"

"所以你不知道？你别着急，应该是汪显祖偷了你的匕首。"

"刺杀制置使的事是汪显祖干的？"

"是他指使张怀宝干的，就是被马杰强暴自缢而死的张氏的哥哥。"

213

兄弟二人陷入了长久的沉默中，冉璞的思绪就像嘉陵江底疯狂生长的水草，杂乱地游走着，牢牢地困住脑子里的一个念头，但似乎这个念头的力量更强，想要挣脱束缚，一吐为快。

冉璞知道自己错过了太多，索性就不再纠结于此，而是直截了当地说道："哥哥，我说要杀制置使的他们是谢方叔和王夔。以前有郑清之丞相力挺，制置使在朝堂上的风评不至于是非颠倒，功过混淆。如今郑清之丞相已殁，枢密使谢方叔眼看着就要接任丞相。没有举足轻重的人帮衬着说话，制置使在皇上那里迟早会吃亏的……"

"谢方叔和制置使之间的情况你不必多说了，我都是知道的，只是你说谢方叔要接任丞相又是谁告诉你的？"

"是临安黑白司的知事赵艮告诉我的，还让我带了一封信给制置使。只是看制置使那个样子，我实在不忍心又让他徒增烦恼，所以……"

"信在哪里？"

冉璞从怀兜里掏出那封已经有些褶皱的信件，递给哥哥。冉琎看了一眼封面上的字陷入了深思，而后突然像后背中箭一般跳了起来。

"是赵婵！"

"哥哥说的赵婵就是写信的人吗？"

"没错……赵婵和制置使相识于淮东战场，后因赵婵是当今皇上的亲妹妹，而余玠又是有家室之人，两人最终没能走到一起。这件事制置使从来没有说起过，我也是听说……看来这是真事。"

冉璞一时间消化不了，只是问道："那我到底要不要把信交给制置使？"

"赵婵信中所言何事你知道吗？"

冉璞摇摇头："赵艮说当下这样的朝局，制置使已然处于进退维谷的境地，或生，或死，全凭自己选择……哥哥，若制置使不顾朝堂政局之变化，将个人生死置之度外，我们这些做下属的该怎么办？"

"事态已经发展到了这般不得不做出抉择的地步了……"冉琎嘀咕了一句，而后以斥责的口吻说道，"即便朝政向着议和的方向转变，可我们这些抗蒙前线的战士自然应当继续坚守战壕！制置使已然不顾个人生死，我们难道还要踌躇吗？趁着现在制置使刚喝完药精神尚佳，赶紧把赵婵的信交给制置使吧。"

冉璞领了命令，只好硬着头皮把信交到余玠的手中。没想到余玠只是看了一眼封面便精神抖擞地坐了起来。随着信纸一页一页地翻过去，余玠眼里的光愈发闪亮。

余玠眼眶含着热泪，自言自语道："婵，我就知道你会支持我的。即便我如此负你，你还是像以前一样支持我。"

冉璞从余玠的表现大致猜到赵婵在信中所言，于是说道："这封信是临安黑白司知事赵艮交给我的，她愿意让赵艮转交信件说明非常信任他。赵艮说，谢方叔接任丞相一事已是朝堂之上心照不宣的事实了。制置使，您为大宋制置巴蜀，戎马一生，无论你做出什么抉择，末将誓死追随左右。"

"没错。"张珏也憋了一肚子的话想要表达，"依末将看，谢方叔接任丞相势必会让议和的声音再次在皇上的耳边响起。议和，似乎马上就要成为不可阻挡的洪流，但我们绝不是甘心于议和之人！"

冉璡和前两位相比，心思更为老练，他上前一步，说道："玠公，朝堂之上的变局不能不重视，巴蜀大地上这几个月来发生的种种事件也足以警惕。更有甚者……还发生了刺杀之事，即便我们要铆足劲往前冲，也应当静下心来好好想想应对之策了。"

余玠慢慢地把信纸放进信封，问道："王坚，你就没有什么要说的吗？"

"我王坚横竖就是一条命，制置使叫我干吗我便干吗！我真希望你能趁早下一道命令让我去杀了王夔那个狗贼！有些人离得远了我王坚的枪不够长，但只要有机会，我恨不得一个一个手刃了他们。"

这一次余玠没有像往常一样批评王坚，而是笑着对大家说："好，有各位兄弟支持，何愁我余玠夙愿难了？我身为制置使的第一天便知道，我的命早就不是我一个人的了。"余玠艰难地翻身下床，用高亢的声音说道，"我的生命属于皇上，属于制置使这个职务，属于巴蜀每一位老百姓。况且，我对皇上许下了'愿假十年，手挈四蜀之地，还之朝廷'的豪言，我必须走下去！兄弟们，虽然北伐没有达到预期，但现在才第八年，还剩下两年时间，收复大散关并不是天方夜谭！"

张珏走到余玠跟前，郑重地说道："巴蜀破碎之际，是制置使您救民于倒悬。现在，巴蜀抗蒙之力量和决心虽如火光冲天，势不可挡，但仍然需要您把薪助火，让巴蜀成为每一个蒙古人悬心吊胆之地！"

余玠低头看着动情的张珏，坦然地缓缓道来："张珏，我想要的巴蜀,并不是需要依附于某一个人的巴蜀。我修筑山城,并不希望你们坚守城塞不思变局。我亲率大军北伐,并不是彰显我才是巴蜀的支柱。八年来,我在巴蜀大地上所做的一切并不是想告诉天子或者黎民百姓我余玠有多么无可替代,或者劳苦功高。因为我并不愿意一直做那个为大家烧炭添衣的老妈子,我想做的是秋天第一片飘落的黄叶或是第一阵寒冷的北风。"

余玠深吸一口气,继续恳切地说道:"我希望蒙古人不是因为我余玠而不敢踏足巴蜀一步,我希望当我余玠死了,甚至当你们都死了的时候,蒙古人依然会对巴蜀望而生畏。你们能明白我的意思吗?"

一道惊雷响遍山城的天际,而后冰雨像无数支利箭射向瓦片,那声音听起来和沙场上驰骋的马蹄无异,和冲锋的鼓声无异。余玠走到窗边推开格子窗,山城重庆在浩渺的水汽之中就像一座孤岛,像极了自己如今在朝堂上的样子。他取下挂在墙上的佩剑,将银光发亮的剑身伸进雨中。雨滴叮叮当当地敲在剑身,剑身微微抖动发出了闷雷般的低吼。

"我的剑经过鲜血的洗涤,又怎会忌惮暴雨的冲击?"余玠轻轻一抖手腕,剑身弹开了雨水,光亮如镜,他转身面对着他们说道,"我余玠迟早会死,但绝没有这么快。"

余玠这话像是对眼前的下属说的,更像是对远在临安的朝堂政敌说的。他说话的架势就好像在阵前横刀立马,眼中有火焰在跳动。

第十二章
福祸相依乱除夕

除夕，淳祐十年最后一天。

余玠在全蜀发布了加强防御工作的命令，但这并没有对老百姓准备过年的心情产生太大的影响。重庆府下辖各州，无论是山城或平原城池，家家户户门前都挂着红灯笼贴着红对联，空气中弥漫着爆竹燃放过后的气味和酒肉的香味。

在接近合州城的山林中，清晨的雾气弥漫在山路之上，一个人用麻绳牵着另一个人，时不时还用荆棘抽打被牵着的人。被打的这个人头上罩着一个破烂的面袋，绑在一起的双手手腕处被麻绳磨破了皮，血已经沁入麻绳。他还光着脚丫，脚板底黏着泥土和血液混合的污渍。

如此血腥残忍的画面与不远处的合州城祥和景象格格不入。当这两个人走到雾气稍薄之处，就能看清事情的怪异——被绑着双手的人身上竟穿着一件肮脏破烂的官服，而牵绳的那位却是一副平民打扮。

"懒驴驾辕，不打不走，抽你！"说完还扬了扬手中的荆棘，而身后的人似乎像看得见似的，害怕地往后躲了躲。

"赖灵寺,我汪显祖认你做兄弟你却如此待我,我当真是瞎了眼了。"

汪显祖不说这句话还好,一说完赖灵寺就发疯似的抽打他起来。

"狗日的还要拿兄弟二字来恶心我啊?你知道兄弟是什么意思吗?知道吗!"赖灵寺又狠狠地抽打了两下,"我和张怀宝这样的才叫兄弟,而你这个出卖了我们的狗屁蛋也配说兄弟?"

"快些走,你要是走不动了就说一声,我立刻就给你埋这儿!"

"走得动,走得动。"

"也真是晦气,要不是让人发现了不能走水路,这会儿早就到钓鱼城了。想想我把你当成新春礼物送给张珏,他会有什么反应?会不会吓一跳?哈哈,这个礼物应该够大,够吓人了。有了你,宝哥就能出来了。快些走!"

赖灵寺用力拉扯麻绳,两个人继续在浓雾中穿行。

五天前,赖灵寺一个人来到云顶城,为了不让汪显祖认出来,他乔装成了一位酒商。样子是参照余不扬打扮的,卖的酒也是从余不扬的酒肆里偷出来的。用赖灵寺的话说就是"你不仁我就不义,你要跟我划清界限,我就偷你一担老酒"。

在云顶山上,赖灵寺跟踪了汪显祖一整天,听到他说吃完晚食要去睡王夔送给他的女人,赖灵寺这才计上心来。

他凑着时间到山城中唯一的一家药房买了几味气味重的中药材,以此掩盖蒙汗药的气味。而后他悄悄地在汪显祖吃晚食的小店旁边等,直到看见汪显祖和其他人摇摇晃晃地走出小店,跟其他人告别,转进一条黑黢黢的小巷。赖灵寺便推着酒车赶了上去,用他走南闯北学来的播州口音说道:"播州药酒,壮采天地,阳能充沛,春宵持久!"赖灵寺毫无底线地扯着嗓子的叫卖成功引起了汪显祖的注意。

"播州药酒?都有什么药?"汪显祖两眼发直地看着赖灵寺。

好在小巷阴暗,赖灵寺并没有被他认出来。即使如此,他仍旧被汪显祖看得有些心虚,不自然地摸了摸黏上去的胡子,说道:"有什么药……"赖灵寺不知道什么药可以壮阳,于是打起马虎眼,"这可是祖传秘方,我连婆娘都没告诉,还能告诉你?"

"那你这酒怎么卖啊?"

赖灵寺暗忖,价钱不重要,重要的是确保汪显祖这个狗日的能喝下去。

"这位相公,看你这身行头是公门中人吧?"汪显祖自我感觉颇好地挺了挺腰板,"那这碗酒我请你喝。"说罢,赖灵寺舀了一碗下了药的酒递过去。

汪显祖警惕地看着赖灵寺,赖灵寺只得又解释道:"我从播州刚来云顶城贩酒,人生地不熟,这碗酒就当跟你交个朋友,日后在云顶城有个照应。"

汪显祖白了赖灵寺一眼,用鄙夷的口气说道:"你是哪根葱?喝你一碗酒那是看得起你,官爷我像是随便哪个阿猫阿狗都要照顾的人吗?"

赖灵寺心想,是啊,即使主动结交也是为了欺骗,老子被你这狗日的害惨了。

汪显祖仰头干了一碗,而后把酒碗丢在地上继续说道:"老子现在就去试试,要是没效果明天就把你赶出城去。"

赖灵寺心里窃喜，却表现出一副恭敬的样子。他远远地跟在汪显祖身后，直到听到摔倒的声音才跑上前去查看，只见喝了药酒的汪显祖躺在青石板路上打着呼噜。赖灵寺把酒桶里的酒全倒进了路边的排水沟，而后把汪显祖绑好手脚、塞住嘴巴、头上套了一个破面袋，丢进了酒桶。

汪显祖本来就是醉酒的状态，加上赖灵寺蒙汗药下得有些狠，一直到天亮都没有醒来。赖灵寺伸手探了探他的鼻息，确认还活着，便在云顶城城门打开的第一时间就推着酒车下了山。下了山后，他雇了一艘小船沿着沱江一路往钓鱼城方向而去。

小船行至虎头城的时候，酒桶里有了动静，而赖灵寺折腾了一夜此时正酣酣大睡。船夫悄悄打开酒桶一瞧发现里面绑着一个大活人，于是便偷偷将船靠岸，上虎头城报官去了。好在赖灵寺这一觉并没有睡得太久，等他醒来发现船已靠岸，酒桶在酒车上不停地撞着车架，他这才意识到船夫肯定是发现了。

此地不宜久留，水路也不能走了，这就是赖灵寺第一时间从脑子里冒出来的两个想法。他把汪显祖从酒桶里拉出来，拴在岸边的树上，而后把船推离岸边，让它继续在沱江上漂行。接着他拽着麻绳将汪显祖拉进了山林小道，往合州方向走去。

在船夫发现汪显祖之前，姚世安最先发现了刚入城不久的汪显祖消失了，以他敏锐的洞察力不难发现汪显祖绝不会自己不告而别，而是遭遇了不测。于是姚世安赶紧派人往各个方向调查汪显祖可能的去向，也就是在船夫报告虎头城之后，姚世安派出的调查队也到了虎头城，他们断定酒桶中的人就是汪显祖，于是便赶到江边查看。可等他们赶到之时，小船已经进入了长江，水流大，船也漂得更快。调查队赶紧派船前去追击，追上后却发现船上空无一人。

这个汪显祖所知甚多，万一把云顶城所作所为供述出来，后果将非常严重。姚世安环顾了四周的地形，而后用手一指，命令道："那个方向，全员追击！"

姚世安真不愧为利戎司的副都统，他所指的方向就是赖灵寺逃跑的方向。不过，好在赖灵寺放走小船虚晃了一枪，耽误了些时辰，这才让他顺利逃到了合州。

"马上就到合州了，等我到了合州，天王老子来了我也不怕。"俗话说好事禁不起念叨，赖灵寺刚嘀咕了这么一句就听见身后追兵的声音。赖灵寺吓得手足无措，赶忙拉着汪显祖躲进旁边的灌木丛。他想想不保险，又把汪显祖的嘴严严实实地堵了起来。赖灵寺刚藏好，姚世安就带着追兵赶过来了。

"副都统，下面就是合州城，恐怕汪显祖早已入城……"

姚世安冷静地勘察着地形，眼神掠过赖灵寺躲藏的灌木丛，好像能把一切看透似的，吓得赖灵寺往里缩了缩。

汪显祖听到追兵交谈的声音，便开始拼了命地蠕动着身体，喉咙底也发出沉闷的声音。赖灵寺见快要控制不住他了，情急之下随手捡了一块石头劈头盖脸地砸了下去，汪显祖脖子一歪这才没了声音。可这样的动静足以引起姚世安的注意，他挥挥手示意士兵跟他前去查看，赖灵寺慌了神又往里挪了挪位置，结果脚底滑了一跤，抱着汪显祖滚下了山坡。

姚世安发出号令，命令士兵跟着他上前追捕。赖灵寺抱着汪显祖在山坡上翻滚着，姚世安带着士兵奔跑跳跃着，双方始终保持着一定距离。不过这样的距离很快就会荡然无存,因为赖灵寺已经滚到了平地上并且停了下来。赖灵寺抓起汪显祖的衣领让他挡在自己面前,心里则抱着必死念头躲在汪显祖后面瑟瑟发抖。

姚世安见赖灵寺已经无处可躲,便拔出了腰刀。正当他在考虑是把两个人都杀了还是把汪显祖带回云顶城的时候,赖灵寺身后的灌木丛里突然传来一阵窸窸窣窣的声音。

这声音越来越响、越来越快,突然灌木丛枝叶大开,从里面跳出来一只大老虎,老虎的身上还坐着一个人,只见这人肌肉遒劲,赤裸着上身,浓黑的长发垂在双肩,一张画着黑色油彩的脸正气势汹汹地对着姚世安。这人扬起右手挥出了一条九节鞭,鞭尾在空中抽出了一声巨响。随后,灌木丛里又钻出十几号和骑虎者一样打扮的人,各个手上拿着长矛,一副要吃人的表情。

姚世安惊地往后退了一步,呵斥道:"来者何人?本官利戎司副都统姚世安,正在缉拿贼人,休要阻挠!"说罢,姚世安看了一眼身后的士兵,只有区区十人。看着对方虎狼般的架势,姚世安莫名心虚了起来。

老虎昂首围着赖灵寺转圈,好不容易清醒过来的汪显祖睁眼便看到一只硕大的虎头正在他胸前嗅来嗅去,又吓得晕了过去。

"这么多官兵欺负一个手无寸铁的老百姓,还叫我不要阻挠?先问问我的虎答不答应!"骑在虎上的人说完话,老虎就朝着姚世安凶猛地吼了一声。这一声虎啸吓得姚世安连退几步,身后有几个士兵吓得连刀都掉到了地上。

"我的虎可没吃早食啊,不想被吃的话还不快跑?"虎上的人话音刚落,姚世安的手下十个便跑了八个,只有两个贴身的士兵留下来。姚世安依旧立在原地,不知是吓得不能动弹,还是真的胆子大。他问道:"来者何人?"

"本大王乃巫山廪王,专杀你们这些狗模狗样的官人!"话还没说完,骑虎者的九节鞭就抽到了姚世安的身上,劲道之大竟能把他的软甲抽出一道口子来。

姚世安被这一鞭子抽得七荤八素,好汉不吃眼前亏,只好踉踉跄跄地逃走了。

赖灵寺也被吓得够呛,还没等他明白过来怎么一回事姚世安就遁形得无影无踪了。他强忍着害怕转身面对一人一虎,人没看着他,老虎却虎视眈眈地看着他。

"我……我叫赖灵寺……谢谢大王救命之……之恩。"赖灵寺觉得自己最后的恩字说得像咽口水的声音,于是又补了一个响头。

"我斗胆说一句,大王的救命之恩我……我永生难忘,只是……只是如果要我偿还的话我可能也……也没什么好偿还的。"赖灵寺小时候就听说过巫山之内有廪君的后代,他们至今还过着茹毛饮血的生活,甚至还会吃人。赖灵寺害怕自己被抓去他们的部落。

廪王指了指昏迷的汪显祖,说道:"你小子卵泡够硬!和我们一样都是有种的人,这样的人该救!"

赖灵寺明白了,廪王说他最讨厌当官的人,而自己正牵着一个当官的,从而博得了廪王的好感。想通了这一点,赖灵寺突然就不害怕了,他站起来把脚踩在汪显祖的身上说道:"这个狗日的陷害我兄弟入狱,此仇不报,老子还算个屁男子汉!我是钓鱼城的,这个狗官原来也在钓鱼城当官,陷害完我兄弟后就逃到了云顶城,我是从云顶城把他抓来的。"赖灵寺明显感觉到,说完这番话,廪王对他更加佩服了。

"霸道!敢不敢跟我们去干一件更霸道的事情?"廪王手握着九节鞭,指了指不远处升起炊烟的地方。

"有什么不敢的,长这么大我赖灵寺还没发现不敢干的事情呢!"赖灵寺被架到话头上,想也不想地应承了下来。于是赖灵寺跟着廪王的队伍朝着炊烟升起的地方进发。走着走着,赖灵寺发现廪王的目标是合州盐井,廪王如此兴师动众莫不是要抢盐?

廪王把赖灵寺叫到身边,说道:"我部原来一直在巫山一带生活,有部众三千之多,后来重庆府招抚我部为义军,任命我为千户,许诺每年馈赠我部三百斤盐。可这样的许诺只履行了一年,此后我们还是重庆府的义军,依旧帮忙官府做事,打仗、筑城,可盐却再也没有给过。狗日的,官府中人全都是一些见利忘义、善于压榨的小人,我不屑与之共事,于是便带着部众又回归了巫山。现在,我们要抢下这个盐井,拿回官府欠我们的东西,你愿不愿意帮我们?"

果然是抢盐!赖灵寺平静地看着廪王,内心实则波涛翻涌,公然抢夺盐井是死罪,这些茹毛饮血之人不怕死也不要命,可他还要押着汪显祖回钓鱼城救张怀宝呢。

但来都来了,又怎么回绝得了啊?万一惹恼了廪王喂了老虎就呜呼哀哉了。于是他只好硬着头皮答应了下来。廪王大喜,随手塞给他一支长矛。赖灵寺手握长矛愣了一会儿,廪王就骑着老虎发动了进攻。

合州盐井是重庆一带不算大的民办盐井，周边只有少数乡兵把守，廪王这支带着仇怨的部队不费吹灰之力就摧毁了盐井的防线。见此情景，赖灵寺本想混入队伍趁机偷几袋盐出来，可偏偏这个时候汪显祖又醒了过来。在偷盐和看守汪显祖之间，他最终还是选择后者。

赖灵寺看着廪王的老虎在盐井里横冲直撞，心里突然怜悯起那些在盐井里劳作的普通老百姓来。他丢下手中的长矛，趁乱牵着汪显祖，绕开盐井朝合州城走去。

今天是除夕，张珏没有什么公务要着急着处理。不过他突然想到当初为了保全余不扬，编了一个他买私盐的借口。余不扬买私盐是假，但是合州盐井贩私盐却是真。既然在制置使面前提过这个事情就应该妥善处理好，免得日后制置使问起的时候被动。

当他从合州城出发去盐井的时候，赖灵寺恰好牵着汪显祖准备进城。眼尖的赖灵寺一眼就看见了骑在马上的张珏。于是大叫着："张监军！张监军！"

张珏着急去盐井，本不想搭理赖灵寺，却见他身后还牵着一个人，虽然衣衫褴褛却身着官服。于是，张珏跳下马来到赖灵寺的身边。

赖灵寺看到了张珏就像看到救星，忙说道："张监军！我把汪显祖给你抓回来了，是不是可以让张怀宝出来过年？"赖灵寺脱掉破面袋，露出了汪显祖那满是乌青的脸。

"张监军，赖灵寺私绑朝廷命官，你要为我做主啊。"汪显祖见到张珏还想着垂死挣扎一番，这番话不仅没有换来张珏的同情，还挨了赖灵寺一拳。

张珏还没有反应过来是怎么回事，他仔细打量了汪显祖一番，确认无疑后便吃惊地问道："赖灵寺，你真是天煞星！从云顶城抓回来的？"

赖灵寺得意地点点头，随后把自己乔装打扮成贩酒商人，骗汪显祖喝下药酒并将他带下山城的经过和张珏说了一遍。

张珏惊喜地拍了拍赖灵寺的肩膀："云顶城就是一个匪窝，若是正儿八经地前去交涉肯定会吃瘪，还真就只有这种旁门左道行得通！赖灵寺，你总算做了一回人事！"

赖灵寺开心地点着头，突然品味到张珏的话并不顺耳，于是说道："什么旁门左道？我要是不把这个狗日的偷出来，他现在还在云顶城吃香的喝辣的呢，怎么对得起我张叔和小妹的在天之灵？我一直跟你说，我不是坏人，只是没有机会，别以为你穿着一身官服就比我厉害，你把这身官服给我，没准我干得比你好呢。"

张珏哈哈一笑："今天你立了大功随你怎么说。"

"那我宝哥是不是今天就能放出来了？"

张珏为难地顿了顿，说道："你别着急，在放张怀宝之前我还得好好审问汪显祖……"

"汪显祖不就在这里吗？你现在就问，现在就审。"

"哎呀，赖灵寺你又犯浑了。审问、审判、关人、放人这都是有规定的，我现在能做的就是先把他关起来，等到……至少要等到正月十五以后嘛，现在衙署里都没人了。"

赖灵寺把汪显祖往自己身后一拉，说道："你们衙署里的人要过年，我宝哥就不用过年了吗？"

张珏看了一眼天色，着急地说道："心急也吃不了热豆腐！既然汪显祖已经归案，你也不必急于这一时。要不这样，汪显祖先由我安排关押起来。今天是除夕，我现在就给你写一道牒文，准许你今天进监探视张怀宝，怎么样？"

赖灵寺不乐意地把头转向别处。

"赖灵寺，我真有急事，我要赶在太阳下山之前去一趟合州盐井。"张珏从怀里掏出了几颗碎银，"除夕你也没地方去……这样吧，你去买点好吃好喝的，陪张怀宝一起过个年吧，就当是我请客了。行不行？"

赖灵寺没有像往常一样见钱眼开，而是反问道："你要去合州盐井？巫山廪王抢盐的事你已经知道了？"

"什么？廪王在抢盐？"

"原来你不知道啊……我应该要怎么跟你说呢？哎呀，反正就是被我撞见了，你现在去的话没准还能抓个现行呢！"

情况紧急，张珏唤来城门的守卫，将汪显祖戴上了手铐脚镣，送往了合州大牢。而后翻身上马朝盐井的方向而去。

"张监军！"赖灵寺又叫住了张珏。

"还有什么事？"

赖灵寺赔了一个笑脸，说道："你是不是有什么东西忘记给我了？"

张珏无奈地笑了一声，把钱抛给了赖灵寺："我还以为你小子今天良心发现呢！快去吧，今天是除夕，商家们打烊得早。"说罢，双腿一夹马肚，绝尘而去。

不过纵使张珏抽烂了马屁股，等他赶到合州盐井的时候早已是一片狼藉。张珏从奄奄一息的乡兵口中证实了赖灵寺的说法，确实是巫山廪王所为。他原本是为了查处贩私盐而来，没想到却碰上了意外，于是也不忍再行查处之事。

张珏抬头看看即将落山的太阳，远处的合州城内已经响起了鞭炮和锣鼓声，老百姓们正准备开始享用年夜饭。张珏叹了一口气，这个年怕是又过不好了。

赖灵寺拿着张珏赏给他的银子，在他和张怀宝常吃的那家卖猪蹄髈的店打烊之前，软磨硬泡地买下了两只蹄髈、半斤合州桃片、两斤老酒和一些小菜。来到合州城码头，他又蹭上了钓鱼城渔民的船来到了山城脚下。他看着高耸的钓鱼山，说了句："宝哥，我来陪你过年了。"

赖灵寺提溜着一大摞吃的喝的，跑到了钓鱼城大牢门前，递上了张珏给他开的牒文，欢欢喜喜地来到了张怀宝的牢房前。张怀宝从一堆稻草堆里探出半个头，一看是赖灵寺来了，赶忙冲到了栏栅前。

"兄弟，你来了！"

"宝哥，我不光来了，还给你带来了好吃的！"说着把吃的喝的就地摆开。

瘦了一圈的张怀宝馋得咽了几口口水，抓起一只蹄髈就啃了起来。张怀宝一尝到蹄髈的味道，眼泪就流了下来。

"还是你对我好。我以前老是觉得你坏，不屑于跟你同为一丘之貉，现在回想起来……我真不是东西，要是没有你赖灵寺的照应，我现在早就死了。"

"宝哥，快别说那个。你死不了。"赖灵寺呷了一口酒，眯着眼睛说，"狗日的汪显祖骗完你以后逃到了云顶城，不过这不碍事，我已经把他抓回来交给张监军了。就在刚才，喏，你面前这么一大堆好吃的都是张监军请的。"说完，赖灵寺一脸得意地看着张怀宝。

张怀宝吃惊地张着嘴，咬在嘴里的肉都差点掉下地："你，抓了汪显祖？"

赖灵寺点点头，然后把如何将汪显祖从云顶城抓出来的经过又不厌其烦地和张怀宝说了一遍。张怀宝脸紧紧地贴在栏栅上，恨不得把自己耳朵取下来凑到赖灵寺的嘴边去听。

等赖灵寺绘声绘色地说完，张怀宝才把含在嘴里的肉咽下去，滚下两行泪。他从栏栅里伸出戴着镣铐的手，抓起酒瓶子往赖灵寺面前送了送，说道："兄弟，我敬你一杯，以前是我误会你了，我跟你道歉。"

"哎呀，兄弟之间莫要说这个话。我以前对你好那都是为了想让你妹子嫁给我，嘿嘿……"赖灵寺经过了这些事，反倒豁达了，也不再藏着掖着。

"幺妹都已经死了，你还是对我这么好。要是没有你，我哪里还有命坐在这里吃肉喝酒啊？"

"嘿嘿，你好我就好。你对我好的时候你忘记了，可我都记得呢。"

二人拎着酒壶，碰一下喝一口酒、吃一口肉，回忆着以前的点滴，黢黑阴森的钓鱼城大牢内竟也欢声笑语不断。

钓鱼城的老百姓在门上贴完了门神和对联就开始放起爆竹来，

噼噼啪啪地好不热闹。放完了爆竹,家家户户回家关上大门吃起了年夜饭。

在大牢的另一端,位于范家堰的合州州治衙署此时虽然相对冷清一些,但也准备了一桌丰盛的年夜饭。刚来重庆那几年,余玠都会在钓鱼城过年,后来巴蜀局势渐稳,便在重庆府的衙署里过。今年因为冬防,他在重庆根本待不踏实,索性在腊月三十这天一早就乘船来到了钓鱼山。

余玠和二冉、王坚以及文天祥等人坐定以后,冉珒兴致勃勃地给大家介绍起了桌子上的菜:"鱼是衙署边上的大天池里抓的,猪肉是山上农户养的,还有这些时令蔬菜,山城的田野里到处都是,吃都吃不完。对了,玠公,你们一定要先尝一口米饭,这是今年的新米,今年的新米委实好!粒粒饱满,嚼起来又弹又黏,吃一碗顶两碗!"

王坚扒了两口不住地点头:"可是按照军中的规定秋籴的新米要入仓储备,冉大人这就拿出来吃不太合适吧?"

余玠夹了一口米饭放在嘴里细嚼慢咽着,听王坚这么说也没反应,自顾边吃边笑。文天祥一看余玠的表情就知道,他完全信任冉珒不会做出任何僭越之事,这碗米饭肯定有来头。果然,文天祥正想的时候冉珒就开口了。

"王都统,吃年夜饭还惦记着军需的事儿。你放心,今年的秋籴都装在粮仓里呢。这碗米饭是舒眉酒肆的余不扬请咱们吃的,他说今年米好一定要让咱们尝尝鲜。哦,对了。玠公,余不扬知道你今年在山上过年,特地在开席前送来了这道菜,你瞧瞧,眼熟吗?"

冉琎所指的那道菜用黑釉瓷器装着,里面是褐色的菜干,配上胡椒和嫩葱点缀,一眼看去并没有什么特别之处,可余玠却看得出神。"这叫捞汤菜!就是白菜干,我家乡的吃法是和腊肉一块煮。"

冉琎露出笑脸,拿出一双干净的箸拨开表面的白菜干,露出藏在下面的片片腊肉,瞬间香气四溢。

"就是这个味道!我小时候最爱这道菜了。"余玠露出了孩童般的惊喜之情,"这道菜是余不扬送来的?他是我老乡!"

冉琎点点头:"余不扬说,从你来重庆的第一天起他就知道你是开化人,只是他品级低,贸然攀亲会让你误会。不过,玠公您是开化父老乡亲们常常说起的乡贤,所以余不扬和族人通信时常常会说起你。族人打听到,您钟爱捞汤菜,于是吩咐余不扬有机会一定要做给您吃。我知道玠公很早就出来求学从军,后来一直都没有时间回老家,所以就擅自做主同意余不扬做了这道菜,还请玠公不要怪罪啊。"

余玠听完冉琎的一番话,心中哪有怪罪之意,满满的都是对家乡和亲人的思念。他舀起一碗捞汤菜,喝了一口汤,再吃了一口菜,眼睛立马就涨红了。余玠缓缓放下碗,跟饭桌上的各位说起了自己小时候的故事。

"我小的时候家境贫困,经常食不果腹。为了不让全家人饿肚子,母亲将后山脚下的一片荒地开垦整理并种上了白菜。到了收成的时候,望着一地的白菜母亲愁坏了。为什么呢?白菜储藏的时间短容易烂,吃又吃不下,不吃又浪费,这可怎么办?我母亲很贤惠,他把白菜丢进开水中烫熟捞出,然后放在太阳下晒干,制成白菜干。白菜干非常方便存放，一年两年都不会坏，等夏天或粮食紧缺的时候再拿出来吃。平时，就是清水煮白菜干，只有在过年的时候才会放几片腊肉。我小时候啊，就盼着过年能吃这道菜，白菜经过这么些工序吃起来竟然像肉，有嚼劲。"

"一开始，邻人学着我母亲也做起了这道捞汤菜，之后，十里八乡的相亲也开始这么处理白菜，就传开了。也是因为母亲创造的这道菜让我明白了一个道理，那就是民以食为天，于是我来到重庆以后，从创耕屯田、劝耕促农开始复苏农业，后来老百姓吃得饱穿得暖了，军队也不缺粮草了，我们才能实施轻徭薄赋等一系列措施。民为国本，农为民本，所以农业是治国安邦的头等大事，诸位应该都深有体会了吧？"

冉琎佩服地点着头，他心里一直知道余玠的才能不光在带兵打仗这一个方面，否则皇上岂会让他"任责全蜀"？

饭桌上，内心触动最大的人却是文天祥，余玠在年幼的时候吃着捞汤菜就能想到民以食为天，可见这份为民的情怀和先知先觉是他一步一步成为制置使的关键。能不能为国为民谋福，不仅在于他表面上做了什么看得见、摸得着的事情，还在于他是不是时时刻刻都想着国家，想着百姓，只有这样才能心手如一，无论做什么都会为百姓谋福祉。

听完余玠的这一番话后，在座的大家你一勺我一勺地吃起了捞汤菜，王坚将最后一碗端到自己面前准备再吃一碗，突然想到了什么，于是说道："不行，我不能再吃了，张珏还没吃呢，一定要让他尝尝制置使最爱的捞汤菜。"

"对啊，张珏呢？"说曹曹曹操到，大家刚开始念叨张珏，张珏就推门进来了。在座的各位一眼就看出了张珏是带着心事来的，于是都停止了说笑。

"制置使，各位大人，真不该打扰大家的雅兴，但是此事非同一般就别怪属下了。"张珏上前一步，"制置使，合州盐井被廪王抢了！"

余玠的笑容马上烟消云散，不过作为合州地区的主官，冉琎显然更着急："抢了多少？有没有人员伤亡？"

"抢了三百斤，只有几个乡兵有皮外伤，除此之外并无其他伤亡。我刚从盐井回来，今天是除夕所以守卫并不多，盐井有六七百斤的存盐，只要他想，就能都抢走。廪王似乎并不想伤人，而且只想要三百斤盐。"

"我记得廪王是制置司任命的千户，也算是重庆府的官员了，怎么能做出这种事情来。"王坚义愤填膺地说道，"明天看我王坚带兵去剿了他的山寨。"

"大年初一就自己人打自己人，恐怕会影响军中士气。"冉璞担心道。

王坚却强烈地回击道："蒙古人打过来可不管你是什么时辰，从军之人能有今天这样一顿年夜饭已是侥幸，为何要说一些神神道道的话？冉璞，我一直觉得你胆子小，没想到去了一趟临安以后胆子更小了，怎么？临安的议和之风很猛吗？是不是把你吹糊涂了！"

"王坚！"冉璞拍着桌子站起来，"当初收编廪王部落一事是我亲手操办的，据我了解廪王不是不忠不义之人，这里面定有隐情，没准还有误会，你二话不说就带兵收剿，这不是激化内部矛盾吗！"

"攘外必先安内，你懂个屁！还有，少在我面前谈忠义二字，刺杀制置使的现场可有你冉璞的匕首呢！"

"这是陷害！我冉璞忠义之心天地可鉴，刺杀之事与我没有半点关系。我若是对制置使有半点二心，天打雷劈。倒是你王坚，突然把矛头指向我，是不是心虚了？"

王坚话里带刺，冉璞丝毫不让，二人你一句我一句地眼看着就要开打。余玠恰到好处地重重拍了一下桌子，二人立刻安静了下来。

"你们二人都是都统，年纪比我还大，加起来都一百多岁了，遇事能不能不要这么鲁莽！你们这种性格也只能带兵冲锋陷阵，没有半点城府！也难怪……朝中文官都说我们这些武官是莽夫，你们今天的表现不是莽夫是什么？因为一些无端的猜忌就开始互相指责、互相攻击，如果这样的话，我看不用等到蒙古人攻打过来的那一天，我们自己内部就已分崩离析！二位，张珏刚从合州盐井回来，这么晚回来他肯定已经先行调查了一番，你们争来争去，倒不如让他来说说意见。年轻人面前……"余玠指了指张珏和文天祥，"能不能做个表率？"

冉璞和王坚用余光瞟了两位年轻人，有些羞愧地红了脸。这样的场面，反而让张珏有些尴尬，但文天祥却觉得很有意思，两位掌管雄师的都统此时在余玠面前表现得像两只温顺的乳猫。

"张珏，说说看你的意见吧。"

"末将方才走访了乡兵和盐工，他们都反映了同一个问题，就是廪王部众在抢盐的时候嘴里一直念叨着'取之有道'这句话，依末将看，他们此次抢盐行动必定事出有因。不过这件事我还要再进一步调查，现场有一人目睹了廪王抢盐的经过，明日我仔细问问他，定能问出些什么。"

张珏思索了片刻，接着说："此人……此人就是赖灵寺，其实本没有必要在这里谈起他，但是他今天做了一件非常了不得的事情，所以我不得不说。"

在座的各位都傻了眼，赖灵寺是钓鱼城出了名的泼皮无赖，竟然做了非常了不得的事情？

"这又是另外一件事了，关于制置使被刺一案。嫌犯汪显祖指使张怀宝刺杀制置使，见刺杀不成怕身份败露，于是逃往了云顶城，一时难以归案。可是这个赖灵寺，"说到赖灵寺，张珏欣赏之情溢于言表，"这个赖灵寺乔装成酒商，用计迷倒汪显祖，竟然虎口拔牙一般地将汪显祖带回了合州。赖灵寺，我今天算是对他刮目相看了！"

张珏此话一出，最高兴的自然是冉璞："汪显祖现在在哪里？"

"在合州大牢关着呢。"

冉璞双手一合，说道："好哇，这几日那把匕首一直是我的心结，看来马上就可以破案了。我要将他押过来好好审问！"

冉琎连忙劝阻道："冉璞，不可越俎代庖！此事制置使已经交给张珏调查，你不要瞎掺和！"而后还狠狠地瞪了一眼冉璞。冉璞这才意识到自己其实多少还算个案中人，若不是制置使信任，此时他没准正在大牢里待着。冉璞慌忙坐下，生怕王坚又要借题发挥。

余玠放下箸，思索了片刻，跟大家说道："禀王抢盐非同小可，重庆府地广族众，禀王的行为极有可能会影响其他少数民族或者部落首领的情绪，这件事情我们必须尽早尽快处理，片刻耽误不得。张珏，明天一早传赖灵寺来衙署，我们一起好好问问他！"

第十三章
冰释前嫌闯巫山

淳祐十一年正月初一。天还没亮,就有人来敲张珏的房门。

"张监军,时候不早了,快起床!张监军,我们去找赖灵寺!"冉璞压低着声音不停地催促着张珏。

张珏睡眼惺忪地开了门,没有恼烦反而还觉得好笑:"冉都统起得好早啊!"

"哎呀,什么早不早的,我听你说汪显祖在合州大牢,就一晚上没合眼,我提审不了汪显祖,问问赖灵寺总是可以的吧?没准汪显祖什么都跟他说了,他能还我清白。"

"冉都统一片赤诚,别说制置使了,我们谁也没有怀疑过你。"

"话可不是这么说,你们不怀疑我,那是你们信任我。可对我来说,这样的信任就如同好心施舍的差不多,我不要!清白不是靠信任获得的,清白就是清白,跟你们信不信我没有任何关系!"

"冉都统这么说,我张珏就更相信你了!"

冉璞突然严肃起来,说道:"别!你是此案调查人,千万别带着情绪审理此案,更不能在没有审问汪显祖之前就选择相信我。你越不相信我,就越能给我不可撼动的清白。"

"行！末将知道了。但现在真的太早了吧，就算把赖灵寺架来，制置使他们也都没起床呢……"

"哎呀，你睡醒了吗？醒了就不要说这些废话，我们先把赖灵寺找来再说。张珏，你是站着说话不腰疼，我早就想把赖灵寺找来了。也不怕你笑话，这一宿啊，我就生怕赖灵寺这个人连夜长翅膀飞走了……"

冉璞说着话就把张珏往门外拽，他自证清白的迫切张珏能理解，所以他只好无奈妥协。

赖灵寺在钓鱼城没有家，张怀宝烧掉房子以后他就更没有地方去了。昨天，张珏给了他一张可以进监狱探视的牒文，张珏大胆猜测没有地方落脚的赖灵寺肯定在牢里睡了。

张珏带着冉璞来到钓鱼城大牢，昏昏欲睡的门卒突然看见两位大人，显得有些不知所措，误以为发生了什么大事。

"赖灵寺还在里面吗？"张珏问道。

"还在里面呢。因为有监军您的牒文所以就没有赶他出来。"

"那你现在可以叫他出来了。"

门卒接到监军的命令赶忙进牢传话，张珏则在一旁的木墩子上坐下，仰天打了一个大大的哈欠。过了一盏茶的工夫，赖灵寺被两个狱卒架出了牢房的大门。张珏赶忙怒斥道："赖灵寺又不是犯人，快放下。"

两位狱卒瞬间撒手，赖灵寺没站稳跪到了地上。于是他索性说道："张监军，你有话好好说啊，不带这么一大早就吓唬人的。"

"赖灵寺，不吓唬你。起来跟我们去衙署，制置使要见你。"

"制置使？"赖灵寺再灵活的脑子也想不出他和余玠之间存在

任何交集，唯一的一点就是他在重庆朝天门码头说过他的坏话。赖灵寺打了一个冷战，难道被人告发了？

"我一介草民，制置使要见我？你们说笑的吧……这天还没亮……你们不会是想要害我吧？"

冉璞急了，拉起赖灵寺："哎呀，叫你走你就走，怎么？还要制置使亲自来请啊！"

冉璞是都统，虽然上了年纪但依旧中气十足，孔武有力。都统来拿，赖灵寺哪还有反抗的余地？身体软趴趴的像一条蒸熟的茄子。就这样，冉璞和张珏两人拖着赖灵寺来到了范家堰衙署。

时间尚早，冉璞找了一条凳子让赖灵寺坐下，立马问道："汪显祖真是你从云顶城抓来的？"

"是……是啊。"因为不知道冉璞和张珏的意图，赖灵寺唯唯诺诺地回答。

"这一路山高水长的，你们是乘船还是骑马，还是……"

"都有……还坐过老乡的牛车……冉都统，张监军，有什么话你们就直说吧。虽然我姓赖，但若是我犯了错，绝对不会抵赖。"

张珏打了个哈欠，他拍了拍冉璞的肩膀，说道："冉都统，可是你急着把赖灵寺叫过来的，有什么话就直说吧。赖灵寺做多了亏心事，胆子小，你这样容易吓着他。"

赖灵寺下意识地点点头，而后又疯狂地摇起头："我赖灵寺从来没做过对不起钓鱼城的事情。"

冉璞摆摆手说道："嘻，今天咱们不说那个。我就问你，你押着汪显祖回钓鱼城途中有没有审问过他，或者他有没有跟你说关于指使张怀宝刺杀的细节？"

赖灵寺仰着头思考了片刻，说道："没有，张怀宝把汪显祖干的好事都告诉我了，哪还有问的必要？"

"哎呀，你怎么不问呢，张怀宝的话和汪显祖自己承认的话，能一样吗？再说了，张怀宝知道他手上的匕首是哪里来的吗？"

"匕首？张怀宝可从来没跟我说过什么匕首。"

张珏见状打断道："恐怕就连张怀宝也不知道匕首的事情，何况是赖灵寺呢？你瞧瞧，一大早起来白折腾了。冉都统，我知道你很急，等今天早上制置使问完赖灵寺，我就去审汪显祖，保证会还你一个公道的。"

赖灵寺听着两个人一会儿匕首，一会儿公道的，如坠五里雾："不是，二位军爷，你们一大早把我架过来到底是因为什么事情啊？今天是正月初一，新年的第一天，第一天就摊上倒霉事，我这一年也不会交好运的。"

这时候门外传来了一个声音："谁说进了衙署就一定是倒霉事了？"话音刚落，余玠和文天祥就出现在了门口。

"冉璞、张珏，没想到你们二位如此尽职，新年第一天就起了个大早。"余玠有晨练的习惯，这么多年从来没有间断过。而文天祥恨不得连睡觉都要和余玠挤一个床铺，自然不会错过任何可以与余玠相处的机会。

赖灵寺听见声音抬起头，只瞧了一眼便偏过头去，他恨不得地上有个洞让他钻进去。他在心里苦叫道："原来把我抓来是因为这个书生。"

文天祥粗粗看了一眼赖灵寺，觉得眼熟得紧，他在脑子里检索了片刻就确定赖灵寺就是那日骗他五两船费的人。于是他也顾不上礼节，径直朝赖灵寺走去，绕着圈子打量着他。而赖灵寺索性支起双手挡住脸，尽量避免与文天祥对上眼。

文天祥一边打量着一边笑了起来："哈哈，真是踏破铁鞋无觅处得来全不费工夫。我本以为能将汪显祖从云顶城抓回来的一定是哪位英雄好汉，没想到是你这个骗子！"

其他人都愣住了，余玠一副看热闹的表情，问道："文天祥，你们原来还是旧相识？"

"可不是旧相识吗？"文天祥咬着牙齿说道，"制置使，您还记得我跟您说过的，关于我刚来重庆的遭遇吗？"

"记得啊，不就是被骗了钱，被偷了马。"

文天祥双掌一拍，然后伸手指着赖灵寺，激动得一下子没说出话来。

"怎么？"余玠皱着眉头，突然反应过来，"哦！骗你钱的就是赖灵寺？"

文天祥使劲地点头："就是他骗了我五两银子，不光骗了我还骗了船夫。"

张珏看形势也打趣道："一骗骗俩，你可真能耐啊！"

赖灵寺知道这下子栽了，低着头不敢说一句话。

余玠看着气鼓鼓的文天祥和胆战心惊的赖灵寺，放声大笑起来。

"行了行了，赖灵寺今天本官叫你来不是为了追究你骗钱的事，纯属歪打正着。不过，这歪打正着刚好给文天祥破了案，也算是咱们的分内事。这样吧，正月初一就叫你来，我应该给你封个红包，就五两银子，如何？"

赖灵寺瞪大了眼睛，怀疑自己耳朵听茬了，制置使给小混混封红包，那还真是日出西山水倒流的稀奇事。

"这个红包呢刚好用来偿还文天祥的损失，赖灵寺你没有意见吧？"余玠说着掏出了五两银子。

赖灵寺白捡了五两银子，像鸡啄米似的点着头："没意见，傻子才有意见呢。"

赖灵寺话说一半，文天祥打断说道："我有意见……赖灵寺，你说谁傻子呢？"

"不是，我不是说你傻子，是你自己嘴巴快凑过来当傻子的，可不能怪我。"

文天祥恶狠狠地看了一眼赖灵寺，转而向余玠说道："制置使，我有意见。赖灵寺骗了我的钱，我要叫他还。"

余玠眯着眼说道："这银子是我给他的，那就是他的了，不是正好还你吗？"

"我不知道制置使为什么要帮他还钱，但我认为您身为一方首官不能采取如此息事宁人的做法，而应该就事论事地给赖灵寺予以处罚。您作为首官尚且如此，手底下的人会怎么做呢？如此这般的话，巴蜀还有公平可言吗？"

张珏见这个读书人较真起来，连忙安抚道："文秀才，事情没有那么严重。而且据我了解，赖灵寺并不是大奸大恶之徒，你看，还立功了呢。"

"罢了罢了。"余玠摆摆手，"文天祥，我今天把赖灵寺叫过来是为了让他帮我们，功过相抵，你就给我个面子，饶赖灵寺一次吧。"文天祥见余玠如此说话，就算是再有脾气也只能憋住了。

余玠转而对赖灵寺说:"赖灵寺,我听张珏说你亲眼见到廪王部落抢劫合州盐井,对吗?"

赖灵寺点点头。

"本官想让你把知道的情况分毫不差地说出来,这个忙你帮不帮?五两银子让你开口够吗?"

赖灵寺虽是个泼皮,但也是个识时务的聪明人,赶忙点头应承下来,而后毫无保留地把知道的事情一一说个清楚。

"我牵着汪显祖从山路快走到合州的时候被姚世安带兵追上了,我本以为小命就要交待的时候,廪王骑着老虎从树林里跳了出来,把姚世安他们吓跑了,救了我一命。我也纳闷呢,我赖灵寺不认识他,他也不认识我,干吗要救我?制置使,我要说他救我的原因您可别生气啊!"

见余玠点头,赖灵寺接着说:"廪王说,他最讨厌当官的。他去合州盐井的路上恰好看见我抓着一个当官的,还被另外几个官兵欺负,自然不能见死不救,于是就出手救下我,还认我做了兄弟。"赖灵寺挑着眉,一脸得意。

"他为什么这么恨当官的?他自己大小也算一个官呢!我当初真是瞎了眼收编他的部落。"冉璞摇摇头,气愤地说道。

"我也纳闷呢。后来廪王跟我说了他去抢盐井的原因,仇官的心态就不难理解了。他说他是什么千户,冉都统他是千户吧?对啊,千户抢盐井,那不是白眼狼吗?但是他说了原因以后我又挺同情他的。他说重庆府封他做千户,答应给他和部落作为俸禄的食盐却只给了一年,虽然他年年履行千户的职责,但从第二年开始就没有收到过一粒盐。他觉得重庆府的人太过分了,不是故意欺负他就是故意冷落他，所以他才抢盐的。"

赖灵寺放松下来，双手背在身后来回踱着步："这件事要我赖灵寺来说，那也是重庆府有错在先，答应人家的事情怎么能食言呢？咱们在江湖闯荡，最讲究一个'信'字，无信之人寸步难行，你们看，就算是被你们省下来的盐，那也是暂时的，现在不都被抢去了吗？所以说啊……"赖灵寺说着说着就帮着廪王说话，说到忘乎所以的时候，猛然瞥见冉璞和张珏黑沉沉的脸，立刻又变回了卑微的姿态，站到一旁闭上了嘴。

"廪王身为官员毫无底线廉耻，知法犯法，你竟然还说他做的有道理，果然是地痞流氓的见解。"文天祥愤愤地说道。

文天祥是读书人，心中的一套理论自然和从小混江湖的赖灵寺不同。但余玠却从赖灵寺的话语里窥探到了事态的严重性。

"以盐作为支付手段是蜀地一贯以来的做法，军费不足，盐利相补。我到任后更加明确了要将食盐作为羁縻和招抚少数民族的物质手段，对担任官职的少数民族首领要定期无偿馈赠食盐。这是有利于巴蜀大地团结一致抵御外敌的一项重大举措，现在却没有真正落实到位，如此一来还真是适得其反了。"

余玠继续说，既是对下属强调政策，又在为文天祥解惑：

"廪王部落此次抢盐行为虽然是个特例，但如果不妥善处理好，将会引来其他部族的跟风。我们要好好调查，这个政策到底落地了多少，是唯独忘记了廪王部落，还是对所有的部族皆是如此？这里面是不是有腐败、有徇私？"余玠旧愁未散又添新愁，眉头都快挤成一坨。

在余玠苦思冥想策略的时候，文天祥又把注意力集中到了赖灵寺身上,那灼热的眼神看得赖灵寺浑身不是滋味。

"那什么……"赖灵寺快步走到门边,"没什么事的话我就先告退了,大年初一是要拜年的。"

"你想逃?"文天祥抓住赖灵寺的衣领,"钱的事就算了,你还得跟我去船夫家里道歉,你不光骗了我,同样也骗了他。"

"哪有新年第一天就跟人道歉的?我今年要是走了霉运你负责?哎呀,你放心,道歉的事我先记下,但不是今天。各位告辞了,我得拜年去。"

"赖灵寺,制置使大人在场呢,他还没让你走,你先别走。"张珏阻止道,"再说了,你从小就没爹没娘,上哪儿拜年去?"

"张监军,你跟我有仇还是怎么的?说起来最近这段日子我也算是帮了你不少忙了吧?没一句谢谢也就算了,还帮着别人欺负我?我赖灵寺没爹没娘难道是从石头缝里蹦出来的吗?我有爹有娘,他们都在北边的马鞍山葬着呢。"赖灵寺有些气恼,他压低了声音,"他们只是死得早,但我是有爹有娘的人……"

张珏无意之言却刺痛了赖灵寺的心,挠挠头不知说什么好。余玠被几人的谈话打断了思路,却不恼,似乎已经想好了对策。

"赖灵寺,本官还需要你帮一个忙。若是你肯答应,办得好,我还有酬劳给你。"

"酬劳?多少?"赖灵寺突然就不想走了。

冉璞摇摇头:"你不先问什么事,倒先问起了钱。"

"汪显祖我都能从云顶城抓回来,我还有什么事办不了?只要钱到位,什么事都好说。"

余玠笑得弯起了眼睛:"我想让你去巫山一趟,帮我跟廪王说个事。"

"什么事？"

"让他把盐退回来。"

"这……制置使，这种玩笑可开不得，廪王从巫山到合州就为了那点儿盐，你让我去讨回来？怎么可能呢，到时候再惹恼了他，那我还有命回来吗？"

"你不是说廪王认你做了兄弟吗？又怎么会要你的命？"

赖灵寺清清嗓子，有些心虚："一码归一码，我虽然……虽然是他兄弟，但让他把盐退回来，这不就相当于我站到了官府这一边了吗？他最恨当官的，要是知道我替官府办事，那必死无疑。这个活我没本事接，你找别人吧。"

余玠不紧不慢地说道："找别人？他最恨官府里的人了，我要是吩咐他们去，他们连廪王山寨的大门都进不去。廪王救过你，你们之间多少还有些交情，你去的话至少大门还是能进去的吧？"

"你是制置使，要真觉得他这三百斤盐抢错了，用得着这么小心翼翼的吗？直接派兵过去把他收了不就得了。"

"你不知道，廪王部落有功于重庆府，这件事的起因又是因为我们没有及时把盐利发放到位，若是因为这个事情而去讨伐他，那其他部族会怎么想？"余玠走到赖灵寺身边，伸出一个手掌，"事成之后我给你这个数怎么样？"

"五两？打发叫花子呢？"赖灵寺眼珠子往上一翻。

"我要给你五十两！"

"五十两！"赖灵寺强行平复下激动的心情，"你刚才不是说我若是答应下来、把事情办好就给我酬劳吗？这五十两算是答应你的钱,还是办事的钱?"

张珏踢了赖灵寺屁股一脚:"赖灵寺,制置使托你办事那是你的光荣,况且这本就是利蜀利民的大事,办好了名传千古,你却在酬劳上斤斤计较,果然是鼠目寸光。"

"我赖灵寺不见兔子不撒鹰,也不稀罕什么名传千古呢。你们若是瞧不上我这个做派,那就另请高明。"赖灵寺双手环抱在胸前,一副有恃无恐的样子。

余玠摆摆手,示意其他人不要再跟赖灵寺计较下去:"赖灵寺,本官今天就豁出去了,你只要答应我,不管事情能不能办好,我都给你兑现五十两。若是事情办好了,我再给你五十两。一百两银子嘛,对你赖灵寺来说足以改变生活面貌,对我来说能让巴蜀大地继续团结在一起,你赚了我也不吃亏,双赢。"

余玠一番话很坦诚,既不拐弯抹角,也不摆官架子,赖灵寺很受用。他咬着手指思考了一盏茶功夫,最后还是没有勇气跟钱作对,答应了下来。

文天祥看余玠做了如此草率的决定,冉璞和张珏却不敢表态,便忍不住了。

"制置使,赖灵寺就是个骗子,你何必拿五十两银子打水漂?"文天祥的表情就好像这五十两银子是从他的口袋里掏出来的,"先是五两,现在又是五十两,重庆府虽然不缺钱,但一分一厘都是老百姓的民脂民膏,怎可随意挥霍?"

"你这读书郎懂不懂事?我跟制置使都说定了,你来瞎掺和什么?没用你家的钱你还急了。"赖灵寺不乐意地说道。

文天祥赌气地看着余玠,急得眼泪都要出来了:"余大人,如果你非要白送赖灵寺银子的话,那我申请和他一块去巫山!还望制置使批准。"

"文秀才,你去巫山又是为何啊?山高水长的不安全,你又不是本地人,到时候又……"余玠想说他到时候又被赖灵寺拿捏,但终究还是没有说出口。

文天祥倔强地说:"放心吧,我不会再被骗了。我要去巫山理由很简单,就是替你们监督赖灵寺,若是没人监督,他拿着五十两银子跑路,你们上哪找他去?无缘无故没了五十两民脂民膏怎么跟老百姓交代?"文天祥说完看了余玠一眼,神情肃然。

余玠点点头,觉得文天祥这个读书人耿直得可爱:"确实,我刚才也在想需要找一个人来监督赖灵寺,还没想好呢,你倒自己站出来了。"余玠拍了拍文天祥的肩膀,"依我看,你是最合适的人选。廪王现在心中有气,派任何一个官府中人去都不合适,不管谁去都只会激化他的情绪。既然你自告奋勇,我给你也拨付五十两银钱,当作路费盘缠。"

赖灵寺像在地里刨出花生的老鼠,开心得两眼发光。哪知文天祥却一口回绝道:"路费盘缠花不了几个钱,我兜里有钱,赖灵寺兜里也有五十两银子,就不用其他费用了。若是方便的话,到您这借艘快船就行了。"

赖灵寺恨得牙痒痒,压着嗓音骂道:"五十两看着多,但一路上说不准会遇上什么事,多带点钱备用总比没有好。真是一个书呆子!"

"我们是受制置使委托去巫山,能有什么事?再说了,什么事能花五十两银子?"

"你知道会遇上什么事？万一碰上劫匪了呢？"

"若真是遇上劫匪了，你带五百两也不够他抢的。赖灵寺，我看你多少有点本事，索性就跟你明说了吧。你之前之所以能从我这里骗走五两银子，是因为我相信你，但并不代表我是个好欺负的人。"文天祥拔出了佩剑，"我自幼习武，文武并进，此时跟你一同前去巫山是受制置使委派监督你的，若是胆敢推诿扯皮，我就收拾你。"

赖灵寺咽了一口口水："怎么？若我事情办不好，你难不成还要取我性命？"

文天祥把剑重重地送回剑鞘："这可说不好。"而后转而看向余玠，"制置使，恳请您给我下一纸委派文书，一来路上方便说话，二来也可以名正言顺地监督赖灵寺。"

余玠点点头，马上吩咐张珏准备了委派文书、通行牒文、给廪王的规劝函文以及一些路上的必需品。

东西准备好之后，文天祥牵着马就准备上路。

"等等，大年初一不适合出远门，不然今年一年都会忙碌操劳。"赖灵寺又想拖延时间。

"一会儿说倒霉一年，一会儿说操劳一年，大年初一哪有这么多讲究？"文天祥侧目斥责道。

"这些都是老祖宗传下来的习俗，都是有说法的。"

"越懒借口越多！我这里没那么多说法，你走不走，不走我抽你！"文天祥说完还挥了挥马鞭。

赖灵寺无助地看向余玠，余玠摇摇头，说道："我已经正式委派文天祥为重庆府监察公事，从今往后你归他管。"

"赖灵寺，拿了钱就得办事，也要服管，这都是天经地义的事儿。"张珏安慰赖灵寺道，"我在钓鱼城等你凯旋，如果事情真的办好了，我请你喝酒。"

"张监军，你早就该请我喝酒了。"说罢，极不情愿地跨上马背，跟着文天祥出发了。

张珏见文天祥和赖灵寺一前一后地往山下去，觉得这对搭档一路上注定不会顺风顺水，露出了忧容。但余玠却是一脸轻松。

"制置使，一个是没有经验的秀才，一个是没有规矩的混子，这两人真的能把事情办好吗？"张珏问道。

"可是眼下也没有其他更好的选择了，赖灵寺和虁王有交情，文天祥能说会道。"余玠努努嘴，"总比派冉都统或者王都统去要好吧？"

张珏会心一笑："制置使其实早就打算让文天祥一起去了吧？故意尽量满足赖灵寺不合理的条件，引得文天祥看不过眼主动说要跟着一起去。"

余玠意外地看着张珏，而后点点头说道："文天祥这个年轻人是来求学的，可天天跟着我能学到多少东西？倒不如让他单枪匹马出去见见世面。若真能办成这件事，他能学到的东西可比跟着我多得多。"

"制置使真是爱才如子啊。"

余玠缓缓抬起头："这段时间与他相处下来，发现文天祥确实是一个难得的人才。天下读书人很多，但不愿汲汲于仕途的人却不多，心怀宏愿的人更是少数，而文天祥偏偏就是这样一位人才。我有意培养他，也是为国家积蓄人才。"

"您这位伯乐看上的千里马绝对错不了。"

"当然错不了。"余玠重重地拍了拍张珏的肩膀，"我看上的可不止文天祥一匹千里马呢。"

张珏受宠若惊地看着余玠。

"你还年轻，好多东西慢慢学吧。"余玠悄悄告诉张珏，"不过就冲不浮躁这一点来说，你已经比冉璞和王坚强了。"二人对视一眼，哈哈大笑起来。

文天祥和赖灵寺二人拿着官府牒文，在水军码头分配到了一艘可容纳两人两马的大船，而后从嘉陵江经重庆府进入长江。进入长江之后便山高水阔、顺风顺水，行船快似飞鱼，还真有李太白诗中所云"千里江陵一日还"的意境。

一路上，赖灵寺有好几次想找文天祥搭话，但文天祥都爱理不理地偏过头去，有意疏远。赖灵寺这个人吃得起苦也受得了欺负，但就是忍受不了无趣，所以在船经过涪州的时候就提出上岸休整的想法，却被文天祥一口回绝。

赖灵寺在船上艰难地度过了两夜之后，终于在第三天的清晨看到了夔州的城门。巫山在夔州境内，所以夔州城是一定要进的。赖灵寺早就想好了对策，等到了夔州就假装水土不服拉肚子，争取在夔州玩上一天，没有一天的话半天也行。

夔州城雄踞瞿塘峡口，形势险要，历来被誉为"巴蜀东门"。水上交通繁忙，常有客货商船往来。这里的码头虽比不上朝天门码头气派，但同样停满了各地的商船。赖灵寺双脚一踏上夔州码头，嘴角就露出了难以克制的笑容——夔州城内有一个叫金银巷子的地方，专供老百姓赌博娱乐，昼夜不撤，氛围甚好。三年前他和张怀宝来过一次，赢了不少钱。他越想越开心，就差跳跃着走路了。

"你这副样子，不知道的还以为是流浪狗闻见屎了呢。"文天祥奚落了一句。

赖灵寺眼睛珠子滴溜溜一转，也不在乎，心里却暗忖，拿着鸡毛当令箭，等着吧，等会看看到底是谁闻见屎。

文天祥将吃午食的地方选在了驿站，人在吃饭的时候马也在吃草料，意图很明确就是为了吃完早一点启程。赖灵寺瞅准了机会，见文天祥放下箸端起茶碗的时候，他就开始了表演。先是眉头一紧，而后嘴巴发出了"嘶"的声音，接着弯腰弓背，手控制不住地抖起来，连箸都掉到了地上。最后再发出一声颤抖而又悠长的"哎哟……"

"怎么了？"

"肚子疼……哎哟……"

文天祥放下茶碗："赖灵寺，你是不是又想骗我？"

"我骗你作甚，肚子疼还能装得出来？"赖灵寺额头上竟然沁出了几滴汗珠。

驿站掌柜走过来查看了一番，推测道："莫不是水土不服？"

赖灵寺佯装痛苦地点点头，心里给这位掌柜的竖起了大拇指。

"水土不服？那怎么办？"

"不碍事的，驿站里常年都备着治水土不服的药，只是看他这个样子可能需要休整一天了。"

"你不是说有药吗？快拿来给他吃下去。"

"药是有的，但又不是灵丹妙药，哪有吃下去就见效的道理。吃了药会又拉又吐，要拉完吐完才会好。"

赖灵寺听见掌柜说的这话，瞅准时间便大叫起来："哎哟，厕屋在哪？我快憋不住了。"

文天祥下意识地捏起了鼻子，摆摆手说道："那就麻烦掌柜的帮忙照料，顺便再开两间客房。"

听到文天祥开了客房，赖灵寺悬着的心就落下了。他去完厕屋，喝下掌柜的药，就回到了房间休息。可他哪里在床上躺得住？柔软的被褥此时好像长满了尖刺，催促他抓紧起床去金银巷子。

终于，在听到文天祥也回房的声音后，他霍地坐了起来，换了身衣服，戴了顶帽子，悄悄地下楼去了。

虽然三年没来，但夔州城金银巷子的方位他却烂熟于心。骰子的声音，铜板的味道，老子闭着眼睛都能找到。赖灵寺自信满满地走在夔州城的街道上，果然在转了几个弯之后就到了。

一进巷子，赖灵寺的腰杆一下子直了起来，脸上洋溢着自信的微笑，他环视着弄堂里的一切，就好像外出回家的主人一般。他挽起袍子的下裾塞进裤腰，而后把袖子挽过手肘，一副准备大干特干的样子。

文天祥从来没有坐过这么长时间的船，一直休息不好，终于能踏实地在床上睡上一觉，他一口气睡到了薄暮时分。起床后，他走到赖灵寺房间外，敲了敲门，没有人应答。他准备推门进去，但想到这几日在船上对他确实有些严苛，心里过意不去，便让他多休息会儿。

吃完晚食，文天祥唤来掌柜的给赖灵寺送些清淡饮食，自己则去后院查看马匹的情况。不出意外的话，明天天一亮就该出发了。虽然路途不远但山路崎岖，诸事安排停当之后，文天祥才安下心来。等他从后院回来的时候，却看到掌柜的神色极为不自然。

"公事，房间里……房间里没人……"

文天祥脑袋瓜嗡地响了起来，他小跑着进了赖灵寺的房间，掀开被子只看到两个枕头和行李。

"赖灵寺，又骗我！"文天祥恨得咬牙切齿。

"行李还在，没准只是出去耍一趟，估计待会儿就回来了。"掌柜的宽慰道。

文天祥将赖灵寺的行李一股脑儿地倒在床上，检查了一番，确定余玠给赖灵寺的五十两银子不在："就留下了几件破衣服，估计是跑了。"

出师未捷。文天祥失魂落魄地坐在赖灵寺的床上，心想着前两天自己还信誓旦旦地主动要求来监督赖灵寺呢，这下子可真是丢脸了。

就在这个时候店小二跑进房间报告道："姓赖的客官回来了，只是……"

"只是什么？"

"只是好像摊上事了，有个侠客模样的姑娘押着他回来的。"

文天祥夺门而出，便见到二人一前一后，正往楼上走来。那姑娘长得清秀，但眉宇间透着一股英气，又是一身江湖习武之人的打扮，一看就是个狠角色。平日里喜欢撒泼耍赖的赖灵寺此时正悻悻地在前带路，想必赖灵寺又闯祸了。

"发生什么事了？"他们二人一进房间，文天祥就没好气地问道。

赖灵寺瞥了一眼女侠，没敢说话。

女侠仰着脸踹了赖灵寺一脚，说道："说啊，下三滥的事情都做得出来，脸皮反倒挺薄的。"

"我……我偷钱了。"赖灵寺烫嘴似的吐出这几个字。

"偷钱？临行时制置使不是给了你五十两银子吗，为什么要偷钱？"

赖灵寺支支吾吾地不好意思开口，女侠像是看猴子一般看着他。

"哎呀，还是我替他说吧。他今天下午在金银巷子赌钱，把钱输了个精光却还想着翻本。没有本钱于是就想到了偷，可偷谁不好，偏偏偷到了姑奶奶我身上。我能饶得了他吗？狠狠地揍了他一顿，也算是替你教训他了。听说你们是钓鱼城来此地公干的？"

文天祥点点头。

"你是他的上司？他是你的下属？"

文天祥犹豫了一下，又羞愧地点点头。

"那就对了，你下属犯了错要不要承担后果？"

文天祥点点头："当然要承担后果。赖灵寺，你偷了人家姑娘多少钱？"

赖灵寺还没回答，女侠就抢答道："多少钱不重要，我已经拿回来了。"

文天祥眉头一皱，听她的口气还有别的后果需要承担："那既然钱已经还你了，他还要承担什么后果？"

女侠瞪了一眼文天祥，说道："你不是当官的吧？是真的不知道还是在跟我装傻?"

"他本来就不是当官的,只是一个书呆子。"赖灵寺嘟囔了一句。

女侠先是一惊,而后说道:"你们什么身份我不管,我就想告诉你,偷了东西我若是报官,官府可是要把他押起来的哦。"

文天祥当然知道盗窃是个什么罪,但他顾不上律法,只想给赖灵寺脱罪:"姑娘,学生替他给你赔礼了。只是,我们还有任务在身,还请姑娘海涵通融……"

"我知道,你们是谁,哪里来的,要去哪里,他都跟我说了。"女侠坏笑道,"这样吧,我也不为难你们。官我就不报了,但后果你们必须承担。你们答应我一件事,我让你们准时上路,你看怎么样?"

"什么事?"

"我要去钓鱼城,你们明天出发的时候带上我一块走。"

文天祥想不明白这个姑娘想说什么,思前想后了半天觉得此举不妥当,于是说道:"去钓鱼城之前,我们还要去一趟巫山……你一个江湖中人跟着恐怕不妥吧?"

"那好啊。"女侠双手背在身后,"那我就只有去报官咯。扒窃私人财物少说也能关他个十天半个月的。"

"姑娘冷静!"文天祥说道。此行去廪王部落谈判,赖灵寺是一定要去的,没有他文天祥连山寨的大门都进不去。

"我很冷静啊,是你们不聪明。"

文天祥生气地瞪了赖灵寺一眼,赖灵寺马上垂下头去。

"姑娘,我答应你了。只是……"文天祥担忧地看着姑娘,

"只是此行我们是奉了重庆府的命令，前往巫山廪王的部落谈判，行程多凶险，为了姑娘的安全着想，我认为你可以在夔州城内等我们，等我们把事情办好以后再来接上你一块去钓鱼城。"

女侠露出了轻蔑的笑容："我如果答应你们，等你们办好了事情，还会回夔州城吗？别看姑奶奶我年纪小，想骗我可没那么容易。"

"我文天祥是读书人，岂会有悖圣人教诲，言而无信？"

"你什么话都不用说，明天出发的时候带上我就可以了，我保证不报官。"

文天祥拿她没有办法，只能点头同意："那姑娘一路上就只能自己保护自己了，我们……"

"少说废话吧，一个大男人婆婆妈妈的。我不用你们操心，还是留着心眼保护自己吧。"说着她从腰间取出两根峨眉刺，拍在桌上，端起茶壶直接对着壶嘴咕咚咕咚地喝起茶来。

文天祥虽是习武之人，但看到这女孩的做派难免心生焦虑。带着她去廪王部落，又给这件本来就没有十足胜算的谈判增加了几分不祥的预感。

"还未请教姑娘芳名？"

女孩用袖子一抹嘴巴，说道："姑奶奶是峨眉派弟子，钱雨竹是也。"

第十四章
元宵夜凶兆四起

　　第二天一早，文天祥、赖灵寺和钱雨竹三人一行动身往巫山而去。

　　一路上，房屋农田逐渐稀疏，山间道路越发逼仄，到后来三人都不得不下马步行。到了快要接近廪王部落的地方，文天祥提议钱雨竹是姑娘家，不方便跟着他们两个大男人闯部落。但钱雨竹并不买账，还冤枉他是不是又想借机逃跑。文天祥无奈便将马匹拴在树上，又将行李物品都交给钱雨竹保管。

　　"你看，我们把马都留下了，这下你该放心了吧？不过，我们此行去廪王部落没准会花很长时间，你可千万不能让它们饿着啊，山高路远，还得仰仗它们呢。"

　　钱雨竹鄙夷地看了眼马，说道："就这两匹破马，你还怕它们饿着？我还怕它们胃口不佳撑着呢。看你自己穿得光鲜亮丽，怎么骑这种马？"

　　文天祥不悦地解释道："马再老再瘦，但至少将我们送到巫山了，不是吗？"看着钱雨竹鄙夷的眼神，文天祥接着说，"我自己有马，通身雪白，只有四只脚和眉心一点是黑色的，又俊美又健壮，可通人性了。"

"呦呦……那你怎么不骑它来？"钱雨竹对眼前这个穷酸书生说的话毫不在意。

"它……它在重庆朝天门码头被人偷了。"说罢，文天祥便开始整理衣冠，又带上牒文、函件等官方物品，朝着廪王的山寨步行而去。

廪王的山寨设置于巫山的山坳之中，前有山木搭建而成的高大寨门，后是直插云霄的高峰，寨门两旁插着不是虎就是蛇的图腾旗帜，在氤氲的雾气掩盖之下颇有诡谲可怖的感觉。

"该你出马了。"文天祥推了推赖灵寺的背，他不知什么时候走到赖灵寺的身后去了。赖灵寺一路上一直把文天祥当长官看待，可现在他才清醒地意识到文天祥只不过是一个十几岁的书生，仅比一般的黄毛小子老到一些而已。

于是赖灵寺只好无奈上前叫门："小弟赖灵寺特来答谢廪王救命之恩。"

赖灵寺一连喊了好几遍，终于有人从寨墙上探出脑袋。赖灵寺连忙加大声音说道："小弟赖灵寺特地前来答谢廪王救命之恩，还请守寨将士代为通报。"那守寨的士兵长发裸身，脸上还画着油彩。等赖灵寺说完他便缩回了脑袋，寨墙上又没了动静。

赖灵寺回头不安地看着文天祥，文天祥紧张地把手搭在了剑柄上。二人在寨门外站了半炷香的时间，寨门吱嘎一声打开，一列和守寨士兵同样打扮的队伍手持长矛鱼贯而出，而后分列寨门两旁。随后寨子里鸣响了一串铜号的声音，惊得树林飞鸟四起。

铜号的声音结束以后，廪王右手持矛，左手缠蛇，骑着白虎出现在二人的视线里，待走到寨门附近，廪王用近乎怒吼的声音说了几句二人听不懂的古巴族语言，而后两旁的士兵复述了一遍廪王的话。

二人被眼前的场面所震撼，更多的是害怕，怔怔地立在原地。在士兵们喊完话以后，廪王便双腿一夹驱虎来到赖灵寺跟前，亲切地拍了拍他的肩膀说道："这是我们巴族人欢迎客人的方式。"

文天祥在书中看到过，巴族人的气势越凶悍，代表来客越受欢迎，于是轻轻地舒了一口气。巴人善战，有关牧野之战的史料中记载了他们在战斗的时候前歌后舞，充满了大义凛然、视死如归的超然气势，帮助武王战胜了殷人。

赖灵寺用了好长时间才让脸部肌肉放松，生硬地挤出了尴尬的笑容。

"小弟不知道你们巴族人的这个习俗，还以为……还以为你要杀我呢。"

"杀你作甚？难道你忘了，我们可是兄弟啊。"

"那怎么能忘。今天来就是要当面好好感谢你一番。"赖灵寺拿出提前准备的礼物，呈到廪王面前，"这是我送给廪王的礼物，盐晶石灯。品质上乘的天然盐晶石，雇了一流的工匠将它雕刻成一个灯罩的形状，可以在里面点上蜡烛。将此灯点在屋内，可以缓解疲劳，消除疾病，延年益寿呢。"

廪王对这个盐晶灯表现出十足的兴趣，可他胯下的那头坐骑却沉闷地叫了一声。廪王拍了拍白虎的脑袋，而后从它背上跳了下来。

"我这头白虎怕盐，不喜欢这个盐晶石灯。不过我喜欢，这个礼物我收下了。那位是……"廪王收下礼物,把视线转到文天祥身上。

赖灵寺清了清嗓子,用准备好的台词说道:"他叫文天祥,是我的朋友,读书人。听说我要来巫山,便非要跟着来,说什么有要事请教。"

文天祥上前递上牒文,解释道:"学生文天祥想一睹廪王风采,冒昧打扰,多有得罪。"

一个读书人来巫山为什么还带着牒文呢?廪王用怀疑的眼神打量了文天祥一番,而后接过牒文。

"是重庆府的牒文?你是重庆府的人?"

"哎?他不是当官的,他是我的朋友,只是和制置使有些交情,所以混了一个牒文,路上进出城门驿站什么的图个方便嘛。"赖灵寺连忙解释道。

廪王看看盐晶灯,又看看牒文,而后怀疑地质问赖灵寺:"你今天来不光是为了答谢我吧?是不是有什么话要说?"

"没有没有,我就是想感谢你,跟你叙叙旧。"

"我们只是相识,并没有什么旧情好叙,非要叙的话就只有抢盐井这一件事了。"廪王说到盐井二字的时候,犀利地看了文天祥一眼。

赖灵寺连忙说道:"没有那回事,我听说……听说巴族人过年的习俗跟我们汉族人不太一样,想来开开眼界……"

"赖灵寺……接下来的话就由我来说吧。"文天祥伸手将赖灵寺划拉到一边,表情严肃地和廪王对视起来。

"文天祥,你不要逞能。你我和廪王闲叙几句,喝杯茶、吃个饭就可以安全打道回府了,你不要……"无辜招惹祸事几个字还没有说出口,文天祥就把函件掏了出来。

"学生一来确实想一睹廪王风采,今日一见果然气宇轩昂,威武脱凡,也难怪重庆府要任命您为千户。如果单单是以今日之所见的话,学生怎么也不会相信,堂堂廪王竟然会是一个抢盐的强盗。"文天祥神态庄严,在高大威武的廪王面前全然不怵。

廪王仰天长笑,左手手臂上的花蛇咝咝地吐着芯子:"看来你二人今日远道而来是为了讨伐?"廪王说完,身后的士兵们吼了一声,将矛头指向了二人,赖灵寺吓得连忙退了几步。

文天祥依旧用庄严的语气说道:"廪王连重庆府给你的函件都没有看,怎么就断定我们是来讨伐的呢?况且,就算是讨伐你,也没有什么错吧?"

廪王弯下腰,将脸凑到文天祥面前,那头白虎也开始围着文天祥打转,胡须不停地抖动着。赖灵寺感觉自己的双腿特别想往后退,甚至想往后跑,但他又不愿意将文天祥一个人留下来等死,于是强行往前走了两步,说道:"廪王,我们就是一个传信的,您先别生气,看看信再说。"话音刚落,白虎猛地扭头对着他的脸怒吼了一声,赖灵寺抵挡不住白虎喉咙里喷出来的声浪和热气,一屁股坐到了地上。

"我救了你的命,你现在却帮着官府办事?"

"不不不,我……我也是被逼的。文天祥,我们快走吧。"廪王只认死理、油盐不进,再说下去只会激怒他,"你想喂老虎我管不着,我不想,我要走了。"

赖灵寺撅着屁股,手脚并用往山谷外面爬去。白虎长啸一声,跳跃到了赖灵寺的身前，用前爪按住了他的脑袋。赖灵寺的裤裆一下子就湿透了。

文天祥对赖灵寺的情况浑然不觉，他见廪王迟迟不肯接过函件，于是就自己打开而后大声地念了起来。廪王正在气头上，对文天祥念的官样文章根本不关心，但还是听清了其中一句话。

"……如廪王如数归还被抢食盐，重庆府立即补发应发未发之盐利，且抢盐之行为概不追究……重庆府已在彻查扣发盐利之事，并对相关官员进行惩处……"

廪王猛地从文天祥手中抢过函件，认真地读了起来。

文天祥继续说道："此函为制置使余玠口述，监军张珏所写，盖重庆府和制置司大印，学生所言句句属实。"

"制置使真的这么说？"

"当时学生在场，绝无半句假话。赖灵寺也可以作证。"

"你也听见了？"廪王对着已经爬开的赖灵寺喊道。

"小弟也在场，制置使确实是这么说的。"赖灵寺说完话，嘴巴里吃进了几口泥土，"廪王大哥，你能不能叫它先把爪子拿走，小弟的脑袋都快裂了。"

廪王没有理会赖灵寺，而是又认真地读了一遍函件。正当文天祥觉得局势好转的时候，廪王却突然把函件给撕了。

"这些当官的没一个好东西，都是骗子。天底下哪有这么好的事情？要么就是你们两个人伪造函件骗我，要么就是制置使想骗我……抢盐是死罪，我部众已经做好和重庆府殊死一战的准备……对官府抱有幻想就是拿自己性命开玩笑……你们当我廪王真的是傻吗？"只要廪王生气，他手臂上的蛇就有反应，此时它已经从廪王的手臂爬到了廪王的脑袋上，张开了嘴巴好似要吞人。那头白虎也一样，伸出长满倒刺的舌头不停地舔着赖灵寺的脸，赖灵寺疼得直叫唤："文天祥，叫你走你不走，要是害我命丧虎口，我做鬼也不会放过你的。"

文天祥也开始害怕起来，但他仍然用颤抖的声音说道："赖灵寺，死生如昼夜，不足多憾，以命捍卫天道，此生足矣！"

"什么狗屁天道，老子的天道就是有吃有喝有婆娘，要死也是应该吃饱喝足死在石榴裙下，而不是……不是被老虎吃掉……啊！"

在赖灵寺大哭等死的时候，文天祥却跟廪王说："廪王，我只是个读书人，也许不能体会你心里的怒气，但我想，人生在世无外乎一个'理'字！未有天地之先，这个理就已经存在了，有此理便有此天地，若无此理，便无此天地，无人无物，都无该载了。"文天祥捡起被廪王撕碎的函件，"宇宙之间，一理而已，天得之而为天，地得知而为地。而凡生天地之间者，又各得之以为性。你得之而为廪王，为千户。而你抢盐之行为便是破坏了这个理，这既不是你作为千户应行之理，同样也不是你作为廪王应行之理。廪王，若重庆府真的举兵讨伐你，你和你的部众有几分胜算？我想你心里清楚得紧。"

文天祥俯身低头继续捡着纸片，声音却穿透了廪王的耳朵和灵魂："重庆府讨伐之兵一来，你的部落便会覆灭于须臾。而他们，你的部众，他们拥护你做廪王可不是为了有朝一日让你带着他们送死，他们是想让你给他们以生存之希望，这才是廪王之理啊。重庆府封你为千户，也不是让你筑起身后这座山寨来抵抗他们，而是让你拿起长矛对向关外的蒙古人，这才是千户之理啊。

"诚然，重庆府一些官员先坏了他们的理，克扣了你的盐利。可是制置使行使了他的理，对那些理坏的官员进行惩戒和处罚。不仅如此，他还原谅了你的行为，给了你不必以死相搏的机会，这是制置使之理。廪王，这个时候你若不理制置使之理，只是一意孤行便会落得一个理坏而人亡的下场啊。"

文天祥将函件碎片摊在手掌之中，递到廪王面前，用极其坚决的语气说道："理就摆在这里，还请廪王三思而后行！"

廪王怔住了。文天祥的话他虽然没有全部听懂，但是大概意思他是清楚的。文天祥这个年纪轻轻的读书人竟然说出了他的心虚和顾虑，在文天祥说话的某一刹那，他甚至都想要答应函文里的要求。但是，文天祥说的理和部落里的规矩不一样。

"部落里的规矩，廪王永远都不会有错。"廪王伸出长矛抽打在文天祥的手臂上，函文碎片洒落了一地，连同文天祥的尊严一同被踩入泥土。

"廪王不会有错，就是因为廪王不会有错，所以伟大的巴族最后只剩你身后的三千人。若这个理是对的，巴族又为何会不断消亡呢？天地不息，万物不息，变化亦不息，千户之名可助廪王不息，廪王不息则巴族不息。你难道想不明白吗！"

廪王想得明白，但他并不想在一个黄毛书生面前认错。他挥起长矛刺进了文天祥的肩胛，与此同时白虎张大了嘴巴含住了赖灵寺的半颗脑袋。

在这千钧一发、必死无疑之际，山谷里突然响起一声悠长的哨音，白虎听闻这声音竟然收住了嘴巴，垂下了高昂的尾巴。

"廪王住手，他们是我的朋友！"钱雨竹此话一出，廪王忽地收住了长矛不再使劲。

文天祥回首看去，山谷入口处，钱雨竹骑着驿站老马疾驰而来，宛如仙子驾临。

"姑娘乖，跟姑奶奶过来。"钱雨竹翻身下马走到赖灵寺身边。白虎听她这么一声叫唤，竟然乖乖地跟着钱雨竹走了。赖灵寺惊魂未定地抱着脑袋，视线沿着地面看见钱雨竹穿着绣花鞋的双脚一跃，而后白虎的四脚一沉，钱雨竹竟然骑上了白虎的背。

"廪王，他们是我的朋友。不管你们之间有什么恩怨，今天给本姑娘几分薄面，不要杀他们。"钱雨竹说完话，从兜里掏出吃食塞进白虎的嘴里。

廪王不甘地低着头："你是部落的恩人，我们又岂能违背恩人的意思。你带他们走吧。"

廪王猛地拔出长矛，文天祥顺势跪在了地上。他艰难地站起来，对着廪王说："函文中事，你必须答应我，不然我就不走了。"文天祥决绝地看着廪王，"廪王，我不想亲眼看着巴族的首领，巴蜀大地的英雄部落就此陨落。"

钱雨竹莫名其妙地看着文天祥，虽不知道他们说的是什么事，但竟然觉得这个书生在顽固不化之外，竟有一种说不出的能量。这股能量不光钱雨竹感受到了，白虎也感受到了，它不自觉地往后退了半步。

赖灵寺双手拍着泥泞的土地，骂道："文天祥，你个狗日不通气的老烟管，你是不是非要把老子害死才肯罢休哦！"

文天祥捂着胸口："人固有一死，早晚而已。文天祥只不过是一介书生，如果能以一死唤醒廪王，那死又何妨？"

"狗日的，可我还不想死。"赖灵寺大喊了一句，朝山谷外跑去。

"廪王……"钱雨竹跳下白虎，用央求的眼神看着廪王，而后心疼地看着文天祥。

廪王摆摆手说道："你们走吧。"

钱雨竹伸手去拉文天祥，可怎么也拉不动。

"廪王……"钱雨竹央求道。

廪王大手一挥："文天祥，我记住你了。你今天跟我说的话我都听清楚了，那三百斤盐我丝毫未动，你带回去吧。"

文天祥动情地看着廪王，后退两步，恭恭敬敬地做了一个揖，而后眼珠子一翻，昏了过去。

文天祥再次醒来的时候，发现自己正在一辆马车里，赖灵寺坐在车厢门旁，钱雨竹坐在自己身边。

"盐呢？"文天祥用虚弱的声音问道。

赖灵寺先是惊喜，而后低下了头，觉得没脸面对文天祥。钱雨竹将车厢后面的帘子拨开，马车后面跟着三辆马车，马车上满满当当的食盐用油布好生保护着。

"文天祥，你这次可赚大了。不光要回了三百斤食盐，还白捡了廪王三辆马车。"钱雨竹打趣道。

文天祥露出了安心的笑容："你为什么救我们？"

"姑奶奶还指望着你们带我去钓鱼城呢，你们死了，谁带我上山？"

赖灵寺扭过头，说道："难道你就不好奇她的身份吗？相比为什么救我们这件事,我更好奇她竟然能救我们。那头白虎那么听她的话,廪王也不为难她,哪个峨眉弟子有她这般能耐?"

"跟你说了多少遍都不相信!"钱雨竹露出小女孩嗔怒的样子,"刚才你昏迷不醒的时候我就跟赖灵寺解释过很多遍了,可他就是不相信。我是峨眉弟子不假。前几日我刚到夔州的时候,在郊外碰上了廪王的队伍,应该刚从合州抢盐回来,他的白虎病了,整支队伍都围着奄奄一息的白虎转,廪王更是难受地哭了。我一看,那白虎吃肉,肉都放在运盐的马车上,还沾满了盐,心想白虎肯定是因为这个原因生病的。我的师父养了一只猫,常常因为吃了我们的剩饭剩菜生病,那样子跟白虎一模一样。我一想,白虎不就是大猫吗?那只猫每次生病的时候,师父就给它吃峨眉云延丹,那是病急乱投医了,结果没想到一吃就好。那天我刚好带了一盒云延丹,索性就整盒倒进了白虎的嘴里,没想到过了一个时辰白虎竟然真的好了。因为这件事,我和廪王成了朋友,白虎也视我为救命恩人。哎呀,我真没有骗你们。"

"就算这件事是真的,你为什么偏偏要我们带你上钓鱼城,钓鱼城就在那里,是个人都能上,你就是故意接近我们的。"赖灵寺依旧不放过。

"没错,我就是故意接近你们的。"钱雨竹索性不藏着掖着,"你还记得偷我钱包被我抓住的时候,你都说了什么吗?"

"我……哎呀,现在大家都知道你厉害了,就没有必要把当时的情形说出来,让我丢人现眼了吧?"

"姑奶奶现在哪里有心情拿你寻开心?你说你们是制置使派来的,叫我放你一马,对不对?"

赖灵寺极不情愿地点点头。

"你们认识制置使正好，我刚好也要去找他。"

"你找制置使作甚？难道他是你爹啊？"赖灵寺依旧不信。

钱雨竹静静地看着赖灵寺，把赖灵寺看得心里起了毛。

"当我没说，我就想跟你开玩笑……"

"哎呀，反正你们只管把我送上山就可以了，以后有用得着你们的地方，我是绝对不会跟你们客气的。"钱雨竹一副不以为意的样子。

文天祥没有力气参与他们的讨论，但都在一旁认真听着。他酝酿了良久，说了一句："钱雨竹，谢谢你救了我们的命。"

"哎？你别谢我。赖灵寺的命是我救的，你的命可不是我救的。你是自己救了自己，那些盐也是你自己凭本事要回来的。"钱雨竹眼神突然变得异常温柔，"你昏倒之后廪王都跟我说了，看不出来你一个读书人还真了不起！"钱雨竹竖起了大拇指，"不像有些人！大难临头各自飞，惊鸟飞得都没他快！"赖灵寺闻言又低下了头。

钱雨竹望向窗外，眼角泛起了泪花，心里暗忖道，今晚是正月十五，家家户户团圆的日子。娘，你还好吗？

临安府太庙内，皇上决定在正月十五这一天祭祖。

今晚，太庙大殿金碧辉煌、灯火通明，所有与皇家有血缘关系的人都要在皇上的带领下跪拜祖先牌位。祭祀典礼由礼部尚书主持，除了他，其余文武百官只能在大殿之外跪拜。刚刚荣升丞相的谢方叔位列百官之首，一叩一拜尽显宰执威严。太上宫天师皇甫允今日也主动携弟子前来太庙设法坛，为国家祈福。皇甫允将拂尘搭在手腕处，眉头紧锁地看了夜空一眼，谢方叔也抬起头看了一眼夜空，略有所思地皱了皱眉。

按理说，淮夫人作为被剥夺了皇籍的人，是不能出现在殿内的，但因为她在太庙就负责日常为祖宗牌位上香，所以今日她作为太庙司仪有幸留了下来。

在她给皇上递香的时候，轻轻地呼唤了一句："皇兄。"

皇上诧异地盯着淮夫人看了半响："哦……你天天待在这里，孝心比朕还要好。"两鬓花白的皇上想起来她是谁了。可是他接过香之后，却再也没有朝她看一眼。

今晚祭完祖，皇上还要在太庙受誓戒，受誓戒在祭拜祖先之后，意为祭拜天地，祈求上天在新的一年里继续施予大宋福泽恩惠。受誓戒的时候只允许皇帝一人独居，后宫与皇嗣都不能在场。但是皇上还是在征得礼部尚书同意后，要求太上宫天师皇甫允留下陪同。

待文武百官和皇亲国戚都散去后，皇甫允忧心忡忡地来到皇上身边，也不说话，而是悄悄地打开了皇上寝宫的窗户，煞有介事地观起天象，掐起指头。

"朕刚才祭祀了祖先和天地，天师是否已经感受到了他们的回应？"

"回禀皇上，您贵为天子，祭祈天地，天地自然会有所回应。从天象上看，今年一定又是国泰民安的一年，只是……只是紫微星西南面星群黯淡，恐有大事发生。"

原本卧于床榻的皇上听闻天师的话后惊坐起来，问道："紫微星西南面星群黯淡，此星象何解？"

"国之大事，在祀与戎。贫道认为祭祀都由皇上亲自参与，年年都参照旧制，自然不会出现任何纰漏。既然祭祀没有问题，那问题应该就出在戎上了。"

"戎乃军事，帝星的西南面那就是大宋国土的西南面……巴蜀之地？"

"皇上圣明。"

"那星群黯淡又作何解？"

"西南面星群黯淡，说明帝星在今年会失去西南面的守护与支持，要么西南面军事不振，要么西南面的将星出了问题。"

"将星出了问题？难道将星还会背叛帝星？"

"贫道不敢妄言，只是将星象所反映的情况告知陛下，仅此而已。"

"这里就你我二人，有什么话就直说吧。星象的意思是不是要么余玠会吃败仗，要么余玠要造反？"

"皇上圣明，从星象上看确实如此。这本是天机不可泄露，但在您祭祀上天以后，上天就马上以星象回应，由此可见皇上实乃真命天子，真是天佑我大宋子民也。"

皇帝重重地叹了一口气："朕知道了，你退下歇息吧。"

皇甫允离开后，皇上走到窗边，眯着一对老眼朝天空观望了一番："哎呀，老眼昏花了什么也看不清。"皇上伸出手指指着西南方向，"朕知道朝中有人跟你不对付，但朕相信你，你可不要让朕失望啊。"

皇上重新回到了龙榻，这个时候内侍蹑手蹑脚地走过来在他耳边轻声说道:"皇上,淮夫人在门外求见,说是给您煮了一碗安神汤。"

"呵……今天是怎么回事啊?一会儿星象,一会儿淮夫人,都跟余玠有关。"

内侍用袖子遮住嘴笑了一声:"皇上,您有多少年没接见过淮夫人了?您不想她这个皇妹,她还想您这位皇兄呢。"

"呵……你个老东西,淮夫人是不是贿赂你了啊?"

"老奴不敢,只是方才上香的时候皇上看到淮夫人的眼神分明是想念的,却故作疏远。我想,要是今晚不让你们兄妹见上一面,淮夫人会遗憾,皇上也会遗憾的。"

皇上指着内侍,脸上却挂着笑:"那你还不传她觐见。"

内侍慌忙退下,不消一会儿工夫,淮夫人端着安神汤进来了。

"贫尼赵婵,拜见皇上,恭祝皇上万岁万岁万万岁!"

皇上的眼角泛起了泪花:"你我兄妹之间就不必拘礼了,过来坐。"

"贫尼虽然还姓赵,但已经不是皇上的皇妹了,不能无礼。"

"那就把安神汤端过来。你要见我,却又不肯过来,难道区区一碗安神汤,非要朕亲自下榻来喝吗?"

淮夫人慌忙将安神汤端到皇上面前,皇上端起碗喝了两口就放到了一边。

"你入职太庙这么些年,朕年年在太庙受誓戒,唯独今年能喝上一碗安神汤。说吧,是不是因为余玠?"

赵婵抬眼看向皇帝,皇帝泛着泪花的眼睛里充满着与当年一样对皇妹的疼爱。赵婵一时控制不住,哭了起来。

皇上伸手拍了拍赵婵的背："你不要怪皇兄，礼教如此，朕虽身居皇位，却也不是什么事都能做得了主的。"

"赵婵从来都没有怪过皇兄，我能保留赵姓，待在太庙本就是皇兄格外开恩。是赵婵自己不争气，做错了事情，给皇兄丢了脸。"

"你真觉得自己给我丢脸了吗？可惜礼部尚书已经回家睡觉，不然让他听听你的悔过，没准会提议恢复你的皇籍。"皇上虽还是睥睨着双眼，但语气分明有三分打趣的意思。

赵婵忍不住笑了一声："皇兄还是像以前那般拿我打趣。皇妹今日求见，确实是想跟您说说余玠。"

"你说吧。"皇上又重新端起了安神汤。

"过了一年，余玠都五十三岁了。赵婵恳请皇上在临安给他安排一个颐养天年的虚职，他劳累的时候有头晕的毛病。现在他已年逾半百，巴蜀那个地方烦心事又那么多，肯定常常犯病啊。"

"这些年你又没有去过巴蜀，怎么知道他身体不好了？"

"皇妹就是知道。"赵婵像年轻时那般倔强了一句。

"可是余玠跟朕商定的治蜀期限是十年，十年未到将他召回，凭他的性子也不会答应吧？"

"您是皇上，您下谕旨他岂能不从？"

皇上看了一眼窗外寂寥的夜空："你是怕有人要害他吧？"

赵婵不敢回答这个问题。

"哎呀，朕这个皇上还真难当啊……若把他召回来，余玠要恨我；若不召他回来，亲妹妹要恨我。若是撒手不管这件事情，余玠又容易在朝中招恨，朕若是不帮他，他还真就只有一死。你说说你，你喜欢谁不好，偏偏喜欢那头倔牛！"

"赵婵如今对他已没有……没有半点喜欢之情，只是觉得要为大宋留下抗蒙的火种与希望……"

"说得这么大公无私……你也不想让你们的孩子没有父亲吧？"

赵婵脸一红，尴尬地低下了头。

"皇兄明白你的意思……余玠确实值得一保，但我保他就会得罪谢方叔，如今朝堂之上朕需要谢方叔，没有谢方叔这个朝堂就乱了。"

"可没有余玠天下就乱了！"

"乱不了！"皇帝一掌击打在案台上，药碗掉到地上，碎了。

"政通才能人和，政事怎么通？朕现在需要谢方叔让大宋政事通顺，只有这样万事才能落地有声，皇粮国税才能收得上来，老百姓才愿意为大宋上战场。祖宗家法说要与士大夫共治天下，朕的眼里是天下，你的眼里却只有巴蜀；朕的心里是整个朝堂，你的心里只有余玠。你根本不懂皇兄这个皇帝当得有多累……"

"赵婵只是想让皇兄保全余玠，官职可免，荣誉可削，只要留下他的性命就行了。"赵婵趴跪在地上，止不住地哭了起来。

"朕答应不了你。性命是余玠的，他若是自己不想要，老天爷也保不住。余玠的性子你最清楚……"皇上说完这句话，慢悠悠地躺了下去。

"既然如此，那……那就请皇兄为余玠争取点时间。"

"争取什么时间？"

"赴您十年之约的时间，为巴蜀打牢根基、为大宋扎好西南藩篱的时间！我已不求余玠能活命，只求皇兄能给他完成生平夙愿的时间……余玠的夙愿,也曾经是皇兄您的夙愿呀……"赵婵抬袖抹泪。

皇帝半闭双眼,微微颔首,而后对着赵婵挥了挥手。赵婵知道,皇兄虽然赶她离开,但内心一定有所触动,对于自己的请求,皇兄一定会慎重考虑的。于是,她重重地磕了三个响头,而后缓缓退去。

是夜,蒙古将领汪德臣奉蒙哥汗和忽必烈之命,率军进入大散关,在嘉陵江上游的沔州修葺城楼,设置官署,又扎了一个兴元城之外的攻蜀大本营。这个消息很快传到了重庆府。

"军令如下:责成山城防御体系最外围的山城增强兵力,军饷不足者可与制置司反馈,人马和兵器各都统因地制宜,配备齐整。沔州失守,利州危矣,山城防御体系后方山城军马前移至利州,确保利州安全!利州一旦失守,巴蜀危矣。"收到消息的第一时间,余玠就布置了防御措施。

"制置使,让我去利州讨伐汪德臣,一个黄毛小儿,看我不把他打得屁滚尿流。"王坚请求一战。

余玠摆手拒绝道:"汪德臣是蒙古族汪古部人,出身将门,耳濡目染,通晓杀伐征战之事,多有过人之处,绝对不可轻视他。"

"既是这样,那我就更应该杀他个立足未稳了。如此悍将,一旦让他在沔州站稳脚跟,不断吸收壮大蒙军队伍,那利州必失无疑。"

"沔州在汉中盆地之内,地势相对平坦,适宜蒙古人擅长的马战,你真要闯一闯?"余玠一脸严肃地问道。

"制置使，在我王坚心里没有什么能闯不能闯的龙潭虎穴。汪德臣驻军沔州，这件事情除非我不知道，只要知道，我就一定要去，不管是败是胜，要去了才知道。"

余玠思考了片刻，答应道："好！你说的确实没错。不过，不要给手下的将士们太大的压力，若是战败也无妨。汪德臣是蒙古派至巴蜀战场的新人，我们摸一摸底细就好了。"

"末将竭力取胜。"王坚的表情毅然决然，一副胸有成竹的样子。

反观嘉陵江上游的沔州，汪德臣刚置帐沔州，兴元城驻军将领夹谷龙古带就风风火火地赶来了。

"我总算把汪将军给盼来了，有了汪将军坐镇沔州，我就可以率兵进蜀与余玠一战了。"夹谷龙古带脱下头盔重重地丢在汪德臣的帅台上，压住了他的作战舆图，那姿态就好像回到了自己帐中。汪德臣眉头微皱，年轻俊俏的脸上掠过一丝不快。

夹谷龙古带靠在汪德臣的帅台上继续说："你我二人一直以来交情甚笃，这一次你可得帮我好好看守着后方防线，等我战胜归来喝庆功酒的时候有你的一碗。哈！"夹谷龙古带还像大哥关照小弟一般拍了拍汪德臣的肩膀，"那我们就这么说定了。"

汪德臣勉强挤出一丝笑意："大哥，我这次受忽必烈指派驻军沔州，可不是为了攻打重庆。"

"可是余玠就在重庆啊。"

"不打。"汪德臣笑着摇了摇头。

"打巴蜀，不打重庆不打余玠，那还打个屁啊！"夹谷龙古带拿出了兄长教育小弟的姿态。没想到汪德臣根本不吃这一套，反而拍案怒视着夹谷龙古带。

"兄弟，你这是什么意思？"夹谷龙古带情绪瞬间收敛下来，"我就是说话难听了点你也犯不着跟我动气吧？你可不要忘了，大散关内的军政向来都是由我夹谷龙古带说了算的。"

汪德臣绕过帅台走到夹谷龙古带面前，看着对方，用极其平和的语气说道："从今天开始，关内一切军政事务由我说了算。"

"你？三十岁都没到的黄毛小子！你能干什么？"夹谷龙古带根本不把汪德臣放在眼里，不过下一瞬，汪德臣就让他灰溜溜地退出了军帐。因为汪德臣拿出了忽必烈令牌以及和林的任免文书。

"大哥，现在情况变了，你要么听从我的安排，要么带兵出关。若是想要继续待在关内，就不要再想着打重庆。重庆是迟早会打的，只不过时候未到。听明白了吗？"

夹谷龙古带简直不相信自己的耳朵，汪德臣以前可没有这般气魄啊。不过汪德臣现在成了和林重新任命的攻蜀主帅，地位在他之上，气势上当然就跟以往不同了。

夹谷龙古带兴致勃勃地来，灰头土脸地走，心里很是不甘。汪德臣现在是他的上司，从军人的角度来说，他必须无条件服从。但是他仍旧想与余玠再战一场，找回在兴元城丢失的尊严。

第十五章
败走沔州

过完春节，合州城恢复了往日的繁忙与嘈杂。

汪显祖供述了指使张怀宝的事实，此时此刻他的头颅正高悬于合州城的城门之上。汪显祖背叛之事由重庆府和制置司通报至每一座山城和每一支军队。为了留有余地，通报中只字未提汪显祖背后的势力，但即便如此，王夔也感受到了前所未有的压力和危机。据前往云顶城通报案情的官员回忆，他在通报完汪显祖案件事实后，王夔的脸色煞白，反倒是姚世安一脸轻松，似乎根本没有把汪显祖的死放在心上。

"那个姚世安，没准比王夔还要难驯服。"在舒眉酒肆吃饭时，通报案情的官员悄悄地对张珏如是说。

无论如何，汪显祖的死对云顶城来说无异于敲响了警钟，余玠推测短时间内王夔和姚世安绝对不敢再整出什么幺蛾子来。

春节过后，春暖花开，余玠所担心的事情一件一件得到了解决。此时，他和重庆府、合州的官员站在城门口，等待着文天祥和赖灵寺的到来，个个春光满面。

经过涪州时，文天祥特地下船到城内买了一件干净衣裳，替换上之后便将沾满血迹的白色长袍丢进了长江。

"要是我的话,我就穿着这件衣服回去。有血迹怕什么,那些血正说明了此行凶险异常,制置使没准会因为这件事重重奖赏你一番。你倒好,故意不让制置使知道,那岂不是白白受伤?"

"我的伤势已经好了七八分,就没有必要在制置使面前卖惨了。再说了,我因何而受伤?我是重庆府临时任命的公事,廪王刺伤了我,要不要受处罚?我们此行去巫山一是为了拿回三百斤食盐,二是为了安抚廪王的情绪。如果制置使为了照顾我而处置廪王,那没准又会让廪王对官府产生其他意见,岂不是节外生枝、得不偿失?若是那般,我就真的是白白受伤了……"

"好了好了。"赖灵寺没等文天祥说完就捂着耳朵走开了,"我并不是说不过你,而是因为你就是一个书呆子,我不跟你争。你爱怎么办就怎么办吧,只要不在制置使给我剩下五十两银子的时候跳出来阻挠就行。不过话说回来,你呆归呆,我还是蛮佩服你的。我赖灵寺从小就行走江湖,能让我佩服的可没几个人。"

钱雨竹嗤笑了一声:"说得好像你赖灵寺是个江湖中人似的,我还没见过像你这么窝囊的江湖中人呢。依我看,你就没有理由再领那五十两尾银,毕竟这件事情的成功跟你没有半根毛的关系。本姑奶奶说得对不对?"

"你……你一个年纪轻轻的小丫头片子老是自称姑奶奶姑奶奶的,就不怕提前把自己说老了?老姑娘可没人要。"

"老不老你管不着,反正再没人要,也不干你的事。"

文天祥看了钱雨竹一眼,这个姑娘心地善良,人也长得标致,可就是这张嘴巴江湖气太重了一些。她不说话的时候倒还好,可只要一开口便气质全无，更是与书里记载的贤良淑德、温柔贤惠这些词语一点也不沾边。钱雨竹被文天祥这么一看，也意识到自己说话太随意了些，脸红着低下了头。

赖灵寺不识趣，依旧继续打趣道："我哪敢管你哟，老虎都能制服的人，我赖灵寺到你手里还不是叫我要圆就圆、要方就方，任你蹂躏了？"

"谁要蹂躏你！"钱雨竹背过身去不想搭理他。

赖灵寺却还要凑到她面前继续说："话说回来，制置使应该奖励你五十两银子，要是没有你，文天祥他一个人我看也够呛。哎，你要是不好意思开口的话我去替你说，到时候咱俩平分，怎么样？"

钱雨竹此时太想和赖灵寺划清界限了，但言语上的反驳又担心会说出不得体的话来，再引得文天祥皱眉，心烦意乱之下索性抬脚踹向赖灵寺的腹部。赖灵寺被踢得措手不及，踉跄着倒退了几步摔进了河里。钱雨竹紧张地大叫了一声，可文天祥却笑出了声，钱雨竹见状也哈哈大笑起来。当然，笑的时候她特意捂上了嘴巴。

"赖灵寺，从你骗我钱开始，到廪王部落撇下我不管，我一直就对你有意见，总想着逮着机会好好报复你一下。现在报应来了吧？哈哈，感谢钱姑娘。"文天祥说完还正儿八经地叉手致谢，钱雨竹不知该如何回应，手忙脚乱地回道了一个万福，生硬又不自然。文天祥见她的样子又笑了起来，钱雨竹也笑了起来，赖灵寺在水里扑腾着骂娘，但船上的人看起来并没有把他落水当回事。

到了合州码头，从船换到了马，文天祥开始紧张起来。事情办成的消息早就由驿站传回，余玠也明确表示要亲自迎接，文天祥从小到大虽在乡里略有美名，但还没有获得过如此殊荣。想到这，他不免有些洋洋得意。不过，他立刻在心里告诫自己：文天祥，你此行能成功是因为运气好，现在还不是得意的时候，等考上状元再得意不迟。于是，他马上恢复了严肃的表情。

到了合州城门口，文天祥还在想着怎么应对，赖灵寺却突然活泛起来。他一边指挥着士兵卸盐，一边乖嘴蜜舌地和余玠等官员说起了一路上的情况，直到余玠拿出五十两银子交到他手上，他才乖乖闭嘴。

余玠边打量文天祥边向他走来："这段时间辛苦了，我瞧着你都瘦了。赖灵寺的奖励我已经给他了，你的奖励就算了吧？你是读书人，将来是要为大宋死而后已的人，为国办事就不要谈奖励了。"

"制置使懂学生，学生正是此意。"

余玠欣赏地拍了拍文天祥的肩膀，发现他身后还站着一个姑娘。

"秀才，此行收获不小啊，还带回来一个姑娘？"余玠打趣道。

文天祥连忙介绍道："哦，我正准备向您介绍。这位姑娘叫钱雨竹，正如赖灵寺所说，在廪王部落九死一生之际就是她救了我们。"

"哦？"余玠看看文天祥又看看钱雨竹，高兴地说，"英雄出少年，这话说得真是一点没错。"

余玠招呼完二人就命令冉琎将食盐以官制样式分装妥当，重新发车送到巫山廪王部落去。接着他又当着众官员的面表彰了三位年轻人的贡献，同时也处罚了引起此事的官员。

赖灵寺仰着下巴站在台上，惬意地接受着台下老百姓的指指点点，心想，看你们以后还敢不敢瞧不上我赖灵寺。而文天祥却认真地听着余玠的讲话，心想手中有权力的官员就好比一棵树，哪边有光就往哪边生长，而官员们是哪里有利就容易往哪里伸手。所以，一棵树苗想要让它不长歪就得常常修枝剪叶，对于那些有贪念的官员来说，也适用这个道理。

相较于这两个人，钱雨竹的样子却有些反常。她从第一眼看到余玠开始，就突然沉闷下来。文天祥几次三番想问她是不是身体不舒服还是有什么心事，可每每话到嘴边又吞了回去。因为他不知道这样关心一个女孩是否妥当，拿捏不准的事情就不要去做，非礼勿言才是君子之道。

大会一散，赖灵寺就昂着下巴找到了张珏，询问关于张怀宝的事情。

"张怀宝的确是可以轻判的，但毕竟他也有杀制置使的心，况且事情也是他做的，确实没有办法现在就把他给放出来啊？"

赖灵寺昂着的头低下去了："张监军，那到底怎么样才能让我宝哥出来啊？"

"除非……除非制置使自己开口，不然的话我们怎么敢随便放人，万一制置使要追究怎么办？"

"那你就不能帮我去说一嘴？"

"这话我说不合适，张怀宝出不来是按照大宋律例审判的，特赦的话也只有制置使有这个权力。你说，你让我怎么说？"

赖灵寺不甘心地寻找着余玠的身影，见他刚坐上马车准备离开，便铆足劲追了上去。

"制置使，制置使，这五十两银子我不要了。"

这个见钱眼开的赖灵寺竟然说不要钱了，路旁还未离开的官员和百姓们纷纷侧目。余玠也觉得奇怪，便示意车夫稍候。

"制置使，这钱我不要了。"说着便把银子塞到余玠手里。

"可是这个钱不是你自己提出来的吗？事情办成了又不要，赖灵寺你到底唱的哪一出？"余玠不解。

赖灵寺没有官府中人的那套礼仪和说辞，直截了当地说道："制置使，我兄弟宝哥真的不是坏人，我求求你放了他吧。其实……其实我答应你去巫山并不是为了钱，钱是很重要，但是我想说的是没有宝哥我有再多的钱都没有用……不是这个意思，我应该怎么说……就是说我替你跑了一趟巫山，办了这么大一个差事，回来宝哥还在大牢里，我要是早知道这么回事，我就不去了。"赖灵寺有些急，说起话来也语无伦次，但好在余玠还是听懂了他的意思。

"你是想用五十两银子换张怀宝出狱？"

赖灵寺点点头。

"可是张怀宝意图刺杀本官，按照大宋律例理应问斩。现在因为有汪显祖的证词，他好歹保住了性命，这已经是莫大的运气，你竟然还想让他出狱？"余玠气恼地瞪着赖灵寺。他在巴蜀八年，虽没能让所有人认可服从他，但依旧是大宋西南陲说一不二的主官。在自己辖区被刺杀，这让余玠觉得他整个巴蜀职业生涯都蒙了尘，是件很丢人的事情。

"我宝哥从小就是一个善良的人，还一心修道，事事向善，十里八乡的老百姓都能作证,不信的话制置使可以去问问的。他这一次走了歪路就是因为受了汪显祖的蛊惑,还请制置使开恩啊。"

"开恩?不管他是不是受到汪显祖的蛊惑,拿着匕首冲进我房间的总归是他吧?他还是有杀我之心啊……"

张珏看制置使和赖灵寺二人之间的气氛越来越不对劲,于是匆忙跑过来拉走赖灵寺。

赖灵寺恨不得双脚长根扎在土里,要跟余玠辩个清楚明白:"有杀你之心就该坐牢了?那天下有杀你之心的人多了呢,你怎么不把他们统统都抓去坐牢?"

张珏狠狠地将赖灵寺抱摔在地,顺势在他脸上来了一拳:"混账!还不闭嘴!"这个时候文天祥和钱雨竹也跑过来。

"制置使,赖灵寺江湖气重,说话没有分寸,还请制置使海涵。"文天祥慌忙替赖灵寺求情。

"赖灵寺,你跟姑奶奶可以这么说话,你跟当官的也这么说话,是不是老寿星嫌命长了?"

文天祥和钱雨竹这两个大功臣都出面求情,余玠贵为制置使兼重庆知府,就算是再生气,也不应该当面和赖灵寺较劲了。于是他利落地丢下马车帘子,马车便离开了。

赖灵寺果然是从小混江湖的,犟起来八头牛都拉不住。张珏见余玠的马车走远了,刚松了一点劲头就被赖灵寺翻身压住了。张珏一瞧这么多人在旁边看着,自己好歹是一个监军,怎么能让江湖混子占了上风,于是便抬起膝盖顶开了赖灵寺。赖灵寺抱着肚子滚到了一边,花了好长时间才缓过劲来。

赖灵寺一缓过劲,就破口大骂起来:"张珏你真不是个东西!

汪显祖是不是我替你从云顶城抓回来的？廪王抢盐井的线索是我告诉你的，连盐也是我一起从巫山要回来的！现在我赖灵寺想请你帮忙，你却过河拆桥……这么看来你就是一个什么本事也没有的花架子！"

文天祥还是一副公事的样子训斥道："赖灵寺，人家张监军刚才是救你，你不要不知好歹！"

"救我？我值得张监军来救吗？廪王说得一点也没错，你们这些当官的都不是好东西，用得着我的时候和颜悦色，用完了就一脚把我踢开，当我是什么啊？"

"张监军刚才若不将你拦下，没准你现在已经死在制置司护卫的银枪之下了！"

"死就死了吧，反正活着也是被你们利用。"

钱雨竹见跟赖灵寺讲道理已经没有用处了，索性以江湖人的口吻说道："江湖中人一点骨气都没有，张怀宝迟早会出来的，你又何必急于一时……"

钱雨竹话还没说完，就被赖灵寺怼道："你不也是在利用我吗？现在合州到了，钓鱼城就在嘉陵江对面，你怎么还不走？整天姑奶奶姑奶奶地称呼自己，真把我当你侄孙了？"

钱雨竹好歹还是个十几岁的小姑娘，大庭广众下被赖灵寺这样的人奚落脸上哪里挂得住，上去揪住赖灵寺的衣领便要开揍。赖灵寺闭着眼睛已经做好了挨揍的准备，好在文天祥及时叫住钱雨竹，才让他逃过一劫。

赖灵寺抻了抻衣服，依旧不饶钱雨竹："怎么？见着我这么厉害，见着文天祥就乖乖听话，你是他的小媳妇吗？"路人哄笑了一声。钱雨竹脸红到了脖子根,她恶狠狠地瞪了一眼赖灵寺,又责怪地看了一眼文天祥,便拨开人群跑开了。

钱雨竹在合州人生地不熟的没有去处,文天祥只好撂下赖灵寺追了过去。

"这下子好了,你把新认识的两个朋友都气走了。"张珏挖苦道。

"我赖灵寺只有张怀宝一个朋友。你以后离我远一点,你也不是我的朋友。"赖灵寺奚落道。

站在初春的阳光下,万物都在生发,处处都充满了生机和暖意。孤身站在合州城内的赖灵寺环顾四周,熟悉的人已全部离开,看热闹的老百姓也指指点点地正在离开,一股凄凉的寒意从他的心里冒出来。他突然意识到,自己是不是一心为了能让张怀宝早点出来,而漠视了身边的一切好心?除了张怀宝没能如愿出狱这件事情,其他事情上几乎都是他们在迁就他。自己是什么?一个无依无靠的小混子罢了,什么时候也配挑朋友了?也许是汪显祖的恶意利用,让他下意识地开始对周遭的人和事保持着警惕和距离。也许并没有人想要利用他。

王坚率领军队沿嘉陵江一路北上,抵达了最外围的山城——苦竹隘。王坚骑在马上,眺望离得最近的一座城池,那便是沔州。蒙古人攻城的硝烟还未完全散去,空气里弥漫着焦土和血腥的味道。远处那断断续续移动着的小黑点就是从沔州城内逃出来的大宋百姓。活着对他们来说是幸运的,但刚跟随着余玠北伐大军重回沔州的他们再一次失去了家园,却又是最不幸的事情。这些小黑点又一次尝到了颠沛流离和家破人亡的滋味。

王坚以苦竹隘作为大本营,以嘉陵江作为快速突击的途径,胸有成竹地策划着今晚的攻城战略。春天,是嘉陵江面上最容易起大雾的季节。这几日天空一直盖着乌云,灰蒙蒙的一片,温润潮湿。而就在王坚布置战术的时候,乌云正悄无声息地散去,空气渐渐变得干爽清冽起来。

"过了午夜,嘉陵江上将会有大雾弥漫。"常年驻守苦竹隘的都统信誓旦旦地告诉王坚。常年行军打仗的他当然知道这样的天气十有八九会起大雾,于是他当机立断,宣布攻城战发动于当晚的午夜时分。

"我们要让清晨的第一缕阳光照在沔州城头敌人的躯体和大宋的军旗上!"王坚在誓师的时候如是说,显然他对这场战役充满信心,可等待他的将是什么呢?

王坚在和他的大军穿过层层迷雾之际已经想了无数遍这个问题,但仍没有答案。因为此刻掌管沔州城的蒙古将领汪德臣不同于任何一位蒙古将领,他年轻博学,草原上的那一套战术他早已融入血液,汉人的兵书战法也烂熟于胸。他是蒙哥汗和忽必烈最信任的骁将。

与汪德臣相比,夹谷龙古带一类人只能算作蒙将,最典型的蒙古军人。而汪德臣,用忽必烈的话来说,他已经具备了驰骋世界的能力,是放诸四海皆能一战的真将军。

所以,当王坚率领大军在苦竹隘集结的时候,他就已经算到了宋军攻城的日期。要么借助黑夜的掩护,要么借助大雾的掩护,而今晚是近期进攻沔州的最好时机。

守城是蒙古军人最不擅长的活计，因为草原上没有城池好守，他们最喜欢做的事情就是进攻。同时，守城却是战事中最简单的活计，这对于汪德臣来说并非难事。但他想将这件简单的活计复杂化。这不仅是他给自己的挑战，也是给所有蒙古士兵的挑战。

"你们这些人跟我一样，都是第一次来到汉地征战。我们这支队伍，除了和林的信任以及本将军一点点虚名，还有什么？前几日，兴元城的夹谷龙古带来找我，姿态言语之间全然不把我当成一个将军看待。我没有怪罪于他，为何？因为军人的尊严是要靠自己争取的，我是如此，你们同样如此。"

汪德臣接着用蒙语说道："我们受蒙哥汗和忽必烈的重托来到大散关内，不是称王称霸、招摇过市来了，而是要为蒙古打开扼制长江上游的通道。这个过程肯定会流血、肯定会牺牲，更加肯定的是会遇到宋军的顽强抵抗。但是这些都在我们的预想之内，我们都已经做好了准备，是不是！"

"是！"

"很好！通往胜利之路不可阻挡，是不是！"

"是！"

"很好！夹谷龙古带守兴元城而战险些被宋军破了城，今晚我们不守城而战，我们要出城迎战，杀宋军个片甲不留，以此战在关内插上大旗，壮我军威，让关内的蒙军都唯我们是从，好不好！"

"好！好！好！"

汪德臣长矛指天，发出命令："开城扎营，迎战宋军！"

王坚率部队上岸后不久，就收到斥候来报，称沔州城门大开，蒙军在城外安营扎寨，已经做好迎战姿态。王坚怔了一下，一来为蒙军已经洞悉他的进攻时间，二来为蒙军的迎战策略。

"开城迎战，意欲何为？"

"末将只是打探到开城迎战是主将汪德臣的主意。"

"汪德臣。"王坚轻轻地在唇齿之间嚼着这三个字，回想起余玠对汪德臣的评价，心中慢慢警惕起来。开城迎战，不是莽夫便是心怀必胜的英豪，此役绝对是一场硬战。

"既然如此，那我们便擂响战鼓！"暗箭不对明枪，这是王坚对战争的理解。输赢拼的是实力，但姿态看的是骨气，鞑靼开城迎战，自己岂能隐匿于浓雾之下？

寅时，王坚骑着高头大马，穿过层层迷雾见到了同样骑着高头大马的汪德臣。王坚表情冷峻，皱纹和低垂的眉眼，凸显这位宋将丰富的沙场经验；汪德臣辫发披甲，突出的颧骨将他褐色的眼眸衬托得极为深邃，像一只饥饿的鹰隼。

"王坚，你们有多少人？"

"你是说骑兵还是步兵？前线还是全蜀？"

汪德臣冷冷地说道："我只是不想以多欺少。"

"人多人少不重要。你不想以多欺少，那我岂不是也不好恃强凌弱了？"

"好一个恃强凌弱，孰强孰弱还未见高下呢！"

"好一个以多欺少，孰多孰少战场上见真章吧！"

雾团从二人之间的空地上方飘过，如同提前升起的硝烟。

"汪将军年少轻狂，寅时三刻我准时率军来收回沔州城，你没什么意见吧？"

"哼，王将军年老体弱，寅时三刻前来受降真是辛苦你了。"

雄狮般低垂的眼眸对上鹰隼般深邃的眼眸，二人对视了一盏茶的时间，便调转马头，姿态昂扬地回到了各自营帐之中。

"寅时三刻，便是我们收复沔州之时！"

"寅时三刻，便是我军威震巴蜀之际！"

天色由墨转青，四维高山之后的天空泛起了些许白光。此时夜幕即将撤去，浓雾更显厚重。战鼓重新擂响，两边的冲锋号几乎同时吹响。

"杀啊！"浓雾之中，宋蒙两边的喊杀声越来越近，越来越近，等到能看清对方身影时，相距只有五步距离，双方都来不及做出任何反应，你的马头便撞上了我的马头，我的长矛已刺进了你的胸口，你的长矛刺进了我的喉头，激烈地碰撞出一团又一团的血雾。

接着蒙古人的箭破雾而来，第一阵营的骑兵瞬间倒下了大半。

"蒙古人箭程远，步兵营进攻。"随着王坚的一声令下，步兵营人人手持马刀向前冲，越往前冲，距离蒙军越近，落在他们身上的箭就越少。蒙古人箭远，但见识却不远，他们没有意识到一支敢死队正在利箭之下悄然接近他们的骑兵。

一刀斩马腿，一刀斩敌首，步兵营敢死队破了蒙古人的骑兵。骑兵是蒙古军的重大杀器，没了骑兵就如同断牙的老虎。宋军士气大振，激进的士兵丢下盾牌轻装冲刺，半死不活的蒙古骑兵和战马倒下一茬又一茬。

可偏偏就在士气大涨的时候，王坚竟下令全线回撤。宋军的回撤吸引了蒙军的反扑，汪德臣觉得气氛不对企图阻止追击，可是已经来不及了。宋军的箭雨袭来，追击的第一批步兵全部倒在骑兵的尸首旁。

箭雨过后，沔州城外浓雾之下一片寂静。不过在浓雾之中，王坚已经开始指挥剩下的部队兵分三路对蒙军实施围剿。汪德臣这边也没有坐以待毙，他大手一挥，队伍里被推出来几个畏畏缩缩的西夏人。

王坚兵分三路，但为了能把蒙古人的精力吸引在中路，他专门让装备了单梢炮车的队伍充当了中路军的角色。单梢炮车，梢长二丈六尺，大头直径六寸，小头直径一寸八分，拽索五十根。发射时，五十人拽索，一人定放，炮石重二斤，能打出五十步外。为了吸引蒙军的注意力，王坚特意将炮石换成了蒺藜火球。蒺藜火球落地爆炸，不光爆炸能造成杀伤，因爆炸飞射出去的蒺藜还能造成二次杀伤。这一战术让蒙古人在阵前被迫搭起了盾墙铁壁。

在蒺藜火球攻击之下，西夏人推出了一辆战车，战车上装满了黑漆漆的铁蛋子。

"汪将军，这就是我们跟你说的黑油弹。"

"这就是我军当初进攻西夏时，你们在城楼上向我们丢下来的东西？"

"没错，今日战局，用抛石机发射，即可抵达宋军阵营。"

原来这几个西夏人是制造黑油弹的工匠。当年汪德臣在攻打西夏之前就听说过黑油弹的威力，黑油是西夏人从地底下挖掘出来的一种油，民间传说是阴曹地府油锅里的油，一点即着、经久不灭。但他认为那只是一种迷信，火药在绝对的力量面前一无是处。这样的自信让他在黑油弹面前吃了不少亏，差点功亏一篑。险胜之后，他没有和其他蒙古部队一样烧杀抢掠一番后离开，而是派兵找到了制造火药的工匠，并将他们养在军中。现在汪德臣的部队已经掌握了黑油弹的制作技术。

在抵抗住又一拨蒺藜火球攻击之后，汪德臣下令发射黑油弹。

"那是什么？"宋兵还没看清楚天上飞过来的是什么东西，一颗黑油弹便落到了炮车上，黑油弹爆裂，黑油所溅之处皆弥漫着大火和黑烟。情急之下，宋军士兵用水来灭火，可黑油却越烧越旺，己方的蒺藜火球全被水泡哑了。接着又是一拨黑油弹袭来，顷刻间大火弥漫，几辆炮车也葬送于火海之中。

好在左右两路偷袭部队在蒙军专心于发射黑油弹之际抵达了阵营，一时间刀光剑影四起。汪德臣大为震惊，蜀军果然与他一路上遇到的其他宋军不一样，竟然敢和蒙古人面对面搏杀。

汪德臣一声令下，残存的蒙古士兵个个扒了身上衣服，拔出弯刀，上阵搏杀。蒙古人好战嗜血，近身搏杀是他们的拿手好戏。汪德臣又一声令下，沔州城头上突然出现守城部队，他们擂响战鼓、吹响号角，似乎在为这场近身搏杀鼓劲助威。

鼓号声一起，蒙古人个个都像打了鸡血一般，弯刀挥舞得更快，身上即使皮开肉绽也感觉不到疼痛。即使丢失了弯刀的蒙古人，也丝毫没有恐惧之情，全力扑向宋兵，用草原上的摔跤术制服宋兵。宋兵面对面感受到了蒙古人的战斗力和压迫感，加上沔州城头上的助威，宋兵们渐渐失去了信心，而蒙古人越战越勇，以一敌二，甚至以一敌几。战局瞬间反转，胜利的天平开始向汪德臣倾斜。

黑油弹还在持续压制中，宋军后方力量无法前冲，左右两路宋兵正在消耗殆尽，王坚只有撤退一条路可走。可他并不愿意就此撤退，他下令步兵以盾牌为掩护试图冲破黑油弹的攻击。可是这些黑油溅到盾牌上竟也能燃烧起来，盾牌被黑油烧得烫手。步兵们冲出黑油弹的攻击范围，纷纷主动丢弃了盾牌，有的跑回头，有的葬身于火海。

苦竹隘的都统上前提醒王坚，就目前的局势唯有撤退可行。王坚依旧无动于衷，他不想惜败，更不想让开城迎敌的汪德臣胜利。蒙方开城迎敌都能取胜的话，倘若日后沙场再见，气势上便输了三分。

这场仗不能败，他要让年轻气盛的汪德臣付出代价。王坚亲自带队绕过火海抵达与蒙古人近身搏击的战场。不过，在砍掉两个蒙古人的脑袋之后，他意识到蒙古人的战斗力是不可阻挡的。他们可以用身体抵住刀剑，而后伸手捏碎宋兵的喉咙。这种差距不光在精神上，还有肉体。如果把宋兵和蒙兵当作两把不同的剑，那么蒙兵这把剑分明要更长、更重、更快，甚至更锋利。

沔州城头上的守城部队那气势汹汹的助威似乎在说，我们是草原深处战无不胜的狼群。

"撤退！"身为指挥者的王坚见到这样的场面，脑子瞬间就清醒了。撤退是唯一的选择，坚持下去只有死路一条。

王坚沔州一战惜败于汪德臣，这个消息除了苦竹隘以外，最先到达的地方是云顶城。此时云顶山上山花烂漫、竹木苍翠，一片生机之中处处可见的却是被奴役的山城百姓和打着盹的利戎司将士们。王夔和姚世安在春日的暖阳下散步于山城的跑马道上，在酒精和阳光的双重作用下,二人面颊通红,眼神迷离。

"都统,王坚在沔州吃了败仗,此时正从苦竹隘回撤,若走水路必经青居城,若走陆路必经蓬溪寨。"姚世安邀王夔在跑马道旁一岩石上坐定,而后用树枝在土路上画了起来,"云顶城与这两处位置相去不远,我们何不发兵扼制住这两个地方,等到王坚残兵败卒靠近之际将他们一网打尽?这个王坚,北伐仰仗有余玠的支持处处与您作对,我早就看他不顺眼了,恨不得除之后快!"

王夔紧锁着双眉:"王坚的残兵败卒犹如丧家之犬,只要我们提前设伏必然能够来一个瓮中捉鳖,量他王坚再有能耐也难逃一死。可是……"

"可是什么?王都统,这可是千载难逢的好时机啊!王坚是余玠的左膀右臂,除掉他,也便于日后我们除余玠啊!"

王夔浑身一哆嗦,酒意去了七八分:"汪显祖已经失败过了,你难道还不放弃这个念想?"

"余玠不死,你我在巴蜀大地上哪有翻身之时啊?"

"可是谢丞相叫我们少安毋躁,余玠自有他来除,我们只需要静候机会即可。"

"丞相愿意帮咱们,他这么说也确实是真心的。可他也是刚刚才坐上丞相的位置,还没坐热乎呢,能蹦出多响的屁来?话糙理不糙啊,谢丞相等得起,我们可等不起了。汪显祖的事情已经败露,我们两个如今脑袋还在脖子上就已经是天大的造化了。还要再等下去?难道等着脑袋搬家吗?"

王夔思索了片刻,又说道:"围剿王坚确实是一条好计策。只是……若是围剿不成那可如何是好?先是刺杀余玠未果,接着又围剿王坚不成，那你我兄弟二人就真的把自己给作死了。"

"都统，人为财死，鸟为食亡。我们现在不缺财，不缺食，唯独缺权力。博一把！"

"你是酒话还是真话？"王夔不敢看姚世安直视的眼神。

"都统莫非怕了？我们反抗余玠这支箭已经射出去了，是收不回的，现在唯有往前冲，奋力拼搏了。"见王夔犹豫不决，姚世安又说道，"不过都统莫要过于担心，这次我们即使杀不成王坚，也不会暴露自己的身份。"

"横竖都不赔的买卖？世上哪有这等好事？"王夔欢喜地看着姚世安，这位副都统一直都会制造惊喜，从未让他失望过。

"你忘了？我们北伐的时候受余玠指派去拦截一支蒙古的后勤军，不是收缴了许多粮草物资吗？"

"是啊，可那些都上交给制置司了。"

"我私自留了点好东西下来。"姚世安那眼神就跟当初北伐归来把合州头牌名妓留给王夔消遣的眼神一模一样。王夔看见他这个眼神，内心就只有一个想法，姚世安留下来的绝对是好东西，跟合州头牌一样好的东西。

事实果然不出他所料。那支蒙古后勤军的马车上不光有许多粮草物资，还有很多装备，头盔、铠甲、武器，应有尽有，一个汉人只要穿戴上那些装备，然后在脸上抹上草木灰，一定会被认为是蒙古人。

于是，一支"蒙古军队"趁着夜色从云顶城出发，很快就隐匿于黑夜和山林之中。等他们再次出现的时候，谁知道又会掀起怎样的轩然大波呢？

第十六章
河间地竟有蒙军纵横

当蒙古人在沔州开始筑营之后,作为商人的李发水嗅到了商机。由于备战的需要,全蜀诸军对武器的需求量大幅上升。制作武器的兵工厂是官营的,但是武器重要的原材料之一——铁却是由各兵工厂在市场上收购。李发水作为全蜀最大码头帮派同袍帮的帮主,自然就成了各军兵工厂主动联络的对象。

各军向他收买铁原料的情况,属外围山城的需求量最大。凭借他自己的本事,凡是经过朝天门码头的铁原料都被他以各种手段收购到自己的手中,所以他理所应当地成为全蜀铁原料储备量最大的商人,几乎垄断铁原料市场。

李发水看准行情,半年之内铁原料就是皇帝的女儿不愁嫁,只要屯足够多的铁原料就能坐收渔翁之利。李发水以前之所以能把生意越做越大也是得益于他那精明的脑袋,他看准蒙古会在今年入秋之后对巴蜀发动进攻,而在此之前铁原料的价格绝对会水涨船高。这不,就在他做好屯料准备的时候,从云顶城那边传来消息称要收购他手头上所有的铁原料,而且价钱随他开口。

这事简直和天上掉馅饼差不多。于是他说了一个虚高的价格,没想到对方欣然应下来，而且还说有多少要多少，还要承包他以后收到的铁原料。

这件事好得太完美了，让李发水不敢相信。且不说价钱的事情，他手上的原料足足可以打造出两倍于兴戎司的兵器量。云顶城要这么多用来干什么他并不在乎，他只是担心货款是否能按时到账。况且跟他联系的既不是都统王夔也不是副都统姚世安，而是一个名不见经传的团练，名字叫杨步宇。

警惕的李发水一直迟迟没有冒进。对方似乎也看出了他的担忧，竟然一次性先支付了三成的货款，这让李发水很是惊喜。三成货款虽然较总价不多，但李发水买下那些原料花的钱比这三成还要少，就算是这笔买卖他被骗了也不至于亏钱，没道理不博一把。

于是，盘点、打包、装船一气呵成。李发水幻想着这笔买卖做成以后，就在缙云山上买一块地，然后起一座大宅子。

船队已经准备停当，他亲自押船前往云顶城。码头上有人问起，他就回答茶叶棉麻等物品，还只是帮别人转手运输一下，赚点辛苦钱。财不外露，这是他行走江湖的规矩。

钓鱼城是嘉陵江、渠江、涪江三江汇流之地，他打算从朝天门码头出发，在钓鱼城转入涪江，待船行至蓬溪寨一带后，再改用马车从陆路直接运送到云顶城。这条路线是距离最短、用时最快的路线。

过了灵泉城，下一座山城便是蓬溪寨。可船队刚刚从灵泉城出发不多时，船首负责放哨的兄弟就发现了异常情况。李发水自诩船队庞大，一般的绿林野夫全然不必放在眼里。可当放哨的兄弟说出"对面山上好像有蒙古人"这句话后，李发水马上慌了神。不管是蒙古骑兵还是步兵，常年走南闯北的他都见过。对面山上那群人身上的打扮和装备看着是蒙古骑兵无疑，可却只有领头的骑马，其余皆步行。

明明是骑兵，整支队伍却只有一匹马。李发水觉得很奇怪，同时也控制不住地害怕起来。他下令船队抛锚待命，不得前进一步，更不得亮灯、喧哗，生怕被岸上的蒙古人发现。做完了这些之后，他又开始焦虑起来：这一小支蒙古部队应该是悄悄溜进来的，他们想要干什么？该不该把这个情况告知最近的山城？算了，买卖人多一事不如少一事。不妥，万一这些蒙古人只是前瞻哨兵，刺探完情况引导大部队进蜀可怎么办？若是蒙军大部队里有舰队呢？那自己这几船指着发财的铁原料岂不是打了水漂？搞不好连命都要留在这里。李发水想到这，赶忙叫来帮派里腿脚最快的两个年轻后生，交代一番后，用小舢板一个送到灵泉城，一个去了蓬溪寨。

快点天黑吧，李发水在心里祈祷着。天黑以后，船队就藏得住了。

王坚从苦竹隘撤退，沿着嘉陵江和涪江中间陆地撤退，花了几天时间过了鹅顶堡、紫金城，不远处的蓬溪寨已经看得见山头了。

"大家伙儿一鼓作气，走到蓬溪寨再作休整。"王坚发出号令。队伍吃了败仗，王坚自然是最难受的那个人，但他难受归难受，一路上士兵和马匹都需要休息进食，他自己有心气能一口气赶回钓鱼城，但是队伍中的其他人却办不到。

对王坚来说这场战争是失败了，但对于大多数的普通士兵来说他们只是觉得自己又成功地从战场上活下来了，这不是失败，而是成功。

王坚望着不远处的蓬溪寨，此时天还没有完全黑下来，时辰还不算晚。他决定到了蓬溪寨后，就让昼夜赶路的将士们都好好睡上一觉，等天亮了再继续赶路。想到能好好休息一场，他也放松下来，解下抹额，从额头和鬓角搓出一大个泥丸来。此时，蓬溪寨飘起了一缕炊烟，将士们看见后情绪也瞬间好了起来。

蓬溪寨的军民知道他们快到了，已经开始生火做饭了呢。将士们议论着。

可是王坚等了好长时间也不见其他炊烟升起，倒是那缕孤烟慢慢地变粗、变浓。王坚的脸色也跟着慢慢变了。

"那不是炊烟，是烽火，是烽火！全军戒备！全军戒备！"烽烟燃起意味着有敌军来犯，而如今全蜀上下唯一可以称之为敌人的就只有蒙古人了。难道蒙古人来了？不可能，他刚刚和蒙古人恶战了一场，他们纵使再强大也做不到在这么短的时间里又对蜀派出军队。于是，在完成戒备之后王坚向蓬溪寨方向派出了一小股侦察队。

云顶城的这支"蒙古军队"也看见了蓬溪寨上空飘扬的烽烟，为首的领队慌了神——这足以说明他们的行踪已经暴露了。

"不能再在此守株待兔了，王坚的部队就在前方不远处，我们杀过去！"领队当机立断。

可身边的人却提出了反对意见。

"王坚部队虽只有残兵两千，但我们也只有一千人。埋伏偷袭一千人足以胜两千人，可现在烽烟已起，王坚肯定已经做好了准备，我们又迎上去作战，完全打乱了计划，恐怕必败无疑。"

"别小瞧了咱们这身皮！"领队眼里流露着杀气，"他们刚在沔州吃了蒙古人的败仗，现在就是惊弓之鸟，我们只要在气势上镇住他们，没准还能不战而胜呢。"

"传令下去，此次主动袭击王坚部队目标很明确，就是要不惜一切代价杀掉王坚。一旦偷袭成功，目标就只有王坚一个人，告诉手底下的将士们切不可恋战。"

这道命令传达落实到位以后，云顶城的"蒙古军"就开始悄无声息地向王坚部队靠拢去了。

王坚这边也没有坐以待毙，同样带领着全军谨慎小心地朝蓬溪寨靠近。按照他的推测，蒙古人应该队伍不大，且已经偷袭了蓬溪寨或者被蓬溪寨发现了行踪。

"只是一支流窜的小队伍。"王坚给刚吃了败仗的下属们打着气。可大部分士兵还是不愿意相信他的推测，他们刚刚在沔州城见识过蒙古人的厉害，一个人可以对付两三个人。王都统说对方是个小队伍，小到什么程度？几十人？几百人？还是上千人？

每一位士兵在谨慎向前靠近的时候，心都是悬着的。

两方队伍在黑夜之中毫无预兆地相遇了，王坚手下的侦察兵和云顶城这边的侦察兵钻进了同一片灌木丛，而后灌木丛里爆发出凄厉的叫喊和兵器碰撞的声音。少顷，王坚手下的侦察兵从灌木丛中钻了出来，朝着身后大声预警："蒙古人！"

而后，将士们从胸腔迸发出的喊杀声和四处亮起的火把撕裂了黑夜的寂静。侦察兵喊完蒙古人三个字后就瘫在了原地,而后挺起胸膛大笑起来。蒙古人,刚才他亲手杀了一个蒙古人!身后的冲锋声在靠近,他内心也充满了自信。只见他站起身,长剑指向前方的黑暗,歇斯底里地喊道:"杀!"他的身体和声音都一齐投入到冲锋的阵营中去了。

突然,夜空中传来一阵阵嘶嘶声,那声音好像是一群蛇在吐芯子。作为侦察兵的他对这个声音极为敏感。

"箭雨来袭!"他仰着头,影影绰绰间看见箭雨从自己的头顶飞过,朝身后亮着火把的方向落下。冲锋队伍之中,举着火把的士兵都以盾牌护顶。箭雨咚咚咚地落在他们的盾牌上,以及周围的地上,但就是没有落在一个士兵的身上,也丝毫没有影响到队伍冲锋的速度。

对于这样的结果,侦察兵没有丝毫诧异,因为他知道王都统早在沔州就领略过蒙古人弓箭的厉害,所以故意在远离冲锋骨干队伍的地方派兵点亮了火把以吸引对方的箭。有火把的地方自然就没有队伍,箭雨自然未伤到冲锋骨干队伍分毫。

对面的"蒙古军"被火把骗去了所有的箭,同时也暴露了行踪。王坚的先头冲锋部队在黑暗中沿着箭雨的反方向快速前进,不断矫正冲锋方向,终于在对方第三阵箭雨过后遭遇了"蒙古军"。

在短兵相接的间隙,他们点燃了火把,并且向天空发射了穿云箭,主动向后方队伍报告位置。"蒙古军"在毫无准备之中遭遇了王坚部队的袭击,一时间乱了阵脚,赶忙以事先排练好的战法——所有士兵不断重复着蒙古人冲锋时的喊叫声,企图在气势上压倒对方。

作用立竿见影，王坚的先头部队半炷香的时间内就覆灭于"蒙古军"的弯刀之下。先头部队不光败在气势上，更败在不幸遇上的是"蒙古军"的主力部队，寡不敌众。

后方队伍在冲锋过程中看到火把在一根根熄灭，只知道先头部队全部阵亡，除此之外一无所知。前方又恢复成未知的黑暗，每个人又重新紧张了起来。

云顶城派出的这支"蒙古军"也不是一般的部队，而是王夔的亲兵，全都是利戎司最善战的精兵强将。此时，他们隐藏于黑暗之中，静静地聆听着前方不断靠近的铠甲和草木的摩擦声。

"架枪！"随着一声令下，一根根装着银晃晃枪头的长枪支棱起来，将枪头罩上黑布，枪柄插入泥土，枪头昂扬着，对应的高度恰好是胸腹部的位置。电光火石之间，王坚的部队已经冲到了位置，主力部队的第一批士兵倒在了长枪之下。而后埋伏于长枪之后的"蒙古兵"喊叫着蒙古的口号冲了出来。

一场硬碰硬的战斗终于打响了！

利戎司的精兵强将们在蒙古装备的加持下，一个个都像蒙古人上身一般无比勇猛。反观王坚部下的将士们，他们刚刚体验过蒙军的厉害，还没有完全从战败的阴影里走出来，精疲力竭又放不开手脚，只能边战边退，最后竟然沦落到疲于应付的地步。

李发水和他的船队在江上暗暗观看了这场战斗，说是看其实倒不如听来的恰当。李发水只是看到了火把、箭雨和燃烧的树木，除此之外什么也看不见。双方的喊杀声倒是听得一清二楚。

正当他观战观得出神之际,身边的手下上前提醒道:"帮主,我们何不趁着两边打仗的功夫悄悄上岸,直奔云顶城。"

李发水赞许地点点头:"那两个通风报信的兄弟呢?他们还没有回来吗?"

"我觉得不用等他们,留下一小队人马在岸边接应。我们送我们的货。"

"如此甚好!那我们就别等了,抓紧出发。"

不过,在同袍帮刚卸完货准备出发之际,两个通风报信的兄弟竟然回来了。李发水不以为意,既然如此就一起出发云顶城。可去蓬溪寨的那个兄弟回来之后非要嚷嚷着见李发水。

李发水把他叫到跟前询问:"好事坏事?"

"不好不坏。"跑腿的年轻人回复道。李发水知道,帮里"不好不坏"的意思就是他要说的事情跟这场生意无关。

"既然不好不坏,你还敢耽误时间?"李发水斥责道。

"这件事虽然不好不坏,但没准会变成好事。"

"到底什么事?"

他凑到李发水的耳边嘀咕了几句,声音不大却把李发水给听傻了。

"什么?你说那些蒙古人不是蒙古人?"

"那些蒙古人是乔装打扮的。"

"你怎么这么肯定?"

"我从蓬溪寨回来不小心误进了他们的营地,好在我手脚轻快没有让他们发现。他们没发现我,但我却瞧出了点端倪。他们当时正在吃饭,那些蒙古人手里都拿着鱼鲞在吃。我当时就纳闷了,蒙古人不是只吃牛羊肉吗？怎么还吃起了鱼鲎。"

"就凭这个，你就说他们不是蒙古人？"

"帮主别急。我也没太在意他们的饮食，让我意外的是他们竟然在用蜀语聊天。蒙古人怎么会说蜀语呢？这不是乔装打扮是什么？"

"莫不是蒙古人收编的宋兵。"

"有这个可能，反正他们绝对不是正儿八经的蒙古人。"跑腿的年轻人信誓旦旦地说。

"滚滚滚，滚到队伍后边去。帮主，他们是乔装打扮也好，是蒙古人收编的也好，跟我们送货有什么关系。我看我们还是别多管闲事吧？"李发水身边的帮中长老提醒道。

"确实，我们此行的目的是做生意，咱不能因为别的事情耽误了正事。快，一个个都打起精神，准备出发！"身边另一位长老也附和道。

跑腿的年轻人听两位长老都不在意这件事情，便只能怏怏地往队尾走去。谁知这个时候帮主却拉住了他的胳膊，问道："你刚才说这件事虽然不好不坏，但是会变成好事，是什么意思？"

"手下只是觉得他们明明是宋人却要假冒蒙古人，还要和宋人打仗，肯定图谋不小。最起码的，他们根本就不配为宋人。他们是叛变了还是什么我不知道，我也管不着，但是我就想揍他们一顿！老子蒙古人打不过，吃里扒外的叛徒还打不过吗？至于变成好事……手下只是觉得若是能打赢那些假冒的蒙古人，心里觉得畅快罢了。这么说起来，其实也不能算是什么好事。

"帮主，你派我去蓬溪寨通风报信说明你的眼里不是只有生意和钱财，还有咱们作为宋人的骨气。有你在前面给我做了榜样，我才敢跟你说这些事情。我就是沔州人，我的父母都是被蒙古人杀害的，亲朋好友里十有八九也都因为战事而亡。故土被蒙古人夺去，家人也都不在人世，所以我才来重庆闯荡。其实我早就想好了，跟帮主跑完这单生意以后我就去参军。我从小腿脚利索跑得快，在军队里肯定能杀几个蒙古人为父老乡亲们报仇。"

年轻人说着说着就跪了下来："我承蒙帮主救助，这几年有吃有喝过得安逸。请恕小弟不能陪您去云顶城了，我要留下来打仗。"

"小子，要打也要打真的蒙古人，假的蒙古人有什么好打的。"长老奚落道。

"要是真蒙古人来了我也不怕，但能拿假蒙古人练练手也好。"

李发水虽然有所触动，但自己身为帮主，帮众的生命安全也需要考虑，绝不能意气用事。

"那你就留下吧，日后若还回朝天门码头，还是我李发水的人。"李发水拍了拍年轻人的肩膀，既赞许，又钦佩。不承想，他原本是出于好心的同意，却让自己为了难。

因为在他同意跑腿的年轻人留下之后，又有十几个年轻人站出来表示想要留下来。这些人大多和跑腿的年轻人有一样的遭遇，或是受到了他的感召。

这让李发水犯了难，一两个人离开押运的队伍还说得过去，一下子少了十几个人，那商队万一在路上遇到意外情况，很有可能就会丢货又丢人。

"都瞎掺和什么？你们是什么身份啊，正事不干倒都想去战场送人头了。"长老叫骂道。

跑腿的年轻人继续说道:"我已经打探过了,假冒的蒙古人最多不超过一千人,两边现在势均力敌,伤的伤死的死,估计也就剩下几百号人了。我们商队有一百多人,若是参战肯定能左右战局。帮主,这一战要是胜利,那就是同袍帮的功劳啊,这个功劳多大啊。"

"是啊,帮主我们参战吧。"

"参战吧,帮主!"

功劳二字让李发水内心跳动了一下。这几年来,虽然他所带领的同袍帮在巴蜀已然是颇具实力的江湖帮派,但离开了重庆,离开了朝天门码头,就没人知道同袍帮是干什么的,他李发水是谁。

"会变成好事的……"李发水自己嘀咕了一句,而后立马指挥帮众把刚搬下船的原料重新搬回船上。他身边的两位长老连忙劝阻道:"帮主,三思而后行啊!"

"同袍帮,是时候干点买卖之外的事情了。"李发水下定了决心。

"帮主,就是因为我们同袍帮不插手其他事务,专营买卖,才有了现在这般气候啊。"

李发水没有理会,而是转向帮众说道:"要去打仗就给我手脚麻利点,我们人可以上战场,但是货物一定要安全地待在船上。"

帮主一声令下,帮众们各个干劲十足,一会儿工夫就把货物装好了。李发水对两位长老说道:"你们两个带几个兄弟守船,老子要是回不来了就靠你们把买卖继续做下去。别忘了,赚了钱给我在缙云山买块地,把我的妻儿老小都安置在那里。"

"帮主……你都上战场了,我们岂有不上之理。"

"老子让你们留着看货你们照办就是了！这是我的安排，不是觉得你们贪生怕死，晓不晓得！"

随后，他对着摩拳擦掌的帮众们喊道："兄弟们！抄家伙！"这句话他在创帮之初基本上天天都要喊上几遍，那个时候没靠山，抢地盘靠的就是一股狠劲，打架是家常便饭。但是李发水感觉到，今晚喊出"兄弟们抄家伙"这句话的时候心里异常澎湃。

王坚坐于马上，眉头打着疙瘩，心里焦躁不安。

所有人都没有准备好，尤其是连续作战的将士们。如果今晚又是一场失利，他还有什么脸面回到钓鱼城，回到重庆？从军这么多年，跟蒙古人也打了好几仗，虽不能保证全胜，但也从来没有这么窝囊过。

王坚闭着眼睛，缓缓抽出佩剑，双腿使劲一夹马肚。今晚，就算是战败，他也要败得有尊严。在这决定胜负的最后时刻，他要和自己的将士们一齐战斗。

眼前是手下将士和蒙古人激战的场面，这时，耳边又传来了另外一支部队靠近的声音。他一路上没有提前联系过任何山城和队伍，应该不是来帮他的。王坚豁然地想着，单凭眼前这支蒙古军怎么可能孤军深入呢？现在想通了，原来还有援手。

军人没有资格挑敌人，军人只需要在每一场战斗中做好拼死战斗的准备即可。

"杀啊！"王坚怒吼着。

"杀啊！"王坚耳边传来了另外一支部队的援声。这声音好像是一道闪电，瞬间让他清醒了过来，来的是自己人！

冲在最前面的是李发水，这个人王坚认识，他是重庆跑码头的同袍帮的帮主。他为什么会出现在这里？

"王都统？是王都统！"李发水也认出了王坚。

"王都统，我携帮众来支援你们了。兄弟们，上啊！砍死那帮假蒙古人！"李发水一声令下，帮众们便冲了上去。

"假蒙古人？"王坚诧异地重复了一句，他怀疑自己听错了。

"王都统，你们还不知道呢？他们是假蒙古人，千真万确！"李发水丢下一句话，也冲进了战场。他带领着自己的帮众边作战边辱骂对方。

"假蒙古人！"

"叛徒！"

"屁股插鸡毛掸子，装起草原狼来了！"

同袍帮的意外出现让云顶城的"蒙古军"乱了阵脚，他们打起仗来虽然没有章法，却拆穿了对方的身份。王坚部队的情绪几乎就在顷刻之间高涨起来。反观云顶城那帮家伙被撕掉了蒙古人的面具，突然就变得不会打仗了。双方心态上的变化，加上同袍帮的殊死搏斗，战局瞬间反转。这场战斗一直打到敌方只剩下十几个人的时候才停下来。

王坚上前抓过一个"蒙古兵"，脱掉对方的头盔和盔甲，终于在发型和内衣上确定对方是宋兵无疑。

王坚用佩剑抵住这个假蒙古兵的喉咙，问道："看你们作战的表现，绝非一般的散兵游勇，肯定属于巴蜀戎司军队，到底是哪一支？"

"王都统这么好的眼力，何不再猜一猜？"被扒了伪装的士兵非但没有害怕，竟然还敢调侃王坚。

王坚本来就郁闷了好几日，现在哪里还受得了他的调侃，二话不说一剑了结了他的性命。

"不说的人就是这个下场，你们十几个人里面到底有没有识时务的？有的话抓紧站出来！"

王坚话音刚落，被围困的十几个人里面倒还真的站出来一个人，不过他是这样说的："任务没有完成，回去也是一死。大家后槽牙里都藏着毒丸吧？趁早咬了，给我们一家老小留条后路。"说罢，只见他左脸肌肉一动，双眼翻白，当场死将过去。余下的十几号人也都跟着咬开了毒丸，纷纷自杀于王坚的包围圈中。

王坚无力地向手下交代必须要查清楚这些假蒙古人的真实身份后，接着转身走向李发水。

"李帮主，今日若非同袍帮赶来相助，还真是胜负难料啊……"王坚心有余悸。

"王都统，我只是碰巧经过这里而已，因为有一批货要送云顶城去，本来打算在蓬溪寨一带靠岸的，结果发现了蒙古人。蒙古人潜进来还得了？我赶紧派手下腿脚快的兄弟去蓬溪寨报信。喏，就是这位小兄弟。"李发水把跑腿的年轻人推到王坚面前。

"所以蓬溪寨在接到你的报信后就燃起了烽烟？"年轻人点点头，王坚赞许地拍了拍他的肩膀。

"也还是这位小兄弟，在回来途中经过了'蒙古人'的营地，发现他们根本就是宋人假扮。等他跑回来把这个消息告诉我的时候，你们已经打起来了。我起初以为是蓬溪寨的军队在和假蒙古人作战，不承想竟遇上王都统您了。蓬溪寨的这些人可真是，烽烟都燃起来了，却不肯派个一兵一卒下来支援。"

"这才显得李帮主大义凛然啊，宁愿丢下买卖不管，却过来帮我们这些当兵的打仗，实在是惭愧啊。"王坚的眼神复杂，他刻意东瞧瞧西看看，最后眼神落在了李发水的腿上。

"李帮主受伤了啊！"

"啊？"李发水对自己的伤势根本没有感觉，听王坚提醒才发现确实大腿上有个不小的伤口，血还在往外流呢，"不碍事不碍事，人在江湖飘哪有不挨刀的？"

"军医！"王坚喊来军医，又安抚李发水先将伤口处理包扎起来。

"李帮主，你是最早发现这批假蒙古人的人，你有没有看见他们是从哪个方向过来的？"

"我们发现他们的时候，他们就是在涪江东岸一带河间地行军，具体是从哪个方向来的，我还真是不清楚。"

涪江东岸再往东十几里便是嘉陵江，这十几里河间通道地势平坦，是连接内外围山城的重要纽带，也是王坚从苦竹隘撤军走的路线。王坚从苦竹隘到蓬溪寨一路平稳，从未发现有其他军队行军的痕迹。所以这些假蒙古人应该就是从涪江或者嘉陵江渡来河间地的。

基于这样的路线考虑，有两个山城离得最近，行军也很方便。一个是东面的青居城，另一个就是西面的云顶城。

青居城他是信得过的，北伐中帮助蒙古人暗度陈仓道的几个云顶城的士兵就看押在那里。从北伐撤退途经青居城到现在已经过去几个月了，那几个云顶城的士兵一直被关在青居城大牢里，既没有发生任何意外,也没有走漏风声。所以王坚一直对青居城信任有加。

那云顶城呢?王坚想到王夔和姚世安的脸就恨得咬牙切齿:"云顶城能做出这样的事情来。"王坚心想。但制置使余玠已经不止一次在云顶城的事情上批评他鲁莽了,所以他极力控制了自己的情绪。要是搁在以前,他带兵在外军令有所不受,没准真的会直接到云顶城兴师问罪。

"啊,还有一件要紧事。李帮主,你们同袍帮今晚充当了义军,我看也有人员伤亡,烦请你统算登记,我回去第一件事情就是抚恤他们的家人。当然,你和同袍帮功不可没,我会如实禀告制置使余大人,为你们请赏的。"

李发水心里很高兴。在这件事圆满之后,他又想起了买卖的事。幸亏只是耽误了一夜,若是在路上赶得急一些应该还能在约定日期当天按时交货的。

李发水做好了登记之后,帮助王坚一起清理了战场,赶在天亮之前又重新踏上了前往云顶城的路途。

李发水和他的商队在沱江、涪江的河间地又赶了一天一夜的路,终于抵达了云顶城的山脚下。他的车队庞大,远远地就引起了云顶城上守卫的注意,守卫便通知了姚世安。姚世安这几日正因阻击王坚失败而忧心忡忡,王坚的脾气秉性他是知道的,没准会反击云顶城。

所以即便是商队,也足以让他警惕起来。他命令守城将士们按照战时戒备,而后自己亲自下山接洽那支商队。不过,在李发水直报家门之后,他和姚世安都陷入了解不开的疑惑中。

"在下是重庆朝天门码头同袍帮的帮主李发水,我受云顶城杨步宇团练的邀约,今日准时将千石铁原料送到。敢问哪位是杨步宇团练大人啊?"李发水兴致盎然地看着眼前的云顶城将士,想象着巨额尾银,心里乐开了花。

但是,云顶城这边的反应却不如李发水这般热情。姚世安等人疑惑地打量着李发水,看样子确实是一个生意人,身后的那些押车的也不像士兵。不过姚世安并没有声张,而是带兵亲自检查了李发水身后的车队。检查的结果让姚世安喜出望外,车上拉的确实是货真价实的铁原料。这正是山城目前最需要的物资。

"您就是杨步宇团练吧?"李发水走到姚世安的身旁,赔笑着问道。没想到姚世安身边的士兵一把将他推开,骂道:"什么团练,这位是云顶城利戎司的姚副都统。再说了,我们云顶城也没有姓杨的团练。"

"没有?那就怪了!"李发水意识到事情的蹊跷,赶忙重新盖好车上的油布,"既然没有杨步宇这个人,那兴许是弄错了,打搅了,打搅了啊。"

"慢着……"姚世安傲慢地看着李发水,"向你买铁原料的人说他是云顶城的团练,名字叫杨步宇?"

"对方是这么跟我说的。不过,我也没有见过他,他委托了一个牙人来跟我谈的,确切地说是那个牙人转告我的。"

"就因为牙人的一句话,你就把千石原料都拉来了?"

"杨步宇团练已经委托牙人支付了三成的货款,所以我才拉来的。姚都统,既然云顶城没有杨步宇这个人,那兴许是那个牙人弄错了,实在是打搅你们了。"

李发水叉手道别,转身就要招呼兄弟们发车,没想到姚世安却拉住了他。

"李帮主?不急不急,既来之则安之……云顶城没有问你买这些东西,而你却拉来了,这不是缘分是什么?所谓有朋自远方来不亦乐乎,不妨留下来吃个饭。啊?你说要不要得?"姚世安的一对三角眼向上吊着,好像一只看见鸡的黄鼠狼。

"谢姚都统美意,我看还是不必了吧。在下只是一个行走江湖的糙汉子,哪能和都统大人一起上桌吃饭?还是买卖为重,买卖为重吧。"李发水说着要走,可姚世安拉着他的手却一直都没有松劲。

"哎?急什么!"姚世安吼了起来,唾液溅到李发水的脸上。

"都统大人不要为难我啊,我只是一个跑江湖的生意人。"

"谁说要为难你了?你阴差阳错地把这么多好东西运到云顶城,我谢谢你还来不及呢。"

"可这些东西是杨步宇团练……杨步宇这个人要的,而且他已经付了三成货款,我不能……不能不讲诚信。"

姚世安拍拍自己的胸口:"喏,杨步宇,我就是杨步宇。货款是我付的,尾银我也会给你的,东西就别拉回去了,怪累的,你说是不是?"

"这……"

"别这啊那啊的了,磨磨唧唧像个婆娘!"姚世安身边的士兵抽了李发水一棍杀威棒,李发水险些跪倒在地。

李发水心想,姚世安这些人哪里是想买啊,这样子明明就是要抢!自己只是个买卖人,但大小也是个帮主,可这个姚世安看着比

313

他还像是江湖人。而且不是一般的江湖人,而是一个强盗。

"姚都统准备花多少钱买下这些铁原料?"李发水极力控制住自己的情绪。

"依我看……"姚世安伸手点起了李发水商队的人数,"一共是七十六人。李帮主,你看这样好不好?你把这几车原料留下,我饶你们七十六条性命,如何!"

如何二字一落地,云顶城的士兵们立马剑拔弩张起来。李发水顿感眼前一黑,如临深渊。

"不好!"跑腿的年轻人突然站了出来骂道,"你们还是不是大宋的兵?和强盗、蒙古人有什么两样?我们前天晚上还在蓬溪寨一带的河间地杀了一群蒙古人,现在还能受你们的欺负?"

姚世安双眼瞪得鼓将出来:"把那小子给我抓过来!"

跑腿的年轻人马上被带到了姚世安的面前,姚世安拿刀抵住他的脖子问道:"这位小英雄,你刚才说在蓬溪寨杀了蒙古人?"

"对啊,和钓鱼城的王坚都统一起。你们呢?你们只会欺负自己人!有本事也去杀蒙古人啊!"

"原来是你们干的好事啊……"姚世安转着脖子,舌头不停地舔着牙齿,"我说呢,必胜一役竟然被你们这些好管闲事的江湖猫狗给搅和了……"

姚世安的声音不大,但李发水离得近听得一清二楚。姚世安也知道前天的那场战斗,还说什么必胜一役。不好!李发水意识到自己闯进了狼窝,赶忙下令帮众:"兄弟们!操家伙!"

于是,一场帮派与利戎司的战斗即刻打响。不过这样的战斗显然是持续不了多长时间的,利戎司是正规军队,又是在姚世安的指挥之下，所以两边的对垒看上去就像是壮汉在揍小孩。

"一个活口都不要给我留下！"姚世安的刀从跑腿年轻人的胸口拔出，带出一股鲜血。

"跑啊！"李发水飞快跨上拉车的一匹马，飞奔逃离。

"一个活口都不要留下！那个逃走的，把他射下来！"

李发水胯下的马似乎也感受到了生命威胁，拼了命似的往前跑去，鼻子和嘴巴里呼呼地喷着白沫子。李发水回头看去，帮众们已经被杀得差不多了。此时，空出手来的士兵们也都纷纷骑上马朝他这边追来了。

李发水回头看路，只见这条路越走越小，右手边是山林灌木，左手边是悬崖峭壁，峭壁之下就是沱江。关键的时候，胯下的马竟也越跑越慢了。

嗖！

身后传来箭的声音，他下意识地将身体附在马背上。那支箭擦着他的后背射中了马的左耳。马因为疼痛疯狂地摆动着脖子，结果跑偏了方向。马失前蹄，连人带马一起摔下了峭壁，在沱江江面上砸出了一朵巨大的水花。

姚世安追到李发水掉落的峭壁，小心翼翼地向下看去。沱江在这个地方由东转向西，拐弯之处形成一个巨大的漩涡，此时李发水的人和马都被漩涡卷了进去，没有了踪迹。

姚世安长吁了一口气，脸上恢复了轻松的神态，那几马车的铁原料现在只属于他姚世安一个人的了。

第十七章
云顶城的真都统

暮春四月的缙云山，草木葳蕤，群莺乱飞。山间云雾缭绕，在朝阳的衬托下，色赤如霞，似雾非烟，磅礴郁积。

余玠与冉璞二人徒步于山间小道，余玠的身体较之年关前后有了很大的改善，在合州通判冉璞看来，制置使观山看水的眼神是温润而又明亮的，似乎他的身体又恢复到了年富力强的状态。

此时，朝云暖罅，余玠凭崖眺望，嘴里轻轻地念着唐代李商隐的诗句："君问归期未有期，巴山夜雨涨秋池。何当共剪西窗烛，却话巴山夜雨时。"

这首诗是李商隐留滞巴蜀时，在缙云山上寄怀长安亲友之作，巴山便是缙云山。此情此景之下，余玠念起这首诗内心又是另外一种感觉。遥记当年他与赵婵在临安分别，一个被皇室礼数困在了太庙，一个领了皇命即将前往巴蜀。那次告别，二人未能见上一面，只有赵婵差人偷偷送出来的一封信。那封信上，除了赵婵用隽秀的书体写下的李商隐这首诗，其他什么都没写。

何当共剪西窗烛，却话巴山夜雨时。何时归去共剪西窗烛花，秉烛夜谈互相分享这几年的点点滴滴？归期未可期，余玠长长地

"唉"了一声。

冉璞去过临安,又带信回来,多少知道一些余玠和淮夫人的故事。见余玠如此自言自语,冉璞心里估计他应该是睹物思人了。冉璞虽自认为比王坚更通人情,但若要安抚此时此刻的余玠,恐怕还是为难了一些。

冉璞在心里暗忖,制置使今日上山莫不是想重新拾起曾经丢下的文人雅致?可他明明知道我并不擅长吟诗作对,点名叫我陪同上山却又是为何?

好在这样的静默并没有持续太长的时间,最终还是余玠自己从刚才的情绪里走了出来。

"冉璞,古人说赤多白少为缙,缙云山上的云就是如此,缙云山也正是因此而得名。如果我将保家卫国的人称之为赤士,消极逃避的人称之为白士,凭你在巴蜀任职的年头,看看这两种人哪种人更多?"

"自然是赤士更多,但白士也并非全然没有。"冉璞斩钉截铁地回答道。

余玠也很赞同冉璞的回答,点点头说道:"是啊,赤里掺了白,就是缙,终究不是赤红一片啊。"

冉璞又接不上话了。

"就在前几年,我心里还有一个愿望,就是让全蜀的军民怀抱一颗赤诚之心,投身于固守国之西大门的想法。可是这两年,尤其是今年,我已经没有这样的想法了。因为我知道,就算我是制置使也不可能让所有人都跟我想的一样,干的一样。这件事太难了,普天一心,这点恐怕连皇上也做不到吧?"

冉璞听出了余玠话里的意思，脑子里突然冒出赵葵和他在临安时说过的一番话。莫非此时余玠已经有了隐退之意？于是冉璞趁热打铁说道："制置使已经做了所有您能做的事情了，我冉璞虽是武人，但也知道谋事在人成事在天的道理。制置使不必太过于苛责自己。"

"你会说谋事在人成事在天，还说自己是粗人？你这句话就说得很好嘛。"

"啊？制置使，末将只是又想起了从临安回重庆的那个晚上，赵葵最后交代我的那句话了。"

"冉璞，其实你、冉琎、王坚，还有张珏，你们也跟赵葵想的一样吧？也希望我能活着撑到十年之约完成的那一天？"

冉璞毫无掩饰地点点头："虽说作为军人不应该计较个人生死，但……但我是粗人我讲不出什么大道理，只晓得活着总比死了好，留得青山在，不怕没柴烧。"

"我余玠活着又如何？人固有一死。"

"你活着，巴蜀就能活着，大宋就能活着。"

"放屁！"余玠将手上随处折来当作拐杖的树枝丢向冉璞，"难道我余玠的性命可以和大宋的国祚一样长吗？我即便是平安终老还能活几年？五年？十年？或者二十年？难道大宋的国祚也只剩下这么几年了吗？"

"末将嘴笨，但绝对不是这个意思。"

"江山也许是靠一代人打下来的，但靠一代人却是无论如何也守不好、守不住的。同样的道理，巴蜀大地靠我余玠也并非长久之计。你觉得是靠什么？"

"靠精神，靠坚守国门的精神和信念。"这个答案是余玠还在病榻之上时，读了赵婵的信后跟每个在场的人都说了的，冉璞一直记在心里。

"看来你并没有忘记我之前说的话。只有这种精神在巴蜀大地上立起来，才能影响一代又一代人，才能创造一个又一个余玠，一个又一个冉璞！"

冉璞从余玠的话语里读到了不安，于是便劝道："制置使，如今汪德臣在嘉陵江上游安营扎寨，时刻会对巴蜀大地发动进攻。我想到的只有当下，当下无论如何要挡住他们的进攻。"

"因为你不是制置使，你不是我，所以还是体会不了我的心思。当下固然重要，但无论北伐还是广筑山城，并不只为了当下而已，而是为了将来。所以，对于我们有限的生命来说，也应该做一些有益于将来的事情，因为当下终将会过去。"余玠用手指了指山下劳作的农夫，"如果只关注当下，这些吃饱穿暖的农夫就不会日夜劳作，也就没有春耕秋收了。肚子饱的时候，可还是要时刻为随时可能到来的饥荒做准备啊。"

余玠接着说："当下，汪德臣在不远处虎视眈眈，巴蜀是危险的，但你有没有想过将来没准会比现在更加危险？"

冉璞知道余玠的意思，他现在已经抓紧时间为巴蜀的将来谋划了。但他觉得既然二人的话题来到了这上面，他就必须咬牙再建议一番："制置使，您完全有机会从目前这个混乱的朝局之中抽身出来，在确保自身安全之后，再对巴蜀的未来从长计议。"

"抽身出来？"余玠笑了，"抽身出来之后我去哪？去临安担任一个闲职？那样我对巴蜀说话还有分量吗？眼看着巴蜀沦落岂不是生不如死？"

余玠一连发了五问，可冉璞依旧固守自己的态度，说道："您只要活着就有再回到巴蜀大地与我们并肩作战的可能。"

"活着的只是躯体，我的精神已死。躯体是不是活着在于我，精神是不是活着在于广大军民。他们心里有我，我就活着；他们心里没我，我就死了。如果真按你所说的，在这样紧要的关头卸下制置使的盔甲，那巴蜀的军民心中还会有我吗？还会有抗战到底的精神吗？我是制置使，我不必高高在上、明哲保身，而是应当身先士卒。就是死，我也应该冲在最前头。"

冉璞不知是羞愧还是失落地低下了头："制置使，其实在我的心里，您活着比什么都重要！今天这缙云山上只有你我两个人，末将就跟您说一句掏心窝子的话吧。您对巴蜀做得已经够多了，明眼人都能看到，现在的巴蜀民富军强，就算是汪德臣今天打进来我们也完全有能力将他赶回去。您是时候卸下盔甲和包袱了，如果您真的……真的死了，那不管是我冉璞还是冉琎、王坚、张珏，我们心里的支柱就真的倒下了。"

"你们是觉得作为下属没能让我善终，心里愧疚吧？"余玠坦然地说道，"那就把这份愧疚转化为动力、信念，甚至是仇恨都可以。冉璞，上阵杀敌的时候我可从没见过你如此软弱。"

冉璞动情地颤着双眉，眼白里涨起了血丝："制置使，是我错了……我冉璞今天当着你的面发誓，再也不会劝您了，我要和您一道，将巴蜀军民的精神立起来！"

太阳渐渐升高，缙云山上的景象一如冉璞的内心，依旧愁云缭绕。

余玠脸颊微红,呼气带着沉重的痰音。他重重地拍了拍冉璞的肩膀,深深地吸了一口山上清冽的空气,换了一种口吻说道:"我还有事要问你。"余玠停了一会儿才接着说,"你从临安回来之后,我日日都在为秋冬防御上的事情操心,一直没有机会找你。现在天气终于转暖,蒙古人不会选择在这样的季节入蜀,我才有机会在这样春光明媚的场合和你谈一些心里话。冉璞,你临安之行是否见到了淮夫人?"余玠问完话,便把头转向别处,期待而又担心冉璞没能说出自己想要的答案。

"见到了。"冉璞没有见到赵婵,可看着余玠的样子,他又不忍心说自己没见到。显然,余玠对这一天已经期盼了很久。

"真的?"余玠毫不掩饰自己的欣喜之情转头看着冉璞,那种表情,冉璞只在余玠当年听到冉琎的"筑城钓鱼山"的建议时见到过。

"她怎么样?"

余玠问了一个冉璞难以回答的问题,冉璞只能说:"我离开临安的时候,她只是站在夜幕中目送了我一程而已。她是悲还是愁,我看不出来。"

"她也老了吗?"

"制置使,你老了,她当然也老了。"

余玠点点头:"她有没有跟你说过什么话?"

"她只是目送了我一程而已,我们并未交谈。况且她想对你说的话应该都在那封信里了吧。"

余玠缓缓抬眼看着冉璞:"她在目送你的时候,身边有没有其他人陪同?一个女孩。"

"女孩？没有。"说完之后冉璞意识到自己回答得太快了。余玠为什么要说起这个？

"没有吗？看来传闻是真的，她把她送走了。"

冉璞不知道传闻是什么，也不知道送走是什么意思。他只是单纯地觉得，余玠专程约他逛缙云山其实主要是想打探淮夫人的近况，他不忍心什么都不知道，哪怕是谎话，只要能让制置使内心安定一些，就无所谓真假了。

二人沿着山路走了良久，在快到山顶的时候，余玠淡淡地说道："冉璞，她没有来送你，对不对？"

冉璞身形一怔，惊出了一身冷汗。是立马认错，还是接着演戏？

"你犹豫了，而不是疑惑。看来你是真的骗我了。"余玠失落地吐出这句话。

冉璞怅然地站在原地，这才意识到自己露馅了。如果他真的见过赵婵，当余玠说出这句话的时候，第一反应应该是疑惑余玠为什么会这样说，而不是犹豫该怎么解释。

冉璞看着余玠苍老而又缓慢的背影慢慢走进云雾，正如他形单影只地慢慢走进了自己的回忆。

冉璞心灰意冷地走下缙云山，思绪还没有完全从懊恼中走出来，却看到山下多了一人一马。那人是制置司专门传递消息的斥候，冉璞一见到他便知道有事发生。

"都统，事关紧急我必须跟制置使当面汇报。"在冉璞询问之后，斥候拒绝道。

"既然如此紧急，为何不及时上山汇报？"

"是我阻止他的。"余玠的贴身护卫说道,"制置使交代,无论何事也不能上山打扰你们二人。"

"我去叫他下来。"冉璞一下子急起来,驱马往山上赶去。

好在冉璞驱马行至半山腰的时候,就见到了下山的余玠。冉璞上前把事情做了汇报,又把马让给他,自己才安下心来朝山下走去。等到冉璞重新出现在缙云山下的时候,余玠和斥候已经离开,只给他留了一个口信。

冉璞的随从告诉他:"制置使刚听完斥候的报告就急匆匆地走了,只是叫我转告您,去钓鱼城叫上冉琎和张珏,而后在制置司会面。"

"制置使没交代是什么事情吗?"

随从为难地摇了摇头:"制置使听了斥候报告后,脸色极其不好,想必是天大的事情。通判大人,咱快回钓鱼山去吧。"

过了晌午,二冉和张珏终于出现在重庆府衙署门前,院管立刻将他们请到余玠的书房。

二冉和张珏到的时候,余玠还在书房里和制置司的官员们商讨,他们又在门口等候了一刻钟,制置司的官员们才愁眉不展地从书房里走出来。

三人走进余玠的书房,余玠正大口大口饮茶。他一只手端着杯子,一只手招呼三人坐下。等茶水饮毕,余玠便直截了当地开口说道:"近期钓鱼城武器装备储备得如何了?"

二冉互相对视了一眼,都将目光移至张珏的身上。身为监军的张珏便当仁不让地汇报道:"武器装备的储备进度不理想,主要是九口锅军工厂制造生产的进度过慢。前几日我询问过,主要原因是他们拿不到铁原料。"

冉琰补充道:"照理说巴蜀境内已经四五年没有遭遇大的战争了,铁原料的储备应该很充足才是。可今年却是奇怪,市面上能见到的很少,我了解了一下,周边山城也都遇到了这样的情况。"

"这就是今天我找你们来的原因。在缙云山的时候有斥候来报,苦竹隘、鹅顶堡、铁峰城等山城来函要求制置司给他们增加军费开支,理由是市面上无法收购足够的铁原料,而云顶城却储量充足并有意兜售,但价格却是市面上的两倍。"

"云顶城是什么坏心思?竟然还想着发财?"冉璞心中不爽。

"这不是重点,重点是云顶城哪来的铁原料?别忘了,几乎所有的山城都说今年的铁原料非常难找,而云顶城却能做起生意来……"冉琰补充道。

余玠指了指桌子上的一大摞纸,说道:"刚才我把制置司的人叫来商议,讨论的时间很长,但真正有收获的东西却不多。不过虽然如此,但大家还是一致认为应当把王夔调离云顶城。"余玠没有像往常一样征求大家的意见,而是单纯地传达制置司讨论的结果。

"太好了,要是王坚在的话他肯定会拍手叫好。"冉璞心直口快地说道。

冉琰看了冉璞一眼,而后担忧地问道:"制置使,您可是一直不主张处置王夔的,怎么突然……"

余玠缓缓说道:"云顶城是沱江上最外围的山城,被誉为蜀中八柱之一,是山城防御体系内极其重要的一部分。是,我的确不主张现在处置王夔，那是因为他以前的所作所为只是暗地里针对我，对其他山城的影响有限，但是……"余玠面色突然凌厉起来，"但是云顶城竟敢公然兜售铁原料，这让制置司颜面何存？那么多的铁原料是哪里来的？在全蜀危难之际不想着互帮互助，却想着大发横财！如此都统，制置司再不处置，恐怕巴蜀各山城将会大乱！"

"可是，利戎司的兵权掌握在王夔手中，他可不会轻易就答应制置司这样的决定。"张珏对制置司的决定是支持的，但这样的决定最后能落实几分他是持怀疑态度的。方才那些制置司的同僚们一个个眉头紧锁，想必也有不少人在担心张珏说的问题。

余玠点点头，不过没有那么忧虑："站在军法角度来说，制置司的决定他王夔无论如何是一定要服从的。"

"如果不服从，那他便是违法抗令，罪加一等。"冉琎淡淡地补充道。

余玠踱步到书房门口，轻轻地关上了书房门，转身说道："王夔在蜀地从一个士兵一步一步爬上来，威名不小。但这几年王夔放任自流，逐渐消耗了年轻时候攒下来的威名，无论军中还是云顶城的老百姓对他都颇有微词，尤其是潘金光等乡绅们。我已派人暗中联络潘金光察访民意，制置司强行剥夺王夔的军权和职务的决定，云顶城百姓们坚决拥护。"

冉璞憋不住说道："制置使，我蜀军在朝中颇有威望，名气也很好听。可偏偏出了一个王夔，就好像是一颗老鼠屎掉进了一锅粥里面。如果这个时候能贬谪王夔，我认为对蜀军来说是一件好事，至少军心会更齐，也不会再发生像蒙古人从陈仓道偷袭的事情了。"

"其实，现在处置王夔还有一个原因。他的威名到底有几分影响力，我并不担心。我担心的是他会和吴曦一样，叛变！"

吴曦这个人可是大有来头。高宗定都临安后，对当时的抗金诸将进行赐封，韩世忠为蕲王、刘安世为鄜王、张俊为循王、岳飞为鄂王、杨存中为和王、吴玠为涪王、吴璘为信王，合称七王。七王之中，吴家独占两王，而吴曦就是吴玠的孙子、吴璘的儿子，可谓家世煊赫。就是这样一个人，在当年金军入侵巴蜀的时候竟然选择了叛变，投降金人。

"现在这个情况是，铁原料比士兵金贵。照巴蜀如今局势，降低些征兵的门槛，再提高些兵卒的役金，扩充军队并不是难事。可士兵招募进来没有兵器怎么成？没有铁原料就没有兵器，没有兵器就壮大不了军队。而依照云顶城的情况，王夔可以轻轻松松让利戎司的实力翻番……"

余玠这份担忧并不是没有由来的，王夔和吴曦一样野心勃勃，早就不满于都统的职务。想要获取更大权力的人是没有底线的，什么事都能做得出来。

"制置司恐王夔生变，所以才决定将他调离云顶城，来制置司担任副使。若让王夔彻底失去希望，他势必狗急跳墙，没准就会和吴曦一样投奔外族。王夔身处云顶城，是山城防御体系中最外围的山城，他若是举兵叛变，我们根本来不及反应。而沱江防线失去了云顶城的威胁自然就只能任由蒙古人长驱直入了。"

即使到这个时候，余玠考虑事情的出发点仍旧是巴蜀的安危，而不是自己在政治上的安危。

"制置使，你有没有想过，虽然王夔没有本事反对制置司，但他后面的奥援却可以。我们以前商议的是如何对王夔进行致命一击，而调任这样的措施无异于清水煮蛙，这不是在麻痹王夔，而是在麻痹我们自己。王夔接到这样的军令以后，他肯定会联系谢方叔，谢方叔一旦进行干预，那制置司就被动了。"冉琎提醒道。

余玠摇摇头，说道："谢方叔若是帮王夔说情，那到时候只有再行应付了。现在我没有心气去考虑那么多问题了，他是丞相，我是制置使，在我心里巴蜀大局永远是最重要的。"

"其实，倒还有更好的办法。"冉琎诚恳地说道，"对王夔，要么就一撸到底，直接治罪于他。要么，索性跟原来一样，继续采取放任态度，继续麻痹王夔和他身后的谢方叔。"冉琎说。

"这一次，即使我能熟视无睹，也无法压制其他山城的声音。你看看，"余玠把其他山城发给制置司的函件递到冉琎面前，"这些函件你以为真的只是在请求增加军费吗？他们是在检举王夔，我作为制置使岂能熟视无睹？如果这样的话，等到了秋冬之际，人心会比天气先凉的！"

"可是，您也知道蒙古人会秋冬来犯，留给我们的时间不多了。制置使，您的时间也不多了。"冉琎决定打开天窗说亮话了，"您知道，我们也都知道惹恼谢方叔的后果，若真的将王夔调离云顶城，那谢方叔一定会想办法对付您的。而一入秋，蒙古人随时都有可能来袭，到时候您是应付谢方叔还是应付蒙古人？最终的后果极有可能是两边都应付不了……"

"王夔劣迹斑斑、恶行昭昭……我赌谢方叔要斗我也不会拿王夔调职为由头。"王夔已经到了不得不处理的地步了，余玠只能赌一把。

而且，余玠是在用自己的命下注。

余玠调离王夔的态度是异常决绝的，却没有把这个决定最终的结果看得那么重。但不管怎么说，这纸调令是制置司对云顶城做出的惩罚，这么多年还是第一次。云顶城内部的反应远比余玠预期的还要大。

"余玠竟敢真的对我出手了！"王夔将调令撕个粉碎，"什么制置司副使，他余玠无非是想将我置于他的眼皮子底下看管起来罢了！"

"可不是嘛，制置司副使虽然听上去也是个大官，但哪有都统来得潇洒自在。都统，我们可千万不能赴任啊！"姚世安添油加醋道。

王夔突然暴怒起来："这都是你惹出来的事！咱们发了一笔横财，得到千石铁原料，那偷着乐就可以了，非要到处招摇！这下子好了，把横祸给招来了。"

"都统，话可不能这么说。那么多铁原料我们云顶城无论如何也用不光，与其放着烂，倒不如换两个钱来得实在。说到底，我这也是为了您好啊。换来的钱不都入了您的库房嘛，我可是一个子也没落着啊。"姚世安说完，双手置气地抱在胸前。

"我缺那几两碎银吗？"

"那我好心还被当成驴肝肺了……"

"姚世安，你说的是什么话？"王夔一掌拍在案台上，"现在要被余玠调走的人是我，不是你。你是不是早就想赶我走了？我走了，云顶城都统就是你。"

姚世安脸唰地红到了脖子根。

"我王夔虽不如从前那般立了许多军功，但在云顶城还是说一不二的，就算是重庆府和制置司也不敢置喙指点。可近两年这个情况却变了，反对我的声音越来越多，我王夔好像突然就成了一个居功自傲、疯狂敛财的庸官了。"

姚世安脸上的红色渐渐褪去，转为阴沉沉的白色："难道不是吗？以前没人说你那是因为大家还不了解你罢了。"姚世安也摊了牌，"以前没人说你，难道你的所作所为就是对的吗？且不说你制定的苛捐杂税让多少云顶城的老百姓家破人亡吧，你收刮来的民脂民膏有没有想到给弟兄们也分一分？这几年，我就光看着你的肚子一天比一天肥了，兄弟们却还是瘦精精的老样子。"

"呵……你小子终于露出鬼脸来了！所以你千方百计把汪显祖介绍给我认识，又执意转卖铁原料，无非是想让我戴上谋杀制置使、搅乱前线军需的罪名！"

"都统，这事除了你自己，谁都不好怪罪。我姚世安也只不过是替你做了你想做的事情而已。我跟了你这么多年难道还不清楚你的想法吗？余玠你是不服的，至于区区云顶城的都统，你早就不想干了！如果谁能让你坐上制置使的位子，投奔蒙古人这种事情你也做得出来吧？"

王夔冷冷地盯着姚世安，咬牙切齿道："你这个吃里扒外的小人！是你！是你在我身后一直推着我往前走，让我不知不觉之间走到了如今这步田地。"

姚世安的眼神同样阴冷，比王夔还多了几分凶狠："你若是不肯迈腿，我又哪里推得动哦？不过都统大人，如今这步田地又如何？你的所作所为就算是凌迟也不为过，可现在只是调动职务而已，这已是余玠莫大的宽容。其实，依我看你大可答应了制置司的安排。"

"然后把云顶城都统这个肥差让给你？门都没有！"

"唔……"姚世安脸色一下子凶狠起来，"王都统，江山要轮起来坐的嘛。哪有什么好事都是你一个人独占的道理？你这么做的话，谢丞相也不会同意的。"

姚世安提到谢方叔，王夔的眼神瞬间充盈起来："对了！我还有谢丞相，谢丞相一直以来都十分照顾我和云顶城。我现在就写信给他，他肯定愿意帮我的。只要谢丞相知道这件事，那我王夔就一定会有惊无险，平安度过这次劫难的。"

姚世安冷笑一声，说道："王都统，什么劫难啊？哪有那么严重。再说了，这点小事还要你堂堂都统亲自来做，那要我这个副都统做什么？信我已经给你写好寄到临安去了。我留了一个副本，你看看我这么写妥当吗？"说着便把一封信往王夔的怀里丢去。

王夔双手接了半天，信才不至于掉到地上。他迫不及待地展开信纸，只读到一半便勃然大怒："姚世安！你这个狗日的混蛋！"

姚世安一脸无辜地说道："我怎么就混蛋了？你恶贯满盈，制置司对你下手是迟早的事情，只要余玠对你出手了，谢丞相就会对余玠展开进攻。我只不过是把这个可以进攻的信号提前告诉谢丞相而已，也没有别的意思。"

"可是这信里所写的意思，分明就是你和谢丞相都已经算到我有现在这一天了，都在等着这一天的到来呢！如此看来，谢丞相就算收到了这个消息也不会帮我了？"

姚世安点点头，说道："是啊，我们就等着这一天呢。"

"为什么？这是为什么？"王夔双眼涨得通红。

"为什么？想知道吗？那我告诉你好了。谢丞相确实是云顶城在朝堂的奥援，但他真正器重的人不是你，而是我。谢丞相之所以对云顶城高看三分、厚爱有加，那是因为他在巴蜀的家人曾经在云顶城上躲过战乱。但你别忘了，是谁冒着被破城的危险，开了城门将谢丞相的家人迎进来的。是我姚世安，不是你！这也不是云顶城的功劳，而是我姚世安一个人的！至少，在谢丞相眼里是这样子的，这就足够了。"姚世安一脸得意，"至于你，只不过是他的一枚棋子罢了，为谢丞相得以攻击余玠的棋子。云顶城如此重要，制置司却要在这个时候临时换帅，若是影响战局成败，这个责任是谁的啊？当然是余玠的了。巴蜀的主官出现了决策性的问题，身为丞相的谢方叔就有责任有义务提醒皇上给余玠挪屁股了。你，听懂了吗？"

王夔失魂落魄地双手撑在案台上："原来我只是一枚棋子，你一而再再而三地怂恿我反对余玠，就是为了今天？"

姚世安阴毒地看着王夔，点点头："王都统，你总算看明白了啊？不容易啊不容易。"

王夔双眉突然立起，大喊一声道："来人啊！"

姚世安不解地看着王夔。

"来人啊！"王夔又叫了一声。

"来什么人啊？"姚世安依旧一副不屑的样子看着王夔，"放眼整个云顶城，你哪里还有人啊？现在都是我的人了！哈哈！"

王夒环顾四周，果真没有一个人响应。他双膝一软，险些跪倒在地，于是他央求道："念在我们多年兄弟的情分上，给我一条路走。我下山！我去重庆制置司当副使去，云顶城是你的，我的钱也是你的了，还有那些女人你要是喜欢都可以拿走。我什么都不要，求你让我下山吧。"

　　姚世安俯视着王夒，阴冷地笑了几声，而后一脚踹在王夒的肩膀上："看看我现在的样子，再看看你现在的样子，云顶城还用你给我吗？制置司副使大人！云顶城是我的，你的那些钱啊、女人啊什么的自然也是我的了。不过你放心，我姚世安心里装的不是钱，也不是女人，是更宏大的东西，跟你说你也不会明白的。"

　　"好好……姚都统，那就让我赴任去吧。"

　　姚世安弯下腰冷冷地说道："那恐怕也不太行吧。我都已经把谢丞相的秘密告诉你了，等你去了重庆后，难保不会把这个事情说出去啊……"

　　"不说不说，说了那不就是和谢丞相作对了嘛。"

　　姚世安伸出右手食指摇了摇，又将他搀扶起来重新坐回都统的位置。

　　"不急不急，在谢丞相的计划里，你的任务还没有完成呢。"

　　"我……我虽然不知道谢丞相的计划是什么，但是……但是我什么都可以不要，只要能活命就可以了。"

　　"好啊，有你这句话就够了。其实能不能活命要看你自己，我也做不了决定。怎么？你不信啊？那咱们等着瞧好了。哈哈！哈哈……"姚世安笑着转过身去，对守卫们交代日夜看守王夒，不得让他离开衙署一步；并且还交代了一句："放出消息，就说王夒都统将调令撕了个粉碎，拒不配合制置司的调任安排，还传令紧闭城门，时刻做好应战准备！"

"等等！"王夔突然叫住了姚世安，"你刚才说'巴蜀的主官出现了决策性的问题，身为丞相的谢方叔就有责任有义务提醒皇上给余玠挪屁股了'？这么说是不是意味着你要利用本次我职务调动之机做文章？"

姚世安没有回头，他的背轻轻地抖了两下，应该是在笑。

"姚世安你说话啊！我王夔虽然罪无可赦，但从没有想过要利用蒙古人的力量来对付余玠！我告诉你，千万不能拿巴蜀的安危来开玩笑啊，这是我们作为军人最后的底线！也是身为宋人最后的底线！利用蒙古人？小心你自己玩火自焚啊！"

王夔话说到一半，姚世安早已走出了厅堂。王夔战战兢兢地看着姚世安离去的背影，感觉自己置身于一个冰冷的地窖之中，四周豺狼环视，随时都有可能被撕咬得粉碎。姚世安和谢方叔到底想干什么？

王夔两眼发直地注视着那被撕成碎片、掉落在地的调令，自言自语道："谢方叔和姚世安绝对不仅仅是想让余玠挪屁股那么简单，他们要制造更大的危机来置余玠于死地，他们要余玠死……"王夔突然感觉寒意来袭，在四月天这个温暖的季节打了一个冷颤。

第十八章
反目

自钱雨竹跟着文天祥来到钓鱼城以后,她就没有再找过他。钱雨竹一个人在西市附近找了一家客栈,白天就在城内闲逛,西市街、衙署旁、军营边、农家里,只要有人的地方她就一定要去走一走。大部分时间她几乎都在听和看,偶尔也会抛出几个问题。

"这山城有什么好的?"

"掌柜的,你的店开在钓鱼城一年能赚几个钱?"

"有没有想过下山去谋生活?"

日子来到端午节这一天,钱雨竹照例出了客栈到处闲逛。在镇西门附近的跑马道上遇见了一个挑着担的农夫。这农夫箩筐里既不是瓜果蔬菜,也不是鸡鸭鱼肉,而是满满当当的艾草。

"老伯伯,你挑这么多艾草做什么?"

农夫放下担子,擦了擦汗:"小姑娘,我这是要挑到西市上去卖呢。"

"这是艾草,院前屋后随处可见,谁会花钱来买啊?老伯伯,你这笔买卖可要亏到家了。"

农夫有些不悦地说道:"我这还没开始做买卖呢,就被你说了丧气话。呸呸呸。你没看见我这些艾草有什么不一样的吗？又长又直，叶大色亮，插在家门口也好看，拿到市场上去卖大家可喜欢了呢！"

"你这艾草是从哪里折来的呢？"钱雨竹确实瞧出来这些艾草的不同之处。

"这是我专门种的。"农夫有些得意。

"在地里种的？你的地不用来种瓜果蔬菜却种起了艾草？"

"哎呀，小姑娘家家的懂什么。家里米面瓜果的啥都不缺，我就把荒地种上艾草，没想到种在地里的艾草吃了肥，长得又高又绿，街坊邻里瞧着不错都来讨要。于是我就想，既然大家都这么喜欢，试试拿到西市和东街上去卖呗，没想到一下子功夫就卖光了，赚了好些银子呢。所以我年年都在端午前种艾草……嘻，跟你说这么多干吗，西市快开市了，我得抓紧去。"说罢，农夫挑起担子，哼着小曲晃晃悠悠地朝西市赶去。

钱雨竹站在原地怔住了，听这个农夫的意思，他家里什么都不缺，还能利用闲置的土地在端午节发一笔小财。如果真是这样，日子过得也太舒坦了吧。于是她重新回到了西市，亲眼看见那位农夫的艾草果然卖得很好。钱雨竹在街边一家搭起凉棚的茶肆里坐定，一边喝茶一边看着农夫做买卖，心里同时也在思考着：老百姓手上的钱不光买米买肉，还用来买艾草，看来钓鱼城上的居民日子过得相当富足。

钱雨竹坐了三盏茶的工夫，农夫担子里的艾草就见底了。她走过去询问道："老伯伯，你这个艾草怎么卖的啊？"

"又是你这个小姑娘？一文钱一根，喏，还有最后一根了，这根就送给你了。"农夫把艾草递给钱雨竹，而后开心地搓着手，"借你的福气一会儿工夫就卖完了。你瞧见没有，比边上这些瓜果蔬菜都好卖呢。"

"这是为什么呢？"

"为什么？瓜果蔬菜天天有，每家每户又不是非得今天来买。我这个艾草可就不一样了，今天买今天用，过了今天就没了，他们当然要抢着买了。"

"老伯伯，你的脑子也太灵光了吧。要是去重庆跑码头做生意一定能赚大钱。"

农夫摆摆手："日子过得好好的，干吗非得去跑码头呢？其实啊，现在整个巴蜀哪哪都好，只要不打仗，老百姓们在哪里生活都是一样的，巴适得很。"农夫把扁担往地上一杵，开始了回忆，"哎呀，早个十来年那会儿，日子哪有现在这么巴适？天天都在打仗，到处都在打仗，老百姓今天种下去的地明天就被当兵的踩烂了。好不容易从地里收上来些粮食，不是被当兵的抢了，就是被山上的强盗给抢了。吃不饱、穿不暖那是常事。不过那个时候谁也不敢抱怨日子难过，你想想，天天打仗，天天死人，能活着就不错了，我们普通老百姓还能强求什么呢？你说是不是？"

农夫回忆起往昔的艰苦岁月竟有些动容，他平复了情绪，说道："小姑娘，你今年也就十几岁吧？过苦日子的时候像你们这些孩子都小，没留下什么印象，千万可别以为现在过着舒坦日子，过去和以后都会这么舒坦啊。"农夫摆出了一副过来人的表情开始了说教。

"巴蜀的老百姓是从什么时候开始过上好日子的？"钱雨竹

问，表情关切。

"我一辈子都在合州和钓鱼城，哪里知道全巴蜀老百姓的事情。反正我所能看到的情况就是，老百姓们从七八年前……哎！就是现在的重庆知府和制置使余玠大人来到巴蜀以后，我们的日子就慢慢好过起来咯。"农夫伸出手指数了起来，"他来了以后啊，打了胜仗、建了山城，日子一天比一天安定，当然越过越滋润嘞！"

"你见过余玠吗？"

"见过啊，比我小几岁，但我就认他是我的再生父母。哈哈。"老农夫爱开玩笑，把钱雨竹也逗乐了。

"你这么讲不怕折他的寿？"钱雨竹打趣道。

"不怕不怕，他是大好人，全巴蜀的老百姓都念他的好，福气跟我家里的粮食一样，都满仓咯！肯定是长命百岁的！"农夫挑起空担子，"小姑娘，不跟你讲了，婆娘交代今天要买肉回家，去晚了就买不着咯……"农夫说着话，挑着扁担摇摇晃晃地走了。

钱雨竹顺着农夫离去的身影看去，西市之上人头攒动，不管是买东西的还是卖东西的人，各个脸上都洋溢着节日的喜悦。节日就是这样，会放大老百姓心里的喜悦之情。看着他们的一张张笑脸，钱雨竹似乎也被感动了，毫不自知地笑了起来。

"姑奶奶，一个人在那傻笑什么呢？"

这个声音从钱雨竹的身后传来，一开始她以为是那个不正经的赖灵寺，等回头一瞧才发现原来是文天祥。

"你这个秀才，不待在书房里看书，倒学起小地痞说话来了。"

文天祥见钱雨竹生气地鼓起了嘴，笑着说："今天是端午节，窗外有黄莺恰恰啼，迎面有艾草粽叶香，委实坐不住了。"

"读书人就好好读书，古人不是说要两耳不闻窗外事，一心……一点心思也不要想着什么青团、粽子嘛！"

"什么一点心思啊？那叫一心只读圣贤书。"

钱雨竹脸红了起来："我看你这位读圣贤书的秀才跟赖灵寺那个小地痞没什么区别嘛，就知道臭显摆。我又没读过什么圣贤书……"

文天祥叉手表示歉意，马上收起笑脸。钱雨竹见他收起笑脸，嘴巴气得更鼓了。

"傻秀才，没劲！"

钱雨竹身子一晃，转过身去自顾自逛了起来。

"钱姑娘想生气，秀才是怎么哄都没有用的。"文天祥跟在钱雨竹后面说道，"其实我想邀请你一起去重庆，今天是端午节，那儿肯定特别热闹。但是……"

文天祥话还没说完，钱雨竹就转过身来抓住他的手，说道："没有但是，我原谅你了。什么时候有船？我们现在就出发吧。"

文天祥的手被钱雨竹柔软而又温润的手捏住，害羞地挤出了一个笑脸，磕磕巴巴地说道："我昨天就和船家约……约定好了，这个时候他……他应该在码头等我……不对，等我们了吧……嗯……钱姑娘手劲挺大的，果然……果然是江湖中人。"

钱雨竹经文天祥这么一提醒，原本消退的脸色又红了起来。不过她并没有马上放开文天祥的手，而是又使劲地握了一把，在文天祥"哎哟"叫了起来以后才幸灾乐祸地松开。

"哎呀，真不好意思。我们江湖中人手劲确实是大了一点，但没想到秀才你还是个文弱书生啊。那这佩剑？"钱雨竹伸手拍了拍文天祥的佩剑，"不会只是个装饰吧？"

钱雨竹说着就往山下走去，文天祥在后面跟着，解释道："我虽然是个读书人，却从小习武，才不是什么文弱书生呢！我告诉你，我这把剑可……"

钱雨竹猛地回头，文天祥连忙站定，两人就这么脸对脸地看着。

"你这把剑再厉害，杀过人吗？"钱雨竹问。

"杀……没有！读书人的剑不是用来杀人的。"

"那是用来干吗的？"钱雨竹把手伸到文天祥面前仔细端详着，"告诉你，我的手可杀过人。"

文天祥往后躲了躲，说道："杀人没什么好炫耀的，救人才算了不起。"

钱雨竹不理会这个说起话来一套一套的读书人，又重新往山下走去。她看似神情严肃，大步流星，故意表现出一副外强中干的样子，但左手的拇指和食指一直捏着衣角揉搓着，扑通扑通的心跳声也只有她自己能听到。

"喂，秀才！你走快点，是不是不想带我去重庆啊？"

"没……没有啊。哎呀，钱姑娘你怎么尽曲解人意啊？是你走得快了嘛。"文天祥一脸无辜地解释着。

钱雨竹扭过头，把视线重新移到山路上，辫子轻快地飞了起来。在确定文天祥只能看到自己后脑勺之后，她露出了俏皮的表情。

在文天祥的带领下，钱雨竹第一次踏上了朝天门码头。这里异常忙碌，到处都是在街面上穿梭着的力夫和马车，节日氛围反倒比钓鱼城西市要寡淡一些。文天祥在朝天门码头上立了一会儿，突然像是想起了什么事情，垫着脚尖四处查看起来。

钱雨竹不晓得这个码头为什么如此吸引文天祥，她的眼神被不远处高低错落的吊脚楼拼成的山城所吸引。从楼与楼之间，街与街之间传出阵阵热闹的欢声笑语和食物的香气。

"秀才，别傻站着了，咱们快进城吧。"钱雨竹拉了拉文天祥的衣角。

文天祥眼睛依旧在寻找，嘴上应付道："我突然想起，之前拜托李发水的事情他还没有给我办呢。这段时间我都待在钓鱼城，竟然把这么重要的事情都给忘了。"

"银鸿，你不会怪我吧？"文天祥神色忧虑地嘀咕着。

"尹红？"钱雨竹瞧着文天祥魂不守舍的样子，心想这位尹红肯定是一位美娇娘，立时心生不爽。

"秀才，你不是说此行是带我来重庆玩耍的嘛？怎么又惦记起别的事情来了。"钱雨竹没好气地问道。

"哎呀，我从老家庐陵到钓鱼城，一路上山高水长的都是银鸿陪着，我怎么能不惦记它呢？"

钱雨竹咬着嘴唇，双手纠结地抓着衣角："那你去找你的尹红吧，别管我了。"说着便要走开。

文天祥拉住钱雨竹的手臂，说道："哎呀，钱姑娘你这人怎么这样？我只是想找李发水问一问，耽误不了多少时间的。来，你跟我来。"说着，文天祥拉着钱雨竹走进了人群里。

二人在人群中东钻西撞地终于来到了力夫们休息的木亭子。

"你们是同袍帮的力夫吗？我找你们帮主李发水。"文天祥一走进亭子便如此问道。这些力夫们本来都低着头啃馒头，听文天祥说到李发水三个字，便都抬起眼睛，有的愤怒、有的悲伤地盯着文天祥。

钱雨竹拉了拉文天祥的手，说道："他们认识你吗？"

"不认识啊。"

"不认识你就乱闯啊，你看看他们的样子，一个个对你虎视眈眈的。"

经钱雨竹这么一提醒，文天祥发现这些力夫的眼神确实有些怪异。

"看什么看！新上跳板的黄毛小子也敢来朝天门唤帮主的名号了，先递门槛，我可不打没靠山的人。"对面突然站起来一个膀大腰圆的力夫，长相粗犷得很，气性也大，说起话来长满胸毛的胸脯一挺一挺的，像一头准备进攻的黑熊。这位力夫讲的"新上跳板"，指的是初出江湖的小年轻，不屑的意思。"递门槛"的意思是动手过招前自报码头或者师父，说明你的来历。文天祥哪里听得懂这些话啊。

"什么递门槛？你凭什么一开口就说要打我。"文天祥梗着脖子辩道。

钱雨竹赶忙把文天祥拉到自己身后，朝对面汉子作了个揖，说道："他叫文天祥，不是混江湖的，只是一个读书人。这位好汉，踩宽着点吧！"钱雨竹说的"踩宽点"意思是叫对方不要为难。当她说出这句黑话，对方便愣住了，随即哈哈大笑起来。

"没想到小姑娘你才是老河，这小伙反倒是空子一个。""老河"是内行的意思，"空子"是外行的意思。

"听得懂江湖话就好，说吧，谁叫你们来的？"满胸脯黑毛的力夫又说道。

"没有谁叫我们来。"文天祥天不怕地不怕的样子，"年前你们帮主李发水答应了我一件事，现在这件事还没办成呢，我得问问他。他在哪呢？带我去见他。"

"狗日的混小子，你明明知道我们帮主殁了还故意要见他，就冲你这无礼要求，我就要先打得你满地找牙。"

"什么殁了，怎么就无礼了？哎！你敢来真的！"文天祥见对面的力夫就要扑过来，往前一步抽出佩剑，反过来将钱雨竹挡在身后。

钱雨竹被文天祥保护起来，心里虽暖，却没觉得踏实多少。且不论胜负，文天祥一个读书人在码头和力夫打起来像什么样子？不过好在对面准备动手的力夫被另外一个人叫住了。

"住手，刚才谁说自己是文天祥来着？"一个稍显年长的力夫从人群中走出来。

文天祥眯着眼睛瞧对面那人，只觉得有些眼熟，却又想不起来在哪里见过。

"还真是文天祥。"年长的力夫先说话，"不认识我了？亏我们还一起在码头上吃过水八块呢。"

"吃水八块？哦，是裘大哥！"文天祥将佩剑旋到手肘后面，"裘大哥，那天晚上我们一起在码头上吃了水八块，之后银鸿就走丢了。后来你们李帮主当着制置使余大人的面答应帮我找银鸿的，可是这么长时间过去也没个音讯。本想着今天找李帮主问一问这个事情，可没想到我一开口对面的兄弟就要打我，也太不讲道理了。"

裘大哥两边瞧了瞧，解释道："文天祥，你也别怪他们，我们帮主出事了……"

"啊？真的殁了？"

裘大哥点点头，说道："前些日子，帮主和云顶城谈了一笔买卖，那笔买卖不小所以他亲自押运。可是到了应该返程的时间也不见他们回来，于是帮里又派出兄弟去找，可是什么也没找到。后来有兄弟在云顶城周边打听到，有一支商队被云顶城的官兵剿杀了，为首的人还掉进沱江淹死了。"

文天祥不可思议地看着裘大哥。

"你看看，这种事情我还骗你不成？喏，你看……"裘大哥指了指自己系着麻绳的胳膊，"帮中兄弟都戴了这个，就算是为帮主和死去的弟兄们戴个孝吧。"

"我的意思是，万一云顶城的那支商队不是你们帮的呢？"

"天底下哪有那么巧的事情？再说了，帮主带出去的商队可不是一个两个人啊，而是一百多号人。这么多兄弟要是有活着的早就回来了吧？可是这么长时间过去了，一个回来的都没有。你说，不是出事了是什么？"裘大哥抹了一把泪继续说道，"帮主出意外的消息一传出去，这几天就天天有人来码头闹事。刚才，就有一拨别的码头的人过来抢地盘，开口也是挑衅要见帮主。所以，刚才这位兄弟才会把你当成又来闹事的人。文天祥，着实对不住了。"

文天祥环视一圈，发现确实每一位力夫的手臂上都系着麻绳。

于是他轻轻吐出一口气，庄重地朝力夫们作了个揖，说道："各位兄弟节哀顺变吧。"

同袍帮遇到这么大的事情，文天祥再也不好意思为了银鸿去麻烦他们。于是在道完节哀之后，拉起钱雨竹的手就离开了木亭子。

钱雨竹被他拉着走了好些路，才没好气地把手甩开。文天祥这才意识到自己行为不妥，红着脸解释道："刚才情况紧急，我有些紧张……也……担心你会害怕，还请钱姑娘别放在心上啊。"

钱雨竹揉了揉被文天祥抓痛的手腕，只是点点头，没有说话。其实，不管是文天祥持剑把自己保护在身后，还是拉着她离开，他下意识做的所有举动都让钱雨竹感受到了被保护的踏实感。

钱雨竹不会责怪文天祥，而且还把他的举动悄悄地藏在了心里。她在以后的好多年里都会时常回想起自己和文天祥今天在朝天门码头的经历。

方才在朝天门码头，明明是钱雨竹非常想进城逛逛，可现在真的进城了，玩性大发的却是文天祥。在钱雨竹的脑海里，文天祥保护自己的那些举动怎么也挥之不去，以至于各种好吃的好玩的都对她失去了吸引力。不过当钱雨竹一想到文天祥还有个叫尹红的红颜知己，便又顿时恼怒三分。钱雨竹一会儿喜，一会儿怒，还时不时地一言不发想事情，让文天祥委实有些莫名其妙。

就这样，文天祥硬着头皮带着钱雨竹游玩了一圈，而后来到了一个叫万粹楼的酒楼前。

"钱姑娘，你之前在夔州的时候不是一直说要上钓鱼城找余玠余大人吗？可那日在合州，你明明见到了他却有意避开，也没有找他说话。我想着你要么是骗我,要么就是有什么难言之隐。这几天我想清楚了,你没有理由为了上钓鱼城而编出那个谎话来。"

"本来就不是谎话啊。"钱雨竹应付了一句。

"那我就想不明白了。你来钓鱼城也有些日子了,怎么没来找我给你引见余大人?"

"我……我还没有准备好。"钱雨竹一说到余玠便紧张起来。

"那今天准备好了吗?"文天祥微笑地注视着钱雨竹。

钱雨竹有些吃惊,一时不知道文天祥葫芦里卖的什么药。

"今天?"钱雨竹终于反应过来,她指了指面前的万粹楼,"在这儿?"

"没错,今天是端午节,余大人在重庆并无家眷,便差人通知我过来陪他过节。我想着你不是有事找他吗?所以就带着你一起来了。"

钱雨竹又惊又喜,随后脸上却慢慢凝固起严肃的表情。

"文天祥,我又没有叫你帮忙引见,你干吗要多此一举。你为什么不早点告诉我,我……我真的以为你只是带我来玩而已。"

此前在合州与余玠的短暂会面已经让钱雨竹不知所措,今晚竟然要在一张桌子上吃饭?钱雨竹焦虑的样子说明,她现在还办不到。

钱雨竹突然发怒让文天祥摸不着头脑,他忙不迭安慰道:"钱姑娘,我刚才在钓鱼城的时候是想跟你说来着,哪知你一听要来重庆,比我还着急。不过,既来之,则安之,你想找余大人,现在余大人就在里面,你怎么反倒不开心了呢?"

"那是因为你多管闲事。是,我在夔州的时候是想找余玠大人,但是我现在不想找他了。"

"我这几日想了好多,猜想没准你家遇到了不可抗拒的变故,让你从小离开了父亲母亲,所以才会在江湖上闯荡。你找余大人,应该是想让他为你做主吧?虽然我不知道你们家具体发生了什么事,但我觉得余大人一定会帮助你的。"文天祥自顾自地说着,"所以,你不要害怕,有我陪着你呢。如果你难以启齿,我来帮你说?"

文天祥殷勤地说着,钱雨竹的脸色却越来越难看了。

"是!我从小就离开了父母,但这又关你什么事?我要找余玠,那也是我的事,不关你的事。"钱雨竹说着说着眼泪就不知不觉地滚落下来。看着一脸慌张的文天祥,她不知道该怎么解释,索性扭头跑开了。

"钱姑娘!钱姑娘!"文天祥叫了两声,就听到余玠从窗口探出头来招呼自己。文天祥站在原地犹豫了半天,最后还是无奈先行赴约。

夜如水,月如钩。

节日的夜晚为时刻备战的军营带来了些许轻松的氛围。今晚的钓鱼城军营,将士们围坐于篝火旁,吃着粽子和青团,互相分享着家乡趣事。听着他们的回忆,张珏也感受到自己的思想在无边无际的黑夜里四处飘荡起来,异常活跃。

前些日子他已经在朝天门码头调查清楚,云顶城突然得到的千石铁原料是由同袍帮提供。而李发水带着百余人的商队,浩浩荡荡地到达云顶城之后,却全部交待了性命。这样的开头和结局在张珏看来是毫无逻辑可言的，所有的关键点都落在一个叫杨步宇的人身上。张珏今天下午在制置司的档案房内查看了半天的档案，也专门询问了军籍处，均未查到杨步宇这个人。这样的结果便只有一种可能，那就是杨步宇是假名，他故意设局将李发水引到云顶城。

那杨步宇这么做的目的是什么呢？如果只是想要李发水性命的仇人，他大可不必大费周章地把李发水骗到云顶城。这是一笔买卖，张珏也打听到这个叫杨步宇的还支付了三成的货款。这可不是一笔小数目，一般的农户人家一辈子的积蓄也没有这么多钱。为了杀李发水，杨步宇不光大费周章地布局，还花了这么多钱。张珏想到这里摇了摇头，这么多钱就算是请十个八个杀手也够了，要杀李发水根本不需要借云顶城之手。

张珏想到最后，内心确信只有一种可能是立得住脚的，那就是杨步宇想把铁原料送给云顶城。

云顶城得到了铁原料，这件事对谁来说是坏事？云顶城独占铁原料，对所有需要铸造兵器的山城来说都是坏事，尤其是对制置司来说，更是顶大的坏事。从制置司接到各个山城要求增加军费的函件就能看出来。制置使都快因为这件事情而愁坏身子了。

杨步宇，杨步宇，杨步宇！明摆着这是一件对巴蜀各军百害而无一利之事，这个杨步宇却还要去做，他到底是何企图？

张珏盯着闪烁的篝火，脑子里突然冒出一个想法，这个想法让他的身体瞬间定住了——杨步宇，余不扬？

冒出这个念头之后，张珏就再也坐不住了。他只身来到舒眉酒肆，叩响了酒肆的木门。和调查余不扬后院水井那天晚上一样，开门的余不扬依旧是一脸的茫然和疑问。

"我家婆娘给将士们送去的粽子都吃了吗？张监军不用特地来感谢，这都是我们应该做的。"余不扬邀请张珏坐下，给他斟了一盏茶。

张珏端起茶杯一饮而尽，说道："不扬老头，你总是不让我省心。"张珏看着二人，余不扬脸上勉强挂着笑，杨晓舒却脸色不好，像是生了病。

余不扬半张着嘴看着张珏，说道："张监军何出此言呐？自从上次你答应暗地里帮我以后，我可是事事都跟你汇报的呀。我发誓，我余不扬绝对没有背着你做什么坏事情。"

张珏放下杯子，侧着脸问道："余不扬没有背着我做坏事，那杨步宇呢？他有没有？"

余不扬面不改色地看着张珏，旁边却传来了"哐当"的声音。杨晓舒收拾卫生时不小心打碎了一个酒壶。

张珏扭头看向杨晓舒，说道："看来不扬老头并没有背着你啊，你是知道的，对不对？"

"知道什么？张监军不要说笑了，一个酒壶，手滑而已。"杨晓舒开始收拾酒壶碎片。

"不光改名改姓，还花了那么多钱，不扬老头你可真舍得啊。婆娘不骂你吗？"

余不扬看看杨晓舒，又看看张珏，尴尬地站在原地搓起了手。

这个时候杨晓舒突然嘤嘤地哭了起来。

余不扬示意张珏稍坐，自己赶忙过去安抚起来，可余不扬没说两句话，杨晓舒就哭骂了起来。

"你个杀千刀的，那可是我们俩一辈子的积蓄，你就这么随随便便地花出去了！我们膝下无子，过两年谁来给我们养老？"

张珏听见这话心里就踏实了，但并没有因为破解了一个难题而感到开心。余不扬上前抱住杨晓舒，极力安抚着，时不时还回头看一眼张珏，脸上写满了尴尬。

"好了好了，不要哭了，我这也是为了完成黑白司的任务嘛。"

"任务任务！我可从来没见黑白司给你发过一文钱薪水，一只鸽子带过来的任务，你干吗这么上心地去办。"

"哎呀，就像你说的我们又没有子嗣，留那么多钱干什么？这两年咱们的身体还算硬朗，再赚他几年，养老的钱还是有的嘛。"

"眼看又要打仗，钱就没这么好赚了，你不用诓我……"杨晓舒推开了余不扬，又蹲下去收拾起来。

张珏走到余不扬身边，拍拍他的肩膀，示意去后院谈话。

二人来到后院的井边，张珏朝水井里瞧了眼，问道："井里还有鱼吗？"

"有啊，还不少呢。有的时候一天能抓个两三条。天气越来越热，鱼也活跃起来了。嘿嘿。"余不扬尴尬地看着张珏，朝杨晓舒努了努嘴，"女人家心里就是藏不住事。"

"所以你承认了？杨步宇就是你。"

余不扬点头默认。

"你怎么想的？"

"钱财乃身外之物嘛……"

"谁关心你的钱了？"张珏拔出腰刀抵在余不扬的胸口，"那么多铁原料到了云顶城，你知道会发生什么事情吗？"

"我知道啊，其他山城铸造武器的速度会减慢一半，而且贪财的王夔和姚世安一定会把铁原料拿出来兜售，还会扰乱军心。"

"你知道还这么做？"

"有什么不对吗？至少制置使终于对王夔动真格了。"余不扬反倒越说越淡定了。

"可我也说过，行动之前都要向我汇报。如果违反这个约定的话，就休怪我对你不客气了。"张珏使了使劲，刀尖抵住余不扬皮肤的位置便沁出了鲜血。

"张监军，天气热衣服薄，你……你悠着点。"余不扬的表情有些窘迫。

"悠着点？我现在甚至想一刀杀了你。杨步宇，你知不知道这么做的最坏结果是什么？"

"蒙古人会乘虚入蜀，但现在天气还很热，他们不会这么做的。我这么做，无非是让制置使有一个不得不处理王夔的理由罢了。"

"是谁让你这么做的？赵艮还是淮夫人？"

"自然是他们两个人的建议。王夔这根搅屎棍不除，制置使如何实现生平夙愿？如何完成他与皇上的十年之约，强固巴蜀？"

"你就不担心谢方叔会趁机杀了制置使？"

"赵艮说，谢方叔即使出面弹劾余玠，也不会拿王夔来说事儿。这件事云顶城犯错在先，谢方叔若是如此，云顶城首当其冲会受到朝廷的惩罚。"余不扬干咳了两声继续说道，"况且这个建议淮夫人也是同意的。如果说这个世界上谁最想帮助余玠，那就是淮夫人了。"

"哼！你们可真是处心积虑啊！纵然制置使不会因为这件事而受到生命威胁，但你有没有想过，各大山城兵器不足，一旦发生战争，会有多少将士和百姓会因为你这一举动而遭殃？"

"我是黑白探，不是朝廷官员，我只要能完成命令、帮助余玠就好了。"

"那赵艮和淮夫人呢？他们难道就没有想到吗？他们为了帮助制置使，有可能搭上将士和百姓的命，他们……他们怎么下得去手？"

余不扬看着动情的张珏，脸上有些挂不住了："他们怎么想的我不知道。也许他们觉得一个余玠抵得过千军万马吧。"

"若是让制置使知道你们以这种方式帮助他，他宁愿死也不会同意的。"

"对，因为他根本就是奔着死去的。你不用跟我分析什么孰轻孰重，你知道的我都知道。我只想告诉你，帮助制置使，不光要帮他争取时间，更重要的是帮他铲平障碍。"余不扬直视着张珏，眼神异常坚定。

张珏怔了怔，觉得余不扬的话似乎有几分道理。不过他接下来的反应不是放下佩刀，而是突然出招擒住余不扬，而后顺势将佩刀搭在余不扬的脖子上。

"张监军，你这是在干什么？我是受淮夫人所托，是在帮助制置使！"

"你的所作所为已经触犯了军法，我要将你押入大牢，等候制置使亲自发落！"而后，张珏的语气慢慢舒缓下来，"不扬老头，制置使是主政巴蜀、肩负皇上嘱托的朝之重臣，他所做的一切都是为了巴蜀和百姓，你们这么做虽然助他铲除王夔，但后果同样使得局面危如累卵。"张珏说着说着眼泪不由自主地流了下来。

余不扬缓缓地闭上了眼睛,伸手拍了拍擒住自己的张珏,说道:"别说了,我跟你走。你将我关进大牢最好不过,不管是淮夫人还是余玠,抑或是你张珏,我都不用再理会了,落得个轻松。"

第十九章
重逢与别离

万粹楼这座酒楼在重庆城太平门附近，位置挨着长江，紧邻重庆府衙署，是个热闹之地。此时文天祥魂不守舍地来到余玠的包间，勉强笑着和余玠打了一个招呼。

身居包间，就能看见滚滚长江自西向东奔流而去。此时，日落的余晖还未完全淡出天空与青山的边界，一团团火烧云热烈地变幻着形态，倒映在长江水面上，有一种大气磅礴的凄美感。

余玠一边喝茶一边观赏着窗外的景色，时而从喉咙底发出低沉的赞美声。

不过，对于文天祥来说，他却不喜欢傍晚的日落。日落再美，终究也是消逝之前的短暂震撼，全然比不上充满希望的晨曦。一天之计在于晨，这就是读书人的习惯。

看着日落，文天祥常常会独自感伤，感叹时光的流逝，或是光明的短暂。此时，他的内心同样感伤着，感伤于方才钱雨竹突然的别离。

钱姑娘怎么了？文天祥回忆，方才她转身离开之际，他分明见到一滴泪珠从她的眼角滑落。

突然的别离对文天祥来说是伤感的,对钱雨竹来说也是一样。眼泪能说明一切。

"唉……"想到这,文天祥轻轻地叹了一口气。

余玠静静地看着文天祥。刚才万粹楼门前,文天祥和钱雨竹这两位年轻人的争吵他是看见的,只是不知所为何事。

二人安静地对坐了几盏茶的工夫,万粹楼的几道拿手好菜就在二人面前排开了。酒菜的香味四溢,在余玠的再三邀请下,文天祥给自己斟满了一大杯酒。

二人互敬了一番之后,余玠说道:"今年端午有你文天祥陪我过,实乃老夫之幸运呐……"

文天祥点头致意道:"制置使说笑了,在端午佳节能陪您吃饭,幸运的应该是我。"

"可是……我看你并不觉得自己幸运嘛,愁眉苦脸的……"余玠夹了一口双椒兔肉,有意这么说道。

"啊?我……对不起,学生刚才和一个朋友发生了点误会。"

"钱雨竹?"

文天祥点点头,说道:"钱姑娘独身一人,在夜晚的重庆府闯荡,叫学生如何不担心?她脾气犟,容易惹麻烦。可是我呢……却在这喝酒吃肉……"文天祥放下了箸,"制置使真是对不住,其实我不想扫您的兴。我以为带她来见您,她会高兴的,没想到……哎。"

余玠也放下了箸,问道:"那你为什么要带她来见我呢?"

文天祥意识到,带钱雨竹来赴宴这件事他事先既没有跟钱雨竹说,也没有和余玠讲,这是极为失礼的行为。

"制置使，学生鲁莽了，我应该提早征求您的意见才是。"

"不，文天祥，本官并没有怪你的意思。说说看吧，你为什么想带她来见我？"

文天祥感激地看了余玠一眼，整理好思路说道："在前往巫山的路上，我们在夔州休整了半天，结果赖灵寺溜出去赌钱。输了就去偷，偷了钱姑娘的钱，还被她抓了现行。钱姑娘答应我们不报官，但是必须要带她去钓鱼城。原来，赖灵寺在求饶的时候把您给搬出来了，所以钱姑娘认为我和赖灵寺能将她引荐给您。"

文天祥抿了一口茶，继续说道："一开始的时候我觉得钱姑娘想见您无非两种可能，一种是图谋不轨，一种是有事相求。如果她是图谋不轨之人，那么她应该想尽办法让我帮助她接近您才是。可她不光没有这么做，甚至在合州那日还刻意回避了你。所以我觉得她并不是坏人，而且在廪王部落的时候她还救了我和赖灵寺的命。既然不是坏人，她又救过我的命，那她想见您这个忙我就应该帮一帮。"

余玠边听边点头，插一句道："那你就没有想过她这是欲擒故纵？"

"从正月到现在，她虽然没有找我，但我都在暗中留意她，并没有发现什么僭越之举。制置使，您怀疑她吗？我反倒觉得她是真有事相求，所以才迟迟不敢跟您见面，也许是想得太多，担心得也太多了。尤其是刚才，她的反应让我都吓了一跳。她明明想见您，而您就在楼上，她却哭着跑开了。"

文天祥眼睛盯着桌面，继续说道："虽然我不知道她找你是为了什么事情，但我能肯定的是钱雨竹绝对不是坏人，我能感觉得出来。"

余玠重新拿起箸吃了起来,边吃边说:"既然如此,那你快去找她吧。戌时之前我都会在万粹楼等你,把她带过来,我们当面解开这个谜题。"

"真的?"文天祥抑制不住地兴奋起来,随后又自责地说道,"制置使,如此一来我岂不是辜负了您的一番美意?今天可是端午节。"

"君子不强人所难,与其看你这般别扭地坐在我对面,倒不如放你出去找钱姑娘。去吧,你不用担心我。我啊……来重庆八九年,年年如此,我已经习惯了。"

见余玠如此豪爽,文天祥也就不再耽搁。他起身行礼道谢,而后跑出万粹楼,一头扎进重庆闹市里去了。

钱雨竹和文天祥分开以后,就一直向北而去。其实她自己也不知道该往哪个方向跑,只是觉得哪里僻静就该往哪里去。在太阳落山之前,她先是在洪崖门附近走了走,这个位置的嘉陵江江面宽阔,水势湍急。从洪崖门再往东去,便到了朝天门。

过了朝天门,嘉陵江便不再是嘉陵江了,而是长江。钱雨竹看着奔腾的江水,突然情绪变得低落。绵延数百里,灌溉哺育了沿岸多少庄稼和老百姓?在朝天门拐个弯,说没就没了。过了朝天门再往下,知道嘉陵江的人就少了。出了巴蜀大地,几乎沿江的老百姓就只知长江而不知嘉陵江了。

钱雨竹为嘉陵江失去名字感到惋惜,突然意识到自己和这条嘉陵江竟有几分相似之处。

虽说她和文天祥的交情并不深厚，但每次见到他，听他说话，就好像是遇到了自己的长江，不光淹没了名字，也迷失了方向。她知道自己不该这样，因为文天祥跟她在一起的时候依旧把"尹红"挂在嘴边。文天祥对她应该没有任何特殊的情愫，他或许只是一位不通感情的书呆子。

"哼！自以为是的长江！"她从路边拾起一块石头，赌气地朝江水中掷去。

扔完石头，她的心情似乎好了许多，于是又开始漫无目的地游荡。她始终看着嘉陵江面，逆流而行，越走越僻静，越走越黑暗。等到她发觉已经看不清嘉陵江的时候，才意识到自己不知不觉走到了通远门。通远门三个字隐匿于夜色之中，她花了很长时间才辨别出来。

钱雨竹眯着眼睛，瞧见通远门外有一处不高的山坡，山坡上闪烁着幽幽灯火。

"这个时候通远门一带都已经是黑灯瞎火了，城外的小山村竟然还都点着灯。"钱雨竹回头看了一眼漆黑的夜色，不禁打了个冷颤。

她不想继续走夜路了，更不想在瞎走的时候遇见文天祥。于是她索性出了通远门，往小山村赶去。

守城门的士兵好心叫住她："姑娘，你这是上哪去啊？"

钱雨竹不想暴露自己外地人的身份，于是指了指远处的山坡，说道："回家！"

没想到，士兵听见回家二字竟吓得连长枪都握不稳了，赶忙贴着城墙给钱雨竹让路。

待钱雨竹走远后,这位士兵连忙招呼城门上的兄弟:"快,关城门!"

"还没到时辰呢。"上面的兄弟回答。

"刚才我撞见鬼了,有个年轻貌美的姑娘跟我说棺山坡是她家。她长得白白净净,穿着一条白色长裙,不是女鬼是什么?"

"你见过鬼啊?万一人家真住在棺山坡呢?"上面的打趣道。

"我的仙人板板!你是新调过来的,不清楚。我从小在通远门一带长大,棺山坡上哪有人家哟?从隋唐时候棺山坡就是葬人的地方,现在山上少说有上十万的坟茔,你跟我讲上面有人家?有人也早就被吓跑咯,有鬼家还差不多!快!屁话少说,关门要紧!"

上面的士兵听他这么一说,赶忙拉开插销,缓缓扳动门轴,关上了城门。

钱雨竹并没有听见守城士兵们的对话,一路哼着小曲慢慢地爬上了山坡,越爬越觉得不对劲。此时已近初夏,夜晚的风应该是温润的,可这山上的风却是沁骨的透凉,钱雨竹越走越觉得冷。

吹过了冷风,钱雨竹瞬间就清醒了,也看清了那点点灯火根本就不是什么灯火,而是幽暗冰蓝的磷火。这磷火俗称鬼火,只有在坟地里才能见到。钱雨竹皱着眉头,借着月光仔细一瞧,这山上哪有什么人家,密密麻麻挤满了大大小小的坟茔。有的坟茔还被野狗刨出了洞,一双双绿眼睛"嗖嗖"地从坟洞里跑出来,"唰"地钻进钱雨竹身旁的灌木,吓得她一个趔趄险些摔倒在坟地里。

身处于这样的环境之下,钱雨竹眼泪都快要流出来了。她深呼吸起来,掐着指头念起了峨眉山上师父教的避邪心经。念心经的时候要闭上眼睛,但她又不敢全闭上眼睛,生怕身边会突然出现什么不该出现的东西。

她忐忑不安地念了几句,发现心情根本无法平复下来。可造化就是这样,越不想什么就越会来什么,喜欢作弄人。

在离钱雨竹不远处,供祭祀人休息的木凉亭旁悠然出现一匹通体雪白的马。那马骨架很大,鬃毛和尾毛在山风之中乱飞,好似从地底下突然爬上来的鬼马。那匹马缓缓地走进凉亭,接着凉亭里亮起了两根火把,又出现了两个持火把的人。

鬼可不用点火把。钱雨竹察觉到了异样,于是悄悄靠近。她靠近并不是对二人的交谈有兴趣,而是这荒郊野岭好不容易出现的人给了她莫名的安全感。

可当她慢慢靠近后,又发现了一些新的东西。不是关于那两个人的,而是关于那匹马。它通体雪白,四个蹄子却是黑色的,双眼之间有一个黑斑,整体看去马相俊朗、灵气十足。若不是有些许消瘦,绝对是一匹好马。

钱雨竹突然想到,这匹马怎么和文天祥被偷走的马如此相似?她没见过文天祥的马,但清楚记得文天祥的描述,他的马除了四个蹄子和眉间一点是黑色的,身体的其他部位都是白色的。

经验告诉她,文天祥的马实属稀有,绝不是在荒郊野岭就能随便遇到的。于是,钱雨竹继续潜伏于凉亭旁边的灌木丛,从那两个举火把的人的对话中,她基本能够断定这匹马就是文天祥被偷的马。

"别看我这马瘦,吃几天精料身体立马就会壮起来的。身体壮,毛色亮,关键看它这眉心一点黑和四只黑蹄子,你贩马这么多年肯定没见过吧?"牵着马的那位极力夸赞道。

"长相倒是没得挑，只是这么瘦，不会是一匹病马吧？"另外一个人质疑。

"哪是什么病马？实话告诉你吧，我刚把它牵回家的时候就发现，这家伙根本不吃一般的粗食料。这样下去怎么行，饿坏了可卖不上价钱。我咬牙买了上好的精食料喂它，结果吃得可欢实了。那个时候它可比现在这模样要俊多了。"

"那后来怎么又变成了这个样子呢？还说不是病马。"

"不是，你听我说完嘛。这……这不是这段时间赌博输了钱，没法子供它吃精食料了吗。哎，我可告诉你啊，要不是我最近缺钱，还真不打算卖给你。等我养肥了，随便卖给哪个大户人家的富小子，不得赚这个数？"牵马的那位伸出五根手指，示意这匹马值五十两银子。

"真的？"对方手持火把仔细地打量起来。

"离得远点，小心把毛给燎了。"

对方谨慎地上上下下、左左右右用火把照了一遍，挑剌似的问道："你刚才说这马是偷来的，它长得又这么显眼，容易叫人认出来。这笔买卖搞不好是要折本的呀。"

"我是在重庆朝天门码头，从一个读书人那里偷来的。你啊，买回去以后养几天，随便拉到嘉定还是夔州去贩卖，只要不在重庆，应该莫得事。"

对方咬着手指思考了片刻，又问道："开价五指？我买回去还要给它调理一段时间，这个需要花钱。拉到别的府州去卖，路上也要花钱。这些都不打紧，关键这马是你偷来的，万一被人认出来我还要吃官司。"

牵马的心一横，问道："那你说吧，多少钱？"

"二十两，我只能出这个数。"

"二十两？你还不如去抢呢。"

"哈哈，你说我是抢，可我还要花二十两银子呢。你可是空手套白狼，做的是没本钱的买卖，对你来说不管二十两、五十两，都是净赚。你要是不愿意，那就另寻买主吧。"对方顿了顿继续说道，"不过我可告诉你啊，你这马来路不干净，除了我整个重庆估计也没有人敢要。"说罢，他摆出一副爱卖不卖的架势，让牵马的那位犯了难。

这个时候，一句高亢的"你们都别忙活了"从凉亭外传了进来。随后一位白衣女子跃然于二人面前。二人又惊又怕，以为撞见鬼了。

"这马我要了！"

做买卖的二人笑了起来："原来跟咱们是一路人，要不你出个价，高于二十两我就卖给你了。"牵马的说。

"想叫姑奶奶付钱？姑奶奶还想要你们狗命呢！"混迹江湖多年的钱雨竹深知，跟他们两个多说废话是毫无用处的，想要马，只有硬抢才行。

她从后腰拔出峨眉刺，手腕轻抖，峨眉刺便在掌心飞速旋转起来。待她十指一握，峨眉刺定在手中，身体已经从凉亭外跳到牵马的身后去了。她右手使刺，刺了牵马人的手，夺过缰绳，左手顺势往上一挑，峨眉刺抵住了他的下巴。

"现在这匹马还需要我付钱吗？"

买马的人见状，大呼小叫地转身跑走了。卖马的一看这个情况,便哭求着饶命了。

"姑奶奶今天暂且把命给你留下,不过,这马也得留下。以后,偷鸡摸狗的勾当少干!"说罢,她飞快地收起峨眉刺,蹬出一脚把那人踹到了凉亭外面。那人在坟地里滚了几滚,爬起后踉踉跄跄地也跑走了。

钱雨竹抚摸着马的鼻梁,轻声问道:"你是不是文天祥的马啊?"

马打了一个响鼻。

"嘿,听懂了?文天祥跟我说起过你,我一开始还不相信呢,一个穷秀才也配骑如此良驹?想他?那辛苦你驮我回去。"

钱雨竹翻身上马,往通远门而去。骑着文天祥的马,钱雨竹时不时拍拍它的脖子,捋捋鬃毛,还能说说话,心里的恐惧感便消失殆尽了。

文天祥,看你怎么谢我。想到这,她竟然在棺山坡密密麻麻的坟茔中哼起了小曲子来。

端午节后第二天,王坚终于回来了。他回来的第一件事便是将兵权交还给制置司,而后只身一人求见了余玠,负荆请罪。

王坚在制置司内,跪着向余玠汇报了从出征到战败再到遇袭的全过程,而后静候制置使处置。没想到余玠什么也没说,还亲自将他扶起。

余玠拍了拍老部下的肩膀表示慰问:"王坚,从技战法来看,你并没有犯什么错误,只是因为对方的实力过于强劲。汪德臣有胆量放弃沔州城池的掩护,而出城与你正面作战,这就说明对方有必胜你的信心。这……其实是一场必败的战役罢了。"

"我倒宁愿是自己的技战法出了岔子才导致了这次失败！"他气鼓鼓地在椅子的扶手上捶了一拳。

"胜败乃兵家常事，王都统又何必气馁。"

"我并不是气馁。我只是在想，难道我们真的就打不赢蒙古人吗？蒙古人真的就毫无弱点了吗？"

余玠踱步思考了片刻，而后说道："王坚，你可知宁宗朝时，大宋的邻国都有哪些？"

"金、西夏、西辽、吐蕃、大理。"

"早个三四十年，金的实力如何？"

"北袭蒙古、南侵中原、西伐夏辽、东征高丽，从军事实力来说，不可不谓之鼎盛。"

"没错，可时至今日你再将地舆图打开来看，可还有金国，以及其他四国的身影？大宋的东面是海，南北西三面环伺的就只剩下蒙古人了。所有当年的邻国，包括让我大宋子民患上'恐金症'的金国，现在已经全部被蒙古人收到了帐下。"余玠缓缓吐出一口气，无奈地摇摇头，"其实不是咱们大宋的军事实力不足，是对面的蒙古人太厉害了。他们的弓箭、战马，还有他们变幻多样的战车和战法，都不是他国所能企及的，就算是你王坚、我余玠，也不能望其项背。"

"我王坚，天生就是一个军人，可蒙古人呢？他们天生就是胜利者。如此强敌，大宋危矣。"

余玠目视前方，坚定地说："就算是危矣，我大宋也应该是最后一个在蒙古人面前倒下的。"

王坚忧心忡忡地说道："看着地舆图，我不禁担忧。除了大宋的江山，目之所及皆是蒙古人的领地。他们迟早会把所有的弓箭和利刃都对准大宋的，而巴蜀之地便是大宋的咽喉，到那个时候我们又如何能守得住呢？"

"我们现在穿着铠甲，佩带着刀剑站在这片土地上，职责便是不让蒙古人的弯刀刺进大宋的咽喉。"

"如果一切都将消失，那我们现在的坚守还有什么意义？"

"打仗嘛，就是这样的。"余玠缓缓说道，"不打怎么知道能赢？这个世上总有些人会赢，有些人会输的。王都统，你对未来有希望吗？"

"有啊。"

"你既然有希望，下次就不要在我面前说这样的话。你记住，牺牲是为了寻找希望！"

"我王坚早已做好马革裹尸的准备，只是……文死谏，武死战，制置使您若是能战死沙场，那王坚也无话可说。制置使，您挡得住蒙古人射来的明箭，但挡得住朝堂之上的暗箭吗？"

王坚走到余玠跟前，郑重其事的表情预示着他还想说一些重要的话。见此情形，余玠马上抬手阻止了："王坚，我知道你要说什么。在众多下属中，你是最懂我的，也是最像我的，为什么还要不依不饶地跟我说那些话？"

"制置使，我……"

"我知道，你们都不想我死……"

王坚点点头，说道："我比你年纪大，要死也是我先死啊。您是个军人，朝堂上的暗箭，能躲就躲着点吧……"

"废话少说！"余玠叫嚷道，"你既然不想我死，那就想想怎么攘外安内吧！攘外必先安内，你跟那群假蒙古人交过手，调查他们真实身份的任务我就交给你了。记住！"余玠眼神坚定地看着王坚，"若那些假蒙古人真是云顶城的人，我肯定让你第一时间率军伐之！"

余玠坚定的眼神慢慢缓和下来，最后流露出些许哀伤之情。

"制置使，王坚领命！只是，是否讨伐云顶城其实根本不用等到我调查清楚的那一天。云顶城现在是司马昭之心路人皆知，您难道还对他们抱有什么幻想吗？我王坚虽是您的下属，但我有一说一，这次袭击我的蒙古人不管是不是云顶城派的，我们也应该当机立断先拿下王夔才行啊。况且，同袍帮的李发水还救了我王坚一命，而他和帮众们却惨死于云顶城下。云顶城杀了他们的人，抢了他们的货，这哪里是大宋军人能干出来的事情啊？"

王坚越说越气："王夔都这样了，制置司却还要幻想给他一个副使的职位，结果可想而知，王夔闭门不出准备和你对着干了。"

"至少他没有投奔蒙古人，谢方叔也没有对我发动最后的攻击，这还不算最坏的结果。"

"制置使的谨慎也许是对的，但我王坚看不过眼。若是给我一个机会，我非把王夔那个混蛋大卸八块！制置使，现在巴蜀的局势愈发紧张了，越是危急之时，越是需要当机立断的魄力。"王坚说完，便向余玠行礼告别。余玠的心思王坚是懂的，王坚的心思余玠也能理解。余玠看着王坚的背影，心想，自己与王坚常有不合，王坚虽有不满却始终跟随左右，身边有个像他这样敢言敢为之人比都是附和迎合的人要好。于一己之心来讲，余玠何尝不想除王夔而后快呢?

  鸡鸣三遍,天下将白。杨晓舒如往常一样一片一片取下舒眉酒肆的门板,只是厨房没有炊烟,门口也不会响起余不扬的吆喝声。余不扬被张珏带走以后,舒眉酒肆便天天停业。纵然杨晓舒每天都准时开门,但开门并不开张,好些原来要来的士兵因为忌讳都不来了,而好不容易进来的客人也会因为店里除了酒其他什么吃食也没有而离去。

  在赖灵寺的印象中,虽然杨晓舒要比余不扬年长几岁,但从相貌上来说杨晓舒更显年轻。

  "家里的事,总归还是他多操心一些嘛。"以前,如果有人开起二人年纪的玩笑,杨晓舒总是这样为更显苍老的余不扬开脱。赖灵寺知道,事实也是如此。在大多数人看来,舒眉酒肆是因为余不扬的突然离开,杨晓舒一个人难以维持,才无奈停业的。但对于失去了余不扬的杨晓舒来说,无心经营才是停业的主要原因。

  余不扬被关进大牢的这段时间里,杨晓舒常常像今天早上这样,打开酒肆大门后,惘然地伫立于空荡荡的大堂中,不洗脸也不梳头,好像在静静地等待着什么。一直到日上三竿,她才会缓缓回过神来了,迈着沉重的步伐在前门和后院之间不断来回,好像在寻找着什么。等到走得肚子饿了,她就从饭甑挖出一块米饭,而后用井水泡着吃。

  杨晓舒日复一日如此,容貌较之前也有了很大变化。她的躯干弓了起来,脸上的皮肤垮了下来,头发也近乎全白。在赖灵寺看来,杨晓舒容颜上的衰老过于快了一些,从看上去比实际年龄年轻，一下子就变成了比实际年龄还要老的样子。

赖灵寺在得知余不扬被打入大牢之后就想来探望杨晓舒了。虽然余不扬之前明确跟他表示过尽量少来往，但固执老套的人是余不扬不是杨晓舒。而赖灵寺从小到大没少受杨晓舒的照顾和恩惠，这个时候自然会同情她。赖灵寺觉得，杨晓舒现在和自己属于同一类人，都失去了生命中最重要的人，而且那个人都被丢进了大牢。

"我今天是揣着银两来的，没想到除了酒什么也买不到啊？"以前，无事不登三宝殿是他的风格，只要出现在舒眉酒肆的门口，十有八九都是为了讨一口吃的。自从之前被余不扬有意疏远之后，赖灵寺就不愿意再以骗吃骗喝的名头来舒眉酒肆了。既然来了就得花钱，免得大家又嘲笑他没出息。

兜里有钱，可什么也买不到，赖灵寺略显失望。

他本想简单慰问几句便一走了之的，但看到杨晓舒那个样子，他的腿却无论如何也迈不出酒肆的大门。赖灵寺将杨晓舒搀扶到后院，让她坐于初夏的阳光中，她惨白的脸颊渐渐红润起来。接着，他又走进厨房翻箱倒柜起来。

"别忙活了，没什么吃的了，就饭甑里还有一些剩饭。"杨晓舒伸着脖子提醒道。

不一会儿，赖灵寺手上拿着一个脸盆和一块干净的布重新出现在杨晓舒面前，假装不悦地说道："怎么？连你也觉得我到现在脑子里还只是一个吃字吗？"说罢，赖灵寺从井里打了半桶水上来，将清冽的井水倒入脸盆。

"头抬起来。"赖灵寺对杨晓舒说道，伸手将她耷拉的脑袋扶正，而后小心翼翼地擦拭起她的脸颊、眼睛和嘴角。

"不扬老头不在家,你连脸都不会洗了啊?"赖灵寺将布丢进脸盆,漂净拧干,开始擦她的双手。

擦完了杨晓舒的脸和手之后,赖灵寺找来梳子梳起了她那蓬乱的头发,一边梳一边念叨:"宝哥进去的时候,我也没有你这么堕落啊。"

做完了这些事,赖灵寺坐到杨晓舒对面,杨晓舒时而微笑着和赖灵寺对视,时而又放空双眼,陷入深深的悲伤之中。赖灵寺看着杨晓舒的样子,知道她很难过,但他又不会安慰人,刚才说了几句话,杨晓舒没有回他一句。

赖灵寺也不知道该怎么安慰她了,索性就这么跟她面对面地坐着。这一坐就坐到了晌午时分,赖灵寺的肚子咕噜咕噜地叫起来。

杨晓舒缓缓看向赖灵寺的肚子,说道:"没什么吃的了,就饭甑里还有一些剩饭。"

赖灵寺无奈地扁了扁嘴,说道:"剩饭剩饭,那些剩饭都长了绿毛了,被我倒掉了。你这几天都吃那个饭啊?"

杨晓舒没有回答,赖灵寺摇摇头准备去厨房里看看存货,忽然听见水井里有鱼翻腾的声音。他两眼一亮,抄起网兜从井口伸进去胡乱一顿搅,等把网兜提起来时,里面多了一条鲤鱼。

"嘿!"赖灵寺邀功似的在杨晓舒面前晃了晃,她却说:"鲤鱼啊?余不扬烧的才好吃哩。"

赖灵寺肩膀耷拉下来,无趣地说道:"行吧,从小到大吃了你不少的饭,今天我也做一回给你吃。"

赖灵寺兴致勃勃地提溜着鱼进了厨房,而后烟囱里升起了久违的炊烟,厨房里也传来叮叮当当锅碗瓢盆碰撞的声音。

"你别劳心啊，我很快……很快就做好了。"赖灵寺一边手忙脚乱地做饭，一边还想着劝杨晓舒好生坐着。反观杨晓舒，其实她根本就没有帮忙的意思，坐在太阳底下一动不动，额头上热得沁出了一些细小的汗珠。在阳光的作用下，杨晓舒对周遭的感知渐渐恢复，她抬起袖子闻了闻，而后皱起了眉头。她低头审视了自己身上又脏又臭的衣服，便起身进了卧室。

杨晓舒打开衣柜，将被褥和衣物搬到床上，衣柜里侧露出一个红木柜子。她颤颤巍巍地将红木柜子搬到地上，打开，随后露出了笑容。

红木柜子里是几套材质上乘的袍子，以及一个精致的梳妆盒。杨晓舒缓缓打开梳妆盒，熟悉的物件一下子打开了她尘封的记忆。

绍熙年间，她女扮男装在北瓦做一个说书人，因为深得当时临安府尹之女陈韶仪的喜爱而名绝临安，被誉为"北瓦第一人"。她看着梳妆盒镜子里苍老的自己，摆出几个在瓦子里说书的动作，双眼立刻炯炯有神起来。

"春花秋月何时了？往事知多少。小楼昨夜又东风，故国不堪回首月明中。雕栏玉砌应犹在，只是朱颜改。问君能有几多愁？恰似一江春水向东流。"她唱起了曾经最爱的一首词，当年的感觉瞬间就回来了。跟着一起回来的还有当年她与余不扬之间的恩怨情仇。

"余不扬，你一直都是你。而我，也可以变回原来的我。"杨晓舒对着镜子说道，"在成为你的酿酒娘之前，我也曾是北瓦第一人。"

随后，杨晓舒对着镜子将头发重新扎成男子的发型，又在红木柜子里翻出幞头戴上。随后,她除去身上穿了几十年的酿酒娘的着装,重新换上了粉绿色的长袍。

"欻!"杨晓舒右手抿开了折扇,"北瓦第一人"五个字跃然扇面之上。而后她抬头挺胸,端着一副小生的姿态在卧室里走了几步,用纯正的吴侬软语说道:"咱们接上回的书说到……"

赖灵寺捣鼓了好一阵子,终于将热米饭、红烧鲤鱼放进托盘。

"来咯……"赖灵寺端着托盘来到后院,结果原本坐着杨晓舒的椅子上却空无一人。

"人呢?"赖灵寺嘀咕了一句,慌忙放下托盘,四下寻找起来,"这个老太婆不会寻短见去了吧?"

"谁寻短见!"

赖灵寺猛地回头,见杨晓舒一身奇怪的装束,从门里走了出来。阳光打在她的身上和脸上,姿态昂扬,与刚才相比简直是脱胎换骨一般。

赖灵寺好奇地绕着杨晓舒打转,边打量边说道:"大娘,你这葫芦里卖的是什么药啊?你还是我大娘吗?"

"是,也不是。"

赖灵寺搔着脑袋,回想起以前听人说过余不扬和杨晓舒这对夫妻不简单。余不扬在临安立了大功,名气很大。而杨晓舒的名气更大,只要是她说的话本,第二天便能成为临安城内所有美妇娇娘热议的话题。

"这么看来是真的了?"赖灵寺感叹道。

"什么真的假的?"杨晓舒问道。

"大娘，你好了？刚才你还……没想到这么快就好了。"赖灵寺喜出望外。

"不快了，余不扬被张监军打入钓鱼城大牢已是十天有余了吧？今天要不是你啊，我还走不出来呢。"杨晓舒感激地看着赖灵寺。

"不管怎么说，你终于走出来了。这就对了嘛，没准过几天不扬老头就回来了。你应该向我学习，宝哥行刺了制置使，犯了死罪，但我仍旧天天期盼着他出来呢。"说着，他为杨晓舒装了一碗米饭，又将热菜夹到她的碗里，"我尝过了，暂且不论好吃不好吃，但绝对是熟了，能吃。"

杨晓舒接过碗箸，认真地盯着赖灵寺，把赖灵寺盯得心里发毛。

"干什么？我可不是白吃白喝来了，你瞧……"赖灵寺从袖子里掏出碎银子，"我可是带钱来了。"说着便把碎银子往托盘里一丢，扒拉起饭来。

杨晓舒缓缓放下碗箸，说道："赖灵寺，你是个好孩子。"

赖灵寺一愣，扒饭的动作也僵住了。好孩子？长这么大可从来没有人这么夸过自己。

"好……好孩子？大娘你别说笑了，你越这么说我就越觉得你是在挖苦我。"从来没有体会过亲情和母爱的赖灵寺打心底里对这句夸赞充满了警惕，因为直觉告诉他这不是真的。

杨晓舒慈眉善目地看着赖灵寺，眼神里充满回忆地说道："我和余不扬一直都没有生育自己的孩子，我俩曾经认真地考虑过收养你做义子这件事。"赖灵寺微张着嘴巴，惊讶得不知道该如何接话。

"但余不扬说，你品行不端，又喜欢惹事，他的孩子不应该是这个样子的。应该是像……像张珏张监军那样的。"

赖灵寺轻轻地哼了一声，继续埋头吃饭。

"余不扬一个大男人哪里知道养育孩子的辛苦啊。"杨晓舒往赖灵寺碗里夹了一块鱼肉，"其实哪有什么好孩子和坏孩子的分别啊？爱惹事就是坏孩子了吗？在我眼里，你一直都是一个好孩子。"

赖灵寺突然感觉拿箸的手有些不听使唤了："山上的人都说我有娘生没娘教，所以是个坏孩子。"

"我不觉得你坏，从今天你对我做的这些事情来看，我觉得你是整个钓鱼城最好的人。"杨晓舒坚定地看着赖灵寺，一字一字地说，"你是个好孩子。"

赖灵寺看着杨晓舒慈爱的表情，感觉自己眼睛热热的，好像要流泪。于是赶忙仰起头说道："我这么做，可不是为了让你说我好的。大娘，原来你清醒着呢？我还以为你得了失心疯……"赖灵寺心里很感动，但表面上依旧装出一副不以为然的样子。

没想到杨晓舒双目一沉，神色马上黯淡了许多："是啊，我应该是得了失心疯吧。"

"不要胡说，大娘，你现在不是好好的吗？"

杨晓舒无奈地扯了扯嘴角，说道："你知道余不扬是因为什么事情被张珏抓去的吗？"

"我听人家说，不扬老头冒充了云顶城的团练使，通过同袍帮把整个巴蜀的铁原料都骗到云顶城去了。不光……不光当官的恨他，老百姓们也……也恨他。大娘，你别不高兴，他们说起不扬老头的时候，多是一副咬牙切齿的样子。我也想不明白，不扬老头为什么要那么做啊？"

杨晓舒苦笑一声，说道："别说你了，我也想不明白。他为了做这件事，把我们家一辈子的积蓄都搭上去了。"

"有人说不扬老头和李发水有仇，他想借云顶城的手杀了李发水？不过我知道这不是真的。"

"真真假假还重要吗？"杨晓舒反倒看得更开。

"你也不知道不扬老头为什么这么做吗？"

"我当然知道了。只是现在他人身在大牢，说这些已经不重要了。"余不扬凡事在行动之前都会征求杨晓舒的同意，以前余不扬不管要做什么，最终杨晓舒都会妥协同意。只有这件事，杨晓舒始终不同意。但余不扬说这是他为黑白司做的最后一件事情，而且他想尽全力救余玠的命。杨晓舒也曾劝他不必搭上身家性命，余不扬却说全力以赴地拼一把，不至于以后内疚。

"那他们那么传……"

"别人怎么传那是别人的事情，我越去辟谣他们越说得起劲，而且余不扬也不会回来。所以啊，费那个劲干什么呢？"杨晓舒重新端起碗开始吃饭，"余不扬从一开始就料想到这件事的风险，所以他取了杨步宇这样的化名，目的就是为这件事情负责。如果这件事情调查无果，总有人会因此而受罚，他不想巴蜀的一兵一卒因这件事受牵连。"

"既然如此，他又为什么要去做呢？"赖灵寺想不明白。

"这件事情说来话长，但你和钓鱼城的百姓终会知道的。"杨晓舒说完，眼眶红红的，似乎要哭了。

赖灵寺马上安慰道："听你这么说，不扬老头这么做似乎有什么难言之隐……你放心,张珏这个人虽然只认法不认情,但办事还是很公道的,我想他应该不会为难不扬老头的。大娘,你要做的就是好好生活下去,把酒肆继续经营好,等不扬老头出来。"

杨晓舒摇摇头,说道:"只要我不死,自然是要等他出来的。但继续经营酒肆,我已经无心无力了。你看看这个家,人没了,积蓄也没了,再待下去我怕是真的要得失心疯了。"

赖灵寺惊掉了下巴,诧异道:"所以你穿成这个样子,不会是要重回瓦子吧?重庆是有几家瓦子,可……可大娘你的年纪……"

"你怕没有瓦子收留我吗?放心,瓦子已经不适合我这个老太婆了,我自有去处。"杨晓舒看着和余不扬一起生活了大半辈子的舒眉酒肆,继续说道,"只是这间酒肆,它不光是酒肆,更是我和余不扬的家。我若离去,家便没人守了。赖灵寺,你是否肯替我们继续守着这个家?"

赖灵寺更诧异了,难道仅仅是因为刚才自己为杨晓舒洗脸梳头,她就要把房子送给自己吗?

"只要家还在,不管我走到哪里总还有一个归处,余不扬在里面心里也会踏实的。"杨晓舒掏出一串钥匙,真诚地递到赖灵寺面前,"赖灵寺,其实我早已把你当成家里的一分子了。以前你好几天不来一趟,我心里还想得慌呢!"

家,对赖灵寺来说是一个虚幻而又向往的东西,他做梦都想要有父母、有家庭。赖灵寺的心里有一个强烈的声音在告诉他:接过那把钥匙,可他却马上摇了摇头说道:"以前来舒眉酒肆只是为了蹭饭,现如今连房子都蹭上了,钓鱼山上的老百姓们指不定怎么说我呢。"

"人活在这个世上总是要被人说的，让他们说吧，等他们说过瘾了自然就不说了。这个家是我的不是他们的，只有交给你我才能放心。"杨晓舒期许地看着赖灵寺，"家里除了几坛酒，其他的什么也没有了。委屈你了，孩子。"

对于大多数钓鱼城老百姓来说，今天又是稀奇的一天。舒眉酒肆的女主人杨晓舒出门了，而且装束古怪，好像是疯了。从舒眉酒肆出发，杨晓舒一路经过军营、石照县衙、护国寺，而后从护国门逐级而下，双目温柔地扫视着摩崖石刻、卧佛、千佛岩以及钓鱼城的一草一木。粉绿色的长袍在绿树成荫的山路上缓缓而下，杨晓舒面带微笑，时不时与相熟的老百姓们招个手，问声好。

有人问杨晓舒，什么时候回来？

杨晓舒回答，该回来的时候自然会回来的。她自己心里知道，如果没有机会再次见到余不扬，她是不会再回来了。

第二十章
一箭之地

钱雨竹将文天祥的白马骑回钓鱼城的时候,文天祥还没有从重庆回来。于是她暗自将马养在客栈的后院,吩咐店家每天精细食料好生喂养着。过了几日,马越长越壮实,精神也愈加充沛,呼啸声常常让路人侧目窥视。店家的脸色也不太好看了,常常旁敲侧击告诉钱雨竹,客栈后院地方小,能关住它的身体却关不住它的兽性,店里的其他住客有意见了。

钱雨竹无奈只好顺从店家的意思,独自一个人拉着白马到薄刀岭一带的树林里散心去了。她牵着白马,心里生起了闷气,都说马性随人性,有什么样的主人就有什么样的马,一点没错。

"明明长得俊俏,为什么惹人厌呢?"钱雨竹对着马脸说道,这句话也是在说文天祥。

白马打了一个响鼻,钱雨竹轻轻地拍了一下它的脑袋,骂道:"畜生脾气还不小,说不得?"

钱雨竹找了一块平坦的岩石盘腿坐下,将白马捆于身旁的树上。这个位置可以远眺江对岸的合州城,钱雨竹想起了她和文天祥、赖灵寺一起押运食盐回到合州城那天的情景。显然,余玠当天并没有关注她，只是客套地打了个照面而已。

黑黢黢的四方脸，鼻梁和颧骨也许是因为常年征战而显得特别峭立，虽脸带笑意但眉宇之间总是透露着一股让人难以直视的气度。这是余玠给钱雨竹的第一印象，这印象深深地刻在她的脑海里。

我爹原来长这个样子。

在钱雨竹看来，自己的嘴巴和耳朵都与余玠长得很像。

钱雨竹双手撑住脸蛋，呆呆地看向远方，痴痴地想着余玠应该算是一个有本事的人吧？皇上愿意把眼前这片看也看不到边际的土地交给他治理，这个就是本事了。这段时间，她也走访了许多老百姓，几乎没有听见一句说余玠不好的，这本事就更大了。

从余玠现在的相貌来看，年轻时候能有多英俊潇洒呢？钱雨竹不以为然，母亲应该是看上了他的本事吧。

在这一点上，钱雨竹是非常赞同母亲的。考验一个男人是否优秀，本事应该在第一位，而相貌应该是放在最后面的。想到这里，她也想清楚这几日自己为什么一直会想起文天祥了。他确实要比余玠长得英俊一些，虽然是个书生，但胆子和本事都不小。

钱雨竹真正对文天祥刮目相看是在廪王部落的时候，他一个人面对凶神恶煞般的廪王和部众，竟然还能之乎者也地振振有词。钱雨竹"噗嗤"笑了一声，与其说文天祥有本事，倒不如说他是愣头青来得确切。不过即使是愣头青，也是一位有胆识的愣头青。

钱雨竹想到文天祥便洋溢着笑脸，但笑脸并没有持续多久就变成了一张衰脸。文天祥已经有喜欢的女孩子了，叫尹红。

"喂，你知不知道尹红啊？"钱雨竹扭头问白马，白马打了一个响鼻，抖了抖鬃毛继续吃它的草。

"算了算了，等把你还给他以后，也算是报答了他有意将我引荐给我爹的恩情了。从此咱俩井水不犯河水，各走各的阳关道。"钱雨竹捡起一块石头扔到远方，"不对，这几日照顾你、喂养你所花的银两要叫他给。"

文天祥那日从万粹楼离开之后便一直在重庆的大街小巷搜寻钱雨竹的踪迹，一直找到第二天天快亮也没有收获。他虽然担心，但心里也只能往好了去想，钱雨竹从小在江湖上摸爬滚打应该会照顾好自己的。

文天祥陪着余玠在重庆府衙署里寝食难安地度过些时日，余玠收到了钓鱼城的要函，函文中说张珏破解了杨步宇的身份，并将始作俑者余不扬打入了钓鱼城大牢，等候制置使亲审。

此事非同小可，余玠收到函文后便立即起身了。一路上，余玠忧心忡忡，文天祥却难以抑制激动的心情。他想着钱雨竹应该还在钓鱼城内，上山之后的第一件事便是去找她，跟她当面消除误会。虽然他不知道要不要向她道歉，但如果需要的话，他会当面道歉。

文天祥跟着余玠从水军码头拾级而上，进了始关门他便瞥见了薄刀岭上的那一抹熟悉的银色。文天祥心情突然激动起来，五脏六腑也跟着乱颤。

那是银鸿！这是文天祥的第一直觉。于是他试着吹响了只有银鸿能听懂的哨声，而远处那匹白马听到哨音之后突然抬起一对前腿，对着天空嘶鸣起来。

这一声嘶鸣让文天祥兴奋不已,他双手提着袍摆,朝薄刀岭奔去。而对于正陷入沉思的钱雨竹来说,这一声嘶鸣足以让她惊诧地蹦起来。

钱雨竹想到什么似的朝山下张望,竟然在跑马道上看见了文天祥的身影。她激动得快要叫出声来,但马上又恢复了淡定。钱雨竹走到白马跟前,解开缰绳,潇洒地翻身上马,朝着文天祥的方向策马而去。

"钱姑娘,怎么是你?"文天祥气喘吁吁地跑到钱雨竹跟前,诧异地看着她。

"不然你以为你的马为什么会突然出现在这里呢?"钱雨竹故作镇定地说。

"你是在哪里找到它的?"

"在重庆府通远门外的棺山坡。说到底,你也不用太感谢我,那日在重庆也是因为被你气走所以才误入了棺山坡,没想到竟然被我碰见了贩马贼们在坟堆里交易。好在姑奶奶我记性不错,感觉这匹马和你在巫山跟我吹嘘的样子有几分相似,于是就将它抢了回来。"钱雨竹说完转了转手腕,好像在说这是一件非常轻松的事情。

"钱姑娘,你实乃巾帼英雄是也。"文天祥阔步来到银鸿面前,前后左右地打量着。银鸿也认出了自己的主人,焦躁地在原地踱着步。钱雨竹怕胯下这匹激动的畜生将自己颠下来,索性主动翻身下了马,将缰绳丢还给文天祥。

"秀才,你怎么才回来?这段时间我可都好生给你养着它呢,你都不知道它刚被我抢回来的时候有多瘦。怎么谢我啊?"钱雨竹瞟着文天祥。

文天祥这才意识到自己光顾着看马了:"啊……钱姑娘,学生失礼了。钱姑娘,你想要什么报答?只要学生能做到的,学生绝不推辞。"

"我要钱。"钱雨竹干脆利落地说,"没想到你把这玩意养得这么金贵,花了我不少钱。"

文天祥怔了怔,他没想到钱雨竹会这么直白:"对,学生真傻竟然没有想到。我以为钱姑娘不在乎钱财呢。"

"我不在乎钱财在乎什么呢?我和你文天祥是什么关系啊,当然是要钱了,难道要你虚情假意的道谢吗?买不了吃也买不了穿,还是钱来得实在。"说罢,钱雨竹将手伸到文天祥的脸前,"你就给我一百两吧!"

文天祥瞪大了眼睛,惊讶且质疑地看着钱雨竹。

"怎么,一百两还嫌多啊?你去过棺山坡没有?"

文天祥摇摇头。

"棺山坡到处都是坟茔,姑奶奶为了抢你的马,胆都快吓破了。多给些银子犒劳我难道不应该啊?"钱雨竹摆出一副江湖做派,文天祥没有丝毫办法地搓着手。

"应该的应该的,只是一百两银子也……也太多了吧,都能买两匹银鸿了。"

"两匹?"钱雨竹一把夺过缰绳,"既然如此,那你就重新去买两匹……你刚才叫它什么?"钱雨竹伸长脖子看着文天祥。

"银鸿啊,我给它取的名字,好听吧?"文天祥一脸骄傲,"银光飞鸿,它极擅长在月夜奔跑,跑起来比月光还要亮,比鸿雁还要快。"

钱雨竹重新丢回缰绳,脸上虽然还挂着一副凶相,但语气却温和了不少。

"取的什么破名字,跟个娘儿们的名字一样。"说完这句话,钱雨竹忍不住笑出了声,她并不是嘲笑银鸿这个名字,而是笑自己太敏感,险些误会了文天祥。

"哎?钱姑娘,银鸿就是一匹母马啊。我还嫌银鸿二字太过刚硬,没想到在你这里却觉得是个娘……是个姑娘的名字。"

"若是银鸿二字的话,确实过于刚硬了。"钱雨竹一本正经地说。

这句话把文天祥说迷糊了:"你一会儿说这个名字过于女性化,一会儿又说过于刚硬,这……"

"哎呀,你别纠结这个了,银鸿、尹红,我说的是两个名字!"钱雨竹说完便转身背对文天祥,脸上偷偷地露出了笑容。

文天祥走过来轻轻拍了拍钱雨竹的肩膀,用恳求的语气说道:"钱姑娘,一百两银子确实多了一些,能不能……"

钱雨竹猛地转身,死死地盯着文天祥,突然换了一种语气说道:"破落秀才,不要你的钱了。"

文天祥一本正经地说:"我文天祥虽然不算富裕,但绝对不破落。这钱你不能不要,这样反倒是我文天祥不够大气了,你要不在这等我一等,我去找制置使借钱,他就在不远处的范家堰衙署里。"

"他也来了?"钱雨竹平静地问了一句。

"他?"

"我说余玠呢。"

"那是制置使，你我都是年轻人，不能如此不讲礼数。哎？对了，你明明想见制置使的，为什么那日在万粹楼却死活不肯？我把这个情况跟制置使也说了，他说不管你有什么隐情，他都想见你一面。"

"我不想见到他。"钱雨竹把脸转向别处。

文天祥又走到钱雨竹面前来，说道："可从你的言谈举止中明明就能感觉到，你想见他。"

"文天祥，你又开始自以为是了！你凭什么说我想见他？"

文天祥这个时候也不示弱了，说道："就凭我一说到制置使的时候，你就突然发起无名火来。你越想见到他，就越想隐藏掩盖，我说得对不对？"

"我……"钱雨竹一下子噎住了，"就算是吧，可我要跟他说的事情他根本办不到，不说也罢了。"

"你什么都没说，为什么如此断然？"

"因为我就是知道，我了解他，托我传话的那个人更了解他。这个世界上，没有人比我俩更了解余玠的了。"

文天祥怔怔地看着钱雨竹，旋即开始打量起来，嘴里还念叨着："你别以为我傻……"

钱雨竹以为被文天祥瞧出什么来了，浑身不自在地扭动着身体。

"你别以为我傻，动不动就直呼制置使的名讳，分明是有重大冤情要说……"钱雨竹轻轻吐了一口气，文天祥接着说，"我文天祥以人品发誓，制置使是个敢作为的好官，你有什么话一定要去说，这个忙我帮定了。"

钱雨竹恼了,神态和那日在万粹楼前一致:"你以为我有什么冤案要击鼓鸣冤吗?你以为制置使很了不起,可以做任何事情?他知道最爱他的人为他做了什么吗?他知道他的孩子在哪里,又希望他做些什么吗?他什么都不知道。你和他一个样!有本事的男人都是一样自以为是,再有本事又怎么样?真正爱他的人才不会在乎他的功名利禄呢!功名利禄给不了任何温暖和心安,只是自己麻痹自己,欺骗自己!"

钱雨竹一股脑儿地骂了一通跑开了。这下子文天祥不知道怎么办了,钱雨竹已经在他面前跑过一次了,熟悉的愧疚感再次涌上了心头。而他却只能望着她的背影喊道:"钱姑娘,我还没给你钱呢?"

余玠在钓鱼城大牢里见到了余不扬。此前,余玠和余不扬二人只是几面之缘而已,余玠对他印象最深的就是除夕夜的那一碗捞汤菜。但是就算对他的印象再好,也抵消不了他的所作所为。

"如果你是云顶城的奸细,那我不得不承认,你这一次的所作所为对我来说,对巴蜀来说,是致命的。"当然如余玠所说,他不仅要面对全蜀武器装备进度的落后,还要协调各山城之间的意见以此稳定军心,更重要的是他不得不对王夔采取措施,把自己摆在王夔和谢方叔的对立面。

"制置使言重了,王夔没有叛变,谢方叔也没有治罪,便不算致命。在草民看来,强敌环伺之下,王夔还任云顶城都统,这对巴蜀来说才是最致命的。"

"怎么?你做出此等歹事,却说得如此大义凛然?"余玠冷冷地盯住余不扬,"你无非就是想要我余玠死得快一些,难看一些罢了。"这是来自老乡的背后插刀,余玠说这句话的时候表情很痛苦。但他不知道,余不扬的内心比他还要痛苦。

"花了那么多钱和功夫,像你这么傻的人不多了。倒不如在那碗捞汤菜里下毒,直接把我余玠毒死,岂不更方便?若真是那样,我余玠还要感激你呢。"余玠示意张珏把牢房门打开,随后他走到余不扬面前从上往下俯视着被锁住四肢的余不扬,"可你做的事情,不光会让我余玠付出代价,更会让全蜀的军民付出代价。那是我最看重的东西,你竟敢!"余玠的表情好像要当场把余不扬生吞活剥了一般。

余不扬在沉默了许久之后,缓缓开口道:"我也是受人所托罢了。"

"好一个受人所托,不是胁迫、威逼,而是帮助完成了别人的请托?未免也太高看自己了吧?"

"淮夫人说得没错,你就是一头不通气的大铁牛!我余不扬在巴蜀虽不是什么人物,但绝无害你之心。如果淮夫人是这个世界上最不会害你的人,那我就是第二个不会害你的人。"余不扬喃喃道。

余玠怔怔地看着余不扬,吐出三个字:"你是谁?"

"制置使糊涂了?我是余不扬啊,也是假冒云顶城团练使的杨步宇。"

余玠摇摇头,继续问道:"你到底是什么身份?"

"对于一个将死之人来说,身份重要吗?我只是做了我该做的事情,制置使,留给你的时间不多了,王夔不除,你何时才能在有限的时间里完成生平夙愿?"

"糊涂!"余玠歇斯底里地骂了一句,"赵婵糊涂,赵垠糊涂,你糊涂,没有一个人不糊涂!"

"最糊涂的人是你自己!"余不扬仰头看着余玠,他脸部肌肉不住地抽搐着。

"我自有分寸!"

"可风云变幻的朝局不等人!身处临安的淮夫人和赵垠比你更了解朝局……"

"朝局如何我心了然,我没有做错。"

"如果一个人觉得自己做的事情是错误的话,那他就不会去做了。"余不扬坚定而坦然地看着余玠,"我们都是在做自己觉得正确的事情罢了。"

"所以你觉得我做的事情是错的吗?"

"如果你做的事情是错的,那淮夫人和赵垠就不会帮你,二冉、王坚、张珏也不会甘心听令于你。制置使,你没有做错,我们也没有做错,请相信,我们的目标是一致的。

"况且,你我是同乡,我岂能不助你?你是给家族后生们的活榜样,一个可以供他们追随效仿的榜样。多年前我闯荡临安,时任枢密院副使的余端礼也跟我说过这样的话。我当时不理解,不过现在理解了,我们余氏萝蔓世家多少年才能出一个像制置使这样的有为之辈?且先不说光耀门楣之事,把更多族里的年轻人引上正道,为国为家效力,才是你应该去做的啊。"

余玠看着余不扬花白的头发和深邃的眼神,想说些什么却又觉得很无力。家族?他从徙居湖北之日起就没敢奢望家族中还会有人以他为傲，还会有人想着为他在祠堂里挂画立像。"

"本官并不在乎族里的人怎么看我，我做的事情无愧于天地，无愧于皇上，无愧于全蜀百姓，这就够了。死得其所对我来说已是奢望……"

"奢望并非无望。如果你因为受到政治斗争而惨遭戕害的话，身后之事，岂是你能左右的？你的功绩、功名都会被对方踩在脚底、混入泥沼。你的缺点和错误将会被无限放大，没有人会愿意或者有能力帮你申辩，你将会变成一个十恶不赦的人。宗族的祠堂不可能再为你设立牌位，家谱里也不会有你的事迹功勋。所有仰慕你的年轻后生，所有以你为荣的族中老者，他们都不愿意再提起你。若干年以后，你的名字将会彻底被历史和家族所遗忘。"

余不扬的一席话让余玠一下子老了很多。

"我一直以为，我缺的只是时间。"

"制置使，除掉王夔你依旧缺少时间。赵艮说，王夔已经耗费了你太多机会和时间，现在，是时候畅通无阻地往前冲了。"

八月，汪德臣继攻占沔州之后，再下一城攻占了利州。如果把全蜀山城防御体系作为全蜀防御大本营的话，汪德臣现在所处的位置便是营门口。漆黑的夜里，饿狼已经深入巴蜀腹地，全蜀军民们睡觉的时候似乎都能听见饿狼的喘息声，如在耳边。

在收到利州被攻陷的消息后，冉璞第一时间向余玠请战，但立马被余玠不由分说地驳回了。余玠的理由很简单，利州的地势比沔州更加易守难攻，沔州既然都失败了，利州就没有攻打的必要了。

"当务之急应该是做好随时应战的准备才是！"余玠对情绪激愤的军队将领们呵斥道，"这一次，我们一定要用山城防御体系痛击蒙军，让他们再也不敢踏足巴蜀半步。若是能取胜，那巴蜀的藩篱就算是真正重新竖起来了。我完全有信心。"

"利州位于嘉陵江上游，蒙古人是否会利用嘉陵江顺势而下，直入我山城防御体系的核心山城钓鱼城？"冉琎对钓鱼城的安全表示忧虑。

"蒙古人诡谲善战，一切皆有可能，所有山城都应做好全面的准备，切不可想当然地自以为是。"

余玠虽然是这么布置的，但各山城在执行命令上却并非步调一致。

最让余玠担心的是云顶城。一切军令在云顶城都听不到回声，就好像是一块小石子落进了深井里。在这样的关键时刻，除了听之任之却也没有更好的办法了，毕竟蒙古人随时都会进攻，而内战是给蒙古人乘虚而入的绝佳机会。

等待战争是最让人慌张的过程，就像敌我对峙中，你死死地盯住对方，但是不知道他何时出手，用刀还是用剑，先刺你的胸口还是腹部。

在这种氛围的影响下，军队里士兵的情绪是最先崩溃的，就像是一直承受着巨大压力的琴弦，迟早会因为绷不住而断裂。从汪德臣攻占利州的消息传开之后，一个月内各山城驻军就发生了多起寻衅打闹事件，就算是钓鱼城也逃脱不了这样的命运。作为钓鱼城监军的张珏忙着到处救火，整日奔波于山上军营、山下水军和合州驻军之间，甚是疲惫。

而这样消极的情绪不仅在军中不断蔓延，甚至还影响到了老百姓们的生活态度。在灾难正式到来之前，没有人愿意好好生活，似乎一切努力终将会化为泡影，作为老百姓做该做的事情就是静观其变，等待局势再次稳定。

全蜀军民在这样的氛围中度过了一天又一天，眼看着山上的树叶渐黄，白天变短，空气转凉。随着气候的变化，老百姓们的心态越发焦躁不安起来。秋收是应对蒙古人袭击前最重要的事情，但老百姓们笼罩在恐惧之下，根本无心劳作，全蜀皆是人心惶惶。

余玠认为这样下去会影响秋收，而秋收的成果直接决定各军秋籴的收入，也决定着军队抗击蒙古人的持久力。于是他下令，各山城除正常警备军力之外，其余力量取消休息，轮值保护老百姓劳作。这个命令下得很及时有效，老百姓们终于可以一心一意投入劳作生产中去，秋收工作基本算是如期完成，秋籴也没有受到太大影响。

全蜀一心备战的情景，让冉璞的内心既踏实又不安。踏实的是备战充分到位，不安的是他收到了赵艮的来信。

"张监军。"疲惫的张珏骑着疲惫的战马在跑马道上慢慢踱步的时候，冉璞叫住了他，"张监军日以继夜地奔波操劳，小心在蒙古人到来之前就把自己累倒了呀。"

张珏见冉璞立在路旁，翻身下马尊敬地说道："冉大人不也是一样，脸色看起来不比我好多少嘛。我听说今年的秋籴耗费了你许多精力，冉大人辛苦啊。"

冉璞拉着张珏在跑马道旁裸露的岩石上坐定，忧心忡忡地说道："你我如此辛苦到底是为什么？"

"冉大人这话问的，当然是为了应对蒙古人了。"

"实不相瞒，我收到了赵艮的来信。赵艮在信中说，蒙古人此举进攻很可能只是为了试探。"

"试探？"张珏不解。

"试探大宋对议和的诚意。巴蜀迎战蒙军的态度越是积极主动，就越是挑战丞相议和的主张。我们若是又获得了一场胜利，只怕丞相和议和派不会放过我们啊。"

张珏道："朝中议和派希望通过议和来换取长久之安宁，而议和就得臣服，就要做到打不还手，骂不还嘴，把蒙古人当爷爷对待。"

"而一旦我们积极作战，再一次让蒙古人颜面扫地，他们可能就会彻底放弃议和，转而对我大宋发动全面进攻。"

"朝廷不愿意见到那样的场面，蒙古人气势汹汹，他们没有信心保证所有的战场都和巴蜀一样，都能取得胜利。"

"除了巴蜀防线，无论是荆襄防线还是淮东防线被破，都会直接威胁到大宋的国祚。"冉璞叹了一口气，"所以，我们越是积极作战，厄运就会更快地降落在制置使的头上。"

张珏思忖了片刻，坚定地说道："冉大人，关于这场即将到来的战役，制置使已经下过命令了。要利用山城防御体系痛击蒙军，让他们再也不敢踏足巴蜀半步。我不知道你说这些话是什么意思，难道想当缩头乌龟？"

"身为军人岂可当缩头乌龟？我最近只是在想，有没有什么办法。"冉璞快速地眨着眼睛，"有没有什么办法，既能痛击蒙军，又能保护制置使的性命？"

张珏双手撑在膝盖上，苦闷地摇着头："天底下哪有一举两得的事情？又想胜利又想保护制置使，除非制置使改名换姓突然消失还差不多。"

冉璞猛地凑到张珏面前，说道："这不就是好办法吗？"

张珏怔怔地看着冉璞，露出了惶恐的表情。

秋收之后，各山城的防御级别升级到了最高。一天之中山城城门几乎都处于关闭状态，除了基本的劳作和公务以外，所有人不得随意进出，以保证山城的绝对安全。

赖灵寺是一个闲不住的人，既然没办法出城玩，他就想尽办法在城内玩出花样来。余不扬和杨晓舒为他留了十几坛的舒眉酒，他就准备拿那些酒做文章。烧饭做菜不是他擅长的，所以让舒眉酒肆重新开张是不可能了。有一天，赖灵寺坐在后院的井沿上苦思冥想，终于想出了一个既能赚钱又能让自己舒坦的办法。

把舒眉酒肆改造成舒眉赌场，把饭桌改成赌桌，场地都是现成的，根本花不了几个钱。

赖灵寺掰着指头算开赌场的好处，一来自己有地方玩不会无聊；二来开赌场收台费是个稳赚不赔的买卖；三来不管你是输钱了需要借酒浇愁，还是赢钱了需要以酒助兴，都需要酒，而这里不就库藏着钓鱼城最好的酒吗？算清楚账以后，赖灵寺就再也闲不住了，又是画赌桌台布，又是磨骰子，还从杨晓舒的房间里翻出红红绿绿的布，把舒眉酒肆彻底装饰成了赌场的模样。

不过，钓鱼城内是不允许开设赌场的，要开的话只能暗地里悄悄地开。这难不倒心眼活的赖灵寺，他在钓鱼城最大的优势就是人头熟。他私下找了几个曾经和自己一起赌过钱的年轻人悄悄地去张罗客人,老百姓们天天闷在家里都快闷坏了,听说有这么一个可以放松的地方,便都趁着夜色悄悄溜了进来。

日子一长,老百姓们吃饱了饭、忙完了活计脑子里就自觉蹦出了赌两把的念头。本来赖灵寺只敢在夜里开张,但迫于大家的需求,他心一横决定只要有人就营业,白花花的银子不赚白不赚。

再到后来,旁边军营里好赌的士兵也听说了,不但没有向上举报,反而成群结队地从军营里偷偷溜出来赌博。

在不知情的人看来,舒眉酒肆依旧像往常一样大门紧闭,门口的土路甚至长出了杂草。但舒眉酒肆内部却是一番热火朝天的景象,赌徒们各个一手拿银两,一手端酒碗,边喝酒边赌博,不亦乐乎。赖灵寺在赌桌之间巡视着,柜台里装钱的箱子鼓鼓囊囊得连门都合不上了。他从来没想过自己还能成就如此一番事业,赚这么多钱,心里乐开了花。

可是好景不长,随着舒眉赌场聚集的赌徒越来越多,问题也跟着越来越多了。赌博有输赢,有输赢就有悲喜,有悲喜就难免有冲突。

"庄家出老千!"一个老赌棍掀翻了赌桌指着赖灵寺雇来当荷官的青年骂道,"难怪老子这几天一直输钱呢,原来是你小子使的坏。"说罢便抡起袖子要打人。

赖灵寺见状连忙上前阻止道:"大叔哎,赌博总有输赢的嘛,我见你前段时间不也赢了好多钱?消消火,要不来瓶舒眉酒?"

"谁要喝你的破酒!"老赌徒推开赖灵寺,转而向大家说道,"我刚才亲眼看见,筛盅里面有机关,不信拿来查验!"

赖灵寺脸上挂着笑，他看了一眼苦大仇深的荷官就知道是怎么一回事了。这个荷官背着自己，在筛盅上装机关，试图作弊赚钱。赖灵寺虽然喜欢赌钱，但他一直觉得赌博也是一门手艺活，也应该凭本事赚钱，不能做这种偷鸡摸狗的事情。

但事已至此，他更不愿意舒眉赌场的招牌砸在一个小荷官的手里，于是他朝荷官使了个眼色。那荷官马上领悟了赖灵寺的意图，突然发怒起来，狠狠地将筛盅扔在地上砸了个粉碎，而后上前抓住老赌徒的衣领，威胁道："你敢说我出老千？我纵横赌场十几年从来不干这种瓜皮事儿！"

说罢，二人便翻滚在地上扭打起来。边上的人便开始劝了："不要打了，赌博嘛不就是有输有赢的，图个乐子噻。"

"要打就出去打咯，我风头正旺呢！"

"赖灵寺，别管他们了，我们继续啊！"

几个赢了钱的人带起了节奏，大家又重新往赌桌上聚拢过去，不再关心这场打斗了。赖灵寺安顿好之后，俯着身子在人群中找到了还在扭打的两个人。赖灵寺将二人劝开，而后佯装斥责荷官，说道："谁叫你把筛盅给砸了的！"荷官低着头，说道："他冤枉我，我一生气没控制住就……"

"滚出去，不要在我这里干了。"随后赖灵寺和颜悦色地转向老赌徒继续说，"大叔，现在筛盅被那个小子砸坏了，我想查也没法查了。我向你保证我赌场里的筛盅是绝对不会装机关欺诈你们的！赌博都是有输赢的嘛，要不今天先回家休息休息，明天再战？"

老赌徒环视了一圈，根本没有人声援自己，知道今天只能吃哑巴亏,于是骂骂咧咧地出去了。

赖灵寺本以为事情就这么了结了,谁曾想这个老赌徒出去以后竟然站在街上骂了起来。赖灵寺光顾着数钱,赌场里又嘈杂得很,根本没听见老赌徒的叫骂声。不一会儿,围着老赌徒的人便越来越多,舒眉酒肆变成了舒眉赌场的事情也就被更多人知晓了。

眼尖的帮手看到了门外的情况,赶忙跑来告诉赖灵寺。赖灵寺这才意识到大事不妙,冲到屋外把老赌徒拉到一旁安慰。可是为时已晚,这里的动静已经把张珏吸引来了。

赖灵寺被张珏带来的士兵控制住,而后眼睁睁地看着士兵们围堵了舒眉酒肆的前门后院,接着鱼贯而入抓获了聚赌的赌徒。赖灵寺低着头虔诚地祈祷着钱箱不要被发现,结果这一次老天爷似乎没有保佑他,队伍最后的两个士兵将他装满钱的钱箱抬了出来。

毫无疑问,这些钱全部被收缴了。

"兄弟!"赖灵寺挣脱士兵们的控制,冲到张珏面前。赖灵寺本想跟张珏客套一番,没想到张珏直接抽出佩剑抵在他的脖子上。

"后退。"张珏冷冷地说。

"兄弟,那些钱是我辛辛苦苦赚来的……我知道我做错事了……那些钱能不能给我留下……有用……"赖灵寺慌忙跪下央求道,随后立刻被冲上来的士兵扑倒在地。

张珏将佩剑插入剑鞘,对着所有人说道:"钓鱼城内不允许开设赌场,不得从事任何与赌博相关的事情,违者一律打入大牢,所有赌资、非法所得理应全数收缴!这是律法!"张珏将目光落在赖灵寺的身上,"况且现在是战时,违者罪加一等!"

赖灵寺早就领教过张珏的不近人情,重重地垂下了脑袋。

第二十一章
为之一战

这是余不扬被关在钓鱼城大牢的第二十天。

大牢里终日光线阴暗，到处弥漫着犯人身上散发出来的馊味和排泄物的臭味。和其他横七竖八躺在稻草堆里的犯人不同，余不扬不管是睡觉还是醒着，永远都是端坐在牢房的西北角这一个姿态。他抬眼看了看头顶狭小的天窗，阳光从天窗里透进来，照射到对面牢房张怀宝的身上。张怀宝动了动。

余不扬发出一声烦躁的叹息声。

自从余不扬进来以后，每天晌午时分，阳光刚好照在张怀宝身上的时候，他就会醒来，而张怀宝醒来的第一件事情便是找余不扬说话。不管余不扬答应不答应，他总是在对面说个不停，这让余不扬很是头疼。

"不扬大叔，你又这么早就醒了啊？"张怀宝揉了揉眼睛，身子往栏栅的位置移动。余不扬把头撇到别处，不愿意看到他。

张怀宝爬到栏栅旁，手伸到过道上，将狱卒丢在地上的一个馒头和半碗米汤小心翼翼地拿了进去。他咬一口馒头，喝一口米汤，一副有滋有味的样子。张怀宝吃得差不多的时候发现余不扬牢房前的碗里是空的，馒头却纹丝未动，于是问道："不扬大叔，今天的馒头都没吃呢？不饿啊。"

"馊了。"余不扬应付道。

"嘻，你还没适应啊？他们给咱们的馒头什么时候是不馊的？将就着吃吧……真不吃？"

张怀宝见余不扬摇头，便努力伸长了手准备将余不扬的馒头拿过来，可怎么够也够不着。

"今天位置有些远了，帮个忙吧？"张怀宝觍着脸请求道。

余不扬从身旁的稻草堆里摸索出一块泥，朝馒头的位置瞄了瞄，而后丢了过去。土块砸在馒头上，馒头受了力，往张怀宝的方向滚了滚。张怀宝一把将馒头揽入怀中，爱惜地拍了拍上面的泥土，又狼吞虎咽起来。

弥漫着灰尘的光束径直打在张怀宝身上，他吃完馒头便除去上衣，在前胸和后背搓起来。一边搓还一边说："嗯……今天天气好，晒着太阳搓着泥就跟洗热水澡一样舒坦。嗯……巴适得很。"

张怀宝搓完了澡，又躺下，而后继续找余不扬聊天："不扬大叔，你是开酒肆的，酒这个玩意到底是怎么酿出来的？跟水一样，可水是淡的酒却是辣的。一口酒，一口肉，脑子一下子就迷糊了。真好……哎？你说要是里面有酒该多好？醒了就喝一碗，喝醉了就睡一觉，睡醒了接着喝。省得像我们这样，醒了以后就这么熬着，什么也不能做。等到终于想睡了，肚子却饿了。哎，要是米汤换成酒就好了。"

余不扬闭眼养神，不准备搭理张怀宝。刚进来的时候，他还会跟张怀宝说上两句话，可只要他一回答，张怀宝就更来劲了，能从

395

天亮说到天黑。

张怀宝见余不扬不理会自己,便将双手枕在脑后,自顾自地背起了《太上感应篇》。这部《太上感应篇》原来是他修行时每天都要背的,在牢里的日子实在无聊,无事可做的他又重新背了起来。

"太上曰:祸福无门,惟人自召;善恶之报,如影随形。是以天地有司过之神,依人所犯轻重,以夺人算。算减则贫耗,多逢忧患,人皆恶之,刑祸随之,吉庆避之,恶星灾之,算尽则死……"

余不扬被张怀宝念经念得迷迷糊糊的时候,突然听到一声响,是大牢大门打开的声音。余不扬猜得没错,牢房里一下子亮堂了不少。接着就是狱卒的训斥声:"瞧你们这些破落户整天游手好闲,连坐牢也要挤一块坐!蒙古人就要打过来了,你们倒好,进来避灾来了?到时候要是蒙古人攻打钓鱼城,老子就把你们一个个当礌石滚木丢到城墙下面去,也算是有点用处了。快一点!你也是,腿迈不动了?是不是要老子派轿子来抬?"

从狱卒骂骂咧咧的话语和忽明忽暗的光线中,余不扬大概知道又有新的犯人进来了,而且起码有十几个人。

"咣当!"牢房大门重重地关上了,接着就是此起彼伏的脚拖铁链的声音。随着声音越来越近,张怀宝也察觉了这个情况,翻身趴在栏栅上看。

"赖灵寺!"张怀宝突然激动得大叫起来,"不扬大叔,打头的是赖灵寺!兄弟,你来了!"

"宝……"赖灵寺还没说出哥字,屁股上就挨了狱卒一鞭子。

"进来喝酒吃席来了啊?还给老子打起了招呼!快些进去!"

另外的狱卒将余不扬旁边的牢房打开，将十几个人一股脑儿地全部塞了进去。

等到狱卒出去，关上大门，牢房里重新恢复安静之后，张怀宝和赖灵寺兴奋地趴在栏栅上说起话来。

"你怎么这么长时间都不来看我？想死我了。你不是说我马上就能出去？怎么自己都进来了？"

"我们这次进来也是拜张珏那个家伙所赐，本来还想通过他救你出去呢，这下子好了，彻底没戏略。"

"不打紧不打紧，反正我们现在也算是团聚了嘛。"

"宝哥，你心真大哦。这些当官的翻脸就不认人，狗屁都不是……这次算是吃了大亏咯。"赖灵寺骂完还吐了一口唾沫。

"你咋进来的？"张怀宝问道。

赖灵寺不好意思地回头看了看那些人，半个时辰之前大家伙还在高高兴兴地摇骰子呢。

"咋进来的……这个事情说来话长，还是不要说了。"

张怀宝看着赖灵寺的表情，熟悉的感觉一下子就上来了："是不是赌博？哎哟，跟你说过多少次了，就是不学好。有赌博的功夫倒不如想想怎么把我救出去噻。"

"我还不是想多赚点钱，方便打点关系，把你从里面救出去嘛。哎，宝哥你还真不要说，要是我这次不出事，那真的是赚大发了。"

"我看你这次是输大发了。"

"这一次不一样，这一次你兄弟威风了，在山上开了一个赌场，自己当老板，生意好得不得了。"赖灵寺说起来还有几分炫耀的神色，旋即眼神又暗淡下去，"不过现在说这些都太晚了，所有的钱都被张珏收走了。那家伙心真黑啊,我跟他都这么熟了,他倒好,还拿剑来威胁我,想杀我哩!"

张怀宝幸灾乐祸地说:"你自己犯事在先,就莫要怪别个不近人情。他是认识你,你也确实为他办了些事情,但一码归一码嘛,他哪里用得着事事都迁就你?他又不是你爹。"

赖灵寺意兴阑珊地咂吧了嘴:"话是这么说,但总觉得差点人情味嘛……你说是不是?"

张怀宝还没回答,身后一同被抓进来的人说话了:"人家是当官的,你还跟他讲人情?你在他眼里屁都不是……"

"就是,你敢在山上开赌场我还以为你跟官府有关系呢,没想到却是瓜娃儿一个,害得我们一起跟你受罪。"

"日你仙人板板!"

"短命龟儿,我都不稀得骂你……"

大家你一言我一语,赖灵寺的脖子被骂得缩了起来,也不敢还嘴,就好像麻雀掉进了鸡窝,随时有被踩啄的风险。

赖灵寺在心里默默地想着,要是能被安排到张怀宝的牢房里去就好了,或者边上的这个牢房也不错,至少没有人。不对,有人。赖灵寺眯着眼睛往隔壁牢房瞧了瞧,只见西北角阴暗的角落里有一堆稻草。

这时候,余不扬缓缓地动了动身子,他的脸出现在光线之中。赖灵寺瞧清楚了,竟然是余不扬。

"不扬老头,原来你也在这里。"赖灵寺拍了拍自己的脑袋,"不在这里又会在哪里呢?说了一句屁话。"

张怀宝难得看见余不扬做出反应,竟然还站了起来走到赖灵寺身边，主动问道："我家里和婆娘都好吗？"余不扬的语气虽不紧不慢，却是一副急切的神态。

赖灵寺的表情顿时僵住了。这个时候，有个好事的家伙走上前来，替赖灵寺回答道："你家好得不得了，就差被那些当兵的给拆咯。"

"当兵的为什么要拆我家？我婆娘去哪里了？"余不扬扒拉着栏栅问道。

"你问赖灵寺，他是最清楚的。"好事者挑拨完毕，找个空地坐了下去。

余不扬不知道对方说这句话是什么意思，但看赖灵寺想要回避的表情，心里不自觉泛起了不安。他将手伸过栏栅，一把揪住赖灵寺的衣领，问道："赖灵寺，到底怎么回事？"

赖灵寺支支吾吾半天，看着余不扬一点没有松劲的意思，只好硬着头皮说道："大娘她出门去了，还把家里钥匙交给我，叫我帮你们看家。"

听到看家二字，赖灵寺身后爆发出一阵哄笑声。

"叫你看家？"余不扬用怀疑的眼神看着赖灵寺。

"没错，是她自己主动把钥匙给我的，说是家里得有个人看着，有人看着你在里面就能安心。"赖灵寺避开余不扬直视的眼神，"现在我自己也进来了，大娘要是知道了非怪罪我不可。"

"她为什么要让你帮忙看家？她呢？去了哪里？"

"我不晓得她去了哪里，只是……她的打扮真的很奇怪，像个瓦子里的说书人。"

余不扬松开抓住赖灵寺衣领的手，心里思忖着："晓舒，你这又是唱的哪一出啊?"

"她不会有事吧?"余不扬问赖灵寺,还指了指自己的脑袋。

"啊?不扬老头,你想太多了,大娘脑子灵清着呢。哦,对了,她跟我说要做回自己去了。我不知道她说这句话有什么深意,但你应该能明白吧?"

余不扬当然明白那句话的意思。她曾经和自己说过瓦子说书人是杨晓舒内心的另外一个自己,但自从和他生活在一起后,说书人就成了过去,甚至变成了上辈子的事情。余不扬以前还在军队服役的时候问过杨晓舒,如果自己先她一步而去,她会怎么做?杨晓舒的回答是重新开始说书。杨晓舒说,只有在说书的时候,自己的情感才会被带入话本里,与话本里的人物共情,这样就会忘记现实的痛苦和对他的想念。

余不扬心疼地低下了头,眼泪滴在稻草上。一起生活了大半辈子的两个人,难道真的会就此分别,到死也没有机会再相见了吗?

赖灵寺不知道余不扬突然的悲伤源于自己的哪句话,只能宽泛地安慰道:"大娘说她还会再回来的,况且她只是叫我替你们看着家,没说送给我,你……你别太担心了。大娘说,家里的积蓄都被你花光了,没准她是去赚钱了也说不准呢。"

余不扬自顾伤心没有继续说话。没想到好事的人又开口了:"赖灵寺啊,原来杨大娘是叫你帮他看家啊,那你怎么能把好好的一个酒肆变成乌烟瘴气的赌场呢,杨大娘要是知道,非扒了你的皮不可。"

"哈哈,就是。你开赌场赚钱一心想着把张怀宝保出去,怎么不想着把不扬大叔保出去啊?你的钱可是在他家里赚的。"

赖灵寺抓起一把稻草朝身后丢去:"去去去,不说话没人当你们是哑巴!不扬老头,你听我解释啊……"

余不扬摆摆手,随后重新坐回阴暗的角落里,表明自己不想再追究这件事情。赖灵寺愧疚地叹了一口气,余不扬的态度让赖灵寺深深地自责起来。

秋风一起,余玠的头晕症又犯了。

他本打算在钓鱼城审问完余不扬以后就回重庆府去,秋防军务繁杂,待在制置司里他才能安心。奈何自从审问完余不扬后,他就常常梦见赵婵。在梦中,赵婵还是年轻时的模样,手中抱着一个女婴,梨花带雨地看着他,口中念念有词。余玠仔细一听,她竟反复念着"君问归期未有期,巴山夜雨涨秋池。何当共剪西窗烛,却话巴山夜雨时"。每每梦到这个地方,他的心总是一阵绞痛,而后惊醒,紧接着就是闭着眼睛也能感受到的头晕目眩。

冉琎得知余玠这样的身体状况之后,变着法子留他在钓鱼城再休息些时日,并且请了最好的蜀医来为他调理身子。秋防不可掉以轻心,二冉和王坚、张珏等人每天都有忙不完的事情,陪侍余玠的任务就交给了文天祥。

文天祥非常享受这样的时光,在余玠精神不佳的时候除了照顾好他的饮食起居外,便一个人悄悄地坐在一旁看书,看累了就去院子里挥上几剑。若是哪天余玠精神好,文天祥便与他坐而论道。余玠有时候也会问他关于秋防的建议,但文天祥说得很少,大部分时间都是在听余玠说。文天祥时而沉思,时而记录,受益匪浅。

在休息了三日之后,余玠的症状有了很大的改善,于是决定当日启程回重庆。余玠执意要让文天祥陪着自己回重庆去，文天祥却拒绝了。要是搁在以往，文天祥没有拒绝的理由，但现在钱雨竹在钓鱼城，他不知为何就不想离开了。二人之间的嫌隙还没有愈合，若是去了重庆又不知何时能与她再次见面。文天祥非常强烈地感觉到钱雨竹一定有什么心结没有解开，他一定要探究清楚。

在送余玠下山去码头的路上，余玠主动与文天祥分享了自己头晕症复发的病源。

"天祥，如果有一件事你非做不可，但做了会要你性命，这个时候你会怎么办？"

"那自然要看我要做的这件事情是什么了。"

"就是和蒙古人打仗这件事。"

"战争如食人猛虎，只要打仗，便会死人。"文天祥还没有完全洞悉余玠所思所想。

"我说的不是士兵，而是身为制置使的我。不管战胜或是战败，都免不了一死。"余玠说这话的时候神色黯然。

"学生不明白，您是制置使，即使战败您也并非一定会有生命危险，何况是战胜了？"

余玠长叹一声，说道："你不是官府中人也许看得更清楚一些，今天我就把整个事情的原委告诉你吧。朝廷现在换了宰执班子，朝堂上的氛围也从原来主战变成了议和之声高涨。一直以来，议和、主战都是朝堂上冰炭不容的两股势力。主战还是议和？这取决于不同时期的不同情况，这两种不同的理念总是在互相角逐较劲中不断壮大，分别主导着我大宋对蒙、金的国策。中兴四将张俊、韩世忠、刘光世、岳飞，他们的个人命运多少都和当时朝廷从主战转到了议和相挂钩啊。"

余玠看着嘉陵江水，沿着石阶向下而行。

"现在，我能感觉到大宋这条奔流不息的江河马上就要调转方向，往议和而去了。在我看来，唯有主战才能重拾民族气节，才能振奋国人精神，最后才能奔流到海啊。"

文天祥似乎听出了点端倪，说道："但是海在很远的地方，每个人对自己的意见都很自信，但对结果却是未知的。"

"没错啊，就连皇上他也不知道哪条路能真正奔流到海，让国祚永续。"

文天祥思考了片刻，说道："学生明白了。战之，挑战议和派的权威，于己不利；不战，附庸议和派的势力，于心不甘。"

余玠重重地点着头，说道："丞相谢方叔已经决意要将我余玠调离巴蜀，如果我的态度暧昧一些，也许能够善终。如果我的态度坚决一些，或许连命都保不住。"

文天祥惊讶得张大了嘴巴。

余玠嘴角挤出一丝笑意，安慰道："你迟早会入仕的，千万不要觉得朝政是多么可怕的事情。不过有些事情又不得不提防，因为身居权力最高处的人，他们的眼里只有权力和功绩。他们通过权术和斗争坐上宰执的位置，也会继续利用这些手段来巩固自己的根基。"

"制置使……"文天祥满怀敬佩地看着余玠，"那您会如何做抉择呢？"

"皇上封我做制置使，就是要我行制置使之责，朝堂上的争斗不是我该考虑的。"

"那您……"

"文天祥，你觉得我应该怎么做？"余玠的表情很轻松，就好似这并不是关乎自己生死的大问题。

"我……此事事关重大，还关乎……关乎制置使的性命，学生不敢随意置喙。"

余玠安慰道："随便说说，在问你这个问题之前，本官心里就已经有答案了。"余玠找文天祥聊这个话题，并不是为了寻找答案，更多的是为了教化眼前这位和自己性情相仿的年轻后生。

文天祥纠结了半天，终于开口道："那学生斗胆说两句不成熟的个人看法。"他深吸了一口气，似乎面对的是一道殿试题目，"学生以为，个人之死生如昼夜，不足多憾。为子死孝，为臣守忠，死又何妨？大丈夫为天地立心，为生民立命，为往圣继绝学，为万世开太平，从而留名青史，超越死亡本身的定义，正所谓以身殉道不苟生，道在光明照千古！

"诚然，功劳有高低，性命有长短，对错也由不得自身来评价，但每个人的本心都只有一个。性命的长短并不紧要，紧要的是死得其所，不在意自己的生命何时结束，而在意自己的生命为何结束。如何死得其所？这只有自己知道，因为你的本心会告诉你。于我个人而言，与其争取性命之长度，不如争取精神之不息。以不息之心，行不息之道，精神即不息于天地也。"

文天祥说完话，不知所措地看着余玠。他不知道自己作为一个后辈，在制置使面前说这些话是否合理。或者说，这些大道理对于一个制置使来说是否太过苍白无力？也许人家只是想听几句慰藉的话而已……

余玠本没有必要对这位十七岁读书郎所说的话过于重视，但鉴于文天祥说出来的东西,他又不得不重视。因为这些话都穿过了他的耳朵,走进了他的心里。

"为子死孝,为臣守忠,死又何妨?"

"以身殉道不苟生,道在光明照千古!"

"以不息之心,行不息之道,精神即不息于天地也!"

这些话足够振聋发聩,也足够让年过半百的余玠久违的热血澎湃起来。

余玠久久没有回应,文天祥渐渐有些焦虑起来。

"制置使,学生的话过于片面,班门弄斧,但是……"

"但是你让我内心更加坚定了!"余玠感激地看着文天祥,"天地万物是生生不息的,所有的人和事终将逝去,但用有限的生命做有为之事,君子便能有所作为,精神才可依附于天地生生不息。而这样的精神哪怕感化了一个人、两个人,都将为大宋国祚之不息贡献力量,这份力量可能很微小,但只要不息,就有可能在哪一天突然点燃大宋之希望,凝聚民族之精神,撼动强敌之力量!"

文天祥被余玠这一慷慨激昂的讲话感动出了眼泪:"所以……制置使,您的决定是为之一战?"

"为之一战。"余玠坚定地说。

"那么朝堂的压力便会滚滚而来……"

"来便来吧,"余玠挺起了脊梁,"为之一战罢了!"

与重庆天朗气清的天气不同,此时的临安正经历着连月的阴雨,湿冷的风一刻不停地吹过临安城的大街小巷,让出使关外刚回来的徐清叟有些不适应。他一边催促着马车快行,一边又因为帘子里吹进来带着湿气的冷风而责怪车夫。车夫顶着来自当朝枢密使的巨大压力，终于抵达目的地——当朝丞相谢方叔的府邸。

徐清叟一掀开帘子，连打个冷颤都顾不上，就冒着细雨进了丞相府邸。距离与谢方叔约定的时间已经过去了一个时辰，他决定把自己迟到的理由怪罪于天气，而非他回临安后，第一时间去外宅宠幸了小妾这件事。

好在谢府的院管告诉他，丞相大人依旧在书房等着。徐清叟来到书房，谢方叔正靠在椅子上打盹，听见开门声便醒了。

"这样的天气叫你出门真是难为你了，要是我的话也不愿出门。"谢方叔这就算问候过徐清叟这个老部下了。

徐清叟觉得谢方叔话里有话，下意识地闻了闻身上的气味，并没有温柔乡的味道，于是便一脸严肃地汇报起来。

"丞相大人，下官此次奉您的命令出使关外，一切都还算顺利，也见到了蒙哥大汗的胞弟、漠南汉地事务总领忽必烈将军，并且如实传达了您的建议。"

"他怎么说啊？"院管小心翼翼地端来了火盆，谢方叔自然地将双手搭了上去。

"忽必烈大将军说，议和是对宋蒙双方都有好处的决策，蒙哥大汗也非常乐意能见到那一天早日到来。"

谢方叔脸上露出了笑容，憧憬道："谁不想那天早日到来呢，呵呵。有些人的思想就是固执，议和才是利国利民的正道，你说是不是啊？"

"丞相大人审时度势、机敏过人，实乃皇上和大宋的福气啊。"徐清叟拍完马屁又继续说道，"可是忽必烈说了，议和可以，但大宋也应当拿出诚意来。他说这是蒙哥大汗的意思,不能变通,或许……"徐清叟咽了咽口水,"或许我们还有最后一仗要打。"

"最后一仗?蒙古人是何意图?"

"忽必烈说,从我们对战争的态度就能知道我们议和的决心到底是大还是小。"

"蒙古人想试探我们?"谢方叔立刻换了一副表情,刚才的喜悦荡然无存。

"下官不慧,兴许……忽必烈是这个意思。"徐清叟的眼神躲闪,不敢与谢方叔对视。

"徐大人啊,你是制置使,本官让你出使关外可不仅仅只是当一个传声筒而已啊,他们蒙古人膀子粗敢提建议,可我们也不能照单全收对不对?"

"是是是,可忽必烈的态度非常坚决,议和可谈,但必须在即将开始的这场战争之后。"

"那你有没有告知我们的意见?议和必须是建立在平等互利的基础之上……"

"我说了,可忽必烈说我们的意见不重要。"徐清叟一脸为难地说道,"他说我们以前对金以叔侄相称,完颜家族现在已是蒙古人的手下败将,我们能对金俯首称侄,就应该对蒙古同样俯首称……称侄……"

"放肆!"谢方叔把手里把玩的玉件狠狠地丢进火盆,砸起一团炭灰。

"是,忽必烈确实是太放肆了,但是……但是下官当时在他的帐中,还能说什么呢?"徐清叟虽然低着头,但语气丝毫没有认错的意思。

"难为徐大人了……这也不怪徐大人,朝堂之上只要说起议和,所有嗤之以鼻的意见不都误以为议和就是丢掉气节,俯首认输吗?只是本官真的很想努一努力,告诉大家有尊严的议和远比不自量力的反抗要更有利于江山社稷啊。"

"恕下官无能,又或许……又或许蒙古人从来就不觉得大宋能与之平起平坐吧?"

谢方叔闭上眼睛,徐清叟能感觉到他的愤怒与失望。徐清叟不以为然地把视线移到窗外看起风景来,他心想自己能够圆满完成出使任务已经着实了不起了,丞相却还想让他与蒙古人谈条件,他没这个能耐。谁有本事谁去谈,反正他是不会开这个口的。

"也许主动提出议和的一方本就应该放下尊严吧……谁先提议,谁就已经输了……"谢方叔长吁一口气,缓缓睁开眼睛说道,"蒙古人打最后一战,战场会选择哪里呢?徐大人是枢密使,应该有意见可以发表吧?"

徐清叟飞快地理了理思路,说道:"下官认为最有可能的战场在巴蜀,不知丞相意下如何?"

"本官也是这么认为的,纵观巴蜀、荆襄、淮东三大战场,估计也只有巴蜀能让蒙古人看上眼吧。"谢方叔用竹签子将玉件从炭火中拨了出来。

"如果我们放平心态接受战败,议和应该就可以立刻提上日程。但如果我们顽强抵抗,甚至还取得了胜利……"

"那么蒙古人完全可以怀疑我们议和的态度,将我们送去的议和文书一把火烧掉,然后继续进攻大宋,连年不断地进攻。"

"丞相明鉴，您说枢密院要不要给重庆制置司去一封信……"

"告诉余玠如何打仗吗？呵呵……余玠他是不会听的。"谢方叔重新将温度退却的玉件放在手中，"他是一块璞玉，棱角锋利着呢。"

"那我们应该怎么办？眼睁睁地看着议和的大好时机就这么浪费了？此次失信于蒙古人，何时又能再度赢得他们的信任呢？"徐清叟着急地说。

"枢密使，一场战争而已，无伤大雅的。"谢方叔高声说道，不像是安慰，更像训斥，"余玠若是输了最好，若是赢了那也向蒙古人表明了我们的态度——打仗，我们是不怕的。"

"这……"

"不过，态度表完了之后，我们还得给蒙古人送份大礼，赔个不是才行。这叫有的放矢，蒙古人会觉得大宋既有本事，又有礼数，更能促使议和落地。"

徐清叟被谢方叔说得一头雾水："丞相大人说的礼物，到底是什么礼物？"

"当然是蒙古人一直想要得到却得不到的东西了。"谢方叔嘴角露出一丝狡黠的微笑。

徐清叟眼珠子滴溜溜地转了一圈，脖子伸向前，不怀好意地问道："是余玠吗？"

谢方叔斜眼看着徐清叟良久，而后才缓缓吐出一句话来："我希望宋蒙双方能长久地和平下去，而蒙古人一直忌惮余玠这样的主战将领。我想……余玠这份大礼总比战败显得有诚意吧？"

待徐清叟走后，谢方叔摊开信纸写道：

"蒙古人来袭之日,便是王夔必死之时。王夔一死,万事可为。"

写完这简短的两句话后,谢方叔叫来院管,吩咐道:"加急送至云顶城。"

"还是和以前一样,王夔与姚世安各抄送一份吗?"

"不,这次的收件人是都统姚世安。"

第二十二章
嘉定会战

十月，蜀地狼烟四起。

汪德臣率领的蒙古军并未从利州城顺嘉陵江而下攻打钓鱼城，而是改道西南，从外围绕过苦竹隘和雍村城，顺利通过云顶城属地和成都，径直向嘉定府挺进。这是自淳祐六年(1246)以来，间断了六年之久，蒙古军又一次大规模犯蜀，全蜀为之大震。

嘉定府坐落于岷江、青衣江、大渡河三江交汇处，北与眉山接壤，东与自贡、宜宾毗邻，南与凉山相接，西与雅安连界，地理位置十分重要。可见，蒙古人此次另辟蹊径攻打嘉定并不是随意选择的结果——拿下岷江和大渡河的制导权照样可以进入长江，直逼重庆府。

这样的选择本就在余玠的预期之内，奈何云顶城内部生乱，一直避而不战，甚至对过境的蒙军不管不顾，而苦竹隘和雍村城又被蒙古人刻意绕过，等到发现蒙古人踪迹的时候已经鞭长莫及，最终导致了嘉定沦陷。

在战斗打响之前，余玠就制定了多套应急预案，嘉定沦陷亦在方案之中。所以，在收到嘉定沦陷的消息之后，全蜀的精锐部队都按照既定方案向嘉定城进发。

余玠将参与嘉定会战的部队全部安置于嘉定城下以及周边的山城，命令将士们利用山城独特的地理位置先以守为攻，阻止蒙军扩大入侵范围。

赶来增援的众多队伍中，要数播州五千少数民族义军最为骁勇。余玠将他们部署在嘉定附近至关重要的万山、必胜两堡，命令他们恃险拒守，以劲弩射敌。而余玠本人则亲率各路援军，决定采用"潜军夜出"的战术袭扰敌营，伺机而战。

年轻气盛的汪德臣立刻领教了余玠的实力。

在沔州城应对王坚率领的攻城部队时，汪德臣之所以敢开城迎战，那是因为沔州地势平坦，更利于蒙军发挥。而且王坚受了汪德臣的挑衅，冲动地选择了硬碰硬的战斗。

但嘉定城的情况就完全不同了。

嘉定地形复杂，周围山多，筑有许多山城堡垒，攻城的士兵不用与汪德臣面对面安营扎寨，而是全都以山城堡垒为据点，对嘉定城形成围剿之势，切断了蒙军粮草的供给路线。

夹谷龙古带对汪德臣攻击嘉定的策略一直心怀不满，在他的观念里攻打巴蜀就要冲着钓鱼城去。蒙古军实力强劲，水军亦已足够强大，汪德臣进攻嘉定的策略简直就是妇人之见。所以，当汪德臣询问他意见的时候，他便如此说道："现在嘉定城虽然收入囊中，但粮草的供给路线已被余玠切断，而且还时常遭到宋军的袭扰游击，固守城池到最后肯定会弹尽粮绝，就和当初兴元城的遭遇一样。若主动出城打击……就更不妥当了。余玠已经在周遭山城堡垒屯兵，虽人数不多，但技战法十分灵巧，你不知道在什么时候、什么位置会突然遭遇埋伏,这样的仗是没办法打的。"

汪德臣本来就对夹谷龙古带有偏见,而他说的这番话分明又是在指责自己,气急败坏的汪德臣索性下令夹谷龙古带率兴元府驻军开城迎敌,与余玠像模像样地来一场硬战。在遭到夹谷龙古带态度坚决的反对之后,汪德臣奚落道:"你不是一直想要和余玠面对面地来一次对决吗?现在这个机会就在你面前,赢了我们就可以沿着长江直捣重庆府,还要给你记首功。要是输了也不打紧,我的部队会伺机出动,一举拿下胜利,功劳簿上同样会有你夹谷龙古带的名字。如何?"

夹谷龙古带知道,汪德臣这是准备把自己和兴元城驻军当诱饵来用了。于是说道:"我的确很想和余玠正面交锋,但这并不是最好的时机。"

汪德臣丢下一句"时机是要靠创造的"话后,便下了一道命令,封夹谷龙古带为征蜀前锋将,率军出城迎敌。汪德臣的背后是忽必烈和身处和林的蒙哥汗,夹谷龙古带不敢不从,只得硬着头皮率领部下在嘉定城外摆阵迎战。

王坚看见这样的场面,血气一下子就涌上了头顶。沔州一战英名尽失,如今敌人在嘉定城故技重施,这是挽回颜面的绝佳机会。可还没等他请战,余玠就下了一道军令。

各支参战部队固守驻地,按兵不动,直至夹谷龙古带退回嘉定城。

夹谷龙古带带着四千蒙古军在嘉定城外扎营,身后是高高的城墙,四周是巍峨静默的高山,眼见着太阳缓缓下山,他的心里渐渐不安起来。这样的不安一直从天黑持续到天亮才稍稍缓解,而后在天黑之前又涌上心头。就这样，夹谷龙古带不安地在城外度过了三个晚上，没有迎来余玠的军队，却等来了汪德臣召回的命令。夹谷龙古带终于松了一口气，但同时又觉得心有不甘。

与夹谷龙古带一样不甘心的还有王坚，甚至在夹谷龙古带率军回城的时候他还有作战的冲动。

随着时间的推移，嘉定会战的局势渐渐向着有利于宋军的方向发展，而且这样的趋势似乎越来越有点势如破竹的意思，这让宋军的将领们都松了一口气。

王坚刚刚又完成了一次"潜军夜出"的行动，成功剿灭了蒙军一百余人，还放火烧了位于嘉定城西南的马场，把对方原本就不多的草料一把火烧了精光。他原本想借着这次袭扰全胜的机会犒劳一番将士们，为最后的总攻养精蓄锐。只不过，一个人的到来，打乱了王坚的计划。

这个人在王坚回营之前就一直在营门外叫嚣着要见王坚，但守卫们见他蓬头垢面、衣衫褴褛，便只好将他拒之门外。好在这个人态度坚决，任由守卫怎么驱赶始终赖着不走，终于在日出之前的营门口，见到了凯旋的王坚。

"王都统！"

王坚被那形似乞丐的人叫住，觉得他的声音似曾相识，于是下马向对方走去。在对方把乱蓬蓬的头发撩起后，王坚确定了对方的身份。

"李帮主！原来你还活着？"王坚激动地将其迎入军营，吩咐负责后勤的士兵为李发水好生拾掇一番，没想到却遭到了他的拒绝。

"有一件事情我必须要尽快跟你说。"

王坚屏退了左右，拉他入帐内细谈。

"我已经知道袭击你的假蒙古人的真实身份了。"

王坚既兴奋又愤怒，他迫切地问道："是不是云顶城的人？"

李发水惊讶地看了一眼王坚，而后坚定地点点头，说道："是他们。"

"李帮主可有证据？"

"如果非要什么证据的话，我那百十位兄弟的性命便是证据了。"李发水走到王坚面前，用颤抖的手拉住王坚的手，"那日我在河间地帮你打败了蒙古人之后，便来到云顶城。之前一直跟我联系的人是一个自称杨步宇的云顶城团练使，可我抵达云顶城之后问了一圈都说没有这个人。我本想返回，但云顶城副都统姚世安却看上了我……我的货物……"

李发水说到这里，王坚打断道："货物是铁原料吧？杨步宇是假扮的，他这么做的目的就是让姚世安抢走你的货物，只是他没有想到姚世安竟然会如此心狠手辣……好在……好在你死里逃生最终活了下来。"

李发水目瞪口呆地看着王坚，问道："杨步宇是谁假扮的？他为什么要害我？"

王坚安慰道："这件事情说来话长，你且先把你知道的事情说完，我再慢慢说给你听。"

李发水继续说道："为了抢我的货物，他命令云顶城的士兵将我们赶尽杀绝，我见时机不对骑马逃走。但马匹中箭，我和马一起摔进了沱江之中。好在我一辈子都在码头打拼，水性不错，身上又没受什么伤，所以就潜到了隐蔽的地方躲了起来，又趁着夜色爬上岸，进了深山。这段时间，我一直在没人的山里过着食不果腹、衣不蔽体，四处逃亡的日子。"说到这里李发水双手捂脸哭了起来。王坚用男人的方式拍了拍他的后背，敬佩且强忍悲痛地鼓励了他几句。

"后来，我听说蒙古人攻占了嘉定城。我逃亡了几个月，一直没能走出沱江一带的山林，虽然离重庆远，但离嘉定城却很近。我想着嘉定城沦陷后，王都统肯定会率兵增援，于是便鼓起勇气找了过来，没想到还真就让我给找到了，真是老天开眼啊。"

"单单为了抢货就屠杀了你的帮众，王夔和姚世安真的是太狠毒了。"

"不！"李发水眼睛直直地看着王坚，"姚世安一开始只是想抢货物而已，那批货太值钱了，我辛辛苦苦打拼了半辈子还没做过这么大的买卖。就这么白白舍弃掉，实在是不舍得，于是便向他透露了在河间地帮您打赢了一场仗，企图通过这件事情让云顶城对我们网开一面。没想到姚世安却说那群假蒙古人就是他们云顶城的人，要杀王都统的也是他们，于是便对我们展开了报复，这才屠杀了同袍帮的兄弟们。"

王坚听着李发水的话，眼里都快迸出火星子来了："娘勒个脚，果然是云顶城做的孬事，我一定要杀了他们！李帮主，你救我在先，现在又指认了假蒙古人的真实身份，这是实实在在的大功劳。同袍帮兄弟们的仇，我王坚一定会帮你报的！"

李发水认真地说道："请王都统为同袍帮亡魂做主！李发水先行谢过。"说着便跪了下来，膝盖还没杵到地上就被王坚扶住了。

"王都统，现在你可以告诉我杨步宇的真实身份了吗？"

王坚思索了片刻，说道："现在告诉你也无妨。杨步宇真名叫余不扬，是一个在钓鱼城开酒肆的老头。不过你放心，他现在正在钓鱼城大牢里关着呢。"

"开酒肆的老头？他为什么要故意害我？"

"他也没有料到云顶城会对你们痛下杀手……个中缘由我还真说不清楚，因为背后的原因他只对制置使一个人说过，其余人一个字也问不出来。"王坚顿了顿，"兴许是朝堂之上那些玩弄权术之人的傀儡，就和云顶城的那两个家伙一样。你是江湖中人，有些事情我不便与你说。李帮主，你信得过我王坚吗？"

"王都统，这叫什么话？河间地一役埋葬了多少同袍帮的兄弟？我李发水若是不信你，又怎会……"李发水双目含泪。

"好，那你就听我王坚一句。甭管那个余不扬是谁，是何企图，你和同袍帮的仇，我王坚会帮你们报的！"王坚说完，重重地拍了拍李发水的肩膀。

李发水听见报仇二字，竟捂着脸哭了起来。

"李帮主……"王坚不忍劝李发水坚强。

"这件事说到底还是我的贪念害了他们……要不是我心太大，想借着巴蜀局势大赚一笔，也不至于让那么多兄弟都搭上性命，啊……"

李发水不知道，余不扬也不知道，他们俩做的事情将会在巴蜀大地掀起轩然大波。

距离嘉定不远的云顶城虽山门紧闭，但对嘉定的战况一清二楚。云顶城的斥候们一天十二个时辰不间断地往来于嘉定和云顶之间,将最新的消息带给姚世安。

姚世安站在山城上,向嘉定城的方向远眺,口中念念有词:"到时候了……"

他身后二十步之外便是利戎司的衙署,现在是王夔被日夜软禁的地方。姚世安不让他出衙署大堂半步,吃喝拉撒睡全都在大堂里解决。此时,王夔正趴在门缝上偷偷窥视姚世安的一举一动。

"这个姚世安又在憋什么屁?得想办法从云顶城逃出去。"被软禁了几日的王夔早已失去往日利戎司都统的风采,杂乱的头发较以往增添了几分灰白,脸颊和下巴上黏着干掉的蔬菜叶子和饭粒,一身都统制服脏得失去了光泽,身上还飘散出一股难闻的酸臭味。不过,在王夔再一次检查了被封闭的门窗之后又恢复了垂头丧气的表情。姚世安如此阴险狡诈之人,怎么会让他逃走呢?

王夔瘫坐在大堂的台阶上,怔怔地看着青砖铺就的地面,以往他站在台阶之上,手握兵权、一呼百应是何等的威风,如今却连后勤煮饭的伙头兵都不如了。没有人再拿正眼瞧他,连后勤送来的饭也是残羹剩饭。王夔好几次都在菜里发现了被啃得很干净的鸡骨头,骨头上还有牙印。

投喂食物的小方孔突然被打开,从外面丢进来一个陶盆,里面又是和之前一样的残羹剩饭。王夔愤愤地走过去,举起陶盆狠狠地砸向小方孔。外面立刻传来了士兵呵斥的声音,粗秽的言语好像在骂一条丧家犬。

王夔将午食的陶盆打碎之后,一直到天黑也没有人再送饭过来了。他看着地上停满苍蝇和爬虫的饭,肚子不争气地饿了。

王夔浑浑噩噩地躺到青砖地上，做好熬一夜的准备。突然，位于他身体右侧的封闭窗户传来了窸窸窣窣的声音。王夔猛得挺起身子，悄悄地走过去查看，这时封闭窗户的木板上破了一个洞，月光顺着洞口射了进来。然后，洞口突然出现几只手一齐往外使劲，"哗"的一声，木板被掰出了一个大洞。

接着，从大洞里探进来一个脑袋，轻声问道："都统大人，您还好吗？"

那人背着月光，王夔只能看见一个黑影，他警觉地问道："你是谁？你想干什么？"王夔第一反应就是姚世安派来的杀手。

"都统大人，是我啊，我是六福。"

王夔惊讶地抻直了脖子，六福是他曾经的贴身护卫："六福？你来做什么？"

"六福带着忠心的兄弟们救您来了！都统快快随我们逃下山去吧。"

王夔心里一盏熄灭的灯突然被六福的话给点燃了，他赶忙翻过洞口。果然月光之下有一支十来个人的队伍，穿着夜行服围在他周围。见王夔出来之后，他们都拉下了遮脸黑布，王夔一个个打量过去，确实都是自己原来最亲近的护卫。

"都统大人，原谅我们到现在才来救你。这几日我们几个日夜轮流在城墙下挖地道，现在地道已经挖通，所以特来救都统下山。"

王夔看着六福等人，眼里泛着泪花，说道："好，好！此地不宜久留，地道在哪里？我们先出了城再说。"

于是，月光之下，一群黑衣人围着王夔从云顶城衙署潜行而

419

出，而后又悄悄通过无人小径，最后来到了地道的位置。一切都非常顺利，他们避开了云顶城所有值卫的视线，成功地逃了出来。

飞奔在下山的山路上，王夔高兴得都快要飞起来了。不过逃亡之路并不需要王夔飞，六福早已在山下安排好了马匹。

大家都上马之后，六福问道："都统，我们去哪里？"

王夔不假思索地说："去嘉定，余玠在那，只有他能救我！"

六福面露惧色，说道："可是余玠一直对您有意见啊，此去恐怕凶多吉少。"

王夔诡谲一笑，说道："不打紧，我可知道姚世安联手谢方叔害他的秘密，有了这个秘密，余玠肯定会保护我的。"

一行人互相对视了几眼，都坚定地点点头，于是马匹向嘉定城的方向疾驰而去。在向嘉定城奔袭的过程中，位于队伍最前面的王夔自然没有发现，队伍最后面的一人一马跑着跑着突然缰绳一歪，从一条小路消失在月影憧憧的竹林之中。

这个看似掉队的人，实则在离开队伍不久之后便换了一匹快马，而后朝王坚的军营狂奔而去。他不顾一切冲进王坚的军营之后，高喊着："利戎司都统王夔率队夜袭制置使大营！利戎司都统王夔率队夜袭制置使大营！"

原本静谧的军营被他这么一喊，立刻变得灯火通明起来。王坚把人抓来审问，那人毫不含糊地说："今夜，利戎司都统王夔亲率精锐意图夜袭制置使大营，现在正在路上，恐怕已经快到了。"

王坚看对方的装扮，不禁怀疑地问道："那么你又是何人？"

"我本是今晚夜袭队中的一员，但就像我一样，云顶城并不是所有人都支持大逆不道的王夔。副都统姚世安同样如此，就是他命令我抄近道提前来王都统的军营求救。王都统一定要相信我,赶紧去制置使大营吧。"

"王夔竟然……快!"王坚急得跳起脚来,"值夜的骑兵队跟我立刻奔赴制置使大营!"

边上的副将好心提醒道:"云顶城人奸马诈,王都统小心有陷阱。"

"不管是不是陷阱,去制置使大营一趟总归是最保险的!"

王坚翻身上马,向着余玠大营的方向绝尘而去。

王坚的军营在嘉定城的东边,余玠的大营在嘉定城的南边,王夔若真要率军前来,定会先从王坚军营外围绕过,而后才能到达余玠的大营。

"去官道!"王坚灵机一动,嘉定一带地势错杂,若是骑马只有官道一条道好走,于是调转了马头。

来到官道之后,他手持火把,打量了路面的情况,发现路面平整并无马蹄、车辙等痕迹,看来王夔的队伍还未抵达。于是,他决定兵分两队,一队由自己带兵赶往余玠大营,另一队原地埋伏伺机进攻。可正当他布置好任务之后,官道远处却传来了杂乱的马蹄声。王坚大手一挥,示意所有人马就近埋伏。

果然,王坚的猜测是对的,对面一行十来匹马,马上的人各个都与告密者同样打扮。王坚轻夹马肚,横刀立马站于官道的正中央,发出气势如虹的声音:"来者可是利戎司都统王夔?"

王夔听见他的问话,不但不害怕,反而摘下遮脸布朝王坚挥起手来。趁着月色,王坚一眼就认出了王夔的嘴脸,立刻怒火中烧朝对方队伍奔去。

在靠近的过程中，他愤愤地例数王夔所犯下的罪状："王夔你作乱犯上、欺压百姓、强抢商贾还不够，竟敢派出假蒙古人袭击我于河间地，今夜还妄想夜袭制置使大营……逆贼！你可知罪？"

王夔一看王坚来势汹汹，俨然一副上阵杀敌的样子，于是赶忙解释道："我有机密要事向制置使禀报，我并非恶人，姚世安才是！"

可一直念叨着王夔罪状的王坚哪里听得进去，对于王夔，他早就想除之而后快，今天王夔落到了自己手上，岂有放过之理。随着双方越来越接近，王坚高高举起了他的朴刀。王夔见状便知大事不妙，慌忙掉头逃跑。可奔袭了一个晚上的马早已没了力气，不消一刻钟，王坚和他的骑兵队就追上了王夔的队伍。王坚绝对不会允许这样的天赐良机从自己手上溜走，于是下令全歼。

仅仅过了几盏茶的工夫，王夔及其部下全部命丧刀下。

王坚看着王夔的尸体，畅快地对着夜空连吼了三声，似乎把所有藏在心底的憋屈都喊了出来。

"禀告都统，对方悉数被歼。"下属顿了顿，疑惑地说道，"只是有一事相当蹊跷。"

"什么事？"

"他们明明是要夜袭制置使大营的，可没有一个人身上带着武器。难道他们要赤手空拳地闯大营吗？"

王坚仍然坐在马上，用朴刀挑开王夔的衣物，发现腰间确实未佩带任何武器。如果他们真要夜袭，如此准备实在是说不过去。

"走，回去问问那个报信的家伙到底是怎么回事。"

可是，当王坚急急忙忙赶回大营的时候，报信之人早已趁人不备逃之夭夭。

王坚对此不以为然，在他看来，除掉王夔无论怎么说都是一件正确的事情。

天一放亮，他便带着李发水一同前往余玠大营汇报。可让王坚没有想到的是，余玠在听了他的汇报以后丝毫没有表现出欢喜的情绪，反倒是忧心忡忡。

在处决王夔这件事情上，余玠一直犹豫不决，现如今王夔已经被杀，可余玠仍旧如此，这让王坚着实捉摸不透。

"制置使，王夔这厮就算有九条命也不够杀，如此大奸大恶、大逆不道之人终于死了，总算能还蜀地，尤其是云顶城一个清净，难道不是一件大好事吗？"

"王夔所犯之罪必死，但亲自上门送人头，这里面恐怕有诈啊。"

"王夔犯上作乱，欲加害制置使，我王坚阻杀他难道也有错？"

"没有错。但现在王夔及其率领的队伍全部被歼，死无对证……"

"这个制置使不用担心，昨晚姚世安派了一个士兵到我营报信，如此看来，姚世安岂不是可以替我们作证。"王坚显得信心满满。

余玠却紧锁着眉头，他看着不远处即将被收复的嘉定城，心里却开心不起来。

第二天，事件的结果果然没有王坚想得那么乐观，一则"王夔支援嘉定城反被余玠设局杀害"的消息不胫而走，立刻成为各军热议的话题。

其实，姚世安早就看出六福等人会趁夜救出王夔，索性将计就计，不动声色地提前策反了一名王夔以前的守卫，指使他在半路上变道前去王坚大营告密。在姚世安的眼里，王坚是最忠心耿耿，同时也是最容易冲动的将领，只有向他告密，事情才有可能往自己期待的方向发展。

当晚快天亮之际，策反的士兵从王坚大营回来，并汇报了结果。姚世安大喜，连呼三声："大功告成！"王夔已死，姚世安现在要做的事情就是将王夔的死编成是余玠的阴谋，嫁祸于余玠。接着他只需要紧闭城门，随时应对来自制置司的征伐，只要挺过去，剩下的事情自有谢丞相相助。

直到谣言传遍全蜀之后，上至余玠下至各军将领，包括远在临安的赵㟽和淮夫人，他们才意识到自己判断失误了。他们一直将王夔视作谢方叔在巴蜀掣肘余玠决策的爪牙，认为只要除掉他巴蜀所有的问题便能迎刃而解。但是，王夔自始至终并不只是爪牙那么简单，还是一根导火索，一根即将引爆朝堂和余玠安危的导火索。

王坚脱去铠甲头盔，一身布衣跪在余玠大帐之外，请求余玠治罪。

余玠得知这个情况后，赶忙出帐扶起王坚，责备道："王都统，嘉定会战好不容易出现胜机，你怎可脱去战袍，难道想临阵脱逃吗？"

王坚保持着下跪的姿势，任凭余玠怎么拉扯他就是不站起来，哽咽地说道："制置使，我王坚有愧于你多年的信任，有愧于你的谆谆教导，现在酿成大错，请制置使治罪吧！"

余玠松开了拉扯王坚的手，严肃地说道："确实！我确实应该治你的罪！但这件事情也不能全怪罪于你，你收到的消息是王夔要夜袭我营，你是来救援的。当时那种情况下，阻杀他们的做法合乎常理，没有什么好责怪的。"

"但是……但是我中了云顶城的圈套。制置使亲率部队组织嘉定会战，心里扛着多大的压力我王坚是知道的。朝堂之上的斗争远比沙场上的战争更为残酷激烈。我草草杀掉王夔，恐怕要连累制置使了……"说着，王坚竟呜咽呜咽地哭了起来。

"事实胜于雄辩，我已经向皇上递交了奏折，详细说明了其中的原委。皇上明察秋毫，一定会给我一个公道的，你就放心继续打仗吧。"余玠以制置使的口吻说道，"还跪着？难道真的要逼我给你军法处置吗？"

事后，王坚戴罪立功无数。他所率领的前锋部队未尝败绩，逼得汪德臣和夹谷龙古带无法继续待在嘉定城内，只好率军从嘉定城撤退。蒙军在撤退过程中又遭到沿路山城的阻击，本就元气大伤的他们，最终逃出包围圈时，部众不足占领嘉定时的三成。

好不容易回到利州城后，汪德臣回沔州，夹谷龙古带将回兴元城。二人交接分别之际，汪德臣用力拉住夹谷龙古带的铠甲，说道："这次嘉定战役，我们占得了先机，做足了充分的准备，却还是输了，你知道是为什么吗？"

夹谷龙古带不屑一顾地说："将军选错了目标。"

汪德臣苦笑了一声，看着夹谷龙古带摇摇头，说道："到现在你还说我选错了目标？就当是我选错了吧。那你知道余玠为什么能赢吗？"

夹谷龙古带不耐烦地摇摇头。

"因为宋军在余玠的带领下协同配合、凭险坚守,我们没有他们齐心,也没有像他们一样做好持久战的准备。有些人,从一开始就不服从主帅的意见,厌战懈怠,这样怎么可能赢呢?"汪德臣语气虽平静,但眼神却犀利地看着夹谷龙古带。

夹谷龙古带猛地扭肩,将铠甲从汪德臣手中挣脱出来,离开了大帐。

在回兴元城的路上,夹谷龙古带越想越郁闷。在嘉定时,汪德臣所有的命令他都服从,甚至率军出城做诱饵也没有拒绝,可汪德臣还是将失败的缘由归罪于他。奈何汪德臣的帽子比他的大,无论事实如何,忽必烈和蒙哥汗也只会听汪德臣的一面之词。

既然如此,自己又为什么非要听他的?若这次进攻让自己来指挥,结局没准会更好呢?不,是一定会更好。一路上夹谷龙古带都在思忖着,如何向忽必烈和蒙哥汗证明,自己的本事不比汪德臣差。他吃了败仗,自己就打一场胜仗,挫挫汪德臣的锐气!

余玠率全蜀精锐在嘉定取得大捷,证明了山城防御体系威力巨大。年轻的蒙古将领汪德臣已然被山城防御体系削去了傲骨和犄角,也许几年之内,也许永远,汪德臣只要想起余玠独创的山城防御体系时,他内心深处就会泛起忌惮与恐惧。

嘉定一战,山城防御体系的威信树起来了!

在整顿军马凯旋之前,余玠命令冉璞率军前往云顶城暂时接管空缺的利戎司都统一职。可没想到冉璞这位被制置使任命的代都统却连云顶城的山门都进不了。

在冉璞说明来意之后,守城的士兵说道:"利戎司根据军中举代之制,已经举代副都统姚世安接替王夔,成为新任利戎司都统。"

"胡闹！"冉璞站在城墙下破口大骂，"自制置使治理巴蜀一来，就已经破除了军中举代制度，你们岂可擅自复辟旧制？我来云顶城不过是暂行都统之责，等制置使回到重庆自会重新任命都统，没准就是副都统姚世安呢？他又何必急于一时？快快开门，否则按照违反军法处置！"

冉璞和守城的士兵吵了起来，但士兵就是拒不开门，吵闹声越来越大，最后姚世安出现在了城墙上。

"冉大人放着好好的合州通判不做，跑云顶城来吃什么苦头啊？制置使不体谅你，我可体谅你，快回去吧？"姚世安俯视着低处的冉璞，一脸不屑。

姚世安一句话就把冉璞给激怒了，他回头指着身后的部队说道："制置使早就料到你会趁机谋取都统之职，你现在速速开城上缴兵权还有一线生机，否则我身后的三千兵马可不答应！"

姚世安仰天长笑三声，说道："冉璞，我云顶城好歹是蜀中八柱之一，城内利戎司驻军也有八千，我这个都统虽然刚上任不久，但你未免也太小瞧我了吧？"话音刚落，他突然抢过身边士兵的弓箭，拉了个满弓，将箭头对准冉璞，随即一支利箭便从城墙上射下来，直直地插进冉璞面前的土地里。

"将士们！"在射出那一箭之后，姚世安对着利戎司的士兵们喊道，"制置使余玠图我姚世安性命已久，亦想解散利戎司。原都统王夔的死就是实证，冉璞带来的三千军马就是实证！如果我们打开城门，面对的将是一场屠杀。不光我们的性命，山城内你们妻儿老小一样会死在他们手上！不要对他们抱有任何幻想，想想马杰,如果轻信了他的话,你们的结局只会比马杰惨!听清楚了没有?"

"听清楚了!"云顶城内爆发出震耳欲聋的呼喊声,冉璞虽然看不见城内的景象,但能肯定的是云顶城代都统他是当不了了。

冉璞愤愤地看着高高在上的姚世安,又看看身后不明就里的士兵,脸上露出了为难的神色。若强行攻城,不光胜算渺小,而且很有可能适得其反。若直接撤退又会有损制置司和余玠的颜面。于是,他决定将部队撤退至云顶山下,择一空旷处安营,静观其变。

年关将近,钓鱼城大牢内一天比一天热闹起来。这几天,每天都有几拨前来探望的家属,给犯人送来了吃的穿的,这让赖灵寺和张怀宝二人很是羡慕。

"纵观这钓鱼城大牢,也就是咱俩没家人来探望了,哎……"张怀宝靠在牢房的墙上,叹息着。

赖灵寺朝余不扬努努嘴,说道:"杨大娘不也没有来探望他吗?"

张怀宝谨慎地看了余不扬一眼,小声说道:"他是重犯,不得探视。"

赖灵寺点点头,突然觉得这个耿直的老头有些可怜,于是凑过去说道:"喂,不扬老头。你家的钥匙还在我身上呢,要不我让哪个家属带出去,然后去你家找几件厚棉袄捎进来。如何?"

"钥匙是我婆娘给你的,你再给别人,真不担心我的那些家当被人搬走啊?"余不扬坐在阴暗角落里骂了一句。

赖灵寺觉得余不扬说得有理，但还是不甘心地说道："难道你就不冷吗？我本来还想着，要是你家棉袄有富余的话，送我一件呢。"

余不扬不再理会，赖灵寺便一个人寻思起来：杨晓舒给他钥匙让他帮忙看家，现在自己被关进大牢，不光没人看家，若是杨晓舒这个时候回家看到那些烂摊子，肯定会气疯。赖灵寺觉得自己好不容易有个像杨晓舒这样看得起自己的人，却又要让她失望，真是烂泥扶不上墙，没有一点出息。

赖灵寺懊恼地抓着头发，心里想着如果现在能放他出去的话就好了，他不光能收拾一下屋子，还能给余不扬捎些衣服、吃食什么的。

"兄弟，你怎么了啊？"对面的张怀宝投来关切的眼神。

赖灵寺摆摆手，说道："宝哥，我以前是不是经常让你失望？我是不是真的烂泥扶不上墙？"

"怎么突然说起这个？你以前可从没在乎过这些事情啊？"

赖灵寺双眼红红的："我现在开始在乎了，我觉得以前自己都没活明白。"

张怀宝看着眼前这位既熟悉又陌生的朋友，一时间不知道怎么安慰才好。突然，牢房的大门打开了，走进来一个军官模样的人。蹲在牢房里的犯人们瞬间都不安起来，是好事还是坏事？是释放还是审判？张怀宝看着不断靠近的黑影，感觉地狱的阎王差不多就是这个样子吧。

张怀宝没想到的是，黑影走到他的牢房前，天窗打下来的光照亮了他的脸，竟是一张笑脸。原来是张珏，手上还拿着几件厚实的棉袄。

张珏环视了一圈之后，将棉袄丢给余不扬、赖灵寺和张怀宝三个人。赖灵寺和张怀宝赶忙将棉袄裹在了身上，唯独余不扬没有丝毫动静。张珏蹲下来安慰道："不扬老头，这是军营里闲置的棉袄，虽然有些老旧但至少干净，你别嫌弃啊。身体要紧……"

张怀宝也劝余不扬赶紧穿起来："你本来就嫌弃牢饭，有的时候一整天也不吃东西，现在天气凉了你再不保暖，搞不好要冻死在里面的啊。"

赖灵寺抬头看着张珏，原本对他的恨意似乎少了一些。他问道："张监军，能不能帮我一个忙？"

张珏看向赖灵寺："棉袄可没多的了。"

"这棉袄厚实，一件就够了。"赖灵寺说着话，从怀里掏出一把钥匙，从栏栅的缝隙里伸出去，"这是舒眉酒肆的钥匙，你能不能把钥匙交给文天祥？就说是我赖灵寺拜托他帮忙整理看管。"

张珏嗤笑一声："文天祥？他为什么要帮你？据我所知，你们之间可有仇怨呢。"

"仇怨是有，但交情也有呀……他应该会同意的。就说是我赖灵寺求他的，出去以后一定好好报答他。"

"什么交情？骗他钱的交情吗？"张珏打趣道。

"钱我已经还给他了，再说了文天祥是个读书人，怎么会如此小肚鸡肠？你让他把那些赌具全都扔了，卫生收拾干净就行了。"赖灵寺愧疚地说，"年关将近，要是杨大娘突然回来看到那种场面，我赖灵寺哪还有脸再面对她啊。张监军，杨大娘也很喜欢你，经常请你吃饭不是吗，你也不想让她难过吧？"

张珏思索了片刻便接过钥匙，算是同意赖灵寺的请求了："那你就有脸面对不扬老头了？这个家是杨大娘的，也是不扬老头的。"

赖灵寺看了眼余不扬，羞愧地低下了头。

张珏扯了扯嘴角，看得出他对他们几人的遭遇很同情："我还有事先走了，等快过年的时候再来看你们。"说着便要离开。

"就光拿眼睛看啊？"赖灵寺硬着头皮说道。

张珏露出了笑脸，说道："再给你们带些好吃的，行了吧？"

赖灵寺说了几句漂亮话，送走了张珏。

"赖灵寺，我家婆娘没有看错人。"突然坐在角落里的余不扬发话了。

赖灵寺红着脸不知道该怎么回答，反倒是对面的张怀宝开心地笑了。张怀宝抓起一把稻草丢向赖灵寺，像是在祝贺他获得余不扬的谅解。赖灵寺也抑制不住兴奋和张怀宝对扔起稻草来。

余不扬依旧端坐在阴暗的角落里，但终于露出了踏实的笑容。从现在开始，他知道有人在惦记着他的死活，家里也会继续有人守着。他一定要活着出去，自己还没活够，也没和杨晓舒过够。

第二十三章
恶意

　　临近春节,李发水的身影再一次重新出现在了朝天门码头上。同袍帮虽然元气大伤,但只要李发水还在,同袍帮就还是原来那个同袍帮。力夫们热火朝天地干,朝天门码头很快就恢复了往日的繁华景象。

　　最近这些时日,力夫们干活似乎比以前更卖力一些。有人说,这和码头上一个上了年纪的说书人有关。这个说书人是位老妪,却一身男子打扮,说书的派头很足,比重庆瓦子里的说书人要强上好多。力夫们忙完了活计,就围坐在她的周围,听上一段《羊角衰死战荆轲》或者《老冯唐直谏汉文帝》,就跟吃了三碗水八块一样浑身充满了干劲。这老妪说的都是一些忠肝义胆、忠君爱国的故事,力夫们各个是血气方刚的男子汉,听了之后没有不激动的。

　　自从码头上来了这位说书人,力夫们茶余饭后讨论的话题从哪家姑娘水灵、哪里饭菜可口变成了如果蒙古人打到了重庆府,他们要干什么?他们能干什么?人人都是一副天下兴亡匹夫有责的样子。

　　有人在听完她说书后询问她的身份,她只道自己是张本,曾经是临安北瓦第一人,现在以说书走码头讨生活。张本虽然说自己是在讨生活，但观众的打赏却从来不收，只是说道："纸无意，字无言，我只是将它们讲出来给大家听，听了觉得好那是你们抬举，对我来说也是一种福气。福气能收，打赏不收。"

于是，朝天门码头上渐渐流传起这个说书老妪的传说，越传越神秘，专程赶到朝天门码头来听她说书的人也越来越多。说书老妪也不嫌烦，每隔几天就来朝天门码头说一场书，无论刮风下雨，雷打不动。

全重庆城只有一家瓦子，遇到说书老妪到朝天门码头说书的日子，瓦子便门可罗雀。

瓦子是士庶放荡不羁之所，子弟流连破坏之门。瓦子在重庆的境遇与临安的境遇全然不同。临安的瓦子不光数量多、规模大，顾客更是重庆瓦子所不能比的。年关将近，临安城里的富贾豪绅、高官显贵，甚至是皇亲国戚都走上御街，走进瓦子，听书看戏、把酒言欢，与位于西南防线上的巴蜀百姓过着完全不一样的生活。

谢方叔是一位戏迷，东京戏、傀儡戏他都爱看。这一日他看完戏后，受徐清叟邀约去大河中段的太和楼享用晚食。

太和楼是临安城最大的官营酒楼，设有包厢三百间，更有金钗十二行，是个掷金如土之地。

在太和楼顶层的雅座里，徐清叟笑着呈送了一封奏折。奏折是新任利戎司都统姚世安所写。

"余玠草决都统王夔，早已失利戎之心，非我调停，且旦夕有变……本人通过军中传统，举代担任利戎司都统，余玠却发兵征讨，是任人唯亲、排除异己之举……余玠公开纵容亲信肆意妄为,干政议政……"

这些字眼都是谢方叔愿意看到的,姚世安这封奏折写得很好,至少很符合谢方叔的预期。他将奏折还给徐清叟,缓缓说道:"这个姚世安,竟然列举了余玠十大罪状呢。"

"丞相要是觉得少的话,下官……"

谢方叔抬手阻止道:"不用了,春节前先放一个小爆竹,春节后咱们再放大爆竹。明日早朝,你都准备好了吗?"

徐清叟将奏折收好,说道:"除非明天皇上临时决定不早朝,不然谁也阻止不了我当着文武百官的面念出这封奏折。"

"好啊。"谢方叔看了一眼西湖的夜色继续说道,"这西湖的景色愈发秀色可餐了。"

徐清叟斟满两杯酒,将其中的一杯恭敬地递到谢方叔面前,谄媚地说道:"等余玠死了,这西湖的景色没准会更美呢。"

谢方叔将视线从西湖上收回,用手指点着徐清叟的脑袋,说道:"胡说八道,哼……哈哈。"谢方叔笑了起来,和徐清叟碰了碰杯,而后将杯中酒一饮而尽。

第二日早朝,皇上如往常一样端坐于龙椅之上聆听二品以上官员的奏报。轮到徐清叟时,他从怀兜里掏出昨天在谢方叔面前展示过的奏折,而后直接将姚世安弹劾余玠的十大罪状当着皇上和文武百官的面高声诵读了出来。

接着他正了正枢密使的官帽,说道:"自唐代以来,相继恃蜀险为变的将帅之臣,就有崔宁、刘阀、王建、孟知祥等人,他们一旦入蜀,积累岁月之久,遂有坐负险固、轻视朝廷之心,抗天子之使，吐不臣之语。最终，难免不佣兵擅制，以成大变。皇上，就算是我朝南渡以来，也曾出现过在巴蜀之地僭王称乱的吴曦。身为大宋枢密使，臣有义务提醒皇上，余玠虽然功勋卓越，但他居蜀日久，战功越多，恩威越高，就越有僭王称乱的风险啊！现在，利戎司都统姚世安顶着冉璞围城的压力，冒着生命危险将这封奏折送出。人之将死其言也善，下官认为宁可信其有不可信其无啊。"

皇上从内侍手中接过徐清叟呈请的奏折，翻阅了一遍，便将其随意丢到了案台上。

"我当初任命余玠担任四川制置使时便晓谕他任责全蜀，权许便宜施行。况且，在这之前我已经收到了余玠的奏折，奏折中详尽地说明了误杀王夔一事。在我看来，余玠说误杀算是客气的了，他是制置使，王夔是都统，不服管教、犯上作乱的都统，制置使要杀便杀了吧。徐爱卿觉得呢？"

徐清叟没想到皇上的态度会如此坚决，还抛了一个问题给他，他不知该如何回答，只好看向谢方叔求助。

谢方叔上前一步，谏言道："启禀陛下，枢密使估计也没有责备余玠的意思，只是余玠和姚世安两人奏上来的事情出入太大。臣以为，余玠制置巴蜀之地，肩负大宋西南防线的扛鼎之职，还是查得清楚一些比较好。"

谢方叔站出来讲话，皇上的态度便缓和了下来。"那依丞相所言，应该怎么做？"

"臣建议，召命余玠赴朝奏事。"

"嘉定城刚刚解围，不远处的蒙军又在虎视眈眈，这个时候召余玠入京，岂不是置大宋西南安危于不顾吗？"皇上大怒，双掌拍着龙案。

"皇上。"徐清叟顶着巨大压力继续道,"万一余玠有谋反之心,那西南岂不是更加危在旦夕吗?"

皇上瞪了徐清叟一眼,决定不在这个话题上继续纠缠下去,于是说道:"此事留中再议。"他站起身子,挥了挥龙袍的袖子,"退朝!"

徐清叟怔怔地站在原地没有动,直至皇上和百官都离开垂拱殿,谢方叔才走过来拍了拍他的肩膀,安慰道:"都走了,我们也走吧。枢密使的这个爆竹已经够响了,我们慢慢来……"

淳祐十二年除夕。

与去年一样,刚刚打赢嘉定会战的余玠选择在钓鱼城度过冬天最后一段时光,过了春节就是春天,紧张的防务又可以稍稍松一口气了。

余玠和二冉、王坚和张珏等人一起吃完年夜饭,独自一人登上了薄刀岭的襟带阁,俯瞰着时而被爆竹和烟火点亮的钓鱼城,心里却如夜空般寂寥。

他是淳祐三年入蜀的,今年是淳祐十二年,再过几个时辰便是他入蜀的第十个年头了。虽然对余玠来说每年的春节都是一样的,但淳祐十二年的春节对国家来说却有着不同的意义。

身为制置使,礼部关于更改年号的文札准时寄到了他的手上。从明天开始,淳祐年号正式变更为宝祐,明天便是宝祐元年正月初一。

十年,对余玠来说是他和皇上十年之约的终点,但宝祐却代表着这个国家万象更新的一个新开始。除了皇上不会变，一切事物都有可能会跟着改变，比如说他余玠的个人命运。

他知道，谢方叔和徐清叟决不会轻易放过他。为了统筹大局，他只是调任了王夔的职务，但王夔却不领情。谢方叔和徐清叟又会怎么对待他呢？会像他对待王夔那般只是调任职务吗？

余玠兀自摇了摇头，蒙古人视他为眼中钉肉中刺，那么身为议和派的谢方叔便会视他同物，自然恨不得除之后快。余玠叹了一口气，心里暗忖道，"皇上，只怕到了那一天连你也保不住我余玠啊"。只求那一天来得晚一些，让我完成十年之约。

淳祐十二年到宝祐元年的跨年之夜很漫长，余玠坐在襟带阁的靠椅上，强撑着双眼想看一眼，再看一眼属于淳祐年间的钓鱼城、合州和巴蜀大地。有人说，他治蜀的十年间，巴蜀大地发生了天翻地覆的变化。

不过，纵然巴蜀一直在向好的方向发展，也没有什么值得骄傲的。世间万物无时无刻不在变化，正如文天祥所说，天行健，世间万物永不停息。余玠认为，自己只是参与了巴蜀这不息的变化，并非主导，更称不上功劳。

习变为常，恒变唯安。制置使不可能永远不换人，大宋的国力也不可能永远应付得了连年的征战；宋蒙之间不会永远都打仗，亦不会永远太平。主战或者议和？从来都是一个没有答案的永恒议题。天下大势，永远都在不停地变化着，作为一个普普通通活在世间的人，自然要习变为常。

不能够适应变化的人，只能生活在过去。

余玠不甘心只生活在过去，亦不求死后仍然活在人们的心里，他只想活在当下。年过半百,弃笔从戎数十载,他已经主动地、被动地适应了太多的变化,没有精力也没有能力再继续适应下去了,但他依旧觉得自己实属幸运。

人生能有几个十年?他把热血澎湃、激情洋溢的十年献给了巴蜀,献给了皇上,更献给了自己的心,这是何等的幸运,这是何等的幸福。纵使,他与皇上的十年之约,只剩下最后几个月的时间。

"为四蜀经久之谋……"

"任责全蜀……"

淳祐三年,在他出发巴蜀之前,皇上是这样嘱托他的。

"愿假十年,手挈四蜀之地还之朝廷。"

这是他当着皇上的面由衷而发的宏图之志。

十年之约即将期满,如果皇上问起:余玠,你这十年在巴蜀都干了什么?他希望自己能理直气壮地告诉皇上:任责全蜀,为四蜀经久之谋,今日手挈四蜀之地还之朝廷!还之陛下!

所以,不管命运的屠刀距离他的脖子还有多远,只要立于巴蜀一日,便任责全蜀一日。

想到这里,余玠望着如墨的夜空竟痴痴地笑了起来。

他可以为四蜀经久之谋,保护四蜀大地老百姓们的命运,却左右不了自己的命运。

这一刻,他突然感觉浑身的毛孔都打开了,眼睛能够透过厚厚的乌云看到璀璨的银河,周遭一切风声虫鸣都能听得真真切切。很多声音甚至穿过时间和空间的阻隔来到了他的耳边——母亲一声声"玠儿"的呼唤,白鹿洞书院先生称呼他作"义夫",皇上口中的"爱卿",冉琎口中的"玠公",还有赵婵如风铃般清脆地呼唤他

"大铁牛"。

身份越多,便意味着责任越多。而在俯瞰四蜀大地的当下,他觉得自己谁都不是,只是制置使。

在余玠俯瞰西蜀大地的时候,钱雨竹推开了客栈的格子窗,裹着披肩望向不远处的范家堰。那里是合州州治的衙署,也是余玠度过除夕夜的地方。

如果父亲与皇上十年之约期满,从巴蜀全身而退,也许明年的这个时候,自己将会和父亲母亲一起在另外一个地方度过除夕夜。也许不会。

在她出发来钓鱼城之前,母亲告诉她已经在庆元府寻得一处小岛屿,这座岛屿远离朝堂、远离战火、远离巴蜀,更远离属于他们一家人的过去。钱雨竹不知道那座小岛屿在哪,她甚至都不知道庆元府在哪,但她依旧对那个地方充满了幻想和憧憬。

她安静地回忆着自己来钓鱼城之后的时光,回想起走访过的地方,交流过的百姓,她突然觉得也许那座小岛并不适合父亲。

父亲属于这里。

她能感受到老百姓在说起父亲时眼里的光,就算是一个一辈子面朝黄土背朝天的农民,也能高谈阔论一番父亲的事迹。

人不光要为自己而活,更要为别人而活。

也许这就是天底下许许多多像父亲这样的人的使命。

钱雨竹趴在窗台上,想着想着渐渐睡着了。她梦见自己来到了母亲向她描述的那个小岛上,那里四面环海,和煦的阳光和温暖的海风让她觉得心里暖洋洋的。远处,一片长满青草和鲜花的土地上,母亲正站在一棵高大茂密的树下,朝她轻快地招着手。她像儿时那样踮着碎步跑到母亲面前,依偎在她的怀里。她仰起头问母亲,为什么父亲不在?母亲笑而不语,只是抬头看了看树冠如盖的大树,说了一句,你父亲早就来了。然后母女俩一起幸福地笑了。

钱雨竹被钓鱼城百姓迎春纳福的爆竹声惊醒,而那个梦似乎还没有完全消失,她依旧能感觉到自己身上热热的,很是暖和。接着,她发现身上不知什么时候盖上了一床厚厚的棉被。她瞬间惊醒,抬头审视着房间,却发现文天祥正趴在房间的小桌上睡觉。

她站起来,走到文天祥身边,用脚尖轻轻地踢了踢他坐的凳子,他立刻就醒了。

"读书人,书上有没有告诉你不能私自乱闯女子的闺房?"

文天祥揉了揉惺忪的睡眼,解释道:"你趴在窗台上睡着了,我要是不给你盖个被子的话,肯定会着凉的。"他遗憾地拿起放在桌子上的烟火,"昨晚,张珏大人送了我一些烟花,本想找你一起放的,没想到你趴在窗子上都能睡着,真不愧是行走江湖的侠女。"

钱雨竹故作恼怒地看着文天祥,说道:"那既然盖好了被子,为什么不走呢?"

文天祥一下子回答不上来,支支吾吾了半天。

"是不是想趁我睡着了占我便宜?"钱雨竹瞪着眼睛质问文天祥。

文天祥连忙摆手解释道:"钱姑娘你误会了,我是个读书人,怎么可能做那种事……我……我看你睡得不踏实,一会儿哭,一会儿笑,担心你心里是不是有什么郁结?我留在这里是怕你出事,再不济万一你醒了也好安慰安慰你。"

"我讲梦话了吗？"

"嗯……讲了。"

"讲了什么？"

"支支吾吾的，我没听清。"

钱雨竹放心地吐了一口气，便准备赶文天祥走，但是文天祥却赖在凳子上不肯起来。

"钱姑娘，今天是大年初一，西市没有开张，大家不是互相拜年就是在家里窝着，是不是怪无聊的？"

钱雨竹没好脸色地看着文天祥，问道："你想干什么？"

"没什么，带你去玩呗。"文天祥一下子活络起来，"你没处去，我也没处去，我们不如去个地方找点事情做做。"

钱雨竹用怀疑的眼神打量着他："文天祥，我怎么感觉你没憋好屁？"

"绝对是好屁。呸，是好事。"

"什么好事？"

"想知道的话就跟我来呗，就在钓鱼城的另一边，不远。"

文天祥和钱雨竹两人年纪相仿，都是爱热闹玩耍的年纪。经文天祥这么一鼓动，钱雨竹便跟着他出了客栈。

二人沿着跑马道从镇西门走到始关门，而后从护国门进入钓鱼城的内城，又向东走了几步便到了文天祥所说的那个地方了。

"舒眉酒肆？"

"没错，就是这儿了。"

钱雨竹脸上终于露出了笑脸，问道："原来你要请我吃饭啊？"

文天祥思索了片刻，勉强点点头，说道："吃饭没问题，先跟我进来再说吧。"说罢,文天祥不知从哪里掏出一把钥匙,打开了酒肆的大门。

钱雨竹一进门便愣住了,文天祥也愣住了,他心里暗忖着赖灵寺叫他帮忙收拾屋子,没想到竟然能乱成这样,幸好把钱雨竹也带来了。

钱雨竹看了看文天祥的表情,责问道:"你带我来这里吃饭?"

"对……对啊。收拾完了再吃。"

"文天祥!"钱雨竹抬脚就往文天祥的屁股上踹,好在文天祥也是个练家子,轻轻一跃便躲开了。

"赖灵寺委托我帮他整理这间屋子。我一想,赖灵寺这个人虽然不靠谱,也挺坏,但毕竟我们之间有交情,这点忙还是要帮的,对吧?"

"你帮就帮,把我骗来做什么?"钱雨竹一脚没踹到,又顺手抓起一个酒坛子朝文天祥丢了过去。

文天祥伸手接住坛子,说道:"我们有交情,不只是我和赖灵寺之间嘛,你、我和赖灵寺之间不都有交情的嘛。反正今天大年初一我们闲着也是闲着,能帮就帮一下吧,他也怪可怜的。"

钱雨竹又朝文天祥丢了一个酒坛子,被文天祥另外一只手稳稳地接住。

"姑奶奶,别扔了,砸碎了可要我们赔。"

钱雨竹气得一跺脚,往凳子上一坐,不再理会。文天祥无奈,只好自己慢慢开始整理。到了快响午的时候,文天祥已经累得满头大汗,他看了一眼依旧坐在凳子上的钱雨竹竟然嗑起了瓜子,还把瓜子壳吐得到处都是,便生气地说:"钱姑娘,你要是不想帮忙就算了，回客栈去吧。"

没想到钱雨竹直接把手中的瓜子全丢到了地上，说道："不是你把我骗来的吗？还说要请我吃饭，现在怎么又要赶我走啊。"

"我叫你来是想让你帮忙，没让你帮倒忙。"说着便扫起了地上的瓜子壳。

"不是你说的嘛，大年初一哪也去不了，在客栈里怪无聊的。没事，你做你的，我等得住。"

钱雨竹那副表情让文天祥很想和她打一架，但想想自己根本打不过，只好作罢。"罢了罢了，我乃读书人，君子气概不甚其大。"

钱雨竹挖苦道："嘴上说着不计较，心里计较得不行了吧？你什么读书人啊，连个地也扫不好。"话语刚落，钱雨竹竟然抢过了扫帚和簸箕，自顾自扫了起来。

文天祥开心得咧开了嘴，扭头忙活其他事情去了。又过了两个时辰，舒眉酒肆在二人合力整理下恢复了往日的整洁。文天祥和钱雨竹二人累得瘫坐在门口的台阶上，呼哧呼哧地喘着气。

钱雨竹看了文天祥一眼，朝着后厨的方向努了努嘴。文天祥不解地回看了一眼。

"你是忘了还是跟我装傻？不是说请我吃饭吗？饭呢？姑奶奶已经饿得前胸贴后背了。"

"这间酒肆停业好久了，哪还有什么吃的。"

"读书人怎么能说话不算数呢？"

"还是去你的客栈吃吧？"

"我刚才在整理的时候，看到后厨还有几斤米和面粉，你看着做吧。"说罢便双手往后一枕晒起太阳来。

文天祥欲言又止，自己确实答应过钱雨竹，无论如何不能说话不算数，于是便拖着疲惫的身躯来到后厨继续忙活。

天色渐晚，舒眉酒肆的后厨里也开始飘出阵阵香气，这让一天没吃饭的钱雨竹止不住地咽口水。不消一会儿，文天祥便端着两碗热气腾腾的面从后厨出来了。

那碗面是文天祥现打的，粗细不匀，长短不一，除了一块猪油、几颗食盐，其他什么也没有。也许是因为饿了，二人却吃得非常起劲。

吃面的时候，钱雨竹突然说道："文天祥，姑奶奶我被你害死了。"

文天祥嘴里叼着面，一脸不解地问道："我又做什么惹你生气了？"

"正月初一就干重活，饿肚子，不是个好兆头。搞不好今年这一年的日子都过不安逸了。"

文天祥噗嗤笑了一声，说道："你怎么和赖灵寺一个德行啊？老是说一些玄乎的话，你看他这么在意兆头、彩头的人，不也坐牢去了。"

钱雨竹瞪着文天祥，骂道："乌鸦嘴！谁跟赖灵寺一样？"

"啊？说错了，说错了，钱姑娘别计较啊，我……我可没诅咒你坐牢呢。"

"还说？"

"不说了，吃面吃面。"

二人说话的时候，钱雨竹突然听到后院传来一阵窸窸窣窣的动静，她下意识地竖起了耳朵，警惕地问道："什么人？"

文天祥经她这么一提醒，也觉得后院有声音，便抓起了放在桌子上的佩剑。

二人悄悄靠近后院，文天祥用佩剑猛地挑开帘子，随即跃步来到后院。后院不大，一眼就能看个全貌。二人左右顾盼了一番，发现并没有什么人，倒是鸽架上站着一只鸽子咕咕地叫着。

"原来是飞来一只鸽子，虚惊一场。"文天祥将佩剑插回剑鞘，而后伸手将鸽子从鸽架上抓下来。

"这是一只信鸽！"文天祥在鸽子的腿上发现了一个细细的竹筒，里面还有一张小纸片。

文天祥将那张纸片展开，读了起来。

"黑白令：十年期满，夙愿已成，奈何朝堂风起，危机已至。人事已尽，天命难听，顾惜临终光景，成其体面。"

虽然只有短短两句话，足以让文天祥觉得事关重大。

钱雨竹见文天祥看着纸条发呆，便凑过来看，这一看让她惊讶地叫了出来。

这一刻，钱雨竹才清楚地意识到，自己并没有那么高尚，她突然觉得，父亲本就不应该属于巴蜀，他应该属于自己，一个从不曾拥有过父爱的可怜女孩。

钱雨竹拿过字条，强忍着恐惧与不安，说道："文天祥，你不是一直说愿意带我去见余玠吗？"

文天祥颔首，接着惊讶地问道："现在吗？"

"就是现在。"钱雨竹坚定地说。

二人从舒眉酒肆出发，一路小跑终于在日落之前赶到了范家堰。有文天祥在前面带路，二人立刻就找到了余玠。此时，他正在书房看书，昏暗的灯光下，余玠眯着眼睛，缕缕白发从他的前额垂下，老态尽显。

"制置使，学生冒昧打扰，之前一直跟您提的钱雨竹姑娘很想见您，但……"文天祥不知道该怎么描述钱雨竹想见却又不愿意见的理由。

"她今天愿意见了？"

文天祥为难地点点头："只是不知道制置使是否方便，如果不方便的话我叫她改日再来。只是……只是您还是见一见比较好。"

余玠缓缓合上书，宽容地朝文天祥点点头。而后，钱雨竹被文天祥从门外带进来，还没等文天祥介绍，钱雨竹便开口说道："我叫钱雨竹，其实我不姓钱，真名叫余茱。母亲说余茱倒过来念就是茱萸，代表着思念。"

余玠一怔，细细品味着余茱二字，而后不安地问道："思念？本官不解姑娘何意？"

"思念父亲，母亲自我出生起就没见过他。"钱雨竹的声音有些颤抖，看得出来她很激动。

"你……"余玠双手用力支撑着身体，让自己好正视钱雨竹的脸，"余茱，你的父亲……姓余？"

钱雨竹忍不住似的呛了一声，而后眼泪就啪嗒啪嗒掉下来了。"是，我父亲也姓余。可是母亲她骗我，她说我的父亲是全天下最英勇的将军，像一头牛那么强壮，眼睛里永远燃烧着火焰，手臂里都是用不完的力气，以前金人最怕他，现在蒙古人更怕他。他是战无不胜，让敌人闻风丧胆的军人。"

不知不觉之间，余玠的眼眶也湿润了。"你母亲是不是还说，他长了四条腿，头上还有两只角，能不费吹灰之力掀翻一匹蒙古马？"

梨花带雨的钱雨竹被余玠逗得笑了一声，说道："对，我母亲说他是一头大铁牛，傻愣傻愣的大铁牛，不顾自己生死的大铁牛！"

"大铁牛"三个字是赵婵私下对余玠的称呼。当钱雨竹说出大铁牛三个字的时候，余玠再也绷不住了，他走到钱雨竹面前，双手轻轻地搭在她的肩膀上，用颤抖的声音说道："你的眼睛、眉毛，还有嘴巴，跟赵婵长得一模一样……我糊涂了，应该早就想到是你。"

"父……父亲？"现在她终于可以对一个人喊出这两个字了，幸福的感觉一下子从心底里满了出来。"父亲！"钱雨竹靠在余玠的肩膀上哭了起来。

余玠伸出颤抖的手，轻轻地拍打着她的背，泣不成声地念叨着："余茱，茱萸，赵婵给你取了个好名字。茱茱，我的孩子……"

一旁的文天祥呆呆地站立着，钱姑娘竟然是余玠的女儿？文天祥虽十分意外，但眼眶却不知不觉地湿润起来。

二人抱着边哭边寒暄着，而后在靠窗的椅子上坐了下来。余茱拉着余玠的手始终不肯放开。

"是你母亲叫你来找我的吗？"

余茱哽咽着摇摇头。

"母亲只是叫我来与你相认，也许她知道，再不相认就没有机

447

会了。"

"那你为什么过了这么长时间才来找我?"

余茱掏出那张字条,递给余玠。"因为这个,再不救你,茱茱就要没父亲了。我才……才与您相认。"

余玠看了一眼字条,又还给余茱,说道:"你早就到钓鱼城了,却不来见我,心里是不是不愿劝我?"

余茱点点头,想想不对,又摇了摇头。

"母亲在庆元府寻了一处小岛。她说,虽然她很想成全你,但她仍旧希望你能和我一起登上那座小岛。母亲从来不会强你所难,因为她曾经拥有过你,但我却不曾……父亲,那里很美……"

"你去过了吗?"余玠眼含笑意看着女儿。

"没去过,但我梦见了,昨晚梦见了。"余茱说完,红着脸看了文天祥一眼。

"唔……庆元府是一个好地方,我们所在的地方叫重庆,在长江头;庆元府靠着大海,在长江尾。一头,一尾,但都挨着长江。"

余茱拉着余玠的手一紧,期盼地问道:"父亲,你想去吗?"

"你觉得呢?"余玠的眼睛始终没有离开余茱的脸颊,温柔地说着,"你在钓鱼城待了这么长时间,要是想我去的话应该早就跟我说了吧。或许……或许没有这张字条,你今晚甚至都不会来劝我?"

"那是因为我不知道你会死……母亲从来没跟我说过。"余茱摇着头,眼泪不停流着。

"黑白令:十年期满,夙愿已成,奈何朝堂风起,危机已至。

人事已尽，天命难听，顾惜临终光景，成其体面。"余玠复述着字条上的内容，"好一个成其体面，这是你母亲的决定，还是她了解我……"

余茉的目光瞬间黯淡下去："这么说，父亲无论如何也不会答应我？就算是死？"

余玠坦然地点点头："也许会死，也许不会死。"

"不会死，那会怎么样？"

"会被罢官，甚至身败名裂。你和母亲，还有全天下所有的人，都会开始听到一些否定我的话，有些是真话，有些是假话……"余玠依旧一副坦然的表情。

"那这样和死了有什么区别？可是，到底是谁要害你，为什么要害你？我去过重庆，也去过合州，在钓鱼城也待了这么久，我知道，父亲不是坏人！想要害你的人才是坏人。"

"我在好人眼里是好人，在坏人眼里是坏人。"余玠顿了顿继续说，"想要害我的人，在有些人眼里也不一定就是坏人。总之，就算到时候全天下人都在骂我，你也不能骂哦。不过……我亏欠你们母女很多，要骂骂也无妨……"余玠说完，用手指轻柔地揩去女儿脸上的泪水，继续一脸温柔地看着她。

"你刚才说，去过重庆，合州，常住于钓鱼城，那你知道这些地方十年前的模样吗？"在沉默了良久之后，余玠问道。

"我虽然没见过，但我知道，我听很多人说了。这也是我迟迟不愿意劝你的原因。"

"那你觉得父亲该不该听你的劝，离开这个地方？"

余茉摇着头不愿意回答。

"父亲，我需要你。"

"巴蜀也需要父亲。"

"可是，十年之约期限到了，嘉定会战也大获全胜，巴蜀已经不需要你了。"

"不，他们还需要我，他们还缺少最后一样东西。这样东西，只有我才能给他们。"

"是什么东西？"

"茱茱，你留在父亲身边便会知道了。"

余茱感觉到，仿佛自己的心掉到了钓鱼山脚，沉入嘉陵江，又被江鱼吞进肚子，难受极了。

余茱怔怔地嘀咕着："这里的老百姓心里都装着你。虽然母亲和我的心里也想着你，但巴蜀的老百姓太多了，他们希望你留下来的心声太响了，响到老天爷根本听不见我和母亲两个人的心愿。所以老天爷把你留在了这里。"

"这话是母亲跟你说的？"

余茱点点头，说道："在我出发来钓鱼城之前，母亲便说我劝不动的。可她明明知道我不会成功，为何要寻那座小岛……明明母亲的内心跟我是一样的。"

余玠搂着女儿，泪水从眼角滑落，几乎用听不见的声音说道："你母亲懂我，茱茱，听你母亲的话……"

从衙署出来以后，文天祥一直静静地跟在余茱的身后没有作声。一直快到西市的时候，余茱才突然回头问道："秀才，你跟着我又不说话，倒不如趁早回去睡觉吧。"余茱的眼睛和鼻子都是红红的。

"钱姑娘,啊,不对。是……余姑娘,原来你是制置使的女儿。学生只知道你想见制置使,却不知道这里面还有这么多我不了解的隐情。"文天祥自嘲似的笑了一声,"真好笑,我之前还自以为是地把你介绍给制置使。"

余茱没有说话。

文天祥偏着头思考着:"难怪那日送制置使回重庆的时候,他会问我那么奇怪的问题……"

"他问你什么问题?"

文天祥回忆了片刻说道:"他问我,如果执意要做一件必死之事,怎么办?"

"原来,父亲自己也一直在思考这个问题。文天祥,那你是怎么说的?"

"我……如果从你的角度来说,也许我说了一些不该说的话。但……但是制置使在我回答这个问题之前,他心里就已经有了答案。"

余茱瞥了文天祥一眼,说道:"人家又没有要怪你的意思,干吗着急解释。"

文天祥心疼地看了几眼余茱,安慰道:"余姑娘,我以前以为你是个家庭遭遇变故,要找制置使主持公道的可怜姑娘。没想到你是制置使的女儿,但即使是这样,却比我心里想的还要可怜……"

"谁要你可怜,你可怜我有什么用?又不能说服我父亲去庆元府那个岛上。"

文天祥认真地看着余茱,说道:"你是个好姑娘。"

"我知道父亲有危险，却什么也做不了，算什么好姑娘？"

文天祥和钱雨竹二人走在去西市的路上，空气中弥漫着食物的香气和爆竹燃放过后刺鼻的气味。这是一股深刻于文天祥脑海里的气味——能够唤醒幸福的气味。

这样的气味每年只能闻到一次，就是在过年的时候。每逢春节，父母亲会带着他回到故乡，爷爷奶奶仍然健在，几个叔叔伯伯也会带着孩子回到爷爷奶奶的宅子里过年。一大家子围坐在一起，爷爷奶奶咧着嘴笑着，父辈们高谈阔论分享着一年来的喜悦和收获，文天祥就和堂兄弟姐妹们开心地玩爆竹吃点心果脯，想吃多少就吃多少。

他在想，余荣从小没有见过父亲，亦不可能和父亲一起过年。据她说，自己很小的时候就被送上了峨眉山，也许从小到大的新春佳节她都是在山上度过的吧，不光没有父母的陪伴，甚至听不到他们的祝福。

文天祥看着余荣单薄的身影，突然很想去抱抱她，说几句安慰的话。他反问自己，如果余荣的经历发生在自己身上，自己是否能像她那样理解父亲，豁然得让人心疼。他想告诉她，虽然习惯了从小把忧伤、想念藏在心里自我消化，但是每个孩子都有追求父母疼爱的权利，去吧，去把只存在于梦里的父亲拉回到自己的身边。

在文天祥纠结的时候，余荣的内心亦非常煎熬。

忽然，余荣的身形在月光下顿住了，她回头看着文天祥，那表情像是下了很大的决心。

"带我去找冉璞。"

第二十四章
巴蜀生生不息

过了正月十五,年就算过完了。

年前,徐清叟在朝堂上拿着姚世安的奏折,言辞激烈弹劾余玠的情况也几乎在朝野上下传遍了。

从宝祐元年正月初一到正月十五这段时间里,皇上不上朝,三省六部也处于休整状态。但看似风平浪静的朝局下,秘密搜集诬告余玠罪状的行动正紧锣密鼓地进行着。

这些人里有余玠的政敌、谢徐二人的献媚者以及未得到余玠重用而心有怨恨之人,这些写满罪状的材料抹去了余玠的功劳,夸大了余玠的失误,夸夸其谈之论大行其道,更有甚者通篇将"莫须有"的罪名强扣在余玠的头上。

弹劾的奏折自正月十五起,就不断出现在皇上的龙案上。

王夔的部属上奏说,王夔被诛,这是"置机捕官";被余玠惩办过的巴蜀官吏说,余玠过于倚仗惩戒手段,"寄耳目于群小,虚实相半";嫉妒他的政客指责余玠贪恋权位,"久假便宜之权,不顾嫌疑,昧于勇退";各个山城归不了田的业主抱怨,"军需之苦,反甚于有田时";对官营垄断有意见的商贾发出"商旅失业，怨声载道"的呼喊，如此等等。

皇上对这些奏折的态度依旧是留中。他一遍遍用朱砂笔在奏折上签着"留中"二字，一边问一旁的内侍："就算朕把弹劾余玠的奏折都留中了又有什么用？谢方叔、徐清叟，他们在年前就当着朕的面弹劾了余玠，这便是向朝野上下释放了一个信号，让余玠陷入毁誉并兴、是非交起的议论之中。在这种情况下，若要搜寻余玠之短，恐怕连后宫老眼昏花、不谙政事的老宫女也能站出来说上两句吧？"

内侍思索了片刻，谨慎地说道："皇上圣明，余玠受陛下之命治蜀十年，边境的战事从未有过片刻安宁，却做到了以前蜀帅所不能企及的功绩，难免会招惹非议与嫉妒。况且，无论何事皆有正反两面，金无足赤，余玠做的事也总会有些不足之处。"

"而今，这一切通通被居心叵测的人所利用，把它作为进攻余玠的炮弹。"皇上将手中的御笔往龙案上狠狠丢去，朱砂在摊开的奏折上留下了鲜血一般的痕迹。

内侍不再言语，深深地低下了头。

余玠每年撑过秋冬防务之后都会重病一场，就像是一直紧绷的弓弦，松垮下来只有两种原因，要么弦断了，要么弓裂了。许是年纪到了的原因，即使是入了春身体的恢复却丝毫没有起色，头晕症仍旧时而复发。

就在余玠以为可以缓口气安心养病的时候，山城的烽烟突然飘扬了起来。蒙古人进攻巴蜀的时机多在秋冬之际，此前还从未发生过春季来犯的情况。

兴元城的蒙古驻军突然从利州直下嘉陵江，绕过太获城、跨鳌城、运山城，在青居城虽然遭到了强烈的抵抗，但青居城终究因为毫无防备而被攻了下来。蒙古人占领青居城后，立即全军扑向了钓鱼城，预计不日即可抵达。

余玠拖着病体，从水军阻击，到城防安排，他事无巨细地做了部署。冉琎、冉璞、王坚、张珏以及文天祥、余茱静静地听着余玠时而伴随着咳嗽声的讲话，没有人插一句话。

所有人的目光都落在余玠身上，除了余茱，她时而看看冉璞，时而看一眼放在身边的一壶药酒。

在余玠部署完所有防务工作之后，余茱端着药酒朝父亲走去。余茱说，这是她用峨眉山云延丹泡的药酒，有提神顺气之功效。大战在即，只要是对改善病情有好处的东西，余玠来者不拒。

于是在所有人的注视下，余玠接过酒杯，丝毫没有怀疑，一饮而尽。文天祥想要站起来阻止，却被张珏狠狠摁下。

"那不是药酒！余茱的云延丹在救麇王那只白虎的时候就用完了！"文天祥喊道。

文天祥喊出口的时候，余玠已经喝光了药酒。他本想质问，可突然觉得眼前一黑，晕了过去。王坚离得近，大步向前稳稳地接住了余玠倒下的身体。

冉琎站起来说道："既然大家都同意余茱姑娘的建议，那就按计划行事吧。"

"我不同意！"文天祥跳起来说，"淮夫人说，制置使即使要死，也要体面地死。你们怎么能擅作主张？"

王坚骂道:"娘勒个脚,你算哪根葱?制置使夙愿已了,何必再搭上一条性命?余荣是制置使的女儿,我们是听她的,还是听你的?"

"听淮夫人的!听制置使的!制置使说还有最后一样东西没有给巴蜀百姓,他不能走!"文天祥吼道。

"傻秀才!只要制置使活着,什么时候给不是给?死了倒什么也给不了了。"王坚继续骂道。

"你们不懂,你们根本不懂制置使要给巴蜀百姓的是什么……"

冉琎使了一个眼色,意思再明显不过——既然大家都愿意帮余荣姑娘,就不要和文天祥浪费口舌了。大家领会了意思,除了控制文天祥的张珏外,其他人都各自忙碌去了。

余荣和余玠相认的那天晚上,她还是去找了冉璞,并将黑白令拿给了他。文天祥被余荣拒之门外,并不知道余荣和冉璞聊了什么。

冉璞把自己知道的事情也告诉了余荣,他说此前也收到了赵艮的信,谢方叔杀余玠的心意已决。

"今晚若是余姑娘不来找我,我和张珏也会实施那个计划。"

那日,冉璞叫住张珏,寻求既可救余玠,又可放手一搏的办法。冉璞记得那日张珏说:"天底下哪有一举两得的事情?又想胜利又想保护制置使,除非制置使改名换姓突然消失还差不多。"

正是这句话启发了冉璞。随后他大胆地制定了计划,并找张珏商议,张珏没有反对。于是冉璞又把计划和余荣说了一遍,余荣的眼睛里重燃起了希望的光芒。

"这样一来，父亲就可以和我们一起去庆元府的小岛了。"

王坚将昏迷的余玠抬上马车，而后马车便朝着钓鱼城水军码头驶去。到了钓鱼城码头，王坚将余玠抬上了李发水的商船，并嘱咐道："李帮主，你是深明大义之人，请务必将制置使和他的女儿平安送离巴蜀。目的地在庆元府，本官已经联络好了接头的人。"在实施计划之前，他们就通过赵艮联系好了赵婵。赵婵一定会在庆元府等着余玠和余茱的。

"切记！"在李发水发船之际，王坚强调道，"制置使醒后势必想要回来，但无论他说什么，你都不能停船，不能靠岸，不能再让制置使回来！"王坚说着说着，眼泪就止不住地滚了下来。

"制置使，不要怨我们。"王坚看着缓缓离开的商船，轻声念叨着。

宝祐元年正月十六，新年首次开朝议事。皇上在龙椅上如坐针毡，他知道从今天开始，每一次上朝最后的议题必然是弹劾余玠。

果然，这一次轮到兵部尚书站出来了。

"启禀皇上。余玠轻举大众，妄动人役，至兴元而顿兵不进，遇蒙古而无功出兵。至兴元而还，以著劳民毒众之罪为后戒也。"

皇上右手撑着脑袋，闭目养神，根本不愿多听这样的言论。

好在朝官之中还有忠义之士，有人在这个时候当面站出来斥责："荒谬透顶，余玠出师兴元，为的是收复失地，解蜀民于倒悬之苦。若不举众动役，兴师反抗，那蜀民就只能听任蒙古人的摆布和宰割，难道尚书大人希望看到我们的百姓甘当奴隶和顺民吗?"

皇上精神一振,站出来反驳兵部尚书的是御史台的一位老言官。不过这位老言官在此之后便遭到了弹劾。此事的后果是,再也没人敢在朝堂上直接反驳弹劾余玠的意见了。

和朝堂上的情况一样,巴蜀危矣。

夹谷龙古带立于战船船头,看着士兵们顺利登上了喊天堡码头,直逼镇西门而去,便朝着钓鱼城的方向嘀咕了一句:"余玠,我终于可以跟你正面一战了。"

他不知道的是,此时他最想为之一战的人却在一艘去往庆元府的商船上。

不过,即便如此,夹谷龙古带将要面对的情况也要比想象中的复杂得多。因为离去的余玠已经布置好了所有战术,并且这是夹谷龙古带第一次攻打钓鱼城。

他并不知道钓鱼城真正的实力。

钓鱼城也不知道积蓄已久的夹谷龙古带有多大的威力。

蒙古的战马是纵横沙场的利器,不过要攻打钓鱼城,战马并不能发挥威力。此时夹谷龙古带让箭手们配备了另外一样草原利器——弓箭。蒙古弓箭射程之远,足以在宋军自认为安全的距离之下造成杀伤。

随着攻城副将的一声令下,潜伏在半山腰的弓箭手对着镇西门上的守军放箭。等到镇西门守将冉璞看见这阵箭雨以后,他已经来不及提醒守城士兵注意了。顷刻之间,守城士兵倒下了一大半。

"盾牌!"随着冉璞的大喊,第二阵箭雨已经来袭,少部分人拿起了盾牌抵挡。两阵箭雨过后,部署的守城士兵已经所剩无几。

这个时候蒙古阵营中扛着登云梯、推着冲车的攻城部队出动了。他们在冉璞部署好第二拨守城士兵之前就已经兵临城下,一架架登云梯架上了镇西门城墙的垛口。手持弯刀,轻装出击的蒙古军如长蛇一般迅速攀上了城墙。

刚刚就位的守城士兵慌忙用撞杆撞开登云梯,一架架爬满蒙古士兵的登云梯开始向后倒去。但蒙古人的行动非常快速,还是有相当一部分士兵成功登上了城墙与宋兵展开搏杀。

蒙古军仍旧坚持不懈地将登云梯搭上城墙,宋军一面要与登上城墙的蒙军搏杀,一面还要防止更多的蒙军爬上城墙,一时间阵脚大乱。

"礌石,滚木!"冉璞再次下令。礌石和滚木如雨点般砸了下去,砸断了登云梯,砸裂了蒙军的脑袋。

好在士兵源源不断地登上城墙支援,第一拨攻城的蒙军如同烧红的木炭丢进水缸之中,瞬间被歼灭了。

夹谷龙古带本想采用奇袭的方式登上镇西门,但并未成功。于是身披盔甲的冲车开始发动进攻。

在蒙军到来之前,钓鱼城所有城门前的栈道木板均已被拆除,大型冲车在钓鱼城险要地势中寸步难行。夹谷龙古带派出的冲车是经过改良的轻型冲车。冲车需要人力推动,蒙古士兵们正吆喝着将冲车推向城门。他们的头顶有厚厚的盔甲做盖,亦不用担心宋军的攻击。

在盔甲的保护下,冉璞的礌石和滚木便没了作用,眼看冲车前端锥形撞木就要顶到城门。

"油弹好了没？"冉璞心急如焚，油弹是摧毁冲车的最佳武器，但如果让冲车离城门太近，油弹引起的火焰会波及城门，反而得不偿失。

好在油弹及时地输送上了城墙。一颗颗油弹在冲车上爆开，瞬间大火肆虐。有些蒙古士兵身上着了火，退出了推车的队伍。冲车的速度明显减缓，但没有停下。

在冉璞面对冲车无计可施的时候，张珏所驻守的水军码头也遭遇了袭击。

蒙古人自青居城顺流而下，不过，掌握着地利的蒙古战船却在江面上一字排开，没有马上发动攻击，似乎在准备着什么。

张珏不安地凝视着前方，亦不敢轻举妄动。在他下令全军按兵不动之际，江面上的蒙古船队突然从中间开了一个口子，就像是一扇缓缓打开的大门。在这座大门之后，是无数个猛烈燃烧的小舢板，正顺流而下朝着张珏的船队而来。

"撤退，来不及撤退的向嘉陵江两岸靠近，远离中流！"张珏虽反应迅速，但燃烧的小舢板还是成功点燃了水军的三艘战舰。随后，蒙古人驱动战舰，顺势而下，正式发动了水上进攻。张珏急切地指挥着船队恢复阵形，但还是慢了一步。

仓皇之下，钓鱼城水军被迫与蒙古水军开始对攻。双方先互射了一阵火箭，死伤的士兵和报废的战船相差无几。之后又互丢了炮石，损失情况亦差不多。

这个时候张珏瞅准时机，命令一种名为"海鳅"的小船突然出击，收到了奇效。海鳅，光听名字就知道它特别灵活，虽所载士兵不多，但每一位士兵手上都拿着一根长长的挲子，挲子以竹竿为柄，长二三丈，顶部装有锋利的钢头。在海鳅接近蒙军战船的时候，士兵们用挲子疯狂地撞击蒙军战船的船腹，几挲子下去便能在船腹上凿出一个洞。破了洞的战船很快便失去战力。

不过，海鳅只能用于偷袭，被发现后，蒙军便用火箭和炮石攻击海鳅，海鳅船小，根本经不住打，纷纷沉没了。

王坚立于薄刀岭的襟带阁，看着镇西门和水军码头纷纷燃起战火，心中渐渐不安起来。眼看着时机已到，他便在襟带阁上挥了挥红色旗帜，而后一小股奇袭军从钓鱼城北侧的齐胜门悄悄溜出，绕到了攻打镇西门的蒙军后方，发动进攻，成功地帮助冉璞解了围。

余玠不在，统筹全局的任务就落在了王坚的身上。他皱眉凝视着战场，心中虽不害怕，但也称不上胸有成竹。

镇西门和水军码头坚守了一整天，均未被蒙军突破。现在日影西斜，蒙军开始撤退调整，王坚、冉璞和张珏也有了喘息的时机。三人的眼神中都透露着不安，因为此番来袭，夹谷龙古带并非孤军深入，而是先占领了青居城，并在那里大量屯兵。

若附近山城赶来增援就必须过青居城这一关，而这一关并不好过。

"必须做好孤军奋战的准备！"王坚提出这样的警示，冉璞和张珏二人纷纷颔首同意。

突然齐胜门一带响起了预警的锣声，而后士兵仓皇来报："敌人从齐胜门的城墙底下挖了地道，已经挖通了三条，齐胜门守城的士兵几乎全部牺牲。"

蒙古人借着夜色的掩护，采用了挖地道的方式，这让钓鱼城的军民们瞬间陷入恐惧。敌人还在哪些位置挖了地道？敌人将会突然在哪里出现？

没有人知道。未知的恐惧一遍一遍荡涤着夜色中的钓鱼城。

人在恐惧之下都会寻找坚强的依靠，于是有老百姓发现，指挥作战的不是余玠而是王坚。大家的恐惧开始变得强烈起来，甚至带着怨气。

"制置使抛下钓鱼城不管了？"

"他一直在生病，是不是病重无法指挥了？"

"他在哪？看不见制置使我们心里不踏实！"

老百姓的不安和恐惧渐渐蔓延到了整个山城，就连士兵的心态也受到了影响。

这样下去可怎么打仗？王坚看向泛着月光的江水，此时余玠应该已经快到涪州了吧？

早朝每天都要召开，在所有谢方叔和徐清叟亲信站出来弹劾余玠之后，又轮到徐清叟亲自出马了。

"朝堂上弹劾余玠之声蜂起，枢密院也发函至四川制置司要求余玠作出说明，余玠却置之不理。皇上，枢密院代表皇上行使军权，余玠这明显是不知事君之理，陛下何不下旨将他召回？"

皇上在朝堂上对徐清叟的意见不加理会，徐清叟又利用当天轮值的机会再次到皇上的起居殿鼓噪："陛下难道认为余玠手握大权，召之或不至耶？陛下放心，臣断定余玠在巴蜀已经失去了民心和军心，陛下若是下诏他必定接旨赶来，巴不得离开四蜀之地。"

皇上无奈，问道："枢密使为何非要让朕把余玠召回来？朕迟早会召他回朝的，只是他上奏说积劳成疾，身体有恙，我岂能如此为难有功之臣啊？枢密使说是不是？"皇上重重地看了徐清叟一眼，就差说徐清叟的提议是居心叵测了。

朝堂舆论已被谢方叔主导，徐清叟也不厌其烦地伺机建议皇上，虽未达到预期的效果，但已经为谢方叔的上奏铺好了路。

这一日，谢方叔借着向皇上汇报军需的机会，在最后话锋一转，说道："臣还有一事启奏，这件事皇上心里虽有了决议，但兹事体大，臣身为当朝宰执应当说上一句。"

皇上失望地吐出一口气，在龙椅上挪了挪身体重新坐好，无奈吐出两个字："说吧。"终于你谢方叔自己来跟朕说了，他心想。

余玠立于李发水的船头上，平视着不远处的涪州码头。

"靠岸！"余玠决绝地说。

李发水这一路上不知道听了多少遍"靠岸""回头"之类的话，但都没有理会。

"回头。"余玠又说了一遍，李发水索性躲进了船舱不再出来。

余茱轻轻地走到余玠身边，为他披上了一件披风，说道："父亲，江上风大，我们进去吧。"

余玠心如止水地看着余茱，那眼神既说不上责怪，也说不上慈爱。余玠动了动肩膀，将披风抖落。

"我知道，您恨我。可是父亲，我也恨您！"余茱把披风捡起丢入江水之中，泪眼蒙眬地盯着它飘远。

"我恨，我恨我从小就不知道父亲长什么样，我恨母亲从来不说你一句坏话，我恨自己从记事起就只能待在峨眉山上习武，不知道家是什么，不知道亲人是什么，我甚至都不知道我自己是什么！我什么也不是，我只是一个没人疼爱的东西。母亲也因为生了我而被逐入太庙。你说！"余茱哭喊着问道，"你说，我是不是就不该来到这个世上？你，还有母亲，是不是根本就没有在乎过我！"说完，余茱趴在船舷上伤心地哭了起来。李发水听见声音又从船舱里出来安慰余茱，可任凭他怎么安慰都没有用处。

　　余玠呆呆地看着女儿抖动的后背，眼泪也不自觉地灌满了眼眶。他缓缓蹲下，抱住哭泣的女儿，说道："我在范家堰的衙署里晕倒，等我醒来便出现在了这艘船上，这绝对不是你一个人的主意。茱儿，为父不恨你。但是……"看着余茱哭泣的样子，余玠的脑海里突然出现了赵婵的样子，他再也无法抑制住自己的情绪了，"但是，父亲也很为难。我不光是你的父亲、赵婵的男人，也是巴蜀的将领、百姓的救星、蒙军的对手。父亲……父亲也很想做一个纯粹的父亲，而不是什么制置使。可是……我是啊。茱儿，你看看我，看看父亲，官服、官靴、官帽。就算丢掉我的官帽，扒掉我的官服，切开我的胸膛，可还是有一颗放不下巴蜀的心啊。

　　"茱儿，庆元府的小岛，父亲永远也去不了。就算我这一次跟你踏上了小岛，可那个我已经不是我了。真正的我，你的父亲，希望能够留在巴蜀。茱儿不要恨我……"

　　李发水听了余玠这一番肺腑之言后，虽有感触，但他仍旧牢记王坚的交代。

　　余茱已经泣不成声，无力地瘫在船板上。余茱想，难道自己真的做错了吗？如果巴蜀是一棵树，父亲便是树上的一颗果子，自己的做法，无异于将果子活生生、血淋淋地强拧下来。

余茱趴在船舷上，忽见岸边的山路上奔驰着一队人马。那队人马各个长发披肩，脸上画满了油彩。在队伍的正前方，有一白虎正呼啸着前进。

余茱朝白虎吹了个口哨，白虎回之以虎啸。那是巫山廪王的队伍，他们正在前往支援钓鱼城的路上。

"廪王都来了……"余茱抹去眼泪，心想，正值全蜀一心抗蒙之际，自己竟然想着将父亲占为己有。

"李帮主。"余玠只喊了李发水一声，他便扭头不看余玠，生怕自己会被他说动。

"李帮主！"余玠又喊了一声，"十年了，我在巴蜀打了十年的仗，其实早就打累了。你以为我是恋战之人？你以为我靠着战争积攒自己的名望？"

李发水摇摇头，表示自己并没有这样的想法。

"可以，你想把我送到庆元去可以。我余玠这次若出了巴蜀就再也没有机会回来了，而你的家在这里，你的码头在这里，你的兄弟在这里，送我到庆元府后，你还有脸回来吗？"

李发水抬起头，红着眼说："王坚说他们会赢的。"

"当然，巴蜀不是没了我余玠不行，但是……"余玠的声音有些颤抖，"让我回去吧，我还有最后一样东西没有交给巴蜀军民。"

"是什么？"

"我的命。"余玠脱口而出，随即站上船头大声喊道，

"回头!"

李发水看着余玠苍老的背影,眼泪不知不觉地滚落下来。

岸边的白虎又啸了一声,似乎在质问余玠为什么与它背道而驰。余玠走到李发水身边,泄了气似的说道:"李帮主,回头吧……"

"回头!"余玠又一次嘶哑地吼道。

见余玠已然放弃,李发水抹去眼泪,解开桅杆的绳子,大声喊道:"制置使有令,回头!回头!"

李发水两声悠长的"回头"响彻峡谷,商船开始缓慢掉头,而后朝着重庆的方向重新拉起了船帆。

两岸青山不停地向余玠的身后移动,余玠心里默念,快一点,再快一点!

半天之后,船即将驶过重庆朝天门码头,李发水来到余玠身边请示道:"制置使,李发水请求您换船!"

余玠不解,问道:"为何?莫非李帮主后悔了?"

"过了朝天门码头,便是去战场的路了。蒙军那边不管是谁,肯定乘坐的是战船。您是制置使,气势上岂能输给鞑靼?这艘船太小了,衬不上制置使的身份,草民斗胆提议,请制置使换船!"

商船缓缓靠岸,李发水命令力夫们将码头上最大的商船拉出来。这虽然还是一艘商船,但他看上去足够庞大,足够威武。

"有了战船,怎能少得了战鼓,还有战士!"李发水站在船上,对着力夫们喊道:"兄弟们!"

"有!"

"战士们！"

"有！"

"是带把的爷们就给老子上船！"

码头上，力夫们纷纷丢下麻袋、箩筐、扁担，操起以前用来抢地盘的武器，冲上了船。

大船开动之际，码头上一个老妪边跑边朝这边招手。有力夫说那是码头上的说书老妪。李发水不想理会，但老妪突然抖开了夹在腋下的一块布。

那不是布，那是绣着"余"字的纛！

杨晓舒拦不住余不扬犯错，那就换一种方式替他赎罪吧！

皇上起居殿内。谢方叔的喉结蠕动了一下，将手中的象笏郑重地往前推了推，说道："近日，臣发现朝堂之上对余玠的议论声日渐喧嚣，弹劾奏折四飞，可见文武百官对久居巴蜀的余玠戒心不小。诚然，余玠治蜀十年，功勋卓越，圣心甚悦，如此功臣理应保全。但今时不同往日，淳祐十一年蒙古蒙哥汗继位，我们倒不如就以淳祐十一年为界限。淳祐十一年前，贵由汗殁，蒙古各贵族为了争夺汗位陷入了几年的内乱，无暇对大宋开展集中兵力的大征伐，即使他们发动了战争，战力也并不强劲。淳祐十一年后，蒙哥汗继位，蒙古随之大统。蒙哥刚明雄毅，沉断寡言，好战且善战，他上位后立即任命忽必烈负责总领漠南汉地事务，大宋边疆危如累卵。忽必烈手下悍将汪德臣半年之内攻下沔州、利州两座要塞城池便是佐证。"

谢方叔轻抬双眸，悄悄看了皇上一眼，继续说道："臣以为，从淳祐十一年开始,蒙古对我边疆的侵犯日盛,日后必将越来越盛,必须转变策略方能扭转乾坤。"

皇上嘴角不受控制地抖了一下。这些他都清楚,对蒙策略应当从主战转向议和,也是他早就同意的决议。

"朕知道,朕让你当这个丞相不就是这个意思吗?"

"谢皇上荣恩,既然皇上任我为丞相,那今日这番话便是我肩负丞相之责,而不得不说了。"谢方叔换了一种恳求的口吻说道,"陛下,且不论弹劾余玠的那些罪状是非真假,就单单说这朝堂舆论,余玠不回来不行啊。如今,我朝与蒙古议和在即,余玠又在巴蜀迟迟没有归朝,这恐怕会动摇满朝文武议和的决心啊。"

"陛下!只有陛下圣心先裁,臣等才可以铆足劲头推动议和,若陛下都犹豫不决,那臣等……恐怕文武百官们也会踌躇不前啊。陛下,三思啊。"

皇上皱着眉头迟迟未下旨意,内侍见状上前轻轻地揉起了皇上的太阳穴。

"陛下神劳体乏,要不请丞相大人择日再议。"内侍脸上挂着笑。说完这句话,内侍马上感觉到谢方叔向他投来了炙热的目光。内侍不敢直视。

没想到皇上却扬起手,说道:"丞相,传朕旨意:向四川制置司发调动庚牌,召命余玠以本职赴朝奏事,不容有缓。"皇上在"本职"二字上加重了语气,表明自己依旧想要保全余玠。

不过,这道旨意对谢方叔来说已经足够。一旦大厦的根基开始动摇,那么离倒塌的那一天就不远了。

"臣，遵旨！"谢方叔声音洪亮地应下了皇上的旨意。

谢方叔退出后，皇上缓缓躺倒在了龙榻上。

谢方叔从起居殿出来后，并没有着急到枢密院通知徐清叟下旨，而是来到了太上宫。

"方才，皇上已经下旨向四川制置司发调动庚牌，并宣余玠以本职赴阙奏事。"谢方叔一见到皇甫允，便直截了当地说。

"本职？"皇甫允不解地看着谢方叔。

谢方叔颔首："没错，圣意是以本职赴阙。"

"那丞相大人来找贫道是何用意啊？"

"我听闻余玠积劳成疾，恐难启程奏事，于是想到天师这里求一味仙药，赏赐给余玠好让他上路。"谢方叔在"上路"二字上使了使劲，皇甫允瞬间便明白了他的心思。

"既然如此，贫道应该用太上宫的皇符贴于药盒之外。"

"天师果然通晓大义，这样一来这颗药丸就成了皇上赐药，余玠不得不服。"

皇甫允笑而不语地转身从一丹炉中拿出一颗金灿灿的丹药，说道："贫道算准了丞相会来求药，早就炼好了。"随后他凑到谢方叔耳边轻声说道，"赐药服用后并无异常，只是在七天之后会有些副作用。"

"七天之后？如此甚好，余玠要真有何闪失，也不会有人怪罪到这颗小小的药丸上面吧？"

"丞相大可放心，此药是皇上所赐，谁敢怀疑？"

二人相视一笑，不再言语。

钓鱼城上战事吃紧，在经历了地道袭击之后，军民畏战情绪到达最甚。

钓鱼城生死存亡的关头已经到来。

文天祥换上军装，参与到镇西门的守城战役中。他拔出银电左劈右砍，心里想着自己和余玠相处的画面，不停地告诉自己：他会回来的，他说老百姓们还缺一样东西，他还没有给他们，他会回来的！

钓鱼城大牢内，余不扬耳朵紧贴石壁，捕捉着外面的呼喊声。赖灵寺和张怀宝都不敢问，他们只是直直地看着余不扬。余不扬摇摇头。

赖灵寺使劲地晃了晃被铁链锁住的牢门。"狗日的，难道让老子在牢里等蒙古人攻上钓鱼城吗？放老子们出去，杀他狗日的！"

"杀他狗日的！"

"放我们出去！"

"妻儿老小都在外面，不能像只狗一样躲着！"

可是大家喊完之后，整座大牢依旧没有回声。狱卒们也都出去打仗了。

夹谷龙古带在进攻镇西门之后，又对奇胜门、水洞门发起了佯攻。在王坚指挥大批士兵支援城西防线之际，夹谷龙古带指挥战船绕过水军码头的战场，抵达城东的东新门，而后开始了猛烈的进攻。

位于西线的冉璞无暇顾及东线的战事，襟带阁上的王坚将指挥用的三角旗塞到冉琎手里，自己率领几百人马前去东新门支援。

嘉陵江上的战况依旧焦灼。水军是钓鱼城最强大的御敌力量，但无奈处于下游，迟迟未能扭转局势。张珏专心致志地指挥着水军,当然没有注意到,看似向东新门发起进攻的蒙古军其实正在山林的掩护下,悄悄接近水军码头的一字城墙。

一字城墙连接着始关门及内城城墙,若是蒙古军登上一字城墙,不仅能从内部瓦解钓鱼城水军,而且还能沿着一字城墙一直往上直抵钓鱼城内城。

一字城墙不容有失。

可在王坚还未抵达东新门之前,在张珏还在苦苦对战蒙古水军之时,蒙古军已经顺利登上了一字城墙。

好在一字城墙最多只容许两人并行,登上一字城墙的蒙古军数量上一时半会还构不成太大的威胁。幸亏王坚也已经赶到,并在东新门一带对登上一字城墙的蒙军进行居高临下的打击。

一个士兵慌张地跑到张珏身边,向他汇报了一字城墙被攻破的消息。张珏皱着眉头骂道:"慌什么慌?蒙古人不是阎罗,吃不了人!"

张珏仰头看着沿一字城墙不断靠近始关门城墙的蒙军,一个念头突然在他的脑子里炸裂开来。

飞檐洞!

那个隐藏在灌木和岩石细缝里的飞檐洞,可以作为奇袭蒙军的致命武器。

可飞檐洞只有他和制置使、冉璞知道,自己在水军码头,冉璞在西线作战,两个人都无暇分身,这怎么办才好?突然,他想到了还有一个人知道飞檐洞的所在——余不扬。

"传我军令!"张珏对着报信的士兵吼道,"带一队人马到钓鱼城大牢,立即释放余不扬,就说是我的军令。放出余不扬以后,你跟他说,让他带着你们从飞檐洞奇袭蒙古军。"

"飞檐洞?"传信的士兵怀疑自己是不是听错了。

"你就这么跟余不扬说。他是一个老兵头,知道该怎么做。快去!"

突然一阵战鼓声从石长山一带悠悠传来。

石长山位于钓鱼山的东侧,如果那儿有船驶来就一定是从重庆过来的。难道是制置司派来了援军?但余玠早就将制置司的兵力布置在重庆城的防线上了,没有他的军令谁敢莽撞行事?

伴随着战鼓声传来的还有一声声响亮的虎啸。鼓声、虎啸,让正在酣战的蒙古军不由地谨慎起来,所有钓鱼城军民在应战之余也都伸长着脖子往石长山的方向看去。

是谁来了?

"有人来了。"余不扬贴着石壁听到外面一串急切的脚步声正朝着大牢靠近。

随后,钓鱼城大牢的大门被打开了,打头的士兵说道:"哪个是余不扬?监军张珏有令,命你带着我们从飞檐洞奇袭已经登上一字城墙的蒙军,不容有误!"

赖灵寺瞪着眼睛,看着这个奇怪的场面。一队士兵不光要放犯人出去,还要命令犯人指挥他们,真是太奇怪了。

余不扬听见蒙古人登上一字城墙的消息,便知道战事吃紧,钓鱼城已经危如累卵。

其他犯人听见余不扬可以出去,纷纷叫嚷着让余不扬把他们一起带出去,他们红着眼睛摇着牢门。

余不扬接过士兵给他的头盔和战刀,说道:"让他们一起出去吧,多个人多份力量!"说罢也不管士兵答不答应,擅自劈开了张怀宝、赖灵寺的牢门。

"找些家伙拿上,跟我走!"余不扬战刀往门口一指,一队混杂着士兵和犯人的队伍从钓鱼城大牢里冲了出来。那些手上拿着烙铁、铁链、狼牙棒、皮鞭、老虎凳等刑具的犯人,一冲出大牢便被眼前的滚滚硝烟、流血的士兵和嚎叫的孩子吓到了。不过他们马上将这份害怕转化成了愤怒,跟着余不扬朝护国门的方向跑去。

一路上,炮石与乱箭齐飞,宋军与蒙军互搏,钓鱼城战事惨烈之程度是余不扬未曾经历的。他率领着士兵和犯人,躲过炮石和乱箭,砍掉几个从地道里爬出来的蒙军的脑袋,慢慢接近了飞檐洞的位置。

石长山一带传来的鼓声越来越大,越来越大,接着一艘庞大的商船出现在大家的视线里,能隐约看到三个人立于船头,在他们身后的桅杆上,一面"余"字纛迎风猎猎。

是制置使吗?张珏在水军码头,离那艘船最近,这是他脑海里蹦出来的第一个念头。

突然,东新门一带传来一声震天虎啸。廪王带着他的部众已经率先赶到了战场,满脸油彩的廪族战士和白虎像一把利剑插进了蒙古军的攻城队伍,瞬间将他们打得四处溃散。

大船更近了一些,张珏定眼再看。果然是余玠!余荣和李发水分立两侧。在他们身后,朝天门码头的力夫们举着手中的武器不断地吼着:"制置使!制置使!制置使!"

"制置使回来了!"襟带阁上的冉琎、东新门的王坚、镇西门的冉璞都反应了过来,"制置使回来了!"

文天祥用剑挑落了一名爬上城头的蒙古兵,用袖子擦了擦脸上的血,污秽的脸上露出了一口洁白的牙。

"我就知道您会回来的。"

文天祥大吼了一声,拼杀的激情充满全身。跟他一样的还有钓鱼城上的军民,他们的热血被余玠的到来重新点燃。愤怒、希望、拼杀、守护!

夹谷龙古带看着余玠的大船从下游缓缓驶来,又看看钓鱼城,他哪里会知道余玠为什么没有在钓鱼城指挥作战,反而在一艘大船上与他对峙呢?

大船上的力夫们在李发水的指挥下,纷纷换乘小船,有的去了水军码头,有的去了东新门,加入了战斗。

余不扬的队伍也在飞檐洞外集结完毕,而后他一声令下,所有人都攀上了一字城墙。在逼仄的一字城墙上,他们与攻上来的蒙古军面对面展开了搏斗。

赖灵寺挥舞着烙铁,张怀宝挥舞着狼牙棒。

东新门的蒙军已经被王坚和虞王合力歼灭。一字城墙上的蒙军失去了后援,在余不扬所率队伍的攻击下节节败退,最后死的死、伤的伤,跳下一字城墙准备逃跑的蒙军刚好被赶来的白虎咬断了脖子。

一字城墙和东新门的危机解除了,所有人又将精力集中在水军码头和镇西门，战局慢慢向利于宋军的方向发展。

钓鱼城军民因为余玠的到来士气大振，加之同袍帮和廪王部落的支援，钓鱼城最终反败为胜，全线击败了来势汹汹的蒙军。

夹谷龙古带带着残兵败卒在青居城短暂集结后，沿着嘉陵江逆流而上准备逃往利州，一路上又遭到运山城、跨鳌城、太获城的伏击。经此一役，夹谷龙古带及兴元城驻军几乎被全歼。

钓鱼城转败为胜之后，余玠的大船缓缓靠近水军码头。当他一脚踏上钓鱼城的土地，嘴角便忍不住地颤抖起来了。

被战火再次洗礼过的码头、城墙，以及士兵、百姓，一样一样地进入他的眼帘，硝烟、鲜血、哭喊，一次一次地冲击着他的内心。从水军码头到始关门，再到护国门，这一段路很短，余玠却花了很长的时间才走完。

护国门之下，冉琎、冉璞、王坚、张珏，还有一个叫文天祥的年轻士兵，以及众多钓鱼城的军民，他们分列两旁，无声地行着注目礼，欢迎制置使回归。

突然江面上驶来一艘精致的小船，船首一位年轻的官员诧异地看着硝烟弥漫的钓鱼城和飘着尸体鲜血的嘉陵江。眼前的景象告诉他，这里刚刚经历了一场战争。

不过，他并不在意。只要战争结束了，他就应该把一路从临安护送过来的圣旨和庚牌交到余玠手上。

战争的结果如何他并不在乎，只要余玠没有战死，他就应该接旨。

余玠一眼就认出那是一艘驿船，从船上的旗子来看，上面的人应该是从临安来的官员。

当穿着整洁官服的年轻官员踏上水军码头的时候,一股不安的情绪在钓鱼城上空弥漫开来。

年轻官员径直向上,虽感觉自己与周遭的景象格格不入,但依旧硬着头皮抵达了护国门。

蒙古人在利箭和炮火掩护下未能抵达的地方,年轻官员举着圣旨轻轻松松就到了。

"四川制置使余玠接旨!"年轻官员站于护国门的城门之上,用一种来自临安、趾高气扬的口吻说道:"四川制置使余玠治蜀十年,功勋卓越,劳苦功高,朕心甚慰。时至今年,朕与爱卿十年之约已期满。爱卿十年风霜雨雪,十年出生入死,积劳成疾,朕心甚痛。故宣爱卿以本职赴朝奏事,即刻启程,不容有缓。并赐太上宫仙药一颗,以示皇恩。钦此。"

该来的终于来了。

即使在最不合时宜的时刻到来,所有人都只能无奈地接受。

王坚跪在地上,拳头不停地捶着护国门的石阶,是对余玠回归的不甘。冉琎嘴角不停地抽动着,余玠病故的奏折都已经拟好了,就等着这场仗打完,连同战况一同送到临安。

"臣余玠领旨谢恩!"余玠缓缓地站起来,走到官员身前,恭敬地接过了圣旨、庚牌还有太上宫的药丸。

年轻官员看着余玠和他身后从战火里走出来的将士百姓,尴尬地挤出了一丝笑意,说道:"制置使辛苦了,不过也终于熬出头了。"他本想再说些什么,但看着余玠身后那些人的脸,好像说什么都显得苍白无力。

"这是皇上专门命太上宫炼的仙药，制置使不要辜负了皇恩啊。嗯？"官员伸手往嘴边送了送，示意余玠现在就要将药丸吞下去。

余玠打开锦盒，拿出那颗金灿灿的药丸，一口吃下，而后走上护国门的台阶，对着满城的将士和百姓，强撑着以洪钟般的声音说道：

"我醒来的时候是在长江上，看着两岸的青山、微波粼粼的江面以及天空的飞鸟，我想，走吧，要不就这么走吧。十年了，我余玠来巴蜀十年了，确实也到了该离开的时候。也许你们，冉琎、冉璞、王坚、张珏，也许你们能说服自己，让我这个老态龙钟的制置使离开。但是我却说服不了我自己。"余玠说话的时候神情坦然，面带笑意，眼神慢慢从一张张脸上依依不舍地扫过。

"我说服不了我自己，不是因为巴蜀有多好，不是因为你们有多好，不是因为这个地方有多么令人留恋，是因为我还有最后一样东西没有给你们，这样东西就是我余玠的一腔热血，是我余玠的半条残命，就算你们不要，我也要给你们！"余玠的身躯开始控制不住地颤抖起来。

"我为什么要给你们？因为你们需要！"余玠步履蹒跚地原地转了一个圈，最后再完完整整地看一眼巴蜀大地，"你们看，是什么让巴蜀百姓安居乐业？是什么让巴蜀恢复了往日的荣光？是什么让今天的战争胜利？是因为我余玠吗？是因为坚不可摧的一座座山城吗？不！不是的！是因为你们！一位位不屈不挠，想过上安稳日子的每一位巴蜀军民……"

余玠动情地看着城门下的所有面孔，声音已经有些颤抖了："是因为你们。每一位士兵，每一位百姓，每一位心中有信念的大宋儿女！你们才是战胜蒙古人的勇士，你们才是振兴巴蜀的力量！我余玠算什么？我只是一个人而已，一个风烛残年的老人家而已。跟你们大家比起来，我余玠一个人的力量太小了，太微不足道了。这样的我，心甘情愿地把这份信念传递给你们，这样的话，我余玠也就能安心地离开巴蜀大地了。

"一玠死，百玠生！虽千万人吾往矣，九死而不悔！"

余玠说完这些话，好像抽空了身体的元神，只能依靠双手强撑着站立于城楼之上。二冉、王坚、张珏纷纷跑上去搀扶住余玠。

余玠环视着他们的脸庞，轻轻地说了句："奉旨备船。"

搀扶住他的人没有一个履行他的命令。

"奉旨备船！去临安！"余玠甩开了他们的臂膀，嘶吼道。

张怀宝用胳膊肘捅了捅赖灵寺："突然想起我父妹死去的那晚，在合州到钓鱼城的船上，你问我见过神仙吗？现在我可以告诉你，我见到了。"

余茱倒在文天祥的肩膀上哭了起来，她还是没能要回自己的父亲。文天祥一手提着剑，一手安慰着余茱，内心却没有其他人那么悲情，因为他理解余玠，他更认可余玠的做法。

"大家都不要哭了！"文天祥突然站了出来，面对着全城的将士和百姓说道，"个人之死生如昼夜，大丈夫为天地立心，为生民立命，为万世开太平，以身殉道不苟生，道在光明照千古！蒙古人从地道里进城的时候，我看到的是一张张吓坏了的脸，一张张到处找制置使要奶吃的脸。制置使说你们还缺一样东西，就是这样东西让他回来的，就是你们把他召唤回来的，你们哭什么哭！

"你们缺什么？你们缺信念！现在制置使把这样东西给你们了，以命相送，你们收到了吗？啊？收好啊！"

文天祥以剑指天，大声地吼道："信念不息，抗争不息，巴蜀大地必生生不息！"

"巴蜀生生不息！"

"巴蜀生生不息！"

"巴蜀生生不息！"

在所有人高喊着"巴蜀生生不息！"之中，余玠缓缓走下护国门的台阶，眼神掠过一张张脸孔，一张张坚毅而充满信念的脸孔，他欣慰地笑了。

夕阳之下，一叶轻舟借着余晖顺流而下，目的地是临安。

余玠知道，也许到不了临安，但他确信，自己永远都不会离开巴蜀。

（全书完）

后记

在余玠去世六年后，生生不息的巴蜀军民依旧坚守着钓鱼城，余玠守蜀时构筑起的山城防御体系依旧发挥着巨大的威力。

余玠的死终究还是没有为议和换来一线生机。

宝祐五年（1257）春，蒙哥大汗下诏令诸王出师攻宋。蒙哥将攻宋的军队分为左、右两翼，右翼军由蒙哥亲率，进攻巴蜀之地。蒙哥汗计划以主力夺取巴蜀，控制长江上游，继而顺江东下，与塔察尔、兀良合台三路会师京湖，然后直捣宋都临安，消灭南宋。

宝祐六年（1258）年底，蒙哥遣宋降人晋国宝至钓鱼城招降守将王坚，被王坚所杀。蒙哥决心强攻钓鱼城。

蒙哥汗精心部署了围城诸军：史天泽一军在城南夹江而伺，专门封锁嘉陵江面；李忽兰吉负责在江上造浮桥，以便部队调动；汪德臣一军部署在城西南角，负责夺取城外山寨；郑温率四千兵马在钓鱼山周围专事巡逻。为牵制重庆府宋军前来增援，蒙哥又遣李忽兰吉率二千兵马攻略重庆城附近的山寨。

至钓鱼城后，蒙哥汗"欲乘拉槁势，不弃去，而必拔之，故久跸此"。虽然蒙军"凡攻城之具无不精备"，奈何钓鱼城地势险峻,"炮矢不可及也,梯冲不可接也",致使精备的攻城之具也不能发挥作用。在钓鱼城守将王坚与副将张珏的协力战守下,蒙军的进攻一次又一次被击退。

钓鱼城被围攻数月,援军无法靠近,但城内依然物资丰富,守军斗志昂扬。一日,南宋守军将重三十斤的鲜活之鱼两尾及蒸面饼百余张抛给城外蒙军,并谕以书曰:"尔北兵可烹鲜食饼?再守十年,亦不可得也。"相比之下,城外蒙军的境况就相当艰难了。

蒙军久屯于钓鱼城下,又值酷暑季节,加以水土不服,导致军中暑热、疟疾、霍乱等疾病流行,情况相当严重。据《元史·宪宗纪》记,蒙哥汗于六月也患了病。

在一次攻城战中,蒙哥汗带病指挥,结果受钓鱼城炮风所伤,生命垂危。七月,蒙军自钓鱼城撤退,至金剑山温汤峡(重庆北温泉一带),蒙哥汗逝世。蒙哥汗去世后,蒙军无法继续前进,被迫撤军北返。

蒙哥汗在钓鱼城下的败亡,其影响是十分巨大的。它导致蒙古这场灭宋战争的全面瓦解,使宋祚得以延续二十年之久。蒙军的第三次西征行动也因此停滞下来,缓解了蒙古势力对欧、亚、非等国的威胁,钓鱼城由此被欧洲人誉为"东方麦加城""上帝折鞭处"。

崖山海战后,宋朝灭亡。得益于运转精良的山城防御体系和不屈不挠的山城军民,钓鱼城这座天下孤城,成了大宋最后一片国土,也是蒙军从未攻破过的城池。

逝者如斯,山城傲立,仪型百世,精神不死!

(注:感谢我的家人,尤其是妻子钱睿在我创作本书过程中给予的支持。)